UWE KLAUSNER

Die Tochter
des Bildschnitzers

Der Traum von Freiheit Würzburg, April 1525. Luzia Magdalena, die Tochter des Bildschnitzers Tilman Riemenschneider, hadert mit ihrem Schicksal. Ihr Vater, einer der angesehensten Bürger der Stadt, will sie unter die Haube bringen. Luzia indes hegt andere Pläne, sie möchte bei ihm in die Lehre gehen. Mit den Plänen seiner talentierten Tochter konfrontiert, weist Riemenschneider das Ansinnen zurück. Doch dank einer Zufallsbekanntschaft nimmt ihr Leben eine unerwartete Wendung. Wenzel Lautenschläger, Straßenmaler und Parteigänger der aufrührerischen Bauern, schlägt Luzia vor, ihr die Kniffe beim Anfertigen von Porträts beizubringen. Nach anfänglichem Zögern willigt sie ein. Nicht lange indes, und Wenzel gerät ins Visier der Obrigkeit. Für Raban von Stahleck, rechte Hand des Bischofs, die Gelegenheit, ein Exempel zu statuieren. Als bei einer Hausdurchsuchung ein Bild gefunden wird, das Luzia als Jungfrau Maria zeigt, ist das für den Kleriker, der ein Auge auf sie geworfen hat, ein Grund mehr, den Nebenbuhler auszuschalten ...

© privat

Uwe Klausner wurde in Heidelberg geboren und wuchs dort auf. Sein Studium der Geschichte und Anglistik absolvierte er in Mannheim und Heidelberg, die damit verbundenen Auslandsaufenthalte an der University of Kent in Canterbury und an der University of Minnesota in Minneapolis/USA. Heute lebt Uwe Klausner mit seiner Familie in Bad Mergentheim. Neben seiner Tätigkeit als Autor hat er bereits mehrere Theaterstücke verfasst, darunter »Figaro – oder die Revolution frisst ihre Kinder«, »Prophet der letzten Tage«, »Mensch, Martin!« und erst jüngst »Anonymus«, einen Zweiakter über die Autorenschaft der Shakespeare-Dramen, der 2019 am Martin-Schleyer-Gymnasium in Lauda uraufgeführt wurde.

UWE KLAUSNER

Die Tochter des Bildschnitzers

Historischer Roman

GMEINER

Bei Fragen zur Produktsicherheit gemäß der Verordnung über die allgemeine Produktsicherheit (GPSR) wenden Sie sich bitte an den Verlag.

Immer informiert

Spannung pur – mit unserem Newsletter informieren wir Sie regelmäßig über Wissenswertes aus unserer Bücherwelt.

Gefällt mir!

Facebook: @Gmeiner.Verlag
Instagram: @gmeinerverlag

Besuchen Sie uns im Internet:
www.gmeiner-verlag.de

© 2025 – Gmeiner-Verlag GmbH
Im Ehnried 5, 88605 Meßkirch
Telefon 0 75 75 / 20 95 - 0
info@gmeiner-verlag.de
Alle Rechte vorbehalten
1. Auflage 2025

Lektorat: Claudia Senghaas, Kirchardt
Satz: Mirjam Hecht
Umschlaggestaltung: U.O.R.G. Lutz Eberle, Stuttgart
unter Verwendung eines Bildes von: © https://commons.wikimedia.org/
wiki/File:Albrecht_D%C3%BCrer_-_Portrait_of_Katharina_Frey_
or_F%C3%BCrleger,_41_00039956.jpg; Elekes Andor; https://commons.
wikimedia.org/wiki/File:Hagyom%C3%A1nyos_vad%C3%A1szat_
(29).jpg
Druck: GGP Media GmbH, Pößneck
Printed in Germany
ISBN 978-3-8392-0773-4

FÜR MEINE VIERERBANDE

DRAMATIS PERSONAE
(real)

Hans Bermeter (†1527 in Nürnberg), Spielmann und Agitator

Jörg Riemenschneider, Bildschnitzer und Nachfolger seines Vaters

Konrad von Thüngen (*circa 1466), Fürstbischof und Herzog von Franken (1519 - 1540)

Lorenz Fries (circa 1489 - 1550), fürstbischöflicher Sekretär, Rat und Archivar

Margaretha, vierte Ehefrau von Tilman Riemenschneider

Tilman Riemenschneider (circa 1460 - 1531), Bildschnitzer, Bildhauer und Ratsherr

DRAMATIS PERSONAE
(fiktiv)

Bartholomäus Häfner, Sohn des Weinhändlers

Bertradis, Luzias Amme

Pater Damian, Prior des Franziskanerklosters

Fidibus, Müllkärrner

Imelda, Hübschlerin

Lutz Plattner, Hauptmann der Stadtwache

Luzia Magdalena, Tochter des Bildschnitzers

Melchior, Tagelöhner

Melusine, Wahrsagerin, Heilerin und weise Frau

Raban von Stahleck, Domprobst und Geheimsekretär des Bischofs

Theophilus Häfner, Weinhändler und reichster Mann der Stadt

Tigran, Melusines Beschützer

Wenzel Lautenschläger, Straßenmaler

WÜRZBURG IM MITTELALTER

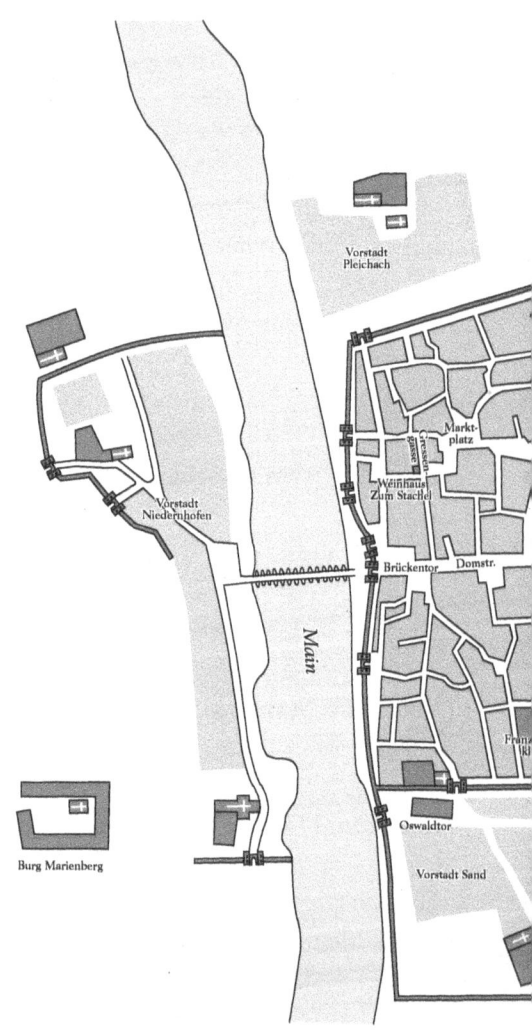

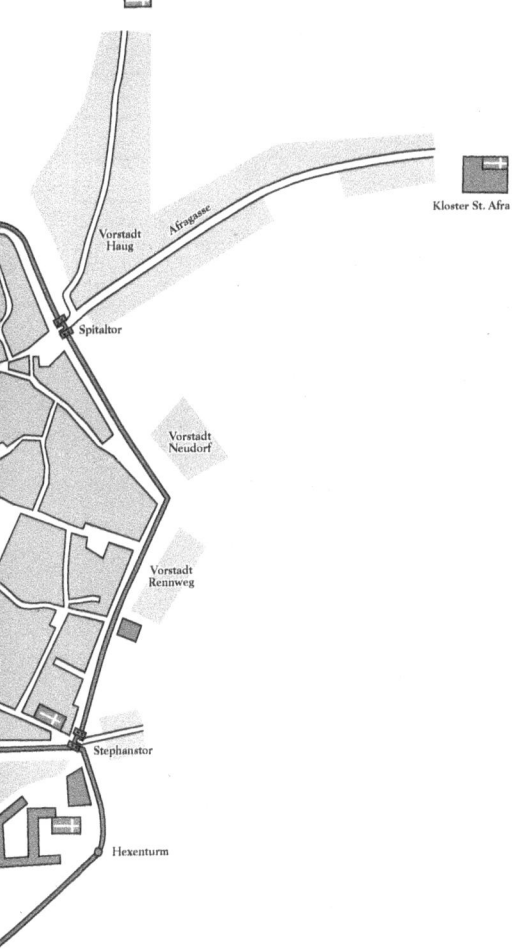

Kloster St. Afra

Vorstadt
Haug

Afragasse

Spitaltor

Vorstadt
Neudorf

Vorstadt
Rennweg

Stephanstor

Hexenturm

TAGESEINTEILUNG* IM MONAT APRIL

STUNDE	UHR
01.	05.00 – 06.10
02.	06.10 – 07.20
03.	07.20 – 08.30
04.	08.30 – 09.40
05.	09.40 – 10.50
06.	10.50 – 12.00
07.	12.00 – 13.10
08.	13.10 – 14.20
09.	14.20 – 15.30
10.	15.30 – 16.40
11.	16.40 – 17.50
12.	17.50 – 19.00

SONNENAUF- UND -UNTERGANG IN WÜRZBURG AM 18. APRIL:

6.21 Uhr/20.18 Uhr

---

* (http://bilder.manuscripta-mediaevalia.de/gaeste//grotefend/g_s.htm#Stunden)

LÖHNE UND PREISE*

1. Riemenschneiders Honorare

Adam und Eva (Marktportal der Marienkapelle)	120 Gulden (inklusive »Aufgeld«)
Grabmal für Fürstbischof Rudolf von Scherenberg (1466 - 1495)	250 Gulden
Apostelfigur an der Marienkapelle (Stückpreis)	240 Gulden

Zum Vergleich:

Preis für ein repräsentatives Bürgerhaus: 800 Gulden

2. Löhne (pro Tag) und Preise

Tagelöhner	12 Pfennige
Gehilfe Riemenschneiders	18 - 24 Pfennige
Fränkischer Gulden	240 Pfennige

Zum Vergleich:

Jahresgehalt eines Stadtschreibers: 100 Gulden	
Eine Kuh (Marktpreis)	2-3 Gulden
Ein Maß Wein (circa 1,5 Liter)	24 Pfennige

---

* Siehe Hans Steidle / Christine Weisner, Würzburg. Streifzüge durch 13 Jahrhunderte Stadtgeschichte, Würzburg (Echter) 1999, S. 77ff.

10 Pfund getrocknete Erbsen	7 Pfennige
10 Eier	6 Pfennige
Ein Pfund Fleisch	3-4 Pfennige

TAGESABLAUF IM MITTELALTER*

(Zisterzienser)

▬	Ruhezeiten
▬	Gebetszeiten:
	Vigilien (Vi), Laudes (L),
	Prim (P), Terz (T),
	Sext (S), Non (N),
	Vesper (Ve), Komplet (K)
▬	Messe
▬	Arbeitszeiten
▬	Mahlzeiten
▬	Wegzeiten

* https://lvrlandesmuseumbonn.files.wordpress.com/2017/07/tagesablauf_
web.jpg

WÜRZBURG, ANNO DOMINI 1525

OSTERMONTAG

1

»Versuch bloß nicht, mich für dumm zu verkaufen«, raunte ihr die Stimme aus dem Halbdunkel ins Ohr, bedrohlich wie das Zischen einer Schlange. Aus dem Kerker, vom Burghof durch klafterdickes Mauerwerk getrennt, gab es kein Entrinnen, in die Ecke gekauert, machte sie sich auf das Schlimmste gefasst. »Du kennst ihn genau, also tu nicht so!«

»Und wenn Ihr Euch auf den Kopf stellt«, setzte sie zu einer Erwiderung an, ein Würgen im Hals, das sie zum Innehalten zwang. »Ich habe den Mann noch nie …«

Schallendes Gelächter, schmerzhafter als ein Hieb mit der Riemengeißel.

Darauf das Phantom: »Na schön, wie du willst. Wir erfahren die Wahrheit auch so. Bisher haben wir noch jeden zum Sprechen gebracht, mach dir da mal keine Gedanken!«

»Und was habt Ihr mit ihm vor?«

»Wir werden ihn einer peinlichen Befragung unterziehen. Streng nach Vorschrift. Das versteht sich ja wohl von selbst«, ließ sich die hohntriefende Stimme vernehmen, deren Echo wie ein Warnruf von den Wänden widerhallte. »Ich nehme an, du weißt darüber Bescheid?«

»Woher denn, ich hatte doch nie mit Euch zu tun!«

Eine Notlüge, die ihr niemand abkaufen würde. Was hinter dem Wort steckte, das wusste doch jedes Kind. Nämlich Gräuel jenseits der Fantasie, so schrecklich, dass einem das Blut in den Adern gefror. Besser, sie hielt jetzt den Mund. Wer zu viel redete, der lebte gefährlich.

Erst denken, dann sprechen.

Wohl wahr.

Und auch wieder falsch. An einem Ort wie diesem ging es nur um eines, nämlich ums nackte Überleben. Und nicht darum, sich um Kopf und Kragen zu reden. Tatsache war, sie musste mitansehen, wie ein Mensch gemartert wurde. Außerstande zu reagieren, als trüge sie unsichtbare Fesseln am Leib.

Sie hasste Gewalt, hasste es, wenn die Fürsten das Land mit Krieg überzogen. Wenn Menschen wie Vieh auf die Schlachtbank geführt wurden, wenn sie wegen nichts und wieder nichts starben. Ein Holzschnitt in Vaters Werkstatt, der vier Reiter in wildem Galopp zeigte, brachte es auf den Punkt. Die Wurzel allen Übels, so die Botschaft des Artefakts, war der Krieg, und seine Gefährten, nicht minder furchteinflößend, hießen Pest, Teuerung und Gevatter Tod.

Sie fand, dem war nichts hinzuzufügen.

Ein Verhör in ihrem Beisein, mit dem Ziel, eine Verschwörung aufzudecken. Bis dato schier undenkbar. Wäre da nicht auf einmal diese Stimme gewesen, tief in ihr drinnen, mal fordernd, mal suggestiv, mit femininem Timbre. Sie duldete keinen Widerspruch, wischte ihre Bedenken beiseite.

Wie vor neun Jahren, als das Verhängnis seinen Anfang nahm.

In jenen Tagen war sie noch ein halbes Kind gewesen, gerade einmal 15 Jahre alt. Am Anfang hatte sie die Wisperstimme nicht ernst genommen, mit den Gedanken stets woanders, ein Spielball ihrer blühenden Fantasie. Dann aber, ebenso plötzlich und unaufhaltsam, war die Flut der Bilder über sie hinweggerollt, mit der Stimme einer Frau im Hintergrund, die sich wie eine Diebin in ihre Gedanken stahl.

Nur von kurzer Dauer, traten die Visionen eher sporadisch auf, dazwischen konnten Wochen oder sogar Monate vergehen. Zum Glück bekam niemand etwas mit, und das war auch gut so. Ihr Leben ging weiter, als sei nichts geschehen, und es schien, als gleiche ein Tag dem andern.

Am liebsten sah sie ihrem Vater bei der Arbeit zu, mucksmäuschenstill, um ihn nicht zu stören. Es sei denn, ein Kind aus der Nachbarschaft kam vorbei, um mit ihr zu spielen, oder sie verkroch sich in ihre Kammer und las ein Buch. Belächelt von ihren Geschwistern, die sie für grillenhaft hielten, blieb sie oft stundenlang für sich, schrieb Gedichte oder blätterte ihr Diarium durch. Die Eltern hatten sich daran gewöhnt, was blieb ihnen auch anderes übrig. Und was die Nachbarn sagten, war ihr ohnehin egal. Mit Stickrahmen hatte sie nichts am Hut, mochte sich ihre Amme auch noch so sehr darüber mokieren. Sie war eben anders als die Mädchen aus dem Viertel, von denen etliche bereits versprochen waren. Der Gedanke, mit einem Mann das Lager zu teilen, er war ihr im Innersten zuwider. Und ob eine Heirat das Wahre war, wer wusste das schon genau. »Gute Ehen werden im Himmel geschlossen«, pflegte ihre Amme im Scherz zu sagen, einen teils wehmütigen, teils resignierten Blick im Gesicht. »Oder sie werden arrangiert.«

Aus Liebe heiraten, welch absurde Idee. Je vermögender und prominenter, desto größer das Bestreben, eine vorteilhafte Liaison einzufädeln. Und wer sich widersetzte, dem wurde die Hölle heißgemacht. Ächtung war noch das Mindeste, was einem im Fall der Fälle blühte, verglichen mit einem Zwangsaufenthalt im Kloster. Für sie, der die Freiheit über alles ging, das Albtraumgebilde schlechthin.

Einerlei, im Moment hatte sie genug mit sich selbst zu tun. Ein Glück, dass niemand ahnte, was in ihr vorging, fürchtete sie doch nichts mehr, als für toll erklärt zu werden. Eins war nämlich gewiss, den Einflüsterungen der Stimmen zum Trotz: Ein Fall für den Narrenturm war sie nicht – und hatte auch nicht vor, einer zu werden.

»Sieh genau hin – und erkenne, wozu die Menschen fähig sind.« Anders als sonst, wo das Phantom mit rauem Timbre sprach, schlug es einen moderaten, nachgerade weichen Tonfall an. Merkwürdig, um nicht zu sagen suspekt. Vor ein paar Wochen hatte sich das noch ganz anders angehört. Ein Grund mehr, aufs Schlimmste gefasst zu sein. Davon abgesehen, wer war sie, dass sie es gewagt hätte, Schicksal zu spielen. Sie hatte zu gehorchen, ohne Wenn und Aber, wie die Figur auf einem imaginären Schachbrett. Bevölkert mit Menschen, die vom Schicksal nach Belieben aus dem Spiel genommen wurden.

Sie war zum Zuschauen verdammt, wie all die Male zuvor.

Wie die Marionette in der Hand eines Puppenspielers.

Doch nicht nur die Stimme klang anders, mit der Szene vor ihren Augen verhielt es sich ähnlich. Wahrhaftig, dies war kein Produkt einer überbordenden Fantasie, kein Albtraum und schon gar kein Hirngespinst. Fast schien es, als tue sich der Siebte Kreis der Hölle vor ihr auf, bewohnt von den Sendboten Luzifers, gekommen, um die Menschen unter ihre Knute zu zwingen. Stand doch geschrieben: *Und ich sah, und siehe, ein fahles Pferd. Und der darauf saß, des Name hieß Tod, und die Hölle folgte ihm nach. Und ihnen ward Macht gegeben, zu töten das vierte Teil auf der Erde mit dem Schwert und Hunger und mit dem Jenseits und durch die Tiere auf Erden.*

Und so tat sie, wie geheißen – im Bann einer Vision, die sie das Fürchten lehrte. Einer Vision, die selbst Dante, ihren Heroen, an den Rand des Wahnsinns getrieben hätte.

»Lasst, die ihr eintretet, alle Hoffnung fahren!«

Wie recht die Stimme doch damit hatte.

Vorhang auf. Der Gang durch die Hölle konnte beginnen.

Der Gewölbekeller vor ihren Augen wirkte echt. Auf dem Schandstuhl im Zentrum kauerte ein Mann, nicht mehr der Jüngste, aber stattlich und ohne Fettpolster am Leib. Er war übel zugerichtet, der Kopf hing nach unten, aus den Mundwinkeln sickerte Blut. Keine Frage, der Folterer hatte ganze Arbeit geleistet. Der Gefangene war kaum noch bei sich, dem Tod näher als dem Leben.

Sie kannte den Mann. Woher genau, vermochte sie jedoch nicht zu sagen. Einerlei, aus der Masse stach er dennoch heraus, hatte etwas an sich, das man nicht vergaß. Selbst jetzt nicht, im Angesicht des Todes.

Im Angesicht der Handlanger Satans.

»Erinnere dich!«, insistierte die Stimme im Hinterkopf. »So schwer kann das doch nicht sein.«

Leichter gesagt, als getan!, dachte sie bei sich. Und pumpte den Brodem des Kerkers in die Lungen, ein

Gemisch aus Schweißdunst, versengter Haut und Fäkaliengestank. Aus dem Kohlebecken stiegen rußfarbene Qualmfäden empor, vermischt mit dem Rauch der Fackeln, die das Gewölbe in obskures Halbdunkel tauchten. »Na los, wie lange soll ich denn noch warten!«, meldete sich die Stimme erneut zu Wort, ungleich herrischer als zuvor, aufrüttelnd wie die Posaunen von Jericho. Doch so sehr sie sich das Gehirn zermarterte und jeden Winkel in wilder Hast durchforstete, die Leere in ihrem Kopf blieb bestehen. Der Schock, an einem Ort wie diesem zu weilen, hatte die Erinnerung ausgelöscht. Gerade so, als habe sich ihr Vorleben in Rauch aufgelöst.

Und so nahm die Befragung ihren Lauf. Der Mann saß noch nicht richtig auf dem Stuhl, die Arme mit Lederriemen festgezurrt, da trat auch schon der Inquisitor auf den Plan. Ein Dominikaner, wie konnte es anders sein. Die Hunde des Herrn waren überall. Stets zur Stelle, wenn es darum ging, Renegaten aufzuspüren. Kein Wunder, dass sie so verhasst waren, kam doch der Ruf, der ihnen vorauseilte, nicht von ungefähr.

Der Mönch, weißhaarig, schmalgesichtig, von hagerer Gestalt und schätzungsweise so alt wie sein Opfer, trug ein wie festgefroren wirkendes Lächeln zur Schau, sprach mit bayerischem Duktus und behandelte ihn wie ein ungezogenes Kind, als genüge ein Machtwort, um es zur Räson zu bringen.

Die Szene machte ihr Angst. Doch was sie auch tat, um sie herauszuschreien, die Zunge klebte am Gaumen fest. Zu mehr als einem Röcheln, schrill wie ein panikartiger Schrei, reichten ihre Kräfte nicht aus. Ihr war, als stecke ihr Hals in einem Würgeeisen fest, brüchig wie wurmstichiges Holz, das bei der leisesten Berührung auseinanderbrach.

Tod durch Ersticken oder weiterleben.

Die Entscheidung lag bei ihr.

Mit der Kraft am Ende, gab sie den Widerstand auf. Nicht so der Mann auf dem Folterstuhl, der sich die Furcht, so er sie spürte, nicht anmerken ließ. Das Kinn wie zum Trotz in die Höhe gereckt, ließ er die Fragen des Inquisitors über sich ergehen, weit davon entfernt, sich einschüchtern zu lassen. Dies alles ohne eine Miene zu verziehen, im Visier des vierschrötigen Foltermeisters, der darauf brannte, den Gefangenen das Fürchten zu lehren.

Den Dominikaner, dessen Lächeln zu einem zynischen Grinsen mutierte, ließ die Attitüde kalt. Mit Umstürzlern kannte er sich aus, je renitenter, umso willkommener die Chance, seine Allmacht hervorzukehren. Im Namen Gottes, als dessen Wegbereiter er sich verstand. Seine Devise war denkbar einfach: Wer nicht für ihn war, der war gegen ihn. So hatte er es stets gehalten. Im Klartext: Wer sich erdreistete, die Obrigkeit durch den Kehricht zu ziehen, dessen Leben war verwirkt. Ob Bürgermeister oder Bettelmönch, ob Hure oder Himmelsbraut, ob Handelsherr oder Henkersknecht, vor ihm, dem Spürhund des Herrn, waren alle Renegaten gleich.

Auf ewig dazu verdammt, in der Hölle zu schmoren.

»Es nützt nichts, wenn Ihr den Helden spielt«, nahm der Dominikaner den Gesprächsfaden wieder auf, trat neben den Stuhl und trug eine wohleinstudierte Mitleidsmiene zur Schau. »Vorschlag zur Güte: Ihr rückt mit den Namen Eurer Mitverschworenen heraus, und ich verspreche Euch, beim Bischof ein gutes Wort einzulegen.«

Die Reaktion ließ nicht lange auf sich warten. »Für wie töricht haltet Ihr ich mich eigentlich?«, spie der Greis auf dem Schandstuhl die Worte nur so aus, rang nach Luft und ergänzte mit heiserer Stimme: »Gebt Euch keine Mühe, aus mir bekommt Ihr nichts heraus.«

»Das werden wir ja sehen«, gab der Mönch amüsiert zurück, rieb sich die Hände und durchmaß das stickige Verlies. An der Schmalseite, wo die Konturen einer Streckbank aus dem Halbdunkel ragten, machte er auf dem Absatz kehrt, ohne Blick für die langschwänzige Ratte, die bei seinem Anblick quiekend das Weite suchte. »Anderes Thema. Im Grafeneckart wimmelt es zwar nur so von Platzhirschen, aber wenn es um Euch geht, ist man voll des Lobes. Auch darüber, was Eure Fähigkeiten als Magistrat betrifft. Zwei Dezennien in Amt und Würden, wo Gezänk und Ränke an der Tagesordnung sind, das will schon etwas heißen.« Vor dem Lichtschacht postiert, wo sich ein Stehpult aus furnierter Schwarzeiche befand, schlug der Mönch die bereitliegende Kladde auf, lächelte in sich hinein und murmelte: »Kommissär während der Weinernte, verantwortlich für das Bauwesen, Fischereimeister, Kapellenpfleger, städtischer Fiskal, Beauftragter für das Wehrwesen, Spitalpfleger, das Amt des Bürgermeisters als krönender Abschluss nicht zu vergessen: Wie mir scheint, habt Ihr es zu was gebracht.«

»Ist das etwa verboten?«

Der Inquisitor lächelte schief. »Natürlich nicht. Verboten, um nicht zu sagen ruchlos, ist es jedoch, mit Mordbrennern und hergelaufenem Pöbel zu paktieren und sich zu erdreisten, die gottgewollte Obrigkeit mit Krieg zu überziehen. Steht doch geschrieben: *Das Reich Gottes auf Erden ist dreigeteilt. Die einen beten, die anderen kämpfen und der gemeine Mann bestellt das Feld – oder arbeitet im Schweiße seines Angesichts.*«

»Auf dass der Rest die Hand aufhalte, um seinen Anteil zu kassieren.«

Das Lächeln des Dominikaners erstarb. »Ihr gebt es also zu?«

»Ich gebe überhaupt nichts zu, wie oft denn noch.«

»Zu Eurer Information: Was Ihr da gerade von Euch gegeben habt, genügt vollauf, um Euch dem Henker zu überantworten.«

»Dafür sehe ich keinen Grund.«

»Jetzt tut nicht so, als könntet Ihr nicht bis drei zählen!«, zischte der Mönch und ließ die Zunge wie eine Giftnatter aus der Mundhöhle schnellen. »Ihr seid durchschaut, also versucht gar nicht erst, mich aufs Glatteis zu führen. Und noch etwas: Ich bin es, der hier die Fragen stellt, haben wir uns verstanden?«

Der Greis blieb die Antwort schuldig.

»Aber bleiben wir beim Thema. Wie ein Blick in Eure Vita beweist, blicken die Leute zu Euch auf. Will heißen: Einer wie Ihr braucht nur mit dem Finger zu schnippen, und das Stadtvolk tanzt nach seiner Pfeife. Die Aasgeier im Rat mit eingeschlossen. Denn wenn sie zu etwas imstande sind, dann dazu, ihr Fähnlein nach dem Wind zu drehen.« Der Dominikaner lachte verächtlich auf. »Heute katzbuckeln sie noch vor dem Bischof, und morgen sieht die Welt wieder ganz anders aus. Dann schmieden sie ihre Ränke, als sei nichts geschehen. Aber damit ist es jetzt vorbei. Mit dem Schlangengezücht im Rathaus wird aufgeräumt, und zwar ein für alle Mal. Pardon wird nicht gegeben. Vulgo: Wer sich dazu hergibt, mit Insurgenten zu konspirieren, der bilde sich nicht ein, sein Fähnchen nach dem Wind drehen zu können. Den Kopf aus der Schlinge ziehen und so tun, als sei nichts gewesen, um mit einem Achselzucken in den Schoß der Mutter Kirche zurückzukehren: Das würde den Intriganten so passen. Jetzt werden andere Saiten aufgezogen, so wahr ich hier stehe!«

»Es sei denn, ich nenne Namen.«

»Wie ich bereits sagte: Es führt zu nichts, wenn Ihr den Helden spielt. Damit schadet Ihr Euch nur selbst. Ihr seid doch ein kluger Mann, oder? Und darum: Nennt mir Ross und Reiter, und die Marter bleibt Euch erspart. Glaubt mir, Eure Komplizen würden das Gleiche tun, keine Ehre im Leib, aber große Reden schwingen, zu mehr sind sie nicht imstande. Und über eins solltet Ihr Euch im Klaren sein: Egal um wen es sich dreht, die Halunken würden nicht zögern, Euch ans Messer zu liefern. Jetzt schaut mich nicht so an, das ist nun mal der Lauf der Welt. Wenn es brenzlig wird, ist sich jeder selbst der Nächste, das war schon immer so, machen wir uns nichts vor. Homo homini lupus est, das haben schon die alten Römer gewusst. So leid es mir tut, Euch auf den Boden der Tatsachen zurückzuholen, aber die Welt ist nun mal so, wie sie ist, will heißen, Gut und Böse liegen oft nah beieinander. Hier die Guten und dort drüben all jene, die des Satans sind, so einfach, wie ihr Weltverbesserer euch das vorstellt, liegen die Dinge leider nicht. Auch wenn es nicht in Euer Weltbild passt: Idealismus zahlt sich nicht aus, je eher Ihr auf den Trichter kommt, desto besser.« Der Inquisitor atmete hörbar durch. »Also, was ist: Wie lautet Eure Entscheidung?«

»Gebt Euch keine Mühe, von mir werdet Ihr nichts erfahren«, erwiderte der Greis mit fester Stimme, kniff die geschwollenen Augenlider zusammen und blickte auf, um dem Widersacher die Stirn zu bieten. »Tut meinetwegen, was Ihr wollt, ich habe Euch nichts mehr zu sagen.«

»Euer letztes Wort?«

Der Mann auf dem Schandstuhl sah zur Seite.

»Na schön, wie Ihr wollt«, versetzte der Mönch, schlug die Kladde zu und legte sie zurück aufs Pult. Dann verkündete er in markigem Ton: »Foltermeister, waltet Eures Amtes!«

Der Peiniger von Amts wegen, untersetzt, stiernackig und die muskelbepackten Schultern mit Schweißperlen übersät, ließ sich nicht lange bitten, nahm eine Fackel aus dem Zylinder und durchmaß den Raum. An der gegenüberliegenden Wand, vom Stuhl aus gut sichtbar, waren die Instrumente seiner schaurigen Profession aufgereiht, darunter auch ein Holzgerüst mit Winde, von der aus ein Seil bis zur Decke führte. Dort angekommen, nahm der Kahlkopf Habachtstellung ein.

Ein knappes Nicken, und das Unheil nahm seinen Lauf.

Der Dominikaner machte den Anfang. »Erlaubt daher, dass ich mich kurz fasse, umso mehr, da das Prozedere hinlänglich bekannt sein dürfte. Nur eine Formalität – nichts weiter.«

»Erinnere dich!«, zischte die Stimme in ihrem Kopf, bestimmend und harsch wie ehedem, so schrill, dass ihr Gehirn zu explodieren drohte. »Denk nach, so schwer kann das doch nicht sein!«

Doch so sehr sie sich auch ins Zeug legte, sie mühte sich vergebens.

Und so harrte sie der Dinge, die da kamen, die Augen auf den statuesk anmutenden Inquisitor gerichtet. Der da sprach: »Wie hinlänglich bekannt, setzt sich die Tortur aus fünf Graden zusammen. Ist der Delinquent verstockt – wie dies im laufenden Verfahren der Fall zu sein scheint –, dann steht der Gebrauch von Daumenschrauben an. Ans Werk, Meister Hildebrand, der Worte sind genug gewechselt.«

Kaum hatte der Dominikaner geendet, hielt der Foltermeister dem Greis das Requisit vors Gesicht.

Dann kehrte er zu seinem Platz zurück.

»Was den zweiten Grad der Tortur betrifft«, dozierte der Dominikaner blasiert, »so wäre zu bemerken, dass einen das Anlegen der Beinschrauben zum Krüppel macht, fragt sich nur, ob Ihr so töricht seid, es darauf ankommen zu lassen. Einmal angenommen, Ihr würdet die Tortur überstehen – unwahrscheinlich genug, aber im Bereich des Möglichen – dann wollte ich nicht in Eurer Haut stecken. Ein Lebtag von Almosen und den Knochenresten leben, die einem von den Betuchten dieser Welt zum Fraß vorgeworfen werden, wer möchte das schon. Sei's drum: Verstockt ist nun mal verstockt. Dagegen ist kein Kraut gewachsen. Gibt es doch Dinge, die selbst ich nicht ändern kann.«

Der Mönch breitete die Arme aus, zuckte mit den Achseln und fuhr fort: »Seht Ihr das Gerüst da drüben? Vorausgesetzt, Ihr wärt noch bei Bewusstsein, sieht Grad drei die sogenannte Elevatio vor, will heißen, dem Beschuldigten werden die Hände gefesselt, hinter dem Rücken, versteht sich, um die Wirkung zu erhöhen. Dann wird er per Seilwinde in die Höhe gehievt. Das Prozedere läuft darauf hinaus, ihm die Arme auszurenken, aber was rede ich, so weit wird es bestimmt nicht kommen. Die meisten geben schon auf, wenn sie das Instrumentarium sehen, was das betrifft, kann mein wackerer Gehilfe aus dem Vollen schöpfen. Ergo: Verbohrtheit zahlt sich nicht aus. Überlegt Euch also gut, ob Ihr Euch das antun wollt. Apropos: Im Extremfall nehmen wir uns die Freiheit, die Füße zu beschweren, mit Gesteinsbrocken oder Gewichten, je nach Situation. Mit welchem Effekt, bedarf keiner Erläuterung. Den vierten Grad, gemeinhin Streckung genannt, überleben nur die Wenigsten, aber das nur am Rande. Grad fünf schließlich, auch das sei der Vollständigkeit halber erwähnt, sieht den abermaligen Gebrauch von Daumenschrauben vor, ein Blick auf die Utensilien an der Wand, und Ihr wisst Bescheid. So es denn dazu kommt.« Mit sich und seiner Profession im Reinen, setzte der Dominikaner ein affektiertes Lächeln auf, tippte die Fingerkuppen aneinander und sagte: »Was mich betrifft, wäre es das gewesen. Noch Fragen, der Herr? Wenn nicht, würden wir zur Tat schreiten.«

Der Greis zeigte keine Reaktion.

»Na schön, Ihr habt es so gewollt. Kommen wir zum Präludium, die Pflicht ruft.« Im Begriff, dem Mann fürs Grobe das Feld zu überlassen, blieb der Mönch wie festgewurzelt stehen, auch dies eine kalkuliertes Manöver, bereits mehrfach mit Erfolg praktiziert. »Ich sehe gerade, Ihr habt so schöne schlanke Finger, wüsste ich es nicht besser, ich würde auf eine Frauenhand tippen, oder was meint mein wackerer Adlatus dazu?«

»Wenn Ihr mich so fragt, ich auch«, hieb der Maskierte in die gleiche Kerbe, ein Grinsen im schrundigen Gesicht. Dann leckte er die aufgeplatzten Lippen, wie eine Hyäne beim Taxieren des Kadavers, öffnete die Truhe neben dem Stehpult und sah hinein. »Na also, wer sucht, der findet. Rechte oder linke Hand?«

»Die rechte, mehr wird nicht nötig sein«, gab der Mönch mit gönnerhaftem Gestus zurück, ließ sich das Tranchiermesser aushändigen, das in einem Etui aus Hirschleder steckte, und ließ den Finger über die gezackte Klinge gleiten. »Von mir aus, den Zweck wird es hoffentlich erfüllen. Wie Volkes Stimme sich auszudrücken geruht: Wer nicht hören will, muss fühlen.« An den Greis gewandt, der ihn keines Blickes würdigte, fügte er hinzu: »Und Ihr habt mir wirklich nichts mehr zu sagen?«

»Ich wüsste nicht, was.«

Anstatt zu antworten, schlug der Mönch ein Kreuz, trat beiseite und überließ dem Schlächter das Feld.

»Sieh genau hin!«, bohrte die Stimme, schwankend im Ton, der zwischen Unbehagen und Gereiztheit hin und her pendelte. »Ihr kennt Euch, da bin ich mir ...«

Die Stimme erstarb.

Stattdessen erhob sich ein Schrei, nicht enden wollend, schrill und dissonant, vergleichbar mit demjenigen eines Rehs, das in die Fänge eines marodierenden Grauwolfs gerät. Ein Schrei, dessen Echo sich wie ein Stilett ins Bewusstsein bohrte, so peinigend, dass sie über sich selbst erschrak.

Der Handlanger verzog keine Miene, machte weiter, als sei nichts geschehen. Das Messer in der Hand, schlenderte er auf den Schandstuhl zu, überprüfte den Sitz der Lederriemen und ging in Position, den Blick auf die Hand zu seiner Linken geheftet. »Die Sehnen, Herr – wie immer?«

Der Dominikaner nickte knapp.

Meister Hildebrand, gelernter Bader und in Heilkunde bewandert wie kaum ein Zweiter, stieß die von Weingeruch durchtränkte Atemluft aus. Dann drehte er die Handfläche nach oben, beäugte die Stelle neben der Handwurzel, an der er die Klinge anzusetzen pflegte, und bleckte die aufgeplatzten Lippen. Dem Greis, der geradeaus blickte, als bemerke er ihn nicht, schenkte er keine Beachtung. Für ihn war die Tortur Routine, und was die verabredete Provision betraf, nahm er sich vor, in Zukunft den doppelten Lohn zu fordern.

Einen halben Gulden. Und keinen Pfennig weniger.

Oder die Pfaffen mussten sich einen anderen suchen, der die Drecksarbeit machte.

Das Messer im Blick, traf es Luzia wie der Blitz. Diese Hand, schlank, feingliedrig und nahezu faltenlos, die Form würde sie unter Tausenden wiedererkennen.

Nicht hinsehen!, schärfte sie sich ein, während ihr der Angstschweiß in Strömen über den Körper rann, verzweifelt bemüht, den Abgründen ihrer Seele zu entfliehen. »Heilige Muttergottes, steh mir …«

Irritiert über den Klang der Stimme, die sich als ihre eigene erwies, brach sie mitten in ihrer Rede ab. Das Bild verschwamm ihr vor den Augen, und ehe sie es sich versah, hatte sich der Ort des Schreckens in Luft aufgelöst. Was blieb, war eine gähnende Leere, eine Einöde zwischen Traum und Wirklichkeit, in der sie wie von Sinnen umherirrte, auf der Suche nach einem Weg aus der Drangsal, die ihr Herz wie ein Beutestück umklammert hielt. Abermals begann sie zu schreien, doch so verzweifelt der Hilferuf auch klang, sie war und blieb auf sich allein gestellt.

Und so torkelte sie hilflos umher, bald gestikulierend, bald dumpf vor sich hinstarrend.

So lange, bis ihr die Sinne schwanden.

Ein kurzes Aufseufzen, dann breitete die Dunkelheit ihr Bahrtuch über ihr aus.

2

»Heiliger Franziskus, wie siehst du denn aus!« Noch halb benommen, horchte Luzia auf. Blitze zuckten vor ihren Augen, geradeso, als kehrten die Schreckensbilder zurück. Nicht lange jedoch, und die Züge der jungen Frau entspannten sich.

Gerettet.

Die Andeutung eines Lächelns im Gesicht, drehte sie sich in die Richtung, aus der die Stimme kam. Eine Stimme, die wie ein Lichtstrahl in ihre Ohnmacht drang, vertrauenerweckend und voller Wärme, die Rettung aus schier auswegloser Lage. »Du bist ja gar nicht richtig bei dir, was ist denn los?«

Bruder Damian kam wie gerufen, immer dann zur Stelle, wenn ihr Böses widerfuhr. »Bei Nacht und Nebel noch unterwegs, du machst vielleicht Sachen. Nun rede schon, Luzia, was ist geschehen?«

Kaum imstande, ihre Gedanken zu ordnen, schnappte die 23-Jährige nach Luft, unterdrückte das Würgen in ihrer Kehle und hob den Kopf. Ringsum Grabstelen, so weit das verschwommene Blickfeld reichte, die einen windschief, morsch und vom Wurmfraß befallen, die anderen aus Rosengranit und mit Blütenranken verziert. Dazwischen ein Engel aus dunklem Marmor, den Blick wie verzückt zum Firmament gerichtet, flankiert von einem zerzausten Kolkraben, der auf dem Podest einer verwitterten Urne hockte.

Verzweifelt bemüht, die Nachwehen ihrer Vision aus dem Kopf zu verbannen, unternahm sie den Versuch, auf die Beine zu kommen. Vergebens. In der Hocke kauernd, wurde sie von einem plötzlichen Schwindel befallen, begleitet von einem schrillen Pfeifton, der dafür sorgte, dass sie vor Schreck zusammenzuckte. Aus dem Halbdunkel, wo die Außenwand des Doms in die Höhe ragte, klang das Geläut zur Nacht über die Grüfte hinweg, stieg zum Himmel auf und verlor sich wie ein Trugbild in der Ferne.

Es war ein Windstoß, der sie wieder zur Besinnung brachte, Vorbote des heraufziehenden Unwetters, das sich unweit der Stadtmauern zusammenbraute. Und dann war da auch noch Bruder Damian, ein Windlicht in der Hand, dessen Kegel einen lodernden Bannkreis um sie zog. »Und überhaupt: Was führt dich spätabends hierher? Kannst du mir das verraten?«

Leider nein.

Das konnte sie nicht.

Und wollte es auch nicht, kein Gedanke daran. Schweigen war das Gebot der Stunde, auch gegenüber Damian, dem sie ansonsten blind vertraute. Und darum: kein Wort über die ominöse Stimme, die gerade eben erst verklungen war. Und keinen Ton über das Schreckensbild von vorhin, als ihr dämmerte, um wen es sich bei dem Gemarterten handelte. Noch so ein Schock, und sie würde den Verstand verlieren. Und ihre Tage damit verbringen, verhöhnt zu werden.

»Jetzt sag schon, was dir widerfahren ist«, drängte der Franziskanerpater verstimmt, väterlicher Freund, Lehrer und Beichtvater in einem. »Nur frisch von der Leber weg geredet, vor mir brauchst du keine Geheimnisse zu haben.«

»Es ist nichts, Pater«, log sie ihrem Mentor ins Gesicht, dem die Skepsis deutlich anzumerken war. Gerade einmal fünf Fuß groß, schmächtig und von den Fährnissen des Alters heimgesucht, ging eine ehrfurchtgebietende Aura von ihm aus, ein Blick aus den lichtblauen Augen, und die Seele gab ihre Geheimnisse preis. »Alles halb so wild, macht Euch um meinetwillen bloß keine …«

Einen Kloß im Hals, brach Luzia betroffen ab. Sie war durchschaut, brachte es jedoch nicht über sich, die Wahrheit zu sagen. »Eine Unpässlichkeit, das ist alles. Passiert mir nicht zum ersten Mal, das ist nun mal leider so. Als Frau hat man es eben nicht leicht.«

»Wohl wahr.«

»Keine Sorge, Pater, das vergeht schon wieder.«

»Wenn du es sagst, wird es ja wohl stimmen«, lenkte der Vorsteher des Franziskanerklosters ein, schob den Arm unter ihre Achsel und half ihr auf. »Hoffen wir, dass sich das Malheur nicht wiederholt, aus der Ferne sah das wirklich bedenklich aus.«

»Heißt das, Ihr habt mitbekommen, wie ich …«

»Ich kam zufällig hier vorbei, von einem Besuch beim Kantor des Neumünsterstifts. Schachenthusiasten unter sich, da vergisst man leicht, wie spät es ist. Um die Komplet nicht zu verpassen, habe ich dann die Abkürzung über den Friedhof genommen. Glück im Unglück für dich, würde ich sagen. Schließlich weiß man nie, wer sich hier herumtreibt, darum Vorsicht, lichtscheue Gestalten gibt es zuhauf. Höchste Zeit, dass der Rat sich dazu ermannt, ihnen das Fell zu gerben. Sonst werden wir der Lage nicht mehr Herr, Nachtwache und Patrouillen hin oder her.«

Bruder Damian sah prüfend zu ihr auf. »Diese …«

»Unpässlichkeit.«

»Von der Wortwahl einmal abgesehen: Das Missgeschick von vorhin, wie oft hat es dir schon zu schaffen gemacht?«

»Ich sagte es doch bereits, mir war nicht gut«, versetzte Luzia knapp, bemüht, das Thema herunterzuspielen. »Es gibt Schlimmeres, also was soll's.«

»Ich bin immer für dich da, das weißt du doch.«

»Natürlich, Vater.« Wieder halbwegs bei Kräften, ordnete sie ihr rotblondes Haar, verknotete es hinter dem Kopf und dachte nach. Was, wenn jemand anderes sie so sehen würde? Wenn jemand Zeuge wurde, wenn es über sie kam? Am Ende redete sie womöglich wirr, schnitt Grimassen oder tobte herum, als sei der Teufel in sie gefahren.

Luzia runzelte die Stirn. Ein paar Jahre zuvor, nach seiner Ernennung zum Aufseher über das Bürgerspital, hatte ihr Vater sie zu einer Inspektion mitgenommen. Die Visite hatte einen bleibenden Eindruck hinterlassen, sowohl im Guten als auch anderweitig. Denn auch dort waren die Insassen nicht alle gleich, frei nach der Devise: Hast du was, dann bist du wer. Kaum verwunderlich, dass die Herrenpfründner den Ton angaben, besaßen sie doch das nötige Kleingeld, um sich einzukaufen. Gemessen daran fehlte es ihnen an nichts, reichliche Mahlzeiten und Schlafkammer mit eingeschlossen. Die Armenpfründner konnten davon nur träumen, nächtigten auf Strohsäcken und mussten mit anpacken, wenn es der Spitalmeister befahl.

Besonders schlimm erging es den Wirren im Geiste, die getrennt von den Pfründnern beherbergt wurden. Etliche davon, so der Aufseher beim Rundgang durch das Narrenhaus, befänden sich im Zustand der Tobsucht, unter Gelehrten als Delirium hystericum bekannt. Der Grund, weshalb man die Randalierer in Ketten zu legen pflege. Ein Blick in die Zellen im Kellergeschoss, wo sich ein Gezeter wie am Jüngsten Tag erhob, und Luzia hatte Bescheid gewusst. Ganz gleich, was aus ihr wurde, in einem Kellerloch würde sie nicht enden, weder jetzt noch am Ende ihrer Tage. »Kein Grund zur Besorgnis, mir geht es wieder gut.«

»Das hoffe ich doch.«

Luzia sagte nichts dazu, schlang den Umhang um den fragilen Leib und zog die Schultern zusammen. Denunzianten gab es hier in rauen Mengen, und was wäre, wenn man ihr auf die Schliche käme, daran wagte sie nicht zu denken. Die Flinte ins Korn zu werfen, das kam jedoch nicht infrage. Alles, was es brauchte, war ein Quäntchen Glück. Dann würde sich ihr Schicksal zum Guten wenden.

Bruder Damian schien ihre Gedanken zu erraten, vermied es jedoch, weiter nachzuhaken. »Ach so, jetzt verstehe ich!«, rief er mit hintergründigem Lächeln aus, sein Windlicht auf Augenhöhe, während er mit dem Finger in die hereinbrechende Finsternis wies. Am fraglichen Punkt, vom Geäst einer uralten Esche überragt, zeichneten sich die Umrisse einer Marmorplatte ab, umrankt von dichtem Efeu, an dem sich das Mondlicht brach. »Wie konnte ich das nur vergessen, heute ist ja ihr Geburtstag.«

Luzia nickte betrübt. »Mutters Tod war ein großer Schock für mich«, fügte sie beim Nähertreten hinzu, mit Blick auf die in Sandstein gemeißelte Frauengestalt, deren Züge einen seelenvollen Charakter verrieten. Die per Kinnriemen festgezurrte Haube auf dem Kopf, hielt die Frau im wallenden Gewand einen Rosenkranz umklammert und blickte am Betrachter vorbei nach rechts, als verharre sie in stillem Gebet. Am Fußende, aufgrund der Dunkelheit nur schemenhaft zu erkennen, befand sich ein gemeißeltes Wappenschild, verziert mit gekreuzten Riemen, deren Enden akkurat zurechtgeschnitten waren. Die

Inschrift lautete: *Anno MDVII im Monat April wurde die ehrsame, fromme und allzeit genügsame Anna Riemenschneider, geboren allhier zu Würzburg, zum Schöpfer des Himmels und der Erde berufen. Möge sie in Frieden ruhen, bis zur fröhlichen Auferstehung.*

»Über den Verlust bin ich nie hinweggekommen.«

»Du warst erst sechs damals, erinnere ich mich richtig?«

Luzia stimmte schweigend zu. »Außer ihr hat sich niemand um mich gekümmert – Anwesende selbstredend ausgeschlossen. Meine Brüder und Schwestern waren sich selbst genug – und obendrein wesentlich älter.«

»Und dein Vater, was war mit ihm?«

Die abwehrende Handbewegung folgte auf dem Fuße. »Auf ihn lasse ich nichts kommen, wo denkt Ihr hin! Ein Findelkind bei sich aufzunehmen, wenn man eine Horde hungriger Mäuler zu stopfen hat, allen voran drei Stiefsöhne und vier leibliche Kinder, das nenne ich wahre Nächstenliebe.«

»Und worin liegt dann das Problem?«

Luzia lächelte matt. »Jetzt tut doch nicht so, Ihr wisst es ja schon.«

»Drücken wir es mal so aus: Ich bilde es mir ein.«

»Vater war immer ein Vorbild für mich – und ist es immer noch. Er ist ein Mensch, zu dem man aufschaut, mit natürlicher Autorität.«

Bruder Damian schloss die Augen und nickte. »So wie dir geht es vielen in der Stadt, ich selbst mache da keine Ausnahme.«

»Aber manchmal …« Ein verdorrtes Blatt in der Hand, um es von der Grabplatte zu entfernen, geriet Luzia unvermittelt ins Stocken.

»Kommt er einem ein wenig seltsam vor?«

»Ihr sagt es, Pater.«

Der Adressat setzte ein wissendes Lächeln auf. »Falls es dich tröstet, mein Kind: Meister Tilman war schon immer so, seit ich ihm zum ersten Mal begegnet bin. Und wie du weißt, ist das schon ziemlich lange her. Er ist eben ein Künstler – und gehört als solcher einer besonderen Spezies an. Jemand wie er sieht die Welt mit anderen Augen, anders als du oder ich. Das ist nun mal so. Besser, man findet sich damit ab. Tut man es nicht, kann es leicht zu Missverständnissen kommen.« Damian hielt abwartend inne. Als eine Reaktion ausblieb, bemerkte er: »Du solltest dankbar sein, dass es ihn gibt, Menschen wie ihn trifft man nicht so oft. Um sie zu finden, muss man lange suchen.« Der Franziskaner deutete himmelwärts, einen Ausdruck kindlicher Unschuld im Gesicht. »Es sei denn, der da oben hilft ein wenig nach. Dann bleibt einem die Mühe erspart.«

»Ihr missversteht mich, Pater.«

»So, tue ich das?«

»Jetzt kommt schon, Ihr wisst doch genau, was ich meine.«

»Falls du auf deinen Wunsch anspielst, ihm nachzu-eifern: In dem Punkt kann ich meinen Jugendfreund verstehen«, machte Damian seinen Standpunkt klar. Das Thema war überaus heikel, nichts schädlicher für ihn, als zwischen die Fronten zu geraten. »Na schön, du möchtest Bildschnitzerin werden, ein naheliegender Wunsch. Und wie ich deinen Vater kenne, erfüllt ihn das mit Stolz.«

»Ich denke schon.«

»Ich weiß, was du jetzt gleich sagen wirst, Luzia: Davon kann ich mir nichts kaufen.« Bruder Damian seufzte tief. »Versetz dich doch mal kurz in seine Lage, mein Kind.

Selbst wenn er bereit wäre, dir den Wunsch zu erfüllen: Welchen Nutzen würde dir sein Plazet bringen?«

»Was geht es denn die Zunftoberen an, wenn er eine Frau in seiner Werkstatt be...«

»Eine Menge, mein Kind – und das weißt du auch«, fiel der Franziskaner der jungen Frau ins Wort, verstärkte den Griff um seinen Gehstock und ergänzte: »Ad eins: Laut Statut der Maler-, Glaser- und Bildhauerzunft ist es untersagt, eine Frau als Mitglied in die Korporation aufzunehmen und ihr damit die Möglichkeit zu eröffnen, bei einem ortsansässigen Meister in die Lehre zu gehen.«

»Ihr haltet das doch nicht etwa für gerecht?«

»Meine Meinung spielt hier keine Rolle«, ließ sich der Vorsteher nicht dem Konzept bringen. »Zum Zweiten: Einmal angenommen, dein Vater wäre bereit, dir den Wunsch zu erfüllen, und nähme dabei das Risiko in Kauf, wegen Missachtung der Statuten relegiert zu werden: Wer von euch beiden hätte einen Nutzen davon? Antwort: keiner. Deinem Vater wäre es verboten, seine Werkstatt weiterzuführen und innerhalb der Stadt seiner Profession nachzugehen, und was dich betrifft, nun ja, mit ein wenig Glück kämst du mit Arrest davon. Wenn nicht, müsstest du damit rechnen, per Ratsbeschluss zum Verlassen der Stadt gezwungen zu werden. Mit der Aussicht auf eine ungewisse Zukunft, um es schonend zu formulieren. Was ich damit sagen möchte, ist: Mit dem Kopf durch die Wand zu wollen führt zu nichts, besser, du findest dich mit den Gegebenheiten ab. Es sei denn, du bist darauf aus, deinen Vater in Schwierigkeiten zu bringen. Nach meinem Befinden hätte er das nicht verdient, allein schon aus Respekt gegenüber seiner Person.«

»Ich verehre meinen Vater, das wisst Ihr genau.«

»Aber du liebst ihn nicht, hab ich recht?«

»Weit gefehlt.«

»Mit Verlaub, womit haderst du dann?«

»Manchmal redet er tagelang kein Wort mit mir. Behandelt mich wie Luft. Dann frage ich mich, was ihm durch den Kopf geht.«

»Die Schnitzerei, was hast du denn gedacht.«

Luzia schloss bekümmert die Augen, verhakte die Fibel an ihrem Umhang, um sich gegen die Kühle zu wappnen, und zupfte die weinrote Bordüre zurecht. »Zu Hause sagen sie alle das Gleiche, wenigstens da sind wir einer Meinung. Und da wäre noch etwas.«

»Nämlich?«

»Es steht mir zwar nicht zu, mich einzumischen, aber wenn ich mir anschaue, wie Margaretha mit Vater umspringt, dann packt mich die blanke Wut.«

»Mit anderen Worten: Deine Stiefmutter ist ein rotes Tuch für dich.«

»Und gerade mal neun Jahre älter, aber das nur nebenbei.«

»Du sollst deinen Vater und deine Mutter ehren, auf dass du lange lebest in dem Lande, das dir der Herr, dein Gott, geben wird.«

»Was Ersteren betrifft, nichts lieber als das.«

Pater Damian hob warnend den Zeigefinger. »Du bist dabei, dich in etwas zu verrennen, mein Kind. Nimm dir ein Beispiel am Heiligen Franziskus, von dem Mann kann man wirklich lernen. Der da sprach: *Oh Herr, gib mir die Kraft, Dinge zu ändern, die ich ändern kann, die Gelassenheit, das Unabwendbare zu ertragen, und die Weisheit, mich ...*«

»*Im Zweifel für einen der beiden Wege zu entscheiden.* Zitat Ende.«

»Von mir aus wäre dem nichts hinzuzufügen«, vollendete der Klostervorsteher knapp, dämpfte den Ton und sagte: »Dessen ungeachtet: Ich wünschte, sie weilte noch unter uns. Kaum zu glauben, wie schnell es mit ihr zu Ende ging. Und wie machtlos man gegen die Krankheit ist. Eine Unze Schlafmohn, um ihre Qualen zu lindern, mehr konnte der Medicus nicht tun. In ihrer Haut hätte ich nicht stecken wollen, die Frau konnte einem leidtun.«

»Reden wir nicht mehr drüber. Es ist besser so.«

Pater Damian seufzte gequält. »Es ist zwar nicht meine Art, Moralpredigten zu halten, aber lass mich dir einen gut gemeinten Rat geben.«

»Aber gern.«

»Wenn du dir einredest, die Kirche sei an allem schuld, dann machst du dir etwas vor. Wahr ist, Annas Bruder wurde der Ketzerei und der Anstachelung zum Aufruhr bezichtigt und im Anschluss hochnotpeinlich befragt. Danach verliert sich seine Spur.«

»Behauptet wer?«

»So begreif doch, Luzia: Die Behörden mussten so handeln. Der Inkulpat war kein unbeschriebenes Blatt, das kam erschwerend hinzu.« Damian wiegte das greise Haupt. »Dass die Vorschriften nicht eingehalten wurden, steht außer Frage. Insofern kann ich deinen Unmut verstehen. Annas Tod mit dem Renegatentum ihres Bruders in Verbindung zu bringen halte ich jedoch für gewagt, wenn nicht gar für abwegig.«

»Sie hat sich zu Tode gegrämt, das lasse ich mir nicht ausreden.«

Der Vorsteher hörte über die Replik hinweg. »Vergessen wir nicht: Das Gericht hat sich die Entscheidung nicht leicht gemacht und dem Heißsporn eine goldene Brücke gebaut, um ihn vor dem Schlimmsten zu bewahren.«

»Von wegen Heißsporn!«, platzte es aus Luzia heraus. »Er war erst 15, oder habt Ihr das schon vergessen? Bitte seid mir nicht gram, wenn ich es so hart formuliere, aber wer auch immer für sein Verschwinden verantwortlich ist, er hat große Schuld auf sich geladen. Wenn ich sehe, wie viel Unheil in Christi Namen angerichtet wurde, dann graut mir vor dem, was noch kommen wird. Das Maß ist voll, das wisst Ihr so gut wie ich. Im Volk beginnt es zu gären, so wie bisher kann es einfach nicht weitergehen. Die Leute haben die Drangsal satt, und wenn der Bischof schlau ist, zieht er seine Lehren daraus.«

»Genau darin liegt das Problem. Klar ist, der hohe Herr denkt nicht im Traum daran, auf die Forderungen der Gemeinen einzugehen. Wie ich ihn kenne, wird er so weitermachen wie bisher – und sich keinen Deut um die Nöte des Volkes scheren. Eins dürfte uns beiden klar sein: Wer bis über beide Ohren in Schulden steckt, hat nichts zu verschenken.«

»Und wird alle Hebel in Bewegung setzen, um an Geld zu kommen. Auf Kosten der kleinen Leute, wie gehabt.« Luzia atmete bekümmert aus. »Ich bin mir sicher, das geht nicht mehr lange gut, ein paar Jahre noch, und den Schindern wird die Rechnung präsentiert.«

»Um mir vorzustellen, was dann geschieht, dazu reicht meine Fantasie nicht aus.«

»Wenn wir gerade dabei sind: Ich bin in Sorge, Vater könnte ein Ungemach widerfahren.«

Bruder Damian stutzte. »Wie das? Soweit ich weiß, erfreut er sich bester Gesundheit. Ich will ja nichts sagen, aber siehst du da nicht ein wenig …«

»Kurz und gut: Wenn er nicht aufpasst, mit wem er sich abgibt, wird es ein böses Erwachen für ihn geben«, fiel

Luzia dem Minderen Bruder ins Wort, zog die Kapuze mit einem Ruck über den Kopf und machte eine finale Geste. »Ich schlage vor, wir wechseln das Thema, was mich betrifft, gibt es nichts mehr zu sagen.«

»Einverstanden«, stimmte Damian mit nachdenklicher Miene zu, wie kaum ein anderer mit den Gedanken seines Schützlings vertraut. Und vollendete mit Blick auf die Unwetterfront: »Höchste Zeit, dass wir uns auf den Weg machen, dort droben braut sich einiges zusammen.«

Luzia nickte, bot ihrem Mentor den Arm, damit er sich bei ihr unterhaken konnte, und steuerte auf die schmiedeeiserne Seitenpforte zu, von wo aus man direkt zum Kloster gelangte. Dort angekommen, drückte sie die Klinke herunter, ließ Damian den Vortritt und schickte sich an, zu ihm aufzuschließen.

Doch dazu sollte es nicht mehr kommen. Unweit des Pfaffentors, nur wenige 100 Schritte vom Domfriedhof entfernt, hatte sich ein Blitzbündel in die Erde gebohrt, begleitet von ohrenbetäubendem Krachen, wie bei den Feuergarben einer todbringenden Geschützbatterie.

Luzia blieb wie angewurzelt stehen. Weniger aus Angst, auf der Flucht vor dem Unwetter vom Blitz getroffen werden, sondern aufgrund des Knirschens, das dem Grollen des Donners auf dem Fuß folgte.

Und dann stand sie auch schon vor ihr auf dem Kiesweg. Die Gestalt hielt sich eine Stabmaske vors Gesicht, bekleidet mit einem dunklen Umhang, an dem die Sturmböen zerrten. In den Widerschein des spinnenförmigen Blitzbündels getaucht, verharrte sie wie in Erz gegossen auf der Stelle. Auch dann noch, als Luzia den Blick erwiderte.

Etliche Atemzüge später, nach schier endlosem Zaudern, die unerwartete Geste: Die Spukgestalt, der Statur nach zu urteilen ein Mann, fiel vor ihr auf die Knie, senkte das Haupt und reckte ihr sehnsuchtsvoll die Hand entgegen.

Luzia indes blieb stehen, bemüht, ihre Beklommenheit zu unterdrücken. Fürwahr, dies war keine Erscheinung, kein Hirngespinst, keine Vision mit einer Wisperstimme im Hintergrund.

Der Mann war real, ein Blick auf die dunkle Maske, und sie erschauderte bis ins Mark.

Fest entschlossen, den Vermummten nach seinem Namen und dem Woher und Wohin zu fragen, machte Luzia einen Schritt nach vorn.

Doch da war der Fremde bereits verschwunden.

Was blieb, war der Geruch nach versengtem Fleisch, gerade so, als sei er vom Blitz in Stücke gerissen worden.

3

So wahr ich hier knie, oh Herr, um Dir zu huldigen: Der Tag wird kommen, an dem ich die Angebetete zum Weib nehme. Ich gebe zu, bislang wurde kein Wort zwischen uns gewechselt, und ich bezweifle, ob sie denn überhaupt Notiz von mir nahm. Bis dato habe ich sie nur aus der Ferne gese-

hen, ein Bewunderer unter vielen, die nicht umhin kamen, sie mit ihren Blicken zu verschlingen. Anders dagegen meine Wenigkeit, aus Gründen der Diskretion in einer reich verzierten Sänfte unterwegs, die Vorhänge nur einen Spalt breit offen. Ein Augenschmaus, wie sie über den Markt spazierte, mit wiegenden Hüften, die Figur wohlproportioniert. So wahr ich Dein getreuer Diener bin, oh Herr: Nie hätte ich es gewagt, das Wort an sie zu richten. Dazu fehlte mir der Mut. Hat doch die Pest mein Gesicht in eine Schreckensfratze verwandelt, der Grund, weshalb ich es vorziehe, eine Stabmaske zu benutzen. Nur die Wenigsten, allen voran der Bischof höchstselbst, wissen, was es bedeutet, mich in natura zu sehen. Ein Blick auf das von Narben entstellte Antlitz, und selbst Luzifer würde überstürzt das Weite suchen.

Kaum verwunderlich, dass ich mit der Zeit zum Phantom wurde, und dass ein jeder, der meine Sänfte sah, einen Bogen um mich schlug. Ich gebe es zu: Es gab Zeiten, in denen es mich mit Gram erfüllte, wie ein Paria behandelt zu werden. Später jedoch, am Tiefpunkt meines irdischen Daseins angelangt, fand ich mich damit ab, ein Leben im Stil der Kartäuser zu führen.

Wenn Mütter damit drohen, ich würde ihre Bälger Mores lehren, kann ich darüber nur schmunzeln. Sollen sie mich doch zum Schreckgespenst machen, wenn ihnen danach ist, mich schmähen oder allerlei Zoten zum Besten geben, solange mich die Leute fürchten, lassen mich die Anfeindungen kalt. Ich bin nun mal nicht der Typ, der um Zuneigung buhlt, und was meine Profession betrifft, habe ich das auch nicht nötig. Wird es doch nur derjenige, vor dem der Pöbel das Knie beugt, in Zeiten wie diesen zu etwas bringen. Härte gegenüber sich selbst und anderen, das ist das Elixier, aus dem ich meine Kraft schöpfe.

Es sei denn, die Frau meiner Sehnsüchte läuft mir über den Weg.

So wie vorhin, an just dem Ort, wo ich mit Vorliebe verweile. Und sei es nur, um unter Meinesgleichen zu sein.

Und darum abermals: Der Tag ist nicht mehr fern, an dem ich die Verführerin zur Frau nehme. Ihrem Liebreiz kann und konnte ich nicht widerstehen, was ich auch tat, ihr Bild ging mir nicht mehr aus dem Sinn. Dichtes rotblondes Haar, nur mit Mühe unter der blütenweißen Schnürkappe verborgen, im Nacken zu einem kunstvollen Knoten zusammengefügt, olivfarbene Haut, und das ohne jedweden Makel, Augen so grün wie ein Smaragd, dazu ebenmäßige Züge und eine Figur, die jeden Adamsjünger in wilde Raserei versetzen würde: Fast scheint es, als sei sie vom Himmel herabgestiegen, in Gestalt der Sixtinischen Madonna, gekommen, um den Erdenbürgern den Weg zu weisen.

Doch halt, ich laufe Gefahr, mich zu vergessen. So wahr ich Dein Diener bin, oh Herr, fleischliche Gelüste sind mir fremd. Ich begehre die Frau um ihretwillen, nicht etwa, um der Wollust oder einer Abart zu frönen. Um dies zu verhindern, kommt mir das Flagellum unter dem Ornat gerade recht, stets zur Hand, wenn Gott Eros mir sein Gift die Ohren träufelt. Tritt die erhoffte Wirkung nicht ein, wäre da noch mein Exerzitiengürtel, gespickt mit Nägeln und Widerhaken, auf dass mein Sehnen in gottgefällige Bahnen gerate.

Ist doch nichts widerwärtiger, als wenn die Lockungen des Fleisches die Oberhand gewinnen. Tritt dies ein, läuft man Gefahr, sich zum Gespött – oder, schlimmer noch – zum willenlosen Popanz des Leibhaftigen zu machen. So weichet denn von mir, all ihr Kuppelweiber, Dirnen und

Nymphchen, und schart euch um den Frauenwirt, um die Gecken dieser Welt zum Gespött zu machen. Ich selbst bin gegen euresgleichen gefeit, davon beseelt, dem sündhaften Tun die Stirn zu bieten.

Meine Gedanken sind rein, oh Herr, und wer bin ich, dass ich es wage, die Gebote zu missachten. So erhöre denn mein Flehen – und sende mir ein Zeichen Deiner Gnade, auf dass ich einen Weg finde, mir das Objekt meiner Sehnsucht gewogen zu machen.

Denn Dein ist das Reich und die Kraft und die Herrlichkeit.

In Ewigkeit.

Amen.

DIENSTAG, 18. APRIL

4

»Stör ich, Vater?«

»Du doch nicht, komm rein«, forderte sie der Mann an der Werkbank ohne aufzublicken auf, wischte die Späne beiseite, die auf der Tischplatte lagen, und fuhr mit der Arbeit an der Schnitzfigur fort. Selbst jetzt, in aller Herrgottsfrühe, hatte er ein Barett aus dunklem Brokat aufgesetzt, eitel genug, um die schüttere Haarpracht zu kaschieren. Der Rock, den er trug, schlackerte lose am Körper, desgleichen die fadenscheinige Schürze, mit Holzstaub, Spänen und Farbflecken übersät, wie ihr Träger sichtlich in die Jahre gekommen. Ein Eindruck, der durch die Altersflecken im Gesicht noch verstärkt wurde. »Schon so früh auf den Beinen, wie das?«

Der Mann maß nahezu sechs Fuß, weitaus größer als die meisten Zeitgenossen, die er um Haupteslänge überragte. Sein Gesicht sah hager und blässlich aus, und was das strähnige Haar betraf, waren die Grautöne nicht zu übersehen. Ganz anders dagegen sein Blick: forschend, durchdringend und hellwach zugleich, sichtbarer Beweis, dass er die Sehschärfe eines Jagdfalken besaß.

Auch jetzt, nach einem Leben mit Höhen und Tiefen, entging dem Mann mit dem Schnitzmesser so gut wie nichts. Scharfer Blick, kühler Kopf, ruhige Hand: Der Wahlspruch des Meisters traf den Nagel auf den Kopf. »Dann lass mal hören, Luzia – was hast du auf dem Herzen?«

»Das ist für Euch, Vater – und alles Liebe zum Geburtstag!«, platzte die Frühaufsteherin heraus, fasste sich ein Herz und drückte dem Jubilar eine Schatulle in die Hand. »Von Hand geschnitzt, samt Initialen und Wappen auf dem Deckel.«

»Für mich?«, echote Meister Tilman überrascht, nahm eine Talgkerze zur Hand und betrachtete die Preziose näher. Draußen im Hof wurde es allmählich hell, nicht mehr lange, und die Ruhe in der Werkstatt war dahin. Ein Dutzend Lehrknechte, Gesellen und Handlanger, noch dazu auf engstem Raum, Holzlieferanten und Kunden aus Nah und Fern nicht mitgerechnet, die kamen und gingen, wann es ihnen passte: Das Getümmel auf dem Fischmarkt war nichts dagegen. »Das ist sehr aufmerksam von dir, mein Kind, ich werde das Präsent in Ehren halten.«

»Ihr müsst es aufmachen, Vater – die Überraschung kommt erst noch.«

»Jetzt machst du mich aber neugierig, junge Dame«, kam Meister Til der Aufforderung nach, ließ den Verschluss aufschnappen, der mit Blattgold überzogen war, und klappte den gewölbten Deckel hoch. »Die Muttergottes mit dem Kind!«, rief er mit ungläubigem Staunen aus, die Figurine aus poliertem Lindenholz in der Hand, um sie mit Kennerblick zu inspizieren. »Da sieht man es mal wieder, der Apfel fällt nicht weit vom Stamm.«

Luzia atmete erleichtert durch. Mit Intimitäten tat sich ihr Vater schwer, ein Manko, mit dem sie ihre liebe Not hatte. Von Natur aus ruhig und in sich gekehrt, mit einem Hang zum Melancholischen und zum Weltverdruss, haftete ihm die Aura eines Grüblers an, dem die Reserviertheit zur zweiten Haut geworden war. Auch deswegen zog er sich häufig in die Werkstatt zurück, am liebsten frühmorgens, um seinen Gedanken nachzuhängen, das Porträt einer jugendfrischen Frau im Blick, mit dem er geheime Zwiesprache hielt. Anna, zweite von mittlerweile vier Ehefrauen, von denen er drei überlebte, hatte ihm die leiblichen Kinder geboren, darunter drei anstellige Söhne, die dem Vater bei der Arbeit zur Hand gingen. Und wie es nun mal guter Brauch war, würde Jörg, der Älteste, vom Meister dereinst die Werkstatt übernehmen. Der Sohn folgte auf den Vater, und wenn die Zeit gekommen war, kam die nächste Generation zum Zug. Kaum einer aus der Gilde, der sich darüber hinwegsetzte, komme, was wolle, die Tradition hatte Priorität. Auch der Meister legte großen Wert darauf, neben Pünktlichkeit und Fleiß das A und O für ihn.

Unter den Bewohnern des Hofes zum Wolfmannszichlein galt es denn auch als ausgemacht, den Meister nicht zu behelligen. Erst zu Beginn der dritten Stunde, wenn es hell genug war, um mit dem Tagewerk zu beginnen, nahm die selbst gewählte Abgeschiedenheit ein Ende. Dann nahm das Personal seine Arbeit auf, allen voran die Gesellen und Lehrknechte, deren Schlafplatz sich im angrenzenden Hinterhaus befand. Im Vorderhaus, erheblich komfortabler und mit einem Kachelofen ausstaffiert, logierte die vielköpfige Familie, alles in allem ein Dutzend Personen, die Dienstmägde und Köchinnen nicht mitgerechnet.

Langweilig wurde einem da nie.

»Freut mich, wenn Euch die Muttergottes gefällt«, unterbrach Luzia das Schweigen und trippelte nervös auf der Stelle. Der Moment der Wahrheit rückte näher, wenngleich der Meister von ihrem Anliegen nichts ahnte. »Und die Figurengruppe da drüben«, fuhr sie mit klopfendem Herzen fort, im Bemühen, sich die Aufregung nicht anmerken zu lassen, »was soll das werden?«

»Um ganz ehrlich zu sein«, gab Meister Tilman zurück, verstaute das Präsent in der Schatulle und schob sie behutsam beiseite. »So genau weiß ich das selbst noch nicht, vielleicht eine Mater Dolorosa, mal sehen, was mir noch alles einfällt. Uns allen stehen ja schwierige Zeiten bevor, von daher würde das Motiv gut passen.«

»Was auch immer geschieht, wir dürfen den Kopf nicht hängen lassen«, war sie bestrebt, die Politik außen vor zu lassen, ohne Erfolg, wie das Stirnrunzeln des Meisters attestierte. »Wenn wir ihn in den Sand stecken, dann …«

»Ist niemandem damit gedient, wohl wahr«, vollendete Riemenschneider vergrämt. »Genau das habe ich meinen Ratskollegen auch gesagt.«

»Und, haben sie auf dich gehört?«

Ein nachdenkliches Schnauben, gefolgt von einem Blick zur Tür, um gegen ungebetene Lauscher gefeit zu sein. »Ich sage das nur zu dir, mein Kind – behalte es also tunlichst für dich. Kein Wort gegenüber deinen Geschwistern, haben wir uns verstanden?«

Luzia nickte artig mit dem Kopf.

Vaters Tonfall machte sie stutzig, voll aufkeimender Sorge, die sein Gesicht mit Furchen überzog. »Wisse denn: Im Rat ist die Stimmung am Kippen. Dem Bischof das Geld nur so in den Rachen werfen und eine Sondersteuer nach der anderen berappen, wann immer es ihm beliebt, von wegen. Wen kümmert's, wie er seine Soldknechte bezahlt, mit Geldern aus dem Stadtsäckel jedenfalls nicht. Von nun an weht ein anderer Wind, in dem Punkt sind sich alle einig. Von ein paar Speichelleckern, die man an den Fingern einer Hand abzählen kann, einmal abgesehen. Es ist alles ein Geben und ein Nehmen, höchste Zeit, dass der Bischof eine Kehrtwende macht. Sonst setzt ihm der Landmann den Roten Hahn aufs Dach, in seiner Haut wollte ich dann nicht stecken.«

»Wenn dem so ist, warum lässt er nicht mit sich reden?«

»Wie heißt es doch gleich: Jeder ist sich selbst der Nächste. Der Bischof bildet da keine Ausnahme. Vielleicht denkt er, der Sturm würde sich verziehen, keine Ahnung, was er sich davon verspricht. Bleibt zu hoffen, dass er imstande ist, die Zeichen an der Wand zu deuten. Wenn nicht, wird es ein böses Erwachen für unseren Landesherrn geben.«

»Mit anderen Worten: keine Kompromisse mehr.«

»Drücken wir es mal so aus: Ich kann die Unzufriedenen verstehen, vom Landvolk erst gar nicht zu reden. Die Bauern müssen darben, haben kein Auskommen, werden kujoniert, dass es eine Schande ist. Und das nicht erst seit gestern, wie du weißt. Sondern seit Jahrhunderten, solange es Kaiser und Könige gibt.« Der Blick des Jubilars verfinsterte sich, umrahmt von Sorgenfalten, die sich wie Bruchlinien ins verdorrte Antlitz gruben. »Drum seht euch vor, ihr Herren von Adel, draußen im Land braut sich was zusammen. Hoffen wir, dass der Kelch an uns vorübergeht, ein Krieg wäre das Letzte, was wir brauchen können. Denn dann würde alles nur noch schlimmer. Egal was passiert, die Fürsten sitzen am längeren Hebel, und wenn es hart auf hart kommt, dann lassen sie ihre Händel ruhen. Die halten zusammen wie Pech und Schwefel, machen wir uns nichts vor. Auf den Punkt gebracht, junge

Dame: Gegen Berufskrieger kämen wir nicht an, ein paar Dutzend Stadtknechte, was ist das schon.«

»Wie dem auch sei: Ich finde, es ist an der Zeit, reinen Tisch zu machen.«

»Natürlich ist es das. Wer will denn schon auslöffeln, was ihm von der Obrigkeit eingebrockt wurde, ich dem Punkt sind wir uns alle einig. Vergessen wir aber nicht: Käme es zum Äußersten, hätten alle darunter zu leiden – auch wir beide.« Meister Tilman hielt sinnierend inne.

»Irgendwo neu anfangen, das sagt sich so leicht. Was mich betrifft, ich wäre viel zu alt dazu, einen Baum mit dicken Wurzeln kann man nicht mehr verpflanzen.«

»Ihr seht zu schwarz, Vater.«

»Weißt du, mein Kind, ich habe jahrzehntelang in dieser Stadt gelebt, hier wurde ich heimisch, hier wurde es mir ermöglicht, meiner Profession nachzugehen, hier wurde ich zu dem, der ich bin. Und wurde sogar zum Ratsvorstand gewählt, mehr kann man vom Leben nicht erwarten. Da überlegt man es sich zweimal, ob man Händel vom Zaun brechen soll, die aus dem Ruder laufen könnten.«

»Bei allem gehörigen Respekt, die Probleme der Darbenden gehen uns alle an, durch die Bank, ob hoch oder niedrig, spielt keine Rolle.«

Der Jubilar wedelte tadelnd mit dem Zeigefinger. »Was sind denn das auf einmal für Töne, ich kenne dich ja gar nicht wieder. Weißt du, was ich denke, mein Kind? Politik ist ein Geschäft, von dem sich die Weiber fernhalten sollten, wenn ich du wäre, ich würde den Rat beherzigen.«

»Mit anderen Worten, die Weibsleute gehören in die Küche – oder in die Kinderstube.«

»Das habe ich nicht gesagt, Luzia.«

Das Schweigen der Adressatin sprach für sich.

»Und daher nochmals«, hakte der Meister mit Bestimmtheit nach, erhob sich von seinem Hocker und sprach: »Wer den Wind sät, wird Sturm ernten. Und darf sich nicht wundern, wenn er davongewirbelt wird. Jesus spricht: *Wer zum Schwert greift, wird durch das Schwert umkommen.* Ich finde, dem ist nichts hinzuzufügen.«

»Selbst auf die Gefahr, zum Spielball der Mächtigen zu werden?«

Meister Til setzte ein mildes Lächeln auf. »Ihr jungen Leute seid doch alle gleich«, zog er halb beifällig, halb niedergeschlagen Bilanz, nahm wieder Platz und knetete die feingliedrigen Finger. »Mit dem Kopf durch die Wand, ohne Rücksicht auf die Konsequenzen. Hauptsache, ihr bekommt euren Willen.«

Luzia behielt die Antwort für sich.

Die Sanduhr zeigte die dritte Stunde an, höchste Zeit, in medias res zu gehen.

Meister Tilman kam ihr jedoch zuvor, das Schnitzmesser in der Hand, um mit der Arbeit fortzufahren. »So, mein Kind, wenn es dir nichts ausmacht, würde ich jetzt gern weitermachen.«

»An Eurem 65. Geburtstag, ist das Euer Ernst?«

»Carpe diem, heißt es nicht so?«, war der Meister um eine Antwort nicht verlegen. »Da fällt mir gerade ein: Wolltest du nicht die Korrespondenz erledigen? Meine Geschäftspartner müssen bei Laune gehalten werden, vergiss das nicht. Besonders wenn ich Ihnen noch Geld schuldig bin.«

Luzia nickte zerstreut mit dem Kopf, in Gedanken bei der gestrigen Vision. Da war er wieder, der Mann auf dem roh gezimmerten Schandstuhl, flankiert vom Kerkermeister des Bischofs, der die Strafe vollzog.

Die Hände ihres Vaters im Visier, überlief es sie heiß und kalt.

Feingliedrig, weich und feminin, als stammten sie von der Figur auf einem Triptychon.

»Soweit alles geklärt, oder hast du noch etwas auf dem Herzen?«

»In gewisser Weise schon«, erwiderte Luzia mit Bedacht, im Zweifel, ob es nicht besser war, das Feld zu räumen. »Ich möchte Euch nur ungern von der Arbeit abhalten, aber ...«

»Schon gut, ich kann mir denken, worum es geht.« Der Meister atmete hörbar durch. »Falls es sich um das Thema dreht, das dir seit geraumer Zeit unter den Nägeln brennt, möchte ich dich bitten, mich damit zu ...«

»Es liegt mir am Herzen, Vater. Das wisst Ihr doch.«

Die Ellbogen auf die Tischkante gestützt, brach der Bildschnitzer unvermittelt ab, die im Entstehen begriffene Muttergottes im Blick, von der er den Blick nicht abwenden konnte.

»Nicht schon wieder, Luzia, das hatten wir doch schon so oft! Bitte versteh mich nicht falsch: Dass du das Zeug hast, in meine Fußstapfen zu treten, steht außer Frage. Das ist aber nicht der Punkt.« Als rechne er mit einer Antwort, hielt der Meister abwartend inne. Und fuhr, um das Schweigen zu überbrücken, mit ernster Miene fort: »Es gibt nun mal Regeln, an die sich jeder halten muss, vom Zunftmeister bis zum Lehrknecht auf Probe. Wie man dazu steht, spielt keine Rolle. Das bedeutet: Einer Frau, und sei sie noch so talentiert, ist es untersagt, einer Zunft beizutreten. Ohne Rücksicht auf Herkunft oder Person oder was auch immer.« Der Blick des Meisters verklärte sich. »Ich weiß noch genau, wie du dich als Kind auf diesen Hocker gesetzt hast, um mir bei der Arbeit zuzusehen. Oft stundenlang, voll bei der Sache. Das hat mich stolz gemacht – auch wenn du die Gewohnheit hattest, mir Löcher in den Bauch zu fragen. So viel Zeit musste einfach sein, die Aufträge konnten warten.«

Ein wortloses Nicken.

Zu mehr war sie nicht imstande.

»Ein Rat unter Kollegen: Wenn du mit dem Kopf durch die Wand willst, schadest du dir nur selbst. Die Statuten sind nun mal so, wie sie sind, sie zu ändern liegt nicht deiner Macht.« Das Schnitzmesser in der Hand, ließ der Hausherr die aufgestaute Luft entweichen. »Würde ich mich von dir breitschlagen lassen, welchen Nutzen hätten wir davon? Die Antwort lautet: nicht den geringsten. So schnell könnte ich gar nicht gucken, wie mir die Zunft den Stuhl vor die Tür setzen würde, und zwar mit Recht, Gesetz ist nun mal Gesetz. Und danach? Um sich auszumalen, was mir blüht, muss man kein Prophet sein: Entzug der Lizenz, Entzug des Meistertitels, Entzug der bürgerlichen Rechte und Hinauswurf aus dem Unteren Rat. Konfiszierung des Vermögens durch den Bischof, wie ich ihn kenne, würde er sich die Chance nicht entgehen lassen. Gefolgt vom Hinauswurf aus der Stadt – mitsamt der Familie, um ein Exempel zu statuieren. Die Botschaft: Wer sich nicht an die Regeln hält, der schneidet sich ins eigene Fleisch. Das zum Thema Berufswunsch, hat die Dame noch Fragen?«

»Aber Ihr habt doch selbst gesagt, ich hätte Talent«, bäumte sich Luzia wider besseres Wissen auf, in der Hoffnung, das Blatt noch wenden zu können. »Ist das etwa nichts?«

Anstatt zu antworten, nahm der Meister die Skizzenmappe aus Hirschleder zur Hand, die griffbereit im Regal neben der Werkbank lag, schob sie über den Tisch und drängte: »Nun mach sie schon auf, ich erlaube es dir.«

Luzia gehorchte.

»Was siehst du?«

»Lauter Skizzen.«

»Und was noch?«

Die junge Frau blickte fragend auf. »Bitte verzeiht mir, aber ich kann Euch nicht ganz folgen.«

»Ich nehme an, die Artefakte sind dir bekannt«, fuhr der Meister erklärend fort, nahm einen Wetzstein zur Hand, um das Schnitzmesser zu schärfen, und blickte sie unverwandt an. »Oder befinde ich mich da im Irrtum?«

»Natürlich sind sie das«, beeilte sich Luzia zu erwidern, blätterte weiter und zählte auf: »Adam und Eva an der Marienkapelle, das Kaisergrab im Bamberger Dom, der Kreuzaltar für den Konvent der Dominikanerinnen in …« Sie stockte. »Wo befindet er sich doch gleich?«

»In Rothenburg ob der Tauber.«

»Wie dumm von mir, ich vergaß. Und dann wären da noch der Heiligblutaltar in Rothenburg, der Marienaltar zu Creglingen, exakt so positioniert, dass das Abendlicht zu Himmelfahrt die Muttergottes illuminiert, die Beweinung Christi, zu bestaunen in Sankt Afra in Maidbronn, die Maria im Rosenkranz für eine Kapelle in Volkach und die …«

»Epitaphien im Dom, ganz recht. Und was möchten uns die Skizzen sagen?«

»Dass man sich als Lehrherrn niemand Besseren wünschen kann als Euch.«

»Du gibst einfach nicht auf, oder?«, setzte sich Meister Til eher halbherzig zur Wehr, ein wissendes Lächeln im Gesicht. »Über eines solltest du dir im Klaren sein: Um als Künstler von sich reden zu machen, reicht es nicht aus, Talent zu besitzen. Oder einen Lehrmeister zu finden, der dir etwas beibringt. Talent braucht Zeit, um sich zu entwickeln, um heranzureifen, um zu dem zu werden, was man als Können bezeichnet. Zeichnen kann jeder, aber um den Skizzen Leben einzuhauchen und Gesichter, Figurengruppen oder ein Triptychon zu kreieren, dazu braucht man eine Menge Erfahrung. Einmal angenommen, ein Anfänger erschüfe ein Madonnenbild, in meinen Augen wäre das ein Unding, wenn nicht gar Blasphemie. Bis man dazu imstande ist, das Werk in Angriff zu nehmen, gehen Jahre ins Land, wenn nicht gar Jahrzehnte. Apropos Erfahrungen: Es genügt nicht, wenn man imstande ist, eine naturgetreue Zeichnung anzufertigen. Wie mein Lehrmeister von dereinst zu sagen pflegte: ›Lerne die Menschen kennen, bevor du ein Schnitzmesser in die Hand nimmst, nur dann wirst du verstehen, wie diffizil unser Handwerk ist.‹«

Luzia schwieg bedrückt.

»Ich nehme an, das war Euer letztes Wort?«

»War es nicht!«, meldete sich eine Frauenstimme an der Tür zu Wort, hochfahrend und giftig wie ein Skorpion. »Der Meister und sein Augapfel, ein wahrhaft herzerwärmendes Bild. Da kommen einem ja fast die Tränen, aber lasst euch nicht stören, ich habe heute noch nichts vor.«

Um zu erkennen, zu wem die Stimme gehörte, musste sich Luzia nicht umdrehen.

Das Organ war ihr bestens bekannt.

Bekannt und zuwider, um ehrlich zu sein.

»Margaretha, du hier?«, rief der Meister mit einer Mischung aus Verblüffung und Unbehagen aus, im Wissen, dass die Visite nicht von ungefähr kam. Wenn sich seine Frau dazu herabließ, so früh am Morgen in persona zu erscheinen, dann verhieß der Auftritt nichts Gutes. Umso mehr, da sie eine Langschläferin war – und nicht daran dachte, sich in die Niederungen des Hausarbeit zu begeben. »Ich hoffe, du hattest eine angenehme Nacht?«

»Kommt drauf an, was man darunter versteht«, gab der herausgeputzte, wohlproportionierte und gerade einmal halb so alte Blickfang zurück, mit einem Kleid in karmesinrotem Purpur bekleidet, das ihre Proportionen über Gebühr zur Geltung brachte. Ihr Schoßhund, den sie wie ihr eigen Fleisch und Blut umhegte, durfte natürlich nicht fehlen, lieb und teuer wie der Umhang aus Marderfell, den sie mit der Attitüde einer Tragödin um sich schlang. Alles an ihr, der Goldreif mit dem Medaillon auf dem schwarz gelockten Haupt, das Haarnetz mit den aufgenähten Sternen, die Schminktupfer auf den hochstehenden Wangen, all das zielte darauf ab, ein Höchstmaß an Bewunderung auf sich zu ziehen, nicht immer zur Freude ihres Mannes, dem die Gefallsucht seiner Gattin ein Dorn im Auge war. »Aber wenn ich schon einmal hier bin, lass uns Nägel mit Köpfen machen.« Ein Aufblitzen der ebenholzfarbenen Augen, gefolgt von einem Naserümpfen, das Bände sprach. Darauf die Worte: »Nun überbring ihr schon die frohe Kunde – oder fehlt dir etwa der Mut dazu?«

Kurz davor, ihrer Stiefmutter die Leviten zu lesen, überließ Luzia ihrem Vater das Feld.

Doch der dachte nicht daran, der Aufforderung nachzukommen, den Blick wie gebannt auf das Artefakt geheftet, als nehme er die Umgebung nicht mehr wahr.

»Wieder mal typisch für dich!«, giftete die Dame des Hauses, bohrte den Blick in Luzias Augen und zischte: »Damit du Bescheid weißt: Dein Vater und ich haben den Entschluss gefasst, dich unter die Haube zu bringen, je eher du dich damit abfindest, desto lieber. Es ist nur zu deinem Besten, du selbst scheinst ja keinerlei Ambitionen zu haben. Und komm mir ja nicht auf die Idee, uns einen Strich durch die Rechnung zu machen, wir sitzen ohnehin am längeren Hebel. Und vergiss nicht, hier im Haus habe immer noch ich das Sagen, auch wenn du so tust, als stünde ich auf einer Stufe mit dir. Mit anderen Worten: Entweder du fügst dich, oder ich werde Mittel und Wege finden, dich dazu zu zwingen.« An Riemenschneider gewandt, fügte Margaretha hinzu: »Ach so, bevor ich es vergesse: Alles Gute zum Geburtstag, Meister Tilman, möge dir ein langes Leben beschieden sein!«

5

»Nur noch einen halben Zoll, Fürstbischöfliche Gnaden, dann ist es vollbracht«, munterte der Medicus seinen Patienten auf und lugte in das irdene Behältnis, fast zur Hälfte gefüllt mit Blut, das die Farbe von erkalteter Lava hatte. Ein Blick auf die Markierungen an der Innenseite, und sein Gesicht hellte sich schlagartig auf. Genau die richtige Menge!, jubilierte er im Stillen, ein Grund mehr, sich für ein Genie zu halten. »Und jetzt nicht bewegen, sonst war die Mühe umsonst.«

Bemüht, sich die Vorfreude auf das Salär nicht anmerken zu lassen, nickte der Medicus zufrieden mit dem Kopf. Und das gleich mehrfach hintereinander, wie unter innerem Zwang. Fürchtete er doch nichts mehr, als in Ungnade zu fallen, von Natur aus ängstlich und verzagt, ein Jasager, wie man ihn sich devoter nicht wünschen konnte.

Der Oberhirte, Spross einer alteingesessenen Familie, die es in Franken zu erheblichem Wohlstand gebracht hatte, schenkte ihm jedoch kaum Beachtung. Mit Domestiken zu kommunizieren war ihm ein Gräuel, und wenn es etwas gab, das für den Nachfolger des Heiligen Kilian zählte, dann der Glaube an die Bedeutung seines Amtes. Schließlich war er der Bischof, wehe dem, der es wagte, seine Geduld über Gebühr zu strapazieren.

»Vergessen wir nicht: Ein Aderlass ist nicht so ohne, auch wenn es der Patient nicht wahrhaben will. Conclusio: Ein Mann in den besten Jahren, und sei er noch so gut in Schuss, ist gegen Unpässlichkeiten nicht gefeit. Umso wichtiger, dass sich die Körpersäfte die Waage halten, nichts schlimmer, als wenn einem vor Ärger die Galle überläuft. Dabei gilt folgende Regel: Dominiert das Blut, läuft man Gefahr, zum Sanguiniker zu werden, dominiert das Phlegma, lautet mein Rat, dagegen anzukämpfen, und was die notorischen Choleriker betrifft, gilt dasselbe Prinzip. Von den Melancholikern, vom Leibhaftigen dazu angestiftet, sich dem Weltschmerz hinzugeben, ganz zu schweigen.« Berauscht von der eigenen Rhetorik, breitete der Medicus effekthascherisch die Arme aus. »Wie hieß es bei den Römern doch gleich: Mens sana in corpore sano. Ich finde, dem ist nichts hinzuzufügen.«

»In den besten Jahren, dass ich nicht lache!«, raunzte der Narziss auf dem Polstersessel zurück, auf dessen Rückenlehne das Wappen derer von Thüngen prangte, ein Goldbalken mit drei roten Pfählen, die ein Wellenmuster bilden. An der Oberkante war der fränkische Rechen eingraviert, Sinnbild für sein Amt als Herzog, im Verein mit einer rotweißen Standarte, welche die Rolle des Bischofs als Stadtherr symbolisierte. Nicht weiter verwunderlich, dass der Rat die Dinge anders sah, sehr zum Unwillen des machtbewussten Landesherrn, der die Neigung besaß, den Despoten hervorzukehren. »Ich bin fast 60, schon vergessen? Also redet mir keinen Kokolores daher, sonst platzt mir am Ende noch der Kragen. Von wegen Körpersäfte, ihr Quacksalber seid doch alle gleich, nur auf Handsalben aus, mehr habt ihr doch nicht im Kopf!«

Der Medicus, schmallippig, kleinwüchsig und mit Schnürkappe samt dunklem Talar bekleidet, der ihm das Aussehen einer alternden Saatkrähe verlieh, hütete sich davor, etwas zu erwidern. Stattdessen entfernte er die Kanüle, bestrich den Einstich mit Wundsalbe und versah ihn mit einer Bandage aus Leinenstoff. »Wie dem auch sei«, druckste er beim Einpacken seines Bestecks herum, darauf bedacht, die Worte sorgsam zu wählen, »Fürstbischöfliche Gnaden müssen sich schonen, die nächste Kolik könnte die letzte sein. Es läge mir zwar fern, Eure Gnaden in Panik zu versetzen, aber wenn Ihr nicht auf Euch achtgebt und so weitermacht wie bisher, dann ...«

»Wird ein anderer an meine Stelle treten, und wenn schon!«, fuhr Konrad von Thüngen seinem Leibarzt über den Mund, griff nach dem Becher, der auf dem Tablett neben seinem Sessel stand, und nahm einen kräftigen Schluck. Nur um im Nachgang mit der Zunge zu schnalzen: »Mehr als 160 Weinbergslagen, wer da nichts Passendes findet, dem ist nicht zu helfen. Vinum bonum, deorum donum, wem sage ich das. Ein guter Tropfen zur rechten Zeit, und die Welt sieht wieder ganz anders aus. Den Luxus kann ich mir gerade noch leisten, wäre ja auch gelacht, wenn ich mir von den Erbsenzählern im Grafeneckart Vorschriften machen ließe. Kommt überhaupt nicht infrage, noch habe ich das Sagen. Ach so, ich vergaß!« Einen Schnürbeutel in der Hand, winkte der Bischof die Krähe zu sich heran, ließ die Börse in die ausgestreckte Kralle fallen und sagte: »Das dürfte reichen. Fürs Erste jedenfalls. Macht Euch einen schönen Tag damit, aber übertreibt es nicht. In der Stadt sind meine Leute nicht gern gesehen, darum Obacht, Gefahren lauern überall.«

»Der hochwürdigste Herr sind sehr gnädig.«

»Finde ich auch«, erklärte von Thüngen lapidar.

Auf dem Weg zur Tür, wo er sich unter Verbeugungen empfahl, hörte der Leibarzt über die Spitze hinweg. »Und nun, Magnifizenz: Gott befohlen!«

»Aber es eilt nicht, lasse Er sich Zeit.«

Den Becher in der Hand, um sich einen weiteren Schluck zu genehmigen, blickte von Thüngen in die Runde. Die Gestalt in der Fensternische rührte sich nicht vom Fleck, in den Anblick des nebelverhangenen Talgrunds vertieft, der sich zu Füßen des Mons Mariae erstreckte. Nur hier und da ragten die Turmspitzen der Kirchen daraus hervor, wie Mastspitzen untergehender Schiffe, umwogt von der herandrängenden Flut, vor der es kein Entrinnen gab. Die Stille ringsum mutete gespenstisch an, wäre da nicht das Geläute der Marienkapelle gewesen, dessen Echo gegen die Wälle der Festung brandete.

Den Blick zum östlichen Horizont gelenkt, wo sich die

Sonne den Weg durch den Dunstschleier bahnte, ließ die Gestalt die Hand auf der Fensterbank ruhen, dem Zwielicht des heraufdämmernden Tages zugewandt, als fordere er seinen Beginn zum Zweikampf heraus. Ganz in Schwarz gekleidet, mutete er wie ein Untoter auf Beutezug an, im Begriff, den Mächten des Guten den Kampf anzusagen.

»Das war ironisch gemeint, der Quacksalber wird es überleben«, stellte von Thüngen missmutig klar, sog das Aroma der Duftkerzen ein, die den Geruch von Moschus und Zedernholz verströmten, und leerte den Becher bis zur Neige. Nur um ihn mit Verve auf den Beistelltisch zu stellen, gefolgt vom Aufglimmen der Kandelaber, die den Sessel an der Stirnseite des Gemachs flankierten. »Und dann noch dieses dämliche Geschwätz, ein wahrhaft tödliches Elixier.«

»Wenn wir gerade vom Tod reden«, gab die Gestalt am Fenster des Audienzsaales zurück, eine Stabmaske in der Hand, um vor der Blicken der Domestiken geschützt zu sein. »Es gibt Neuigkeiten.«

»Geht das schon wieder los!«, machte der Bischof seinem Unbehagen Luft, bekleidet mit einer schwarzen Robe, dazu ein Brustkreuz als einziger Schmuck. Der breitkrempige Hut saß schief auf seinem Kopf, und je länger man das feiste Gesicht betrachtete, desto mehr drängte sich einem der Eindruck des Gewöhnlichen auf. Mit dem Bild, das man sich von einem Reichsfürsten machte, hatte der Ornatträger wenig gemein, einem Dorfschulzen ähnlicher als einem Würdenträger. Im Gesicht, wo die Rötung der Wangen den Bacchusjünger verriet, hatte das Alter deutliche Spuren hinterlassen. Hervorstehende Unterlippe, Fettringe am Hals, erschlaffte Mundwinkel, von einer markanten und nach unten abknickenden Nase überragt, die dem Gesicht ihren Stempel aufzudrücken schien: Ein Aristokrat wie aus dem Bilderbuch war von Thüngen nicht.

Aber ein Mann, mit dem nicht zu spaßen war.

Ein Wesenszug, der ihn mit der Gestalt am Fenster verband. »An allem ist nur dieser Luther schuld!«, knurrte der Besucher halblaut vor sich hin, die Hand wie im Starrkrampf um den Maskenschaft gekrallt, so fest, dass er auseinanderzubrechen drohte. »Böte sich die Gelegenheit, ich würde den Schweinepriester aufs Rad flechten lassen – oder ihn auf den Scheiterhaufen schicken, je nachdem. Ein Christenmensch ist frei und niemandem untertan, wenn ich das schon höre! Wenn der Nonnenbeschäler wüsste, was er damit angerichtet hat, er würde nicht zögern, sich von der Mainbrücke zu stürzen.«

»Macht Euch da bloß keine Hoffnungen, von Stahleck: Der Mann weiß genau, was er tut. Professor wird man nicht so leicht. Wie dem auch sei, ich rate dazu, ihn nicht zu unterschätzen.«

»Dumm nur, dass wir ihm nicht ans Leder können. Käme es dazu, ich wüsste, was ich zu tun hätte.«

»Falls Ihr mit dem Gedanken spielt: Die Zeiten, in denen man einen Jan Hus auf den Scheiterhaufen schicken konnte, sind unwiderruflich vorbei.«

»Sind sie nicht!«, begehrte der Schattenmann auf, fletschte die Zähne und röchelte erregt nach Luft. »Wenn Ihr mich fragt, mir persönlich ist es immer noch ein Rätsel, wie es der Marktschreier geschafft hat, seine Haut zu retten. In Worms hatte man doch die Chance dazu, den Blasphemiker hinter Gitter zu bringen, warum also nicht Nägel mit Köpfen machen? Immer noch besser, als ihn vor Kaiser und Reich seinen Hokuspokus abziehen zu lassen, wie kann man nur auf so eine Idee kommen. Hätte ich das Sagen gehabt, der Ketzer wäre seines Lebens nicht mehr froh geworden. Aber nein, die Herren Reichsfürsten waren sich zu fein dafür, bis auf wenige Ausnahmen, und die konnte man an einer Hand abzählen.« Von Stahleck winkte verächtlich ab. »Da fragt man sich doch allen Ernstes, was das soll. Wisst Ihr, was ich denke? Wer die Macht hat, den Pöbel nach seiner Pfeife tanzen zu lassen, der sollte nicht zögern, Gebrauch davon zu machen. Sonst kommt er auf dumme Gedanken – und was dabei herauskommt, wenn man die Zügel schleifen lässt, das haben wir ja in Worms gesehen.«

»Erhitzt Euch nicht, der Blender ist die Aufregung nicht wert. Im Übrigen, der Karren steckt doch auch so schon klaftertief im Dreck, Luther und Konsorten machen den Kohl auch nicht mehr fett. Wäre mein Vorgänger nicht so blauäugig gewesen, sich mit ihm an einen Tisch zu setzen, wer weiß, vielleicht wäre dann noch was zu retten gewesen. Aber nein, der Herr von Bibra musste die schützende Hand über ihn halten. Zusammen mit dem Kurfürsten von Sachsen. Mit welchem Ergebnis, ist hinlänglich bekannt.«

»Fazit: So wie bisher kann es einfach nicht weitergehen«, erklärte der Schwarzgewandete barsch, stieß sich vom Gesims ab und drehte sich um. »Es muss etwas geschehen, sonst seid auch Ihr bald nicht mehr der Herr im Haus. Der Karfreitag war erst der Anfang, verlasst Euch darauf. Nicht mehr lange, und das Pack wird den Aufstand proben. Und zwar nicht nur entlang der Tauber, sondern überall. Es sei denn, wir stellen uns auf die Hinterfüße, periculum in mora, jetzt muss gehandelt werden.«

»Gemach, Herr von Stahleck, gemach. Korrigiert mich, falls ich mich irre: Außer dem Nest im Taubergrund, wo die Burg meines Amtmanns gebrandschatzt wurde, umfasst das Hochstift weitere 54 Ämter, zu denen in summa 29 Städte, 575 Dörfer, 59 Gehöfte sowie eine Reihe von Mühlen gehören.«

»›Gehörten‹ wäre richtiger!«, warf von Stahleck mit der Attitüde eines Magisters ein, trat ins Licht und zischte: »Darf ich fragen, worauf Euer Gnaden hinauswollen?«

Von Thüngen tat so, als habe er den Einwand überhört. »Der Besatzung und dem Amtmann wurde kein Haar gekrümmt, das käme strafmildernd hinzu.«

»Na und? Was nicht ist, kann – und wird, dessen bin ich mir gewiss – noch werden. Gib dem Pöbel den kleinen Finger, und er reißt dir die Hand ab, bevor du Zeter schreien kannst. Wozu also noch warten, fortes fortuna adiuvat!«

»Frage vorab: Der sogenannte Tauberhaufen, wie viele Mann stark ist er?«

»An die 5000.«

»Na also, alles halb so schlimm.«

»Bedaure, aber ich kann Euer Gnaden nicht folgen.«

Von Thüngen gab keine Antwort. »Und wo befindet er sich gerade?«

»Auf dem Rückweg zum Sammelpunkt, soweit ich weiß. Genaueres in Kürze, die Berichte meiner Gewährsleute widersprechen einander.«

»Davon können wir uns nichts kaufen.« Der Bischof wedelte ratlos mit der Hand. »Es tut not, das Pack im Auge zu behalten, damit wir keine böse Überraschung erleben. Wer weiß, vielleicht geht der Kelch an uns vorüber, ich persönlich hätte nichts dagegen.«

»Mit Verlaub, ich halte das für mehr als fraglich. Der geringste Anlass, und wir haben es mit einem Flächenbrand zu tun. Den Aufruhr im Keim ersticken, so lautet das Gebot der Stunde.«

»Ihr habt gut reden, junger Freund. Selbst auf der Festung fehlt es uns an Bewaffneten, das seht Ihr ja wohl selbst. Mit anderen Worten, um den Brandstiftern zu zeigen, wer das Sagen hat, werden wir uns Geld borgen müssen, in vierstelliger Höhe, falls das überhaupt reicht«, fuhr der Bischof mit gedämpfter Stimme fort, kratzte sich am Arm und seufzte auf. Aus der Ferne war das Läuten der Stundenglocke zu hören, und als sei dies das verabredete Zeichen für ihn, löste sich der Nebel über dem Talgrund in Wohlgefallen auf. »Kurzum: Mit ein paar 100 Gulden, um auf die Schnelle ein paar kampferprobte Reisige anzuwerben, wäre es nicht getan. Was denkt Ihr, wie viel würde uns das Gaudium kosten?«

»10.000 oder mehr, je nachdem, wer bereit wäre, in Aktion zu treten.« Von Stahleck zuckte die Achseln. »Wie dem auch sei, die Herren Söldner werden sich die Mühe etwas kosten lassen.«

»Woher aber nehmen, wenn nicht stehlen! Dass in der Kasse Ebbe herrscht, hat sich ja wohl herumgesprochen. Bedeutet: Wir wären gezwungen, einen Kredit aufzunehmen. Oder die Herren Stadträte zur Ader zu lassen, indem wir die x-te Sondersteuer erheben. Seien wir realistisch: Den Schoppenfetzern kann doch nichts Besseres passieren, als wenn uns das Wasser bis zum Hals steht. Je eher wir mit dem Latein am Ende wären, desto größer ihr Pläsier. Die warten doch nur darauf, bis es so weit ist, das wisst Ihr so gut wie ich.«

»Lieber alles auf eine Karte setzen, als das Gesicht zu verlieren.«

Von Thüngen blickte unwirsch auf. »Apropos: Nehmt endlich die Maske herunter, der Mummenschanz tötet mir noch den Nerv!«

»Wie Fürstbischöfliche Gnaden wünschen.« Raban von Stahleck, Domprobst, Secretarius des Bischofs und Mann für diffizile Angelegenheiten, tat, wie von seinem Herrn geheißen. War von Thüngen doch einer der Wenigen, die ihn zu Gesicht bekommen hatten. Der Grund, weshalb er keine Miene verzog. »Was meint Ihr, wie sehe ich aus?«

Der Bischof behielt die Antwort für sich. Insgeheim jedoch, gestand er sich ein, ließ ihn der Anblick auch jetzt nicht kalt. Bis vor einem Jahr, als die Pest seine Züge in einen Krater verwandelte, war von Stahleck in aller Munde gewesen. Ein Adonis, wie er im Buche stand, hatte er den Versuchungen widerstanden, zum Verdruss der Damen von Stand, die nur zu gern eine Liaison begonnen hätten. Von hoher Statur, gut gebaut, markant geschnittene Züge, gute Umgangsformen, von Adel und obendrein noch vermögend: Welche Frau, dachte von Thüngen bei sich, hätte da schon nein sagen können.

Doch damit war es vorbei. Aus dem Adonis war ein furchteinflößendes Gespenst geworden. Nur mehr ein Schatten, der bei Nacht durch die Gassen streifte, wie ein Wolf, der es verschmähte, im Rudel zu leben. Kein Quadratzoll auf der Haut, wo es keine Pusteln, Narben oder Geschwülste gab, nicht genug damit, gesellte sich eine markante Reibeisenstimme hinzu. Die wimpernlosen Augen indes, grünlich schimmernd, hatten die Magie früherer Tage nicht verloren, umrahmt von geweiteten Pupillen, deren Firnis wie ein zugefrorener See anmutete. Mit seiner Stimme, vordem wohltönend und einschmeichelnd wie Lautenklang, verhielt es sich jedoch anders. Einmal in Rage, nahm er die Attitüde eines Bluthundes ein, wehe dem, der mit dem Mann aneinandergeriet.

»Sonst noch was? Wenn nicht, würde ich jetzt gern ein Bad nehmen.«

»Wir brauchen eine Entscheidung, Fürstbischöfliche Gnaden. Nicht nachher, nicht morgen oder in ein paar Tagen – sondern jetzt«, beharrte der fleischgewordene Dämon, vergewisserte sich, ob die Tür des Audienzzimmers verschlossen war, und trat auf Armlänge an seinen Herrn heran. »Die Lage ist überaus heikel, wenn wir jetzt nicht handeln, dann wird alles nur noch schlimmer.«

Die Miene des Bischofs verfinsterte sich. »Wenn man Euch so reden hört, dann würde man sich am liebsten aus dem Staub machen. Soll sich doch ein anderer damit herumplagen, ich bin die Kalamitäten leid.«

»Mit Verlaub, das wäre der falsche Weg.«

Von Thüngen lachte hämisch auf. »Die Stimmung drunten in der Stadt, wie würdet Ihr sie beschreiben?«

»Drücken wir es mal so aus: Es sind da einige Rattenfänger unterwegs, die es verdient hätten, hinter Schloss und Riegel zu landen. Oder auf die Streckbank gespannt zu werden, dass ihnen Hören und Sehen vergeht.« Von Stahleck winkte angewidert ab. »Gib dem Pöbel einen Messias, der ihm das Blaue vom Himmel herunter verspricht, und du läufst mit einer Schlinge um den Kopf herum.«

»Und wer sind die Insurgenten, kennt Ihr deren Namen?«

»Nur zum Teil.«

»Dann macht Euch schlau, so schwer kann das doch nicht sein!«

Der Mundwinkel des Secretarius verformte sich. »Der wahre Feind steht woanders – und meidet den Staub der Straße. Wozu sich die Finger schmutzig machen, wenn es einfacher geht. Glaubt mit, hochwürdigster Herr: Wenn

Ihr wüsstet, wer hinter Eurem Rücken Ränke schmiedet, Ihr würdet aus allen Wolken fallen.«

»Wen speziell habt Ihr dabei im Sinn?«

»Die üblichen Verdächtigen im Rat. Ihr kennt die Namen, nicht nötig, die Litanei zu wiederholen. Wie gut, dass es meinen Ohrenbläser gibt, der mir immer alles brühwarm erzählt.« Der Secretarius lächelte dünn, die Lippen gewölbt, wie bei einem Reptil auf Beutezug. »Zum Anführer taugen aber nur die Wenigsten, was das betrifft, können wir von Glück sagen.«

»Als da wären?«

»Im Grunde fällt mir da nur einer ein. Der Mann ist zwar schon recht alt, aber was seine Reputation betrifft, können ihm nur wenige das Wasser reichen.«

Von Thüngens Haltung verkrampfte sich. »Wie ich sehe, haben wir die gleiche Person im Sinn.«

»Sieht ganz danach aus.« Auf dem Weg zur Fensternische, wo sich die Lichtschäfte wie Speerspitzen durch das Butzenglas bohrten, stieß von Stahleck einen lapidaren Grunzlaut aus. »Ich rate dringend, den Leisetreter nicht zu unterschätzen. Er erweckt zwar den Anschein, als könne er nicht bis drei zählen und betont bei jeder Gelegenheit, nur ein Künstler zu sein, aber was mich betrifft, ich lasse mich von dem Getue nicht blenden. Fakt ist, der Rosstäuscher hat es faustdick hinter den Ohren.«

»Zu etwas gebracht hat er es aber trotzdem, für einen Zugereisten keine Selbstverständlichkeit. Er stammt aus Thüringen, habe ich das richtig in Erinnerung?«

»Aus Heiligenstadt, um genau zu sein. Es heißt, sein Vater sei dort Kupferschmied gewesen, über die Mutter konnte ich nichts in Erfahrung bringen. Dass ihr Mann kein unbeschriebenes Blatt war, steht indessen fest. Schenkt man den Gerüchten Glauben, die über ihn in Umlauf sind, hat er keine Gelegenheit ausgelassen, um sich mit den Behörden anzulegen. Mit einem Wort, der Aufwiegler lag ihm im Blut.« Von Stahleck atmete genüsslich aus, zog eine Notiz hervor und fuhr fort: »Worum es im Einzelnen ging, ist mir zwar nicht bekannt, Fakt ist jedoch, der Senior musste die Stadt verlassen. Nun gut, in Osterode wurde er mit dem Amt des Münzmeisters betraut, war aber auch dort in Händel verwickelt. Der Apfel fällt eben nicht weit vom Stamm, um das geflügelte Wort zu zitieren. Wohin also mit dem Junior, so lautete die bange Frage, je weiter weg vom Schuss, desto größer die Chance für ihn, einen Fuß auf die Erde zu bekommen. Wie gut, dass es da einen Oheim gab, der in Würzburg das Amt des Fiskals bekleidete. Wie er das Kunststück fertigbrachte, ins Allerheiligste der bischöflichen Hofhaltung vorzudringen, dazu möchte ich mich nicht äußern. Lassen wir die Toten ruhen, wir können die Geschehnisse nicht rückgängig machen. Fakt ist, wäre sein Onkel nicht gewesen, der ihm den Weg ebnete, der Herr Stadtrat hätte in Würzburg keinen Fuß in die Tür bekommen. So viel zum Thema Nepotismus, wo viel Licht ist, ist leider auch viel Schatten.« Ein kurzes Räuspern, gefolgt von vielsagendem Schweigen. »Das Ende ist schnell erzählt: Unter tätiger Mithilfe seines Oheims wurde Riemenschneider Anno 1483 in die Gilde der Maler, Glaser und Bildhauer aufgenommen, und das unmittelbar nach dem Eintreffen vor Ort. Glücklich derjenige, der wohlmeinende Verwandte hat – und Schande über alle, die Böses dabei denken.« Am Fenster angekommen, zog von Stahleck ruckartig die Brokatvorhänge zu, drehte sich um und sagte: »Dumm ist er ganz bestimmt nicht, sondern das genaue Gegenteil davon. Wenn man mit ihm redet, denkt man zwar, er könne kein Wässerchen trüben, doch Riemenschneider über den Weg zu trauen wäre das Falscheste, was man tun könnte.«

»Ergo?«

»Ich denke, wir tun gut daran, ihn beschatten zu lassen. Und zwar rund um die Uhr. So diskret wie nur irgend möglich. Am besten ab sofort. Und seine Familie mit dazu.« Der Körper des Secretarius entspannte sich, und wie um dies zu unterstreichen, huschte ein Lächeln über das missgestaltete Gesicht. »Sicher ist sicher, wie der Hirte, so die Herde.«

»Mihi placet.«

»Freut mich zu hören«, erwiderte von Stahleck galant, deutete eine Verbeugung an und fragte: »Und was ist mit den Aufrührern, Euer Gnaden? Um sie zu Paaren zu treiben, darin waren wir uns einig, reicht die Besatzung der Festung nicht aus, sprich: Ein paar 100 Söldner müssen her, doch woher nehmen, wenn nicht stehlen? Spezialisten auf dem Gebiet sind rar – und obendrein teuer. Um sie anzuwerben, bräuchte ich Euer Plazet, wenn Ihr also so gut wärt, eine Entscheidung zu treffen, käme mir das sehr ent…«

»Verzeiht, hochwürdigster Herr und Bischof, wenn ich einfach so hereinplatze, aber es ist dringend!«

Jäh unterbrochen, nahm von Stahleck seine Stabmaske zur Hand, wirbelte herum und sah zur Tür.

Von Thüngen tat es ihm gleich. »Was gibt es, Kastellan?«

Eine Depesche in der Hand, stürmte der bärtige Recke in den Raum, beugte das Knie und keuchte: »Hier, Euer Gnaden – es … es gibt Neuigkeiten. Und was für welche!«

»Gute oder schlechte?«

»Eher Letzteres«, presste der Kastellan hervor, darauf bedacht, den Blick seines Herrn zu meiden, und streckte die Hand aus, um das Schreiben dem Adressaten zu übergeben. »Hier, gnädiger Herr. Aus der Feder eines hiesigen Predigermönchs, der per Zufall Zeuge des Debakels wurde.«

»Nur zu, an schlimme Nachrichten bin ich ja gewöhnt«, übte sich von Thüngen in Ironie, erbrach das Siegel und begann zu lesen. »Wie schön, von jemandem Post zu bekommen, den man noch nie zu Gesicht bekommen ...«

Der Bischof verstummte.

»Den man nicht kennt«, vollendete er konsterniert, am Ende der ernüchternden Lektüre angelangt, die dafür sorgte, dass er nach dem Weinbecher Ausschau hielt. Kaum fähig, einen klaren Gedanken zu fassen, stierte von Thüngen ins Leere, fuhr mit dem Handrücken über die Stirn und rang nach Luft. »Wie konnte das nur passieren, ich fasse es nicht. Kaum zu glauben, wozu der Pöbel fähig ist. Den Grafen von Helfenstein durch die Spieße zu jagen, um ihre Wut an ihm auszulassen, das sieht den dahergelaufenen Mordbrennern ähnlich. Da sieht man es mal wieder: Hilf einem Landmann in den Sattel, und er ist schlimmer als ein Schnapphahn von Adel. Ich kann mir nicht helfen, aber was sich da zusammenbraut, lässt einen das Schlimmste befürchten. Die Welt ist aus den Fugen, da hilft nur noch Beten!«

Von Stahleck hob lauernd den Kopf. »Bitte mich nicht misszuverstehen, Bischöfliche Gnaden. Aber ich befürchte, damit ist es nicht getan.«

Von Thüngen konterte prompt. »Ihr hattet mir doch geraten, in die Offensive zu gehen?«, lauerte er, ein Lächeln im Gesicht, das jäh erstarb. »Oder habe ich Euch da falsch verstanden?«

»Keineswegs.«

»Dann tut, was Ihr nicht lassen könnt«, fuhr der Bischof seinen Adlatus an, drückte ihm den Brief in die Hand und zischte: »Aber tut es schnell, Satan ante portas!«

6

»Am allem ist nur dieser Damian schuld!«, ließ Margaretha ihrem Jähzorn freien Lauf, setzte ihren Hund auf den Boden und straffte sich. An dergleichen nicht gewöhnt, verschwand die Fettrolle unter die Werkbank – und ward fortan nicht mehr gesehen. »Jungen Dingern Flausen in den Kopf setzen, das sieht dem Bettelmönch ähnlich. Noch ein falsches Wort, und der Schlauberger bekommt es mit mir zu tun, so wahr ich hier stehe.«

Luzia blieb die Antwort nicht schuldig. »Lasst Bruder Damian aus dem Spiel, oder ...«

»Oder was?«, fuhr ihr die gefallsüchtige Grazie über den Mund, eitel wie ein Pfauenweibchen, das nach einem Männchen Ausschau hält. »Du willst mir doch nicht etwa drohen?«

»Nichts läge mir ferner, das wisst Ihr doch«, konterte Luzia kühl, hielt dem Starrblick der Giftnatter stand und sagte: »Denkt meinetwegen, was ihr wollt, ich für meinen Teil lasse nichts auf ihn kommen.«

»Das hört sich ja an, als sei er der liebe Gott.«

»Damian ist ein Mensch, zu dem man aufschauen kann, eine Rarität, wenn man so will.«

»Was du nicht sagst.« Feuerrot im Gesicht, fletschte die Möchtegern-Venus die Zähne. »Na, wenigstens kannst du dich mit ihm auf Lateinisch unterhalten, insofern waren die Lektionen nicht vergebens. Und wie man hört, bist du sogar imstande, Homer zu rezitieren, also wenn das kein Grund ist, das Jubilate anzustimmen, dann weiß selbst ich nicht weiter. Fragt sich nur, was du damit anfangen willst – denn wie ich die Männer kenne, lockt sie das nicht hinterm Ofen hervor. Glaub mir, um Zankteufel wie dich machen die Kerle einen Bogen, was ihre Vorlieben betrifft, sind andere Qualitäten gefragt.«

»Ihr müsst es ja wissen.«

»Sag das noch mal!«, fauchte Margaretha die Nebenbuhlerin an, wie eine Raubkatze vor dem Sprung, die Fingernägel so spitz wie Krallen. »Jetzt sag doch auch mal was, Tilman, oder ist es dir einerlei, wenn mich das Gör beleidigt? Du bist doch der Herr im Haus, was ist denn auf einmal ich dich gefahren!«

»Das Gör ist nur neun Jahre jünger als Ihr«, kam Luzia ihrem Vater zuvor, der so tat, als sei er in seine Arbeit vertieft. Szenen wie diese, das wusste sie aus Erfahrung, waren ihm von Grund auf zuwider, nichts schlimmer als lautstarkes Gezänk im Haus. Besser, man überließ die Streitenden sich selbst, irgendwie würde sich die Sache schon regeln. »Und längst erwachsen, falls es Madame noch nicht mitbekommen hat.«

»Das muss mir entgangen sein, zu dumm aber auch.«

Luzia hörte über die Provokation hinweg. »Wer führt denn hier die Geschäfte, wer erledigt die Korrespondenz mit den Kunden, wer tätigt die Buchführung und achtet darauf, dass bei den Lieferungen auch alles seine Richtigkeit hat – Ihr oder ich?«

Margaretha lachte verächtlich auf. »Du kommst dir wohl sehr schlau vor, was? Eins kann ich dir garantieren: Wenn du nicht bald von deinem hohen Ross runterkommst, dann kann ich für nichts mehr garantieren. Damit macht man sich keine Freunde, lass dir das gesagt sein, junge Dame. Ich bin nicht die Einzige, der deine überhebliche Art missfällt, und wenn ich mir überlege, was die Leute über dich denken, dann bekomme ich das kalte Grausen. Merk dir eins, junges Fräulein: Hier vor Ort habe immer noch ich das Sagen, und wem das nicht passt, kann seine Siebensachen packen!«

»Damit Ihr Bescheid wisst, *Frau Mutter*: Ich bin es leid, mich von Euch schikanieren zu lassen, ob es Euch behagt oder nicht, von nun an weht ein anderer Wind. Und noch etwas: Der Einzige, der mir was zu sagen hat, ist mein Vater – und sonst niemand. Auch wenn gewisse Leute denken, mir Vorschriften machen zu können. Oder wenn sie sich einbilden, über mir zu stehen.« Luzia hielt abwartend inne, den Blick auf die zornbebende Erinnye gerichtet. Auf der Gewinnerstraße, fügte sie rasch hinzu: »Ich finde, es war an der Zeit, Klartext zu reden, schade nur, dass dies ausgerechnet heute geschah.«

Margaretha lächelte maliziös. »Ich muss schon sagen, für ein Findelkind nimmst du den Mund reichlich voll. Denk doch mal drüber nach, wo du wärst, wenn es deinen Vater und sein warmes Nest nicht gäbe, mich jedenfalls würde es nicht wundern, wenn du wieder dort landen würdest, wo du herkamst – nämlich in der Gosse.« Margaretha reckte das spitze Kinn, im Begriff, zum finalen Schlag auszuholen. Dann streckte sie den Kopf nach vorn und zischte: »Und wo du auch hingehörst, aber was soll's, auf einen Kostgänger mehr oder weniger kommt es nicht mehr an.«

»Es reicht, Margaretha.« Nahezu unbemerkt hatte der Meister sein Schnitzmesser weggelegt, deutlich größer als die präpotente Gattin, die sich darin gefiel, Luzia wie einen Domestiken zu behandeln. »Und wenn wir gerade dabei sind«, fügte Riemenschneider beim Näherkommen hinzu, einen Ausdruck im Gesicht, der dafür sorgte, dass ihr die Luft wegblieb, »Bruder Damian genießt mein Vertrauen, unabhängig davon, was meine Gemahlin davon hält. Er ist ein Freund, wie man sich keinen besseren wünschen kann – und ein Mensch, an dem sich andere ein Beispiel nehmen sollten. Also tu mir den Gefallen und halte dich zurück. Auf meine Freunde lasse ich nichts kommen, so gut müsstest du mich mittlerweile kennen.«

»Ihr zwei haltet immer zusammen, stimmt's? Vor allem, wenn es gegen mich geht. Ich weiß nicht, manchmal komme ich mir wie das fünfte Rad am Wagen vor – und nicht wie die dir angetraute Frau.« Margaretha lachte verächtlich auf. »Mit wem bist du eigentlich verheiratet, mit der da oder mit mir?«

»Ich befürchte, du bringst da etwas durcheinander.«

»Dann klär mich auf, ich bin ganz Ohr.«

»Alles zu seiner Zeit, meine Liebe. Einstweilen nur die Bitte: Nimm deine Mitmenschen, wie sie sind – und nicht, wie sie sein sollten. Und um auf Bruder Damian zurückzukommen, er hat mehr für uns alle getan, als du ahnst – und was die junge Dame dort betrifft, sie hätte keinen besseren Lehrer haben können.«

Luzia stimmte schweigend zu, ihr Vater hatte ihr einmal mehr aus der Seele gesprochen. Auf Bruder Damian ließ auch sie nichts kommen, ob Margaretha daran Anstoß nahm oder nicht. Egal wie tief sie in der Klemme steckte, auf ihren Lehrmeister war stets Verlass gewesen. In seinem Studierzimmer hatte sie lesen und schreiben gelernt, gerade einmal fünf Jahre alt, ohne Wissen des viel beschäftigten Vaters. Mit der Zeit war dann eine Disziplin auf die andere gefolgt, wie Perlen an einer Schnur. Mit zwölf hatte sie fließend Lateinisch gesprochen, hatte sie Horaz und Catull im Original gelesen und sich in die Schriften eines Sokrates und Plato vertieft. Das Trivium wäre somit ein Kinderspiel gewesen, wenn, ja wenn sie als Frau nicht außen vor geblieben wäre. »Evastöchter nicht erwünscht«, so lautete auch hier die Devise. Examen an der renommierten Domschule, um eine Profession nach ihren Vorstellungen zu ergreifen: ein vergeblicher Traum, utopisch wie eine Reise zu den Sternen. Wusste sie doch nur zu gut, dass die Männer darauf achteten, unter sich zu bleiben. Um es mit den Worten ihres älteren Bruders zu sagen: In einer Lehranstalt von Rang, weithin bekannt und mit hoher Reputation, sei für Weibsleute nun mal kein Platz, eine gute Partie allemal wichtiger, als Bücher zu wälzen. Punktum.

Das Organ von Margaretha rüttelte Luzia wach. »Heißt das, du machst einen Rückzieher?«

Zurück an der Werkbank, um sich der Figurengruppe zu widmen, ließ sich Meister Til mit der Antwort Zeit. »Du sprichst in Rätseln, meine Liebe.«

»So, tue ich das«, sammelte die Dorfschönheit frische Kräfte, hob den Rocksaum, um einem Kothaufen ihres Kläffers auszuweichen, und spazierte grazil auf die Werkbank zu. »Lenk nicht ab, werter Gatte, du weißt genau, was ich meine. Die Verbindung zwischen deinem Augapfel und dem Sohn deines Ratskollegen, so wie ich das sehe, ist sie beschlossene Sache. Oder bilde ich mir das nur ein?«

»An mir soll es nicht liegen.«

Worte, die wie Hohn in Luzias Ohren klangen.

Erst nahm Vater sie in Schutz, dann ließ er sie im Stich. Sie verstand die Welt nicht mehr.

»Apropos: Wie hieß der hoffnungsvolle Spross doch gleich?«

»Bartholomäus Häfner.«

Aufgrund seiner Herkunft auch Schoppen-Bartel genannt, ergänzte Luzia im Stillen, während ihr ein Schauder des Entsetzens über den Rücken lief. Wie gelähmt vor Schreck, brachte sie kein Wort hervor. Eine gute Partie – respektive das, was man gemeinhin darunter verstand – sah gewiss anders aus.

Schoppen-Bartel, wer kannte ihn nicht. Hatte er doch wiederholt von sich reden gemacht, und das nicht nur in positivem Sinn. Von Beruf Sohn, nutzte der amüsierwillige Geck jede Gelegenheit, um mit den Zechkumpanen die Nacht zum Tage zu machen. Bisher war es ihr zwar erspart geblieben, seine Bekanntschaft zu machen, aber wenn an den Gerüchten etwas dran war, die über ihn kursierten, dann wusste Luzia, was die Stunde schlug.

Häfner senior, mit dem Vater sie vor längerer Zeit bekannt gemacht hatte, war dagegen aus anderem Holz geschnitzt. Und im Übrigen einer der reichsten Männer der Stadt, der gleich mehrere ertragreiche Weingüter besaß. In seinem Fall fiel der Apfel zwar sehr weit vom Stamm, und nach allem, was man sich über ihn erzählte, schien es sich um einen integren Mann zu handeln. Der Junior indes, so wurde hinter vorgehaltener Hand kolportiert, hatte dagegen nur eins im Sinn, nämlich das Leben in vollen Zügen zu genießen.

Ein Grund mehr, sich mit Zähnen und Klauen zu wehren.

Etwas anderes käme nicht infrage.

»Stimmt, jetzt fällt es mir wieder ein!«, ließ sich Margaretha die Chance nicht entgehen, Luzia einen triumphierenden Blick zuzuwerfen, den die Kontrahentin geflissentlich ignorierte. »Kein Adonis, wenn ich mich recht entsinne, aber wie ich unsere Kostgängerin kenne, legt sie ohnehin keinen Wert darauf. Die inneren Werte, man kennt das ja. Und wenn dann auch noch die Kasse stimmt – wovon man beim jungen Häfner ausgehen kann –was will der Schwarm aller Männer mehr. Oder sollte ich mich in dir geirrt haben, junge Dame?«

»Mit Sicherheit.«

»Ein Herkules wäre dir also lieber?«

»Nämlich insofern, als dass mir der Nichtsnutz gestohlen bleiben kann!«, ging Luzia über die Replik hinweg, suchte den Blick ihre Vaters und ließ ihrem Unmut freien Lauf. »Mit jemandem wie dem will ich nichts zu tun haben!«

»Da sieht man es mal wieder«, ging Margaretha mit Verve zum Angriff über, blähte die geschminkten Wangen und ließ den Daumen über die krallenförmigen Nägel gleiten. »Keiner ist ihr gut genug, was weiß ich, wie viele Kerle schon bei ihr abgeblitzt sind, mittlerweile müsste es fast ein Dutzend sein. Aus den besten Kreisen, mit Eltern, die im Geld nur so schwimmen. Und was tust du? Spielst die Vornehme und machst einen auf spröde, etwas anderes fällt dir ja nicht ein. Weißt du eigentlich, wie sehr du uns mit deinem Rühr-mich-nicht-an-Getue schadest? Erst neulich habe ich ein Gespräch zwischen zwei Nachbarinnen belauscht, hättest mal hören sollen, was die vom Stapel gelassen haben. Schau mich nicht an, als könntest du nicht bis drei zählen, ich weiß genau, was du jetzt denkst. ›Ist mir doch egal, wenn sie sich in der Stadt die Mäuler zerreißen, die können mir alle gestohlen bleiben!‹ Falsch. Die Leute mögen es nun mal nicht, wenn einer aus der Reihe tanzt, und wenn du so weitermachst, lassen sie dich links liegen. Außer deiner Intima, dieser zwielichtigen Heilerin, redet dann kein Mensch mehr mit dir.« Margaretha lächelte Beifall heischend in die Runde, wie eine Mimin vor dem Schlussapplaus. »Dein Vater und ich werden es jedenfalls nicht zulassen, dass du hier Wurzeln schlägst, will heißen: Auch wenn du dich noch so sehr zierst, du wirst deinen Dickschädel nicht durchsetzen. Bei mir beißt du damit auf Granit, darauf kannst du wetten. Wo kämen wir da auch hin, wenn wir tatenlos zusehen würden, wie sich der Nachwuchs einen schönen Lenz macht. Noch dazu auf unsere Kosten – kommt überhaupt nicht infrage! Nimm bitte zur Kenntnis: Geld regiert nun einmal die Welt, und wo es in der Börse klingelt, kommt oftmals noch mehr dazu. So ist es nun mal guter Brauch. Wie heißt es doch gleich: Wenn es der Eselin zu wohl wird, geht sie aufs Glatteis. Im Klartext: Du wirst tun, was von dir verlangt wird, und damit Schluss!«

Luzia lächelte vergrämt. Auf einmal reimte sich alles zusammen, wie naiv von ihr, das eigentliche Motiv außer Acht zu lassen. Es ging also ums Geld, wieder mal. Und natürlich auch darum, Kontakte zu knüpfen. Zu Leuten, die welches besaßen. Was das betraf, war Vater an der richtigen Adresse. Der Weinhändler war der reichste

Mann der Stadt, schenkte man den Gerüchten Glauben, die über ihn kursierten, stand sogar der Bischof bei Häfner in der Kreide. Mit einem Mann wie ihm verwandt zu sein konnte demnach nicht schaden. Einmal angenommen, Vaters Geschäfte würden nicht mehr laufen, dann käme ein Mann wie Häfner gerade recht. Außer ihr wusste zwar noch niemand davon, aber wie die Unterlagen in ihrem Schreibsekretär belegten, war Meister Tilman nicht so wohlhabend, wie es den Anschein hatte. Bezahlt wurden seine Werke in Raten, und wie Luzia aus leidvoller Erfahrung wusste, ließen sich die Kunden mit der Entlohnung Zeit. Mahnungen allein, auch das hatte sie ihre Tätigkeit gelehrt, führten denn auch oft nicht zum Ziel. Der Grund, weshalb ihr Vater gezwungen war, sich Geld zu leihen. So geschehen vor einem Jahr, als er beim Spital mit der Bitte vorstellig wurde, ihm einen Kredit in Höhe von 80 Gulden zu gewähren. Kein Einzelfall, wie der Blick in die Kontobücher bewies. Schuldscheine in Höhe von mehreren 100 Gulden, die sich im Verlauf der Jahre angesammelt hatten, waren gewiss keine Kleinigkeit. Umso wichtiger, die Geldgeber bei Laune zu halten.

Indem man familiäre Bande knüpfte.

Ohne Mitsprache der Betroffenen.

»Und keine Widerrede, haben wir uns verstanden?«

Luzia hörte nicht mehr hin, würdigte den Zankteufel keines Blickes. Ein abgekartetes Spiel, und ausgerechnet sie, der erklärte Liebling ihres Vaters, war die Leidtragende dabei. Naiv genug, um sich etwas vorzumachen. Im Glauben, die Regeln würden nur für andere gelten.

Regeln, Regeln und nochmals Regeln. Nummer eins: Evastöchter in der Domschule, kommt überhaupt nicht infrage. Nummer zwei: Frauen als Mitglieder einer Zunft, das wäre ja noch schöner. Regel Nummer drei, Beachtung dringend erforderlich: Heiraten aus Liebe, das könnte den Rangen so passen.

»Sieh mal, mein Kind: Wir wollen doch nur dein Bestes.« Vater, wie er leibte und lebte. Fürsorglich, liebevoll und warmherzig – aber ohne jegliches Gespür.

Verletzlich, aber den Konventionen blind ergeben.

Und bereit, Verletzungen in Kauf zu nehmen.

Zu ihrem Besten, ach so. Dann war ja alles in Ordnung.

»Und was, wenn ich mich weigere?«

»Ich bin mir sicher, das wirst du mir nicht antun«, gab Meister Til mit belegter Stimme zurück, einen Streifen Schmirgelpapier in der Hand, um eine Wölbung am Sockel der Figurengruppe zu glätten. »Für uns alle steht viel auf dem Spiel, das muss ich dir nicht sagen.«

Aber nein, das musste er nicht. Ein Blick auf Vaters Werdegang, und die Fragen hatten sich erübrigt. Bei seiner Ankunft war der Mann ein Niemand gewesen, hätte es den einflussreichen Onkel nicht gegeben, der als Türöffner fungierte. Eine Einheirat mit der Witwe eines Goldschmieds kam da wie gerufen, Letztere zwar Mutter dreier Söhne, doch Besitzerin des stattlichen Anwesens, wo er seine Werkstatt gründete. Ein Geschäft auf Gegenseitigkeit, wenn man so wollte, hatte die Frau doch von da an ausgesorgt. Vater dagegen brachte das Kunststück fertig, nicht nur die sprichwörtlichen zwei Fliegen, sondern sogar drei mit derselben Klappe zu schlagen. Besitzer des Hofes zum Wolfmannszichlein, frischgebackener Handwerksmeister und Mitglied in der Sankt-Lukas-Bruderschaft zu Würzburg, Bürger daselbst mit Zugang zu allen Ämtern: Dem Einstieg ins Geschäftsleben stand nichts mehr im Wege. Dass seine zweite Frau ein Haus in der

Domstraße und die dritte von insgesamt vier Gemahlinnen ein weiteres Domizil mit in die Ehe brachte, auch das war gewiss kein Zufall gewesen. Genug Platz immerhin für die zehn Kinder, darunter vier leibliche und sechs angeheiratete, wären da nicht die Lehrknechte, Gesellen, Knechte, Mägde, Waschfrauen und Köchinnen gewesen. Vom Geld, das man benötigte, um zwei Dutzend hungrige Mäuler zu stopfen, nicht zu reden. Umso wichtiger, so Margaretha in ihrer unverblümten Art, sich der unnützen Esser zu entledigen.

Per Heirat auf Beschluss der Eltern, Ausnahmen wurden nicht geduldet.

So war es nun mal guter Brauch.

»Für Euch vielleicht, aber nicht für mich«, nahm Luzia ihren ganzen Mut zusammen, schlängelte sich an ihrer Intimfeindin vorbei und trat neben ihren Vater, der sie ansah, als habe sie den Verstand verloren. »Warum erfahre ich das erst jetzt, ich bin doch kein kleines Kind mehr!«

»Stimmt. Das ist genau der Punkt.«

»Tut mir leid, wie konnte ich das nur vergessen«, hatte Luzia Mühe, den aufkeimenden Zorn zu bändigen, das Gesicht puterrot, als lodere eine Stichflamme in ihr empor. »Eine Frau mit 23 gehört unter die Haube, wenn es sein muss, auch gegen ihren Willen.«

»Du vergisst dich, mein Kind.«

»Und wenn schon, zu verlieren habe ich ohnehin nichts mehr!«, erwiderte Luzia barsch, kurz davor, die Beherrschung zu verlieren. »Warum habt Ihr mir nichts gesagt, kann mir das jemand erklären?«

»Ich fürchte, da gibt es nichts zu erklären«, raffte sich der Meister zu einer Antwort auf, atmete tief durch und rang nach Worten. »Sieh mal, mein Kind, es ist nun mal leider so, dass der Moment gekommen ist, an dem ... Wie dem auch sei: Du weißt genau, dass du nicht die Erste bist, die das Haus verlässt, um eine Ehe einzugehen. Frag deine älteren Geschwister, mit mangelnder Liebe hat das nichts zu tun.«

»Sondern?«

Der Diskussion überdrüssig, ließ der Hausherr die angestaute Atemluft entweichen. »Was soll das werden, ein Verhör durch die Heilige Inquisition?«

Wie vor den Kopf geschlagen, suchte Luzia nach Worten, brachte jedoch keinen Laut hervor. Ihr Blick weitete sich, und es schien, als gerate der Boden unter ihr ins Wanken. Geräusche kamen und gingen, eins schriller als das nächste, vermischt mit dem Schrei eines Mannes, der wie ein Menetekel durch die Windungen ihres Gehirns hallte. Und dann war da auch noch der Satan, gehüllt in die Tracht der Dominikaner, hochfahrend und herrisch, wie man es von einem Inquisitor erwartete. Und siehe da, binnen Momenten fügte sich die Vision zusammen, gerade so, als setze sich das Geschehen fort.

Nur die Wisperstimme war nicht da.

Ansonsten alles wie gehabt, mit der Ohnmacht als schaurigem Finale.

7

»Wohin denn so eilig, Schwesterherz?«, rief Jörg, ältester der drei leiblichen Söhne und Vaters designierter Nachfolger, seiner Schwester mit fränkischem Zungenschlag hinterher, auf dem Weg in die Werkstatt, um dem Meister bei der Arbeit zur Hand zu gehen. »Du siehst ja so blass aus, welche Laus ist denn dir über die Leber gelaufen?«

»Lass gut sein, Jörg – du hast doch auch so schon genug am Hals«, wiegelte Luzia ab, nahm ein Paar Holztrippen zur Hand, um sie an die Sohlen ihrer ledernen Stiefeletten zu schnallen, und warf einen Blick zur Tür. »Hauptsache weg von hier, egal wohin.«

»Lass mich raten, du hattest Streit mit Ihrer Hoheit«, gab ihr Lieblingsbruder augenzwinkernd zurück, ein wahrer Schelm vor dem Herrn, dessen Humor vor niemandem Halt machte. Nahezu ein Ebenbild ihres Vaters, ließ er dessen Hang zur Schwermut vermissen, zur Freude der stattlichen Geschwisterschar, an der er mit jeder Faser hing. Jörg war ein Familienmensch, konnte aber auch auf den Tisch hauen, wenn ihm etwas gegen den Strich ging. Gleichwohl konnte er Geheimnisse für sich behalten, der Grund, weshalb Luzia den Schlacks nicht missen wollte. »Mach dir nichts draus, der Frau ist nun mal nicht zu helfen. Weiß der Teufel, was in den Alten gefahren ist, als er sie an Land gezogen hat, am Geld kann es ja nicht gelegen haben.«

»Dumm nur, dass wir ihre Launen ausbaden müssen«, konterte Luzia und wartete ab, bis die Magd, die aus der

Stube kam, in der Küche verschwunden war. Dann erhob sie sich, schlüpfte in ihren Umhang und trat zur Tür. »Die Frau kann mir jedenfalls gestohlen bleiben, mit der bin ich fertig, darauf gebe ich dir mein Wort. Nichts lieber, als wenn sie sich aus dem Staub machen würde.«

»Das klingt aber gar nicht gut«, warf ihr Bruder stirnrunzelnd ein, ließ die Klinke der Hoftür aus der Hand gleiten und gesellte sich zu Luzia, um sie aufzumuntern. »Nun rück schon raus damit, was ist los, mir kannst du es doch sagen.«

»Ich weiß, Jörg«, versicherte Luzia bedrückt, im Zweifel, ob es klug war, alles auszuplaudern. Mit den Visionen war es nämlich so eine Sache, wenn man an den Falschen kam, dann schnappte die Falle zu. »Freu dich, bald bist du mich los.«

»Zu schön, um wahr zu sein«, hieb ihr Bruder in die gleiche Kerbe, nur um mit Blick auf ihre Miene wieder ernst zu werden. »Nun sag schon, was haben die Altvorderen ausgeheckt?«

»Sie wollen mich unter die Haube bringen.«

Wie vom Donner gerührt, hatte es ihrem Bruder die Sprache verschlagen. Und das wollte bei ihm etwas heißen. »Jetzt haut es mich aber gleich aus den Latschen«, murmelte er konsterniert, zupfte am Kragen seines bauchigen Leinenhemds herum, als fürchte er, ihm würde die Luft wegbleiben, und wusste nicht wohin mit den Blicken. »Ich muss gestehen, damit hätte ich nicht gerechnet.«

»Du wirst lachen, ich auch nicht.«

»Und wer ist der Glückliche?«, unternahm der Blondschopf mit den Sommersprossen den Versuch, das Gespräch in andere Bahnen zu lenken. »Ich meine, hässlich bist du ja nun nicht gerade, wozu sich also unter Wert ver…«

»Bartholomäus Häfner«, fiel Luzia ihrem Bruder ins Wort, warf ihm einen tadelnden Blick zu und sagte: »Na, was sagst du jetzt, großer Bruder?«

»Auweia, das ist ja eine schöne Bescherung.«

»Mehr fällt dir dazu nicht ein?«

Ihr Bruder zögerte. »Zweifelsohne eine gute Partie«, sinnierte er mit hochgezogenen Brauen, ließ die Finger über die blassgelben Bartstoppeln gleiten und ergänzte: »Aber nur, was das Vermögen seines alten Herrn betrifft. Ansonsten nicht gerade jemand, den man sich zum Ehemann wünscht.«

»Du kennst ihn.«

»Flüchtig.«

»Und wie ist er so?«

»Eingebildet wie ein Pfau. Und dumm wie Bohnenstroh.«

»Und was noch?«

»Wie gesagt: Ein Mann, nach dem sich die Frauen die Finger lecken, ist er ganz bestimmt nicht. Obwohl, im Grunde kommt er eigentlich ganz flott daher, kann ja nicht jeder so gut aussehen wie ich.«

»Wie beruhigend!«

»Das Problem ist, der Mann steht mit der Arbeit auf Kriegsfuß, ruht sich auf den Lorbeeren seines Vaters aus und verkehrt in Kreisen, die im Ruf stehen, es mit Recht und Gesetz nicht ernst zu nehmen.«

»Das hast du aber schön gesagt, Bruder. Besten Dank auch, das baut mich auf.«

»Jetzt sei doch nicht immer gleich beleidigt, Luzifuzi. Du wolltest wissen, was Sache ist, also dreh mir dann bitte keinen Strick daraus.«

»Tut mir leid. War nicht so gemeint.«

»Schon verziehen.« Um Antworten nur selten verlegen, verfiel Jörg in dumpfes Brüten. »Und was hast du jetzt vor?«

»Ihm die kalte Schulter zeigen, was hast du denn gedacht. Er wird schon drüber hinwegkommen, da mache ich mir keine Sorgen.«

»Da wird sich unser Hausdrachen aber freuen. Und was Vater betrifft, nun ja, das Hickhack lässt ihn bestimmt nicht kalt. Du weißt ja, wie der Alte ist. Er nimmt sich so was immer zu Herzen, auch wenn er es nicht zeigt. Schließlich bist du sein Augapfel, und wie ich ihn kenne, hat er sich die Entscheidung nicht leicht gemacht.«

»Und was ist mit mir, schon mal drüber nachgedacht?«

»Auf die Gefahr, bei dir in Ungnade zu fallen: Ein bisschen kann ich den Meister schon verstehen.«

»Geld regiert die Welt, ich weiß.«

»Jetzt tu doch nicht so, du weißt genau, wie der Hase läuft.« Luzias Bruder hob abwehrend die Hände. »Wir werden nun mal nicht nach unserer Meinung gefragt, schon gar nicht, wenn es ums Heiraten geht. Bei mir war es doch genauso, oder denkst du, für den Kronprinzen wurde eine Extrawurst gebraten?«

»Mit dem Unterschied, dass ihr beide zueinanderpasst. Und dass du es nicht abwarten konntest, deine Frau vor den nächstbesten Altar zu schleifen.«

Jörg errötete wie ein Chorknabe. »Um beim Thema zu bleiben: Dass in unseren Kreisen nichts dem Zufall überlassen bleibt, dürfte dir bekannt sein. Infolgedessen gibt es nur zwei Möglichkeiten: Entweder du tust, was die Majestäten wollen, oder du bekommst den Wind von vorn. Wie gesagt: Irgendwie kann ich den alten Herrn verstehen. Im Leben wurde ihm nichts geschenkt, und um hier heimisch zu werden, brauchte es einen langen Atem. Du weißt doch, wie die Leute sind. Wenn du von auswärts kommst, hast du verdammt schlechte Karten. Es sei denn, du hast was auf dem Kasten, und was das betrifft, war Vater über jeden Zweifel erhaben. Außer Veit Stoß kann ihm doch niemand das Wasser reichen. Wenn einer sein Handwerk versteht, dann er.«

»Da sieht man es mal wieder, die Männer halten immer zusammen.«

»Bitte nicht schon wieder die alte Leier, ich kann es einfach nicht mehr hören«, lamentierte der designierte Erbe, warf einen flehentlichen Blick nach oben und tat so, als bitte er um Beistand. »Den Alten änderst du nicht mehr, Schnee von gestern oder nicht. Du weißt doch, was Mutter immer gesagt hat, oder?«

»Gute Ehen werden im Himmel geschlossen – oder an einem ähnlichen Ort.«

»Genau.«

»Mit anderen Worten, du rätst mir, zu dem Kuhhandel Ja und Amen zu sagen.«

»Als ob du dir von mir etwas sagen lassen würdest!«, erwiderte der um zwei Jahre Ältere resigniert, lächelte gequält und sagte: »Die Entscheidung triffst du allein, ich werde mich hüten, dir hineinzureden. Einstweilen nur so viel: Wer mit dem Kopf durch die Wand will, darf sich nicht wundern, wenn man mit dem Finger auf ihn zeigt. Ich weiß, was du mir jetzt gleich sagen wirst: Zum Henker mit den Regeln, ein jeder ist seines Glückes Schmied. Mit Verlaub, wo wären wir denn, wenn es keine Regeln gäbe, wenn ein Gaukler auf die Idee käme, dir den Hof zu machen?«

»Es gibt Schlimmeres.«

»Sehr witzig. Herrje noch mal, ist das denn so schwer zu verstehen? Am besten, man orientiert sich an Seinesgleichen, der Adel am Adel, das Patriziat am Patriziat, Leute wie wir an den Zunftbürgern und …«

»Die Habenichtse an den Habenichtsen, schon kapiert. Auf dass das Geld in die richtigen Hände komme.«

»Ich geb's auf!«, gab der Schlacks mit schicksalergebenem Duktus zurück, zupfte seine Arbeitsschürze zurecht und strich seiner Schwester über die Wange. »Egal was passiert, ich bin immer für dich da.«

»Gut zu wissen«, versetzte Luzia gerührt, verhakte ihre Mantelspange und öffnete die Tür.

»Und wo bleibt die Anstandsdame?«, rief ihr Jörg halb vorwurfsvoll, halb belustigt hinterher. »Dass du mir nur ja nicht auf Abwege kommst, Gefahren lauern überall, besonders dort, wo man nicht mit ihnen rechnet!«

*

Endlich im Freien, beschleunigte Luzia ihren Schritt, winkte einer Nachbarin zu, die an ihrer Getreidemühle herumhantierte, und schlug den Weg zum Fischmarkt ein. Die Gasse sah wie ein aufgeweichter Acker aus, durchpflügt von den Radspuren der Fuhrwerke, die Mühe hatten, sich den Weg durch den Morast zu bahnen. Ein Festschmaus für allerlei Ungeziefer, von dem es auch jetzt nur so wimmelte. Zum Glück war es noch nicht Sommer, sonst wäre der Gestank unerträglich gewesen. Buchstäblich alles, angefangen bei Fischgräten, abgenagten Knochen und Exkrementen bis hin zu Speiseresten, Tierkadavern, Stalldung und verschimmeltem Müll landete auf der engen Gasse.

Das Schlimme daran, niemand unternahm etwas dagegen. Und das, obwohl das Viertel als respektabel galt. Neben Luzias Vater, der es bis zum Bürgermeister gebracht hatte, übten fast alle ein ehrbares Handwerk aus, darunter Kürschner, Goldschmiede und Plattner, die ihre Kundschaft mit hochwertigen Brustpanzern belieferten. Aber auch sonst gaben die besser Gestellten den Ton an, allen voran die Domestiken der Domherren, die sich einbildeten, etwas Besseres zu sein. Am Anblick, der sich Luzia auf dem Weg zum Fischmarkt bot, änderte dies jedoch nichts, von den Gerüchen, die ihr in die Nase stiegen, nicht zu reden.

Das größte Ärgernis indes waren die frei herumlaufenden Schweine, beileibe nicht so scheu wie angenommen. Unliebsame Begegnungen, bei denen das Borstenvieh die Passanten attackierte, hatte es zuletzt immer häufiger gegeben. Dass sich die Gassenjungen einen Spaß daraus machten, die Paarhufer bis aufs Blut zu reizen, machte das Ganze nur noch schlimmer. Fast schien es, als seien die nach Abfall gierenden Vierbeiner zur Alltäglichkeit geworden, hätte es ihre Exkremente nicht gegeben, bei deren Geruch selbst Hartgesottene die Flucht ergriffen.

Dem Übel abzuhelfen war jedoch schwieriger als gedacht. Speziell Bäcker, Müller und Metzger besaßen nämlich die Erlaubnis, die Schweine frei herumlaufen zu lassen. Für die Klöster, die sich ihrer Zucht widmeten, galt das Gleiche, das Recht zum Verkauf mit eingeschlossen. Dass erst unlängst ein Kind totgebissen und der Antoniterorden nicht belangt wurde, hätte denn auch um ein Haar zum Aufruhr geführt.

An der Einmündung in die Sterngasse angelangt, warf Luzia einen Blick auf ihre Stiefeletten, trotz Holztrippen voller Schlammspritzer, an denen der durchweichte Unrat klebte. »Gott zum Gruße, Jungfer – wohin des Wegs?«

»Ach, du bist es, Fidibus!«, hieß Luzia den ihr wohlbekannten Müllkärrner willkommen, ein wuseliger Kauz mit gewölbtem Rücken, gelenkig wie ein Akrobat. Gerade mal vier Fuß groß, mit wirrem Haarschopf, Kulleraugen und einer wahrhaft monströsen Knollennase im Gesicht, haftete ihm der Ruf eines Exoten an. Einem Troll aus den Wikingermythen zum Verwechseln ähnlich, war der Winzling jedoch wohlgelitten, zudem umgänglich und stets zu Scherzen aufgelegt. Auch wenn man keinen Sinn für Humor besaß, sein Gelächter hätte selbst Tote zum Leben erweckt.

Wie Fidibus mit Nachnamen hieß, wusste allerdings kein Mensch – und vermutlich nicht einmal er selbst. Wie unter den Kärrnern üblich, hauste er nur einen Steinwurf vom Main entfernt, wo seine Gefährten beim Entladen der Schiffe mithalfen. Die Wohlhabenderen unter ihnen, zu denen der Gnom allerdings nicht gehörte, besaßen sogar ein Pferd, um es bei Bedarf vor ihren Karren zu spannen. Transportiert wurden vor allem Weinfässer, des Weiteren Bauholz, Kohle und Waren aller Art. Aufgrund seiner Statur, die mit derjenigen seiner Kollegen nicht mithalten konnte, musste sich Fidibus mit dem Aufsammeln des Mülls begnügen. Pro Ladung standen ihm dabei drei Pfennige zu, zum Leben wahrlich nicht genug, zum Sterben indes zu viel. Um mit dem Nötigsten versorgt zu sein, war er gezwungen, zehn Pfennige am Tag zu berappen. Für Luzia Grund genug, ihm ein paar Groschen zuzustecken.

Der Kärrner wusste es zu schätzen. »Seid bedankt, Jungfer«, ließ er es sich nicht nehmen, die Filzkappe vom Kopf zu reißen und eine Verbeugung zu vollführen, die einem Hanswurst auf dem Jahrmarkt zur Ehre gereicht hätte.

»Wenn nur alle so wären wie Ihr, dann hätten es die armen Schlucker leichter.«

»Gern geschehen, Fidibus«, erwiderte Luzia das Lächeln, das die verhärmten Züge erhellte, steckte ihre Geldkatze ein und ließ den Blick zum wolkenverhangenen Himmel wandern. »Es wird Zeit, dass der Frühling kommt, das Wetter ist ja nicht zum Aushalten.«

»Sorgen?«

»Mehr als genug«, erwiderte Luzia bedrückt, wechselte jedoch wohlweislich das Thema. Da er viel herumkam, war Fidibus über alles im Bilde – im Guten wie im Schlechten. Und nicht abgeneigt, im Beisein von Freunden aus dem Nähkästchen zu plaudern. Streng vertraulich, das verstand sich gleichsam von selbst. »Reden wir über was anderes, Fidibus – was gibt's denn Neues, lass hören!«

»Ich bin befördert worden«, lästerte der Gnom, schmunzelte über beide Backen und warf sich wie ein Komödiant in Pose. »Na, was sagt Ihr jetzt?«

»Befördert, sag bloß! Wie dem auch sei, du hast es dir redlich verdient.«

»Zum Sprachhausfeger«, ergänzte der Müllkärrner und stieß dabei ein Lachen aus, das geeignet war, einer Ziege Konkurrenz zu machen. »Das nenne ich Karriere machen, wenn das kein Grund ist, die Puppen tanzen zu lassen, dann weiß ich auch nicht mehr.«

»So man das nötige Kleingeld hat.«

»Auch wieder wahr«, gestand der Müllkärrner zähneknirschend ein, rubbelte an der Nase herum, bis er einen Niesanfall bekam, und hob entschuldigend die Hände. »Kommt nicht wieder vor, tut mir leid.«

»Sprachhausfeger – auf das Wort muss man erst mal kommen.«

»Allerdings«, pflichtete der Gnom seiner Gönnerin bei, wohl wissend, wie anrüchig die Tätigkeit war – und das im wortwörtlichen Sinn. Und witzelte verschmitzt: »Wohlklingende Worte machen eben Leute, da beißt keine Maus einen Faden ab. Je hochgestochener, desto tiefer der Bückling, den sie vor dir machen.«

»Hauptsache, du nimmst es mit Humor«, ging Luzia über die Seitenhieb hinweg, hielt es jedoch für besser, das Thema nicht zu vertiefen. »Du wolltest mir doch erzählen, was es Neues gibt, oder hast du es dir etwa anders überlegt?«

»Wenn, dann wenig Erfreuliches«, redete der Kobold um den heißen Brei herum, setzte seine Kappe auf und griff zum Besen. »Was sind das bloß für Zeiten, weiß der Teufel, was in die Leute gefahren ist.«

»Das frage ich mich auch, Fidibus.«

Der Müllkärrner hielt abrupt inne, lehnte den Besen an die Wand und sah sich um. Dann legte er den Zeigefinger an die Lippen und flüsterte: »Aber es muss unter uns bleiben, jemand wie ich, der lebt mitunter gefährlich.«

»Nun sag schon, mit wem hast du dich angelegt?«

»Mit niemandem, ich bin doch nicht lebensmüde«, beteuerte der umtriebige Gnom, winkte Luzia zu sich heran und nuschelte: »Stellt Euch vor, gestern Abend habe ich ein totes Kind gefunden. Auf einem Hinterhof in der Sander Vorstadt, in der Sickergrube neben dem Abort. Dem Aussehen nach zu urteilen viel zu klein, um eine Überlebenschance zu … Wie sagt man doch gleich dazu?«

»Fötus«, antwortete Luzia bedrückt, ein Würgen in der Kehle, das ihr die Luft abzuschneiden drohte.

»Bevor Ihr mich danach fragt, Jungfer: So was passiert mir nicht zum ersten Mal. Wisst Ihr, wenn den Habenichtsen das Wasser bis zum Hals steht, dann sind sie zu allem fähig. Es gibt nun mal Leute, die würden ihre eigene Tochter verscherbeln, nur um an Geld zu kommen – oder ihre Leibesfrucht verscharren, um eine Liebschaft zu vertuschen. Da fragt man sich, wo das alles noch hinführen soll, ich meine, wer so was tut, der kann sich doch nicht als Mensch bezeichnen.«

Die Hand an die schmerzende Hüfte gepresst, ließ der Müllkärrner den Kopf nach vorn sacken. »Um es kurz zu machen: Die Frevlerin wurde gefasst. Sie ist erst 16. Wie es aussieht, kommt sie aus dem Angstloch nicht mehr raus. Es sei denn, um Bekanntschaft mit dem Schafott zu machen.«

»Erst 16, und schon so tief gesunken. In der Haut des Mädchens wollte ich nicht stecken.«

»Und ich nicht in derjenigen des Kindes«, versetzte Fidibus bestimmt, ergriff den Besenstiel und sagte: »Als junger Mensch eine Dummheit zu begehen, ich denke, dagegen ist niemand gefeit. Aber einen Fötus wie einen räudigen Köter zu verscharren, und dann noch in einer Sickergrube – das ist des Schlechten zu viel. Und gehört bestraft. Eins kann ich Euch garantieren: Wäre ich Zeuge der Barbarei gewesen, ich hätte für nichts garantieren können.«

»Wie dem auch sei, vorschnell zu urteilen halte ich für falsch.«

Der Troll stieß ein missbilligendes Grunzen aus. »Reden wir nicht mehr drüber, geschehen ist nun mal geschehen. Manchmal denke ich, ich mache mich besser aus dem Staub, nichts wie weg von hier, egal wohin. Da schuftest du dir einen ab, lebst von der Hand in den Mund und verplemperst deine Zeit, indem du Kackstühle schrubbst, und was springt dabei raus? Ein Paar mickrige Pfennige, mehr nicht. Es sei denn, dir läuft ein herrenloser Köter über den Weg, der das Pech hat, zur falschen Zeit am falschen Ort zu sein. Ihn abzumurksen, dazu bist du nun mal verpflichtet, gegen Bezahlung, wo kämen wir da auch hin. Was das betrifft, lassen sich die Herren im Grafeneckart nicht lumpen. Apropos Prämien: Pro Kadaver gibt es zwei Pfennige auf die Hand, egal ob es sich um Katzen oder Hunde handelt. Bei Ratten sieht die Sache leider anders aus, entweder du karrst gleich ein Dutzend ran, oder du kannst deinen Gute-Nacht-Schoppen vergessen.« Einen imaginären Becher vor Augen, winkte Fidibus müde ab. »Betrachten wir die Sache nüchtern. Wenn wir so weitermachen wie bisher, dann werden wir im Dreck ersticken. Der Müll wird uns noch alle umbringen, vom Ungeziefer und den Ratten nicht zu reden. Ich bin zwar nicht imstande, Beweise zu liefern, aber es kann doch nicht sein, dass der Pest partout nicht beizukommen ist. Ihr erinnert Euch: Allein im letzten Jahr wurden auf dem Friedhof der Dominikaner 538 Seelen bestattet. In Massengräbern und in aller Eile. Unter meiner tätigen Mithilfe, weil die Totengräber mit dem Buddeln nicht hinterherkamen. Wie viele arme Teufel in ganz Würzburg dran glauben mussten, das weiß keiner. An die 1000 waren es bestimmt, wenn nicht gar noch mehr.« Der Gnom sah Luzia prüfend an. »Ich für meinen Teil möchte das nicht mehr erleben, und Ihr ja wohl auch nicht, oder?«

»Du stellst vielleicht Fragen«, seufzte Luzia matt. »Natürlich nicht.«

Mochten die Menschen auch Kohlebecken entfachen und mit Weihrauch, Myrrhe oder Sandelholz bestreuen, Räucherstäbchen anzünden oder Mixturen aus Hühnermist, Krötenlaich, Spinneneiern und Knabenurin brauen, um sie den Dahinsiechenden zu verabreichen: Gegen die Pest war kein Kraut gewachsen. Vermeintlich Schlaue, im

Angesicht des Grauens nicht weiter verwunderlich, rieten dazu, sich dem Vollrausch hinzugeben. Andere wiederum geißelten sich selbst, überzeugt, sie müssten Buße tun. Dabei wusste niemand, wie es zum großen Sterben kam, allen Gerüchten und Unkenrufen zum Trotz. Da behaupteten die einen, die Erde habe todbringende Dämpfe ausgespien, die anderen, giftiges Getier sei in Massen vom Himmel gefallen, alles verschlingend, was sich seinem Wüten in den Weg stellte. Nicht genug damit, sei in Fernost eine Plage auf die andere gefolgt, wie weiland im alten Ägypten, als Moses den Pharao das Fürchten lehrte.

Gerade einmal zwölf Jahre alt, war Luzias Schwester unter den Ersten gewesen, die der todbringenden Seuche zum Opfer fielen. Auch jetzt, nach über fünf Jahren, war der Schock über den Verlust noch präsent, der leiseste Hinweis, und die Bilder von damals tauchten wieder auf. Eine Holzrassel in der Rechten, während die Linke den Griff einer Fackel umschloss, waren die Totengräber bei Nacht durchs Viertel gezogen, an ihrer Spitze ein Arzt, der eine Schnabelmaske trug. Kaum verwunderlich, dass die Nachbarn bei ihrem Herannahen das Weite suchten, das beständige Surren der Handklapper im Ohr, deren Echo wie ein Menetekel von den Wänden widerhallte. Die Stadt hatte ein Bild des Grauens geboten, genauso stellte man sich den Vorhof der Hölle vor. Streunende Hunde, wohin man auch sah, Fleischbrocken zwischen den Zähnen, die von den Leichnamen stammten, Pestkreuze an Wänden und Haustüren, um vor Ansteckung zu warnen, Wehklagen, Geschrei und Hilferufe, begleitet vom Geläut der Glocken, umherziehende Rotten, die der Wollust, dem Rausch und der Völlerei huldigten: alles Dinge, die Luzia nicht für möglich gehalten hätte.

Doch es sollte noch schlimmer kommen. Kaum hatte ihre Schwester die Augen geschlossen, waren auch schon die Kärrner aufgetaucht, hatten den Leichnam auf den überladenen Schinderkarren gehievt, ein Kreuz an die Tür gepinselt und ihren Weg durch das Inferno fortgesetzt. Wo genau ihre Schwester zur Ruhe gebettet wurde, niemand würde es je erfahren. »Natürlich möchte ich das nicht mehr erleben, wo denkst du hin. Mögen wir davon verschont bleiben, die Stadt hat schon genug gelitten.«

»Amen!« Der Müllkärrner grinste schief. »Ich will ja nichts sagen, aber wenn nicht bald etwas geschieht, dann kann man die Uhr danach stellen, dass das Sterben am Tag X von vorn beginnt. Schaut mich nicht so an, Jungfer, ich meine es ernst. Es liegt an uns, dem Teufel eine lange Nase zu drehen, wir müssen nur wollen, das ist alles. Däumchen drehen führt zu nichts, das wisst Ihr so gut wie ich.«

Luzia nickte stumm.

»Primum: Der Rat möge sich dazu aufraffen, die Straßen pflastern zu lassen, so schwer kann das ja nicht sein. Handwerker, um die Steine zu verlegen, gibt es wohl genug. Wie gesagt, man muss nur wollen. Und genau da liegt der Hund begraben. Anstatt ins Stadtsäckel zu greifen und die Ärmel hochzukrempeln, machen sie sich im Rathaus fast ins Hemd. Seien wir ehrlich: Bis die das nötige Kleingeld lockermachen, um den Augiasstall auszumisten, bis dahin bin ich unter der Erde. Die latschen lieber im Matsch rum anstatt ans Eingemachte zu gehen, das weiß doch jeder.«

»Fragt sich nur, was der Bischof dazu sagt.«

»Wie man hört, hat er genug mit sich selbst zu tun. Bedenkt man, was der sich schon alles geleistet hat, ist es ein Wunder, dass Seine Gnaden nicht schon längst in der Hölle schmoren. Eins kann ich Euch versprechen, Jungfer: Wenn unser heiß geliebter Bischof ins Gras beißt, dann gieße ich mir einen in den Schlund, dass es nur so kracht, wäre ja auch ein bisschen viel verlangt, dem Kreuzkopf auch nur eine Träne nachzuweinen. Mit den Pfaffen habe ich ohnehin nichts am Hut, die ganze Sippschaft hat doch nur eins im Sinn, nämlich sich auf Kosten der kleinen Leute zu bereichern.«

»Wie es aussieht, bist du mit der Meinung nicht alleine.«

»Gut möglich.«

»Mal was anderes, Fidibus«, dämpfte Luzia beim Herannahen eines Ochsengespanns den Ton, trat zur Seite und wartete ab, bis der Fuhrknecht außer Hörweite war. »Wärst du so gut, mir einen Gefallen zu tun?«

»Jeden, Jungfer«, versicherte der Kärrner, warf sich in Pose, als ob er vom Kaiser geadelt worden wäre, und setzte eine treuherzige Miene auf. »Das wisst Ihr doch.«

»Freut mich zu hören.«

»Und wo drückt der Schuh?«

Luzias Miene verdüsterte sich. »Frage vorab: Bartholomäus Häfner, was will dir der Name sagen?«

»Unter den Anhängern von Gott Bacchus auch Schoppen-Bartel genannt?«

Luzia nickte vielsagend zurück.

»Der Mann ist mit Vorsicht zu genießen, wenn ich Ihr wäre, ich würde einen Bogen um den Schwerenöter machen.«

»Liebend gern. An mir soll es nicht liegen.«

»Und worin liegt dann das Problem?«

»Drücken wir es mal so aus: Um ihn mir vom Hals zu halten, benötige ich ein paar Informationen.«

Der Müllkärrner hob lauernd den Kopf. »Heißt das, der Halunke macht Euch den Hof? Wenn ja, dann brech ich ihm sämtliche Knochen, so wahr mein Name Fidibus ist!«

»Nicht nötig«, warf Luzia beschwichtigend ein, ließ eine Brotverkäuferin passieren, deren Kiepe vor Laiben beinahe überquoll, und fuhr mit gedämpfter Stimme fort: »Alles, was ich benötige, sind Informationen aus erster Hand. Informationen der speziellen Art, falls du verstehst, was ich damit meine. Wie ich dich einschätze, wäre es ein Leichtes für dich, ein paar Geschichten auszugraben, die ihm zum Nachteil gereichen könnten.«

»Nichts leichter als das, Jungfer. Es wird mir eine Ehre sein. Wie es aussieht, hat er so viel auf dem Kerbholz, dass sogar ein Ablassverkäufer vor Scham erröten würde.«

»Was bekanntlich etwas heißen will«, gab Luzia schmunzelnd zurück, zurrte ihre Schnürkappe zurecht und rüstete zum Aufbruch.

Nur um unmittelbar darauf in Schockstarre zu verfallen.

»Wieder mal auf Abwegen, hab ich mir's doch gedacht!«, hallte die ihr wohlbekannte Stimme ins Ohr, lauter als eine Fanfare, die den Beginn eines Kampfes auf Leben und Tod anzeigte. »Und dann auch noch die Haare offen, ich fasse es nicht. Nichts als Unfug im Sinn, und das den lieben langen Tag. Womit habe ich das verdient, oh Herr, die Range bringt mich noch ins Grab!«

»Weh mir, das Jüngste Gericht hat begonnen!« Die Hand an der Deichsel seines Karrens, ergriff Fidibus überstürzt die Flucht, ein breites Grinsen im Gesicht, das er hinter vorgehaltener Hand verbarg. »Rette sich, wer kann, Jungfer – und viel Spaß bei Eurem Aufenthalt in der Hölle. Ich werde für Euch beten, möge die Stärkere gewinnen!«

8

»Pack dich von hinnen, ich brauche kein Kindermädchen mehr!«, fuhr Luzia ihre wohlbeleibte Amme an, zum Gaudium der Spielleute auf dem Judenplatz, die für das ungleiche Paar eine Gasse bildeten. Die Kirchgänger vor der Marienkapelle taten es ihnen gleich, den Nachhall der dumpfen Glockenschläge im Ohr, die den Beginn der fünften Stunde markierten. »Und komm mir bloß nicht auf die Idee, mich bei Vater anzuschwärzen, oder du lernst mich kennen. Und jetzt lass mich gefälligst in Frieden, in der Kirche wird mir schon niemand zu nahe kommen.«

»Einen Teufel werde ich tun«, keifte die schwergewichtige Matrone zurück, hielt die von Schweißrändern gesäumte Flügelhaube fest, die ihr ums Haar vom rot glühenden Schädel gerutscht wäre, und steuerte mit geblähten Segeln auf die Pforte zu. Dort angekommen, schimpfte sie vor sich hin, dass sie kaum noch Luft bekam, reckte ihrem Schützling den Zeigefinger entgegen und giftete: »Wie oft soll ich dir eigentlich noch sagen, dass es sich für eine Frau nicht ziemt, frühmorgens mutterseelenallein durch die Weltgeschichte zu spazieren. Wenn das so weitergeht, lege ich mir einen Spürhund zu, dann weiß ich wenigstens, wo ich nach dir suchen muss. Und merk dir eins, junges Fräulein: Ich könnte zwar deine Großmutter sein, aber das heißt noch lange nicht, dass ich zu alt bin, um dich Mores zu lehren!«

»Ich werde bald 24, nur mal so nebenbei.«

»Und ich 61!«, keifte Bertradis, Fels in der Brandung und guter Geist im Hause Riemenschneider, im Brustton der Überzeugung zurück. »Wer hat sich denn für das gnädige Fräulein abgerackert, tagaus, tagein, von früh bis spät, wer hat es gesäugt, gefüttert und wieder hochgepäppelt, wenn es krank war – und das war es als Kind ziemlich oft: die vier Ehegesponse deines Vaters oder ich?«

»Du natürlich, das weiß ich doch. Aber du brauchst nicht so zu schreien, ich höre gut!«

Einmal in Fahrt, war Bertradis nicht mehr zu bremsen. »Hör gefälligst auf, mich wie einen Domestiken zu behandeln, sonst ...«

»Legst du mich übers Knie, ich weiß«, würgte Luzia die Schimpfkanonade der Alten ab, setzte ein spitzbübisches Lächeln auf und tat so, als sei der Burgfriede wiederhergestellt. Die Hand zum Schwur erhoben, fügte sie hinzu: »Schon gut, schon gut, ich gelobe Besserung, damit dich nicht am Ende noch der Schlagfluss trifft.«

»Sei nicht so vorlaut, oder es setzt was!«

»Das würde ich mich niemals trauen, dafür habe ich viel zu viel Respekt vor dir«, flötete Luzia zurück, drückte ihrer Amme ein Schweißtuch in die Hand, und setzte eine Miene auf, die an einen Welpen erinnerte. »Soll nicht wieder vorkommen, ich verspreche es dir hoch und heilig.«

»Wer's glaubt«, grantelte Bertradis halblaut vor sich hin und warf Luzia einen Blick zu, den selbst wohlmeinende Beobachter als Drohung aufgefasst hätten. Eine Vertreterin der Spezies harte Schale, weicher Kern, setzte sie ihre Tirade dann aber doch nicht fort, der Schutzbefohlenen von Herzen zugetan, für die der Zweikampf fast schon zum Alltag gehörte. »Ich weiß, du kannst es langsam nicht mehr hören, aber wenn ich dir einen gut gemeinten Rat geben darf: In der Öffentlichkeit gehört sich so ein Aufzug nicht.«

»Darf man fragen, was dich daran stört?«

»Ich meine es doch nur gut, mein Kind«, war Bertradis bemüht, die Wogen zu glätten, hakte sich bei Luzia unter und sagte: »Das Kleid zu eng, der Umhang zu kurz, die Haare offen und für meinen Geschmack viel zu lang: Das wird nicht überall gern gesehen. Schau dir doch mal die Frauen in deinem Alter an, von denen läuft keine so rum wie du. Es sei denn, die Betreffende legt es darauf an, die …«

»Männer zu bezirzen, ich weiß. Wovon bei mir aber nicht die Rede sein kann. Oder bist du da etwa anderer Meinung?«

»Natürlich nicht, dafür kenne ich dich dann doch zu gut«, warf Bertradis achselzuckend ein, setzte ein gezwungenes Lächeln auf und warnte: »Nimm dich in Acht, die Mannsbilder haben es faustdick hinter den Ohren. Na schön, manche sind ja ganz nett, aber wenn sich der Hosenteufel regt, dann gibt es für die Schwerenöter kein Halten mehr. Dann haben sie nur noch eins im Sinn: nämlich eine Frau aufzugabeln, um ihrer Brunft zu frönen. Drum Obacht, meine Liebe, den Maulhelden ist nicht zu trauen. Je eher du das begreifst, desto schneller wird dir klar, dass … äh … Jetzt guck doch nicht so, du weißt doch genau, was ich meine.«

»Sie alle des Teufels sind?«

»Du sagst es«, bekräftigte die nimmermüde Moralistin, schlug gleich drei Kreuze hintereinander und fügte mit grimmiger Miene hinzu: »Wenn ich sehe, wie dir die wollüstigen Gecken hinterherglotzen, dann juckt es mich in den Fingern.« Fest entschlossen, den Worten am Ende auch Taten folgen zu lassen, ballte Bertradis die Rechte zur

Faust. »Schön daherreden und dir Honig um den Mund schmieren, das beherrschen die Lüstlinge im Schlaf. Davon darf man sich aber nicht täuschen lassen, sonst gibt es ein böses Erwachen. Die meisten wollen nämlich nur das eine, falls du verstehst, was ich damit sagen will.«

Luzia verdrehte die Augen. »Wenn du gestattest, würde ich jetzt gern das Thema wechseln. Ad perpetuum memoriam: Ich bin kein kleines Kind mehr, nimm das bitte zur Kenntnis.«

»Wo willst du eigentlich hin, dürfte ich das erfahren?«

»Zu Bruder Damian«, versetzte Luzia bestimmt, wies mit dem Daumen über die Schulter und ergänzte: »Soweit ich weiß, wird er heute die Messe lesen. Wie an jedem Dienstag, wenn die Reihe an die Franziskaner kommt.«

»Wenn du meine Meinung hören willst, der Mann ist mir nicht …«

»Will ich aber nicht, und schon gar nicht heute«, fiel Luzia der Alten ins Wort, in Gedanken beim Gespräch mit den Eltern, das ihr die Laune gründlich verdorben hatte. »Es sei denn, du weißt darüber Bescheid.«

»Über was denn?«

»Vergiss es, war nur so dahergeredet«, erstickte Luzia weitere Fragen im Keim, machte eine finale Geste und sprach: »Wie gesagt: Ab sofort keine guten Ratschläge mehr, momentan habe ich nämlich andere Sorgen.«

»Die du mir nicht mitteilen willst, nehme ich an?«

»Ganz recht.«

»Später vielleicht?«

»Kommt drauf an, was noch alles passiert.«

»Na schön, wie du willst«, gab Bertradis das Nachhaken auf, lockerte den Kragen ihrer bestickten Bluse und schloss: »Es ist dein Leben, nicht meins.«

»Selbsterkenntnis ist der erste Schritt zur Besserung, weiter so«, saß Luzia einmal mehr der Schalk im Nacken, während sie sich dem Portal zuwandte, um in die Kapelle zu gelangen. »Der eine tut sich schwer damit, die Realität zu akzeptieren, der andere findet sich damit ab.«

»Also wenn ich Euch so anschaue, Jungfer, dann fällt es mir leicht, mich damit abzufinden!«, ließ sich die Stimme eines Mannes in ihrem Rücken vernehmen, amüsiert und mit einem Hauch von Ironie versehen, indes wohlklingend und mit knabenhaftem Unterton. »Glücklich derjenige, dem die Ehre zuteilwürde, Eure anmutigen Züge auf Leinwand zu bannen. So viel Liebreiz auf einen Fleck, das bekommt man nicht alle Tage zu Gesicht.«

Luzia wirbelte auf dem Absatz herum.

Bertradis ebenso.

Bei Weitem nicht so wendig, doch wortgewaltig wie eh und je. »Sag mal, du Schleimspritzer«, leitete sie die Attacke auf den Straßenmaler ein, der von Glück sagen konnte, dass ihr die Staffelei im Wege war. »Wer hat dir eigentlich erlaubt, deine Klappe aufzureißen?«

»Niemand. Aber das ist nicht der Punkt«, erwiderte der jugendlich wirkende Mann, dessen pechschwarze Mähne bis auf die Schultern fiel, gebändigt von einem Stirnband aus Hirschleder, auf dem sich die Gravur eines Schnürschuhs befand. Dem Aussehen nach zu urteilen Ende 20, trug der Paradiesvogel eine heitere Gelassenheit zur Schau, im Kontrast zu den verhärmten Zügen, die ihn älter erscheinen ließen, als er war. Bekleidet mit einem geflickten Wams, wie sein Träger nicht in bestem Zustand, haderte er jedoch nicht mit dem Schicksal, lächelte in sich hinein und sagte: »Oder muss man erst groß um Erlaubnis bitten, wenn man Eurer Herrin ein aufrichtiges Kompliment machen möchte?«

»Herrin, das wäre ja noch schöner!«

»Sondern?«

»Jetzt hör mir mal gut zu, du hergelaufener Tagedieb«, knurrte Bertradis mit gesenktem Haupt, bereit, es wie ein Widder als Waffe einzusetzen, ohne Blick für die ins Rutschen geratene Haube, an die sie auch nicht einen Gedanken verschwendete. »Wenn du denkst, du könntest hier einen auf Platzhirsch machen, dann treibe ich dir die Flausen aus, aber so was von!«

Halb amüsiert, halb in sich gekehrt, sah der Maler seiner Kontrahentin ins Gesicht, schnitt eine vorwitzige Grimasse und fragte: »Bevor es zum Kampf auf Leben und Tod kommt, mit wem habe ich die Ehre?«

»Mit deinem schlimmsten Albtraum, nimm das als Antwort«, blaffte Bertradis zurück und trat nach vorn, die Hände an die ausladenden Hüften gepresst.

»Verzeiht, wie ungehobelt von mir«, gab der Vagant mit ausgesuchter Höflichkeit zurück, eine Scharade, die Luzia ein Lächeln entlockte. »Gestatten: Wenzel Lautenschläger, Straßenmaler.«

»Straßenmaler, aha. Und das soll ein Beruf sein?«

»Oder eine Berufung, kommt drauf an, wie viel er einem bedeutet.«

»Ein Idealist, auch das noch!«, schnaubte die Amme von oben herab, justierte ihre Haube und wies auf die Staffelei. »Na los, Jungspund, dann zeig mal, was du kannst!«

»Wie meinen?«

»Sag mal, hast du es an den Ohren? Du sollst ein Bild von mir malen, bist du eigentlich immer so schwer von Begriff?«

Der Miene des Kunstmalers hellte sich auf. »Welch unerwartete Ehre, Frau von …«

»Das Von kannst du dir sparen, mit den Blaublütern habe ich nichts am Hut. Und wie ich heiße, geht ohnehin niemanden was an.«

»Auch wieder wahr. Wie sagt man doch gleich: Namen sind Schall und Rauch.«

Bertradis seufzte ungehalten auf. »Nun mach schon, Bruder Leichtfuß«, wiederholte die Alte ihre Order, umlagert von einem Ring aus Gaffern, die das Spektakel mit Genießermiene verfolgten. »Sonst stehen wir noch beim Jüngsten Gericht hier rum!«

»Und wenn schon, der Himmel kann warten«, hatte Wenzel die Lacher auf seiner Seite, nippte an seinem Weinschlauch und trat an die Staffelei. »Den Kopf noch ein bisschen nach links, dann kann's losgehen. Und guckt bitte nicht so, als würde man Euch zur Schlachtbank führen. Schon gewusst? Lächeln macht attraktiv. Na also, warum nicht gleich! Ihr macht das sehr gut. Wahrlich, Kunden wie Euch findet man nicht alle Tage. Und jetzt bitte stillhalten, es dauert auch nicht lange, mein Wort darauf!«

»Dann sieh mal zu, dass du auch alles draufbekommst«, fügte ein Witzbold aus dem Hintergrund hinzu, was bei den Umstehenden für schadenfrohes Gelächter sorgte. »Und gib dir Mühe, mit der Vettel ist nicht zu spaßen. Die bringt es fertig und nimmt dich in den Schwitzkasten, dann kann dir der Pranger nichts mehr anhaben!«

»Was kümmert's mich, es gibt Schlimmeres.« Die Ruhe in Person, winkte der Maler gelassen ab, zwinkerte Luzia zu und begann zu zeichnen. Vor der Kapelle kehrte umgehend Stille ein, zur Gänze in seine Arbeit vertieft, nahm Wenzel die Schaulustigen kaum noch wahr. Bertradis ihrerseits genoss es, im Mittelpunkt zu stehen – und sprach wider sonstige Gewohnheiten kein Wort.

Ganz anders Luzia, die nicht wusste, was sie von der Posse halten sollte. Je weiter das Werk voranschritt, desto flauer das Gefühl in ihrem Magen. Überaus fraglich, ob es klug war, sich darauf einzulassen.

»So, werte Dame, das wäre geschafft«, riss sie die Stimme des Malers aus den Gedanken, und wie um ihre Befürchtungen zu zerstreuen, brandete ringsum Beifall auf. »Na, was sagt Ihr dazu, immer noch so skeptisch wie vorhin?«

Ein Wunder war geschehen.

Bertradis war sprachlos.

»Hier, das ist für Euch, mit freundlichen Empfehlungen meinerseits«, fügte Wenzel mit einem Lausbubenlächeln hinzu, das seine Grübchen zu voller Entfaltung brachte, verbeugte sich nach allen Seiten und hielt ihr den Bogen mit ihrem Konterfei vors Gesicht. »Ich hoffe, die Stilrichtung entspricht Eurem Geschmack, wenn nicht, ich wäre untröstlich.«

»Das tut sie, mach dir ... Macht Euch da mal keine Sorgen, junger Mann«, wechselte die Matrone abrupt die Anrede, ein weiteres, ungleich größeres Wunder als zuvor. »Wie viel bin in Euch schuldig?«

»Überhaupt nichts, wo denkt Ihr hin«, begehrte der Maler mit gespielter Entrüstung auf und lenkte den Blick auf das Porträt, nur um ihn im Anschluss auf Luzia zu heften. »Und was sagt die Expertin dazu, habe ich die Dame gut getroffen?«

Luzia fiel aus allen Wolken. Was der Fremdling da gerade zu Papier gebracht hatte, grenzte an Hexerei, wirklich verblüffend, wie groß die Übereinstimmung war. Eine Porträtzeichnung wie diese hatte sie noch nie gesehen, authentisch bis ins Detail, vom Original fast nicht zu unterscheiden. Das Grauhaar zur Gänze unter der Haube versteckt, geblähte Nüstern, die Knollennase von roten Äderchen durchzogen, wachsamer Blick, dem auch noch mit 60 so gut wie nichts entging, markanter Kinnballen, zusammengepresste Lippen, hinter denen sich die lädierte Zahnreihe verbarg, die Bertradis nach Kräften zu kaschieren versuchte: Hätte das Porträt zu sprechen begonnen, Luzia wäre nur mäßig überrascht gewesen.

»Ihr guckt so kritisch, dabei habe ich mir so viel Mühe gegeben«, lästerte der Maler mit weinerlicher Stimme, schlug die Augen nieder und tat so, als wisse er weder ein noch aus. »Wehe dem, der sein Brot als Künstler verdienen muss, da gibt man sein Bestes – und das ist dann der Dank!«

»Ich wüsste nicht, dass ich Euch zu Dank verpflichtet bin«, zahlte Luzia mit gleicher Münze heim, bedeutete Bertradis, ihr zu folgen und wandte sich zum Gehen. »Ihr entschuldigt uns, wir haben noch etwas vor!«

*

»Jetzt komm schon, so schlimm, wie du tust, war es auch wieder nicht«, gab sich Bertradis betont gelassen, beugte das Knie, um dem Marienbild auf dem Altar ihre Reverenz zu erweisen, und rappelte sich unter Schmerzenslauten auf. »Ein bisschen Spaß muss allenthalben sein, was war denn schon groß dabei! Davon abgesehen war das Knäblein ziemlich harmlos, wozu also das Kind mit dem Bad ausschütten, dazu besteht doch überhaupt kein Grund.« Die Alte stöhnte theatralisch auf. »Und dann noch die vermaledeite Gicht, womit habe ich das verdient! Und wenn wir gerade dabei sind, ein bisschen galanter hättest du ruhig sein können. Der Ärmste konnte einem ja leidtun, so wie du mit ihm umgesprungen ist.«

»Von wegen leidtun – das sagt gerade die Richtige.« Auf dem Weg zur Sakristei, um mit Bruder Damian unter vier Augen zu sprechen, wirbelte Luzia auf dem Absatz herum, marschierte auf Bertradis zu und grollte: »Wer hat ihn denn vor allen anderen zur Schnecke gemacht, meine Leibwächterin oder ich? Apropos, bist du bitte so gut und wartest draußen auf mich? Was es zwischen mir und Bruder Damian zu besprechen gibt, ist nämlich nicht für fremde Ohren bestimmt – und geht nur ihn und mich etwas an.«

»Dann bin ich also eine Fremde für dich? Gut zu wissen.« Die Miene der Matrone gefror zu Eis. »Traurig, dass es so weit kommen musste, wirklich traurig.«

Luzia atmete ungehalten durch. »Du weißt genau, wie es gemeint war, also mach jetzt bitte nicht einen auf beleidigt. Die Messe fängt gleich an, viel Zeit wird er ohnehin nicht haben.«

»Ich weiß, du willst es nicht hören, aber was mich angeht, ich traue dem Mann nicht über den Weg. Es heißt, er halte es mit den Lutherischen, hast du das gewusst?«

»Und selbst wenn, ginge es niemanden etwas an«, erwiderte Luzia gepresst, sah sich nach potenziellen Lauschern um und sagte: »Die Zeiten, in denen die Abweichler den Flammentod starben, nur weil sie dem Bischof ein Dorn im Auge waren, diese Zeiten sind endgültig vorbei. Lass doch den Leuten ihren Glauben, was ist denn schon groß dabei, wenn jeder ihn praktiziert, wie er es für richtig hält. Dem Herrgott wird es egal sein, auf welche Weise man ihm den schuldigen Respekt erweist, zerbrich dir da mal nicht unnötig den Kopf.«

»Wusste ich's doch!«, knurrte Bertradis ihr Gegenüber an, den Zeigefinger auf den Lippen, um Luzia Einhalt zu gebieten. »Dass der Mann mit dem Bischof auf Kriegsfuß steht, das pfeifen die Spatzen von den Dächern. Soll er sich doch mit ihm anlegen, sein Dickschädel, nicht meiner. Aber dass ausgerechnet du dich von dem Renegaten auf Abwege bringen lässt, darüber komme ich nicht ...«

»Würdest du jetzt bitte gehen, Bertradis?«, fiel Luzia ihrer Amme ins Wort und deutete mit ausgestrecktem Arm zur Tür. »Daheim mehr darüber, einverstanden?«

»Na schön, wie du willst«, stob die Amme zerknirscht davon, kurz davor, eine laute Verwünschung auszustoßen. »Aufmüpfig wie ein Lollarde, wenn das nur gut geht!«

»Das wird es, keine Sorge«, murmelte Luzia beim Weitergehen vor sich hin, auf dem Weg zur Sakristei, aus der ein Lichtschimmer in den dämmerigen Chorraum drang.

In Gedanken beim bevorstehenden Gespräch, beschleunigte die junge Frau ihren Schritt.

Und blieb unverrichteter Dinge stehen, nur wenige Handbreit von ihrem Ziel entfernt.

Die Tür zur Sakristei war nur angelehnt, im Begriff, via Klopfzeichen auf sich aufmerksam zu machen, hielt Luzia mit angehaltenem Atem inne. Aus dem Inneren waren laute Stimmen zu hören, zum einen diejenige ihres Mentors, zum andern das Organ einer Frau, zusehends lauter, je mehr sich der Disput in die Länge zog.

Luzia schauderte.

Die Stimme kam ihr bekannt vor, oder bildete sie sich das nur ein?

Einem inneren Impuls folgend, machte sie auf dem Absatz kehrt. Es gehörte sich nicht, andere zu belauschen, und schon gar nicht hier, in einem Gotteshaus. Wer weiß, worum es bei dem Wortwechsel ging, wäre sie anstelle der Frau gewesen, deren Stimme ihrer eigenen ähnelte, sie hätte auf Lauscher verzichten können.

Und Bruder Damian sicherlich auch. »Was hast du dir eigentlich dabei gedacht, dürfte ich das erfahren?«, fuhr er die Fremde mit zornbebender Stimme an, im Grunde ein Unding, weil seine Sanftmut beinahe sprichwörtlich war. »Erst verschwindest du spurlos, bist wie vom Erdboden verschluckt, und dann kreuzt du nach einer halben Ewigkeit wieder auf und tust so, als sei nichts geschehen. Das begreife, wer will – ich für meinen Teil bin nicht imstande dazu!«

»Gerade eben habe ich es dir doch erklärt, warum hörst mir denn nicht zu?«, hob die Anonyma ihre sonore Stimme, vom Klang her zu urteilen diejenige einer Frau, die den Zenit ihres Lebens erreicht hatte. »Mein Mann ist längst tot, und meine Eltern auch, wie du sicherlich weißt – wohin hätte ich denn sonst gehen sollen?«

»So weit hätte es nicht kommen müssen, das weißt du so gut wie ich.«

»Jetzt tu doch nicht so, du weißt genau, wie es dazu kam«, beharrte die Frau, offenbar nicht willens, sich Vorhaltungen machen zu lassen. »Dass seit damals viel Zeit ins Land gegangen und nichts mehr so ist, wie es früher war, wissen wir beide nur zu gut, höchste Zeit, den Schaden wiedergutzumachen.«

»Ich fürchte, das wird nicht möglich sein«, gab Bruder Damian resigniert zurück, »du hattest es in der Hand, vergiss das nicht.«

»Und was ist mit dir, Damian? Wer hat denn versucht, sich aus der Verantwortung zu stehlen, du oder ich?«

Stille.

»Wie dem auch sei«, ergriff der Angesprochene nach längerem Zuwarten das Wort, die Stimme schneidend und voller Ernst, als gebe es kein Zurück mehr für ihn: »Es bleibt alles beim Alten, ob es dir behagt oder nicht, spielt keine Rolle. Und noch etwas: Solltest du mit dem Gedanken spielen, deine Identität zu lüften, dann lässt du das besser bleiben. Du hast schon genug Unheil angerichtet, also versuch gar nicht erst, die verlorene Mutter zu spielen. Du lässt deine Tochter in Ruhe und weichst von hinnen – haben wir uns verstanden?«

9

»Durch die Spieße gejagt und wie ein Stück Vieh zur Schlachtbank getrieben, ich fasse es nicht!«

Bischof Konrad bot ein Bild des Jammers. Die Anspannung, unter der er stand, war niemandem im Saal verborgen geblieben, kein Wunder angesichts der Nachrichten, die Anlass zu wachsender Besorgnis gaben. »Wie dem auch sei, eines dürfte uns allen aufgegangen sein: ein Narr, der sich einbildet, der Kelch würde an uns vorübergehen.« An seinen Secretarius gewandt, der sich am Fußende des Tisches hinter seiner Stabmaske verbarg, fügte er verdrossen hinzu: »Lest vor, damit die Herrschaften im Bilde sind.«

Wie in Granit gemeißelt, ließ sich von Stahleck nicht lange bitten, nahm das Schreiben zur Hand, das griffbereit zu seiner Linken auf dem Eichentisch lag, und stieß ein dezentes Räuspern aus. »Laut einer Nachricht, die uns heute früh erreichte, gibt es aus Weinsberg das Folgende zu berichten: ›Kaum hatte sich das Bauernheer zum Angriff formiert, da gerieten die Bewohner auch schon in Panik, kaum einer, der sich ermannte, die Stellung zu halten. Auch die Ritter bildeten da keine Ausnahme, Schande über sie alle, da sie es verschmähten, sich ihrer Haut zu wehren. Wandten sie sich doch im Wissen, dass die Marodeure in der Übermacht waren, ohne Rücksicht auf die Zivilisten zur Flucht. Fast gleichzeitig trat die Bauernrotte zum Angriff an, erklomm die Mauer und wütete in einem Ausmaß, wie es nur die Ungläubigen zuwege bringen. Einmal in der Stadt, hetzte das Gesindel von Haus zu Haus, trat die Türen ein und raffte an sich, was nicht niet- und nagelfest war. Wer sich weigerte, den Plünderern die Habe auszuliefern, der wurde auf der Stelle niedergemacht, die Frauen ihrer Ehre beraubt, die Kinder unter Drohungen von dannen gejagt.‹ Noch Fragen, die Herren?«

Eisige Stille, unterbrochen vom Trommeln der Fingerspitzen, die auf der Stuhllehne des Bischofs auf und nieder tanzten.

»Weiterhin heißt es da: ›Vor den Mauern der Stadt liegt ein freier Platz, direkt vor dem Unteren Tor, von wo aus man direkt nach Heilbronn gelangt. Genau dorthin wurde der Graf von Helfenstein, seines Zeichens Kommandant der Stadt, von den siegestrunkenen Wüterichen geführt, gefolgt vom Hofnarren, 13 Rittern, elf Soldknechten und einem Dutzend unbewaffneter Knappen, etliche davon noch halbe Kinder, die Gesichter mit Wundmalen übersät.

Kaum vor Ort, wurden sie vom Pöbel durch die Spieße gejagt, unter Jubelschreien und Spottgesängen, einer nach dem andern, ohne Erbarmen oder einen Hauch von Gnade, bis auch der Letzte leblos am Boden lag. Die Bauern aber fielen wie die Hyänen über die Toten her, rissen ihnen die Kleider vom Leib, raubten das Geschmeide, das sie am Körper trugen, und zogen ihnen die Stiefel aus, so sie denn welche besaßen. Der Leichnam des Grafen wurde geschändet, mit Füßen getreten und am Ende sogar der Eingeweide beraubt, mit dem das Gesindel Schindluder trieb. Anders als ihr Gemahl, dessen Leichnam den Schweinen zum Fraß vorgeworfen wurde, blieben die Gräfin und ihr Söhnchen am Leben, jedoch nicht ohne von den Blutsäufern ausgeplündert, ihrer Kleider beraubt, wie Kuhdung auf einen Mistwagen geworfen und nach Heilbronn gekarrt zu werden. Wehe dem, der dem mordlüsternen Gesindel in die Hände fällt, gibt es doch nur eines, was uns im Angesicht der Blutorgie zu tun übrig bleibt, nämlich unseren Frieden mit dem Beherrscher des Himmels zu machen. Denn siehe, die Pforten der Hölle haben sich aufgetan, glücklich derjenige, dem ein Tod ohne Drangsal beschieden ist. Kein Landstrich, vor dem der Antichrist und seine Handlanger haltmachen werden, kein Mensch, der imstande wäre, ihm Paroli zu bieten. Denn wisset, oh ihr Ahnungslosen und Leichtgläubigen dieser Welt, das Böse ist überall und harrt darauf, euch in den Würgegriff zu nehmen. Auf dass ihr daran erstickt und den Ausgeburten der Hölle als Labsal dient. Tut Buße, so euch noch Zeit dafür bleibt, das Ende aller Zeiten ist nah, Satan ante portas, rette sich, wer kann! Gegeben zu Weinsberg, am Ostermontag Anno Diaboli Uno.‹« Von Stahleck hielt abwartend inne. »Soweit der Bericht des Dominikanermönchs, der von Glück sagen kann, mit dem Leben davongekommen zu sein. Gibt es Kommentare dazu?«

Der Oberhofmeister, Ende 40, mit lichtem Haar, Marderaugen und unstet flackerndem Blick, meldete sich als Erster zu Wort. »Ich kann nur sagen: Wer so etwas tut, ist nicht besser als die Ungläubigen. Was ist bloß in diese Leute gefahren, ich kann mir das nicht erklären.« Die Lippen wie im Starrkrampf zusammengepresst, kam der Amtsträger aus dem Kopfschütteln nicht heraus. »Und was gedenken Fürstbischöfliche Gnaden zu tun?«

Von Thüngen stieg der blanke Zorn ins Gesicht. »Das frage ich Euch, wozu habe ich denn Berater!«

Der Höfling sah sich Hilfe suchend um. »Wenn Ihr mich so fragt, Euer Gnaden: Dass wir ungeschoren davonkommen, damit ist nicht zu rechnen. Fragt sich, ob das Gesindel bereit ist, alles auf eine Karte zu setzen. In Würzburg weht nämlich ein anderer Wind, das wissen die Halunken genau. Einmal angenommen, es käme zu einer Belagerung: Wer garantiert ihnen, das es so leicht wie in Weinsberg wird?«

»Wen genau meint Ihr eigentlich mit ›wir‹, dürfte man das erfahren?«

»Falls die Bemerkung gestattet ist, hochwürdigster Herr«, fuhr der Kastellan seinem Nebensitzer in die Parade, nahm Blickkontakt mit dem Bischof auf und fuhr fort: »Die Frage ist doch wohl, ob das Stadtvolk seinem Herrn die Treue hält, und nicht, ob wir imstande sind, eine Belagerung durchzustehen. Gut möglich, wenn nicht gar längst beschlossen, dass es die Gelegenheit beim Schopf ergreift und sich auf die Seite der Bauern schlägt. Um alte Rechnungen zu begleichen, mit Betonung auf dem Nomen pluralis. Was mich betrifft, ich traue den Pfeffersäcken so gut wie alles zu, für Überraschungen sind sie ja

immer gut gewesen. Speziell für solche der unangeneh-
men Art. Wie ich die Ränkeschmiede kenne, können sie
gar nicht abwarten, Euch eins auszuwischen, alles andere
käme einem Wunder gleich. Kurzum: Auf das Gesindel
im Grafeneckart ist kein Verlass, ein Spiel mit dem Feuer,
ihnen über den Weg zu trauen.«

»Mit anderen Worten, wir sollten uns nur auf uns selbst
verlassen.«

»Ich bin zwar kein Schwarzmaler, Fürstbischöfliche
Gnaden, aber wenn Ihr mich so fragt, wir täten gut daran.«

»Frage an den Kastellan: Einmal angenommen, es würde
wirklich ernst, wie viele Kriegsknechte stünden zur Ver-
teidigung bereit?«

»Was die Festung betrifft, nicht mehr als 400 – wenn
überhaupt. Wobei ...«

»Wobei was? Schluss mit dem Getändel, jetzt rückt
schon raus damit!«

»Um bei der Wahrheit zu bleiben, Fürstbischöfliche
Gnaden«, unternahm der Recke einen neuerlichen Anlauf,
kratzte sich an der Schläfe und wog seine Worte sorgsam
ab. »Wenn es ...«

»Wenn was?«

»Um ganz ehrlich zu sein, wenn es hochkommt, werden wir imstande sein, gut die Hälfte mit dem nötigen
Rüstzeug zu versehen. Krieg führen kostet nun mal Geld,
wem sage ich das!«

»250 Mann gegen die 20-fache Übermacht, das kann
ja heiter werden! Ich meine, da können wir auch gleich
die Bundschuh-Fahne hissen, leichter können wir es dem
Feind kaum machen.«

»Bei allem Respekt, hochwürdigster Herr: In Anbe-
tracht der leeren Kassen, das muss ich zu meiner Recht-

fertigung betonen, handelt es sich dabei um das Maximum dessen, was wir im Moment berappen können.«

»Und warum erfahre ich das erst jetzt?«

»Auf die Gefahr, vom Thema abzuschweifen«, meldete sich von Stahleck missvergnügt zu Wort und deutete auf die Wandkarte, auf der das Bistum und die benachbarten Territorien zu sehen waren. »Wäre es nicht an der Zeit, eine Lagebesprechung durchzuführen – anstatt nachzukarten und uns gegenseitig die Schuld in die Schuhe zu schieben?«

Der Bischof stimmte widerwillig zu, den Blick auf den bärbeißigen Kastellan gerichtet, der sich ermannt hatte, das Problem beim Namen zu nennen. »Von mir aus, Ihr habt das Wort.«

»Die Herren gestatten?«, wandte sich von Stahleck an die hochrangigen Zuhörer, warf die Maske achtlos auf den Tisch und nahm einen Zeigestab aus Weidenholz zur Hand. »Für Eitelkeiten ist jetzt nicht die Zeit, und das gilt natürlich auch für mich. Auf die Art lernt man sich wenigstens kennen, ist es nicht so?«

Die Geste erfüllte ihren Zweck.

Vergeblich bemüht, sich nichts anmerken zu lassen, schraken die Anwenden zusammen.

Von Stahleck reagierte nicht darauf. Mit scheelen Blicken taxiert zu werden, das machte ihm nichts mehr aus. Ein Grund mehr, die Hofschranzen auf Trab zu bringen. »Kommen wir also zur Sache«, lud er das Gremium ein, sich der Karte zuzuwenden, den Stab in der Hand, um die Ausführungen zu illustrieren. »Und wenden wir uns einem hochverräterischen Pamphlet zu, das überall im Bistum zirkuliert. Die Exemplare gehen in die Hunderte, ein Hoch auf den Buchdruck, das haben wir jetzt davon.

Meinen Agenten ist es gelungen, gleich mehrere Exemplare zu konfiszieren, welcher Schaden dadurch angerichtet wird, können sich die Herren denken. Kompliment an die Insurgenten: Die Weitergabe ist perfekt organisiert, und wie es aussieht, fällt der Inhalt auf fruchtbaren Boden, vor allem bei den Habenichtsen in der Stadt, die, so sie des Lesens nicht mächtig sind, durch Agitatoren gegen die Obrigkeit aufgewiegelt werden.« Von Stahleck atmete hastig durch. »Was den Inhalt des Traktats betrifft, kurz das Wichtigste. In summa ist der Text in zwölf Artikel gegliedert – man beachte die Zahl, dem Abschaum scheint doch nichts mehr heilig zu sein –, worin aufgelistet wird, wo genau den Gemeinen der Schuh drückt. Gefordert werden unter anderem die freie Wahl der Pfarrer, die Abschaffung des Zehnten, die Beseitigung der Leibeigenschaft, das freie Jagdrecht für jedermann im Land, also auch für die armen Bauern, die Reduzierung der Frondienste auf ein Minimum, eine deutliche Herabsetzung der Pacht, damit das Geschmeiß nur ja nicht zu darben braucht, die Gleichheit aller vor dem Gesetz, die Rückerstattung unrechtmäßig erworbener Güter, des Weiteren …«

»Ja, haben die denn alle den Verstand verloren?«

»Sieht ganz danach aus, Meister Fries«, bekräftigte von Stahleck süffisant, bedachte den Archivar mit einem schiefen Lächeln und brach die Aufzählung ab. »Genug des Unflats, mögen die Wirrköpfe daran ersticken, sollten wir ihrer nicht habhaft werden.«

»Das walte Gott!«

»Ihr sagt es, Archivarius.« Den Zeigestab in der Hand, schürzte von Stahleck die fleischigen Lippen. »Nächster Punkt. Vor zwei Wochen, also am Vierten des Monats, wurde ein Bauernhaufe bei Ulm zu Paaren getrieben, die

Anführer noch vor Ort liquidiert. Fazit: Es besteht also noch Hoffnung, allen Hiobsbotschaften zum Trotz.«

»Das habt Ihr aber schön gesagt!«

»Nur nicht verzagen, Fürstbischöfliche Gnaden, noch ist Würzburg nicht verloren«, gab von Stahleck an die Adresse des Bischofs zurück, »auch wenn uns das Wasser bis zur Halskrause reicht. Beinahe jedenfalls.«

»Wie ermutigend. Das baut mich auf.«

»Drücken wir es einmal so aus: Noch handelt es sich um mehrere – teils schwach glimmende, zum Teil aber bereits heftig auflodernde – Brände. Per exemplum in Oberschwaben, im Hochstift Bamberg, im Steigerwald, im Taubertal und am Neckar sowie im Odenwald.«

»Und das bedeutet?«

Den Stab auf den letztgenannten Landstrich gerichtet, schnitt von Stahleck eine selbstgefällige Grimasse. »Das bedeutet, Kastellan, dass noch eine gewisse Chance besteht, den Kopf aus der Schlinge zu ziehen. Es sei denn ...«

»Nur zu, schwarzer Ritter, mich kann ohnehin nichts mehr erschüttern.«

»Es sei denn, hochwürdigster Herr und Bischof, es entstünde ein Flächenbrand daraus. Will heißen, würden sich die Bauernhaufen zusammenschließen, um gemeinsam Front gegen die herrschenden Stände zu machen, dann stünde uns das Armageddon bevor. Prosaischer ausgedrückt: Fiele Würzburg dem Pöbelhaufen in die Hände und gelänge es ihm, auch noch die Festung in seinen Besitz zu bringen, dann würde dies fatale Folgen nach sich ziehen.«

»Hört, hört. Und welche?«

»Da fragt Ihr noch, Archivarius? Einmal angenommen, es käme zum Schlimmsten, dann stünde uns eine biblische Katastrophe ins Haus. Ich muss betonen, dabei ginge es nicht nur um uns, so pathetisch die Äußerung klingen mag. Würde geschehen, was nicht geschehen darf, käme die Rebellion erst so richtig ins Rollen. Zuerst Bamberg, im Anschluss das Erzbistum Mainz, so es der Erzbischof verschmäht, in den Krieg zu ziehen, und anschließend die übrigen Bistümer im Reich, eines nach dem anderen, ohne Rücksicht auf Rang und Namen. Schöne Aussichten, oder was meinen die erlauchten Räte dazu?«

»Ihr seht das zu pessimistisch, Secretarius. So schlimm wird es schon nicht werden.«

»Oh doch, Medicus. Das wird es. Ich weiß zwar nicht, woher Ihr die Zuversicht nehmt, aber wenn ich mir überlege, was sich da zusammenbraut, dann schlägt sich das auf mein Gemüt. Einmal angenommen, wir würden dem Treiben nicht Herr werden, was glaubt Ihr, würde dann geschehen? Das Reich würde binnen Wochen im Chaos versinken, dessen bin ich mir gewiss. Es wird ein Sengen und Brennen geben, wie wir es uns bis dato nicht vorstellen konnten, nichts fataler, als sich in sein Schicksal zu fügen. In seiner Rachsucht wird es für den Pöbel kein Halten mehr geben, da hilft nur eines, ihn mit den eigenen Waffen zu schlagen. Und das bedeutet, tilgt die Malefizbuben aus, wo auch immer Ihr auf sie trefft, ob hier oder in der Ferne, spielt keine Rolle. Wir stehen am Abgrund, nur noch ein kleiner Schritt, und der Sturz ins Bodenlose steht uns bevor. Und dennoch: Wir haben es in der Hand, den Sieg zu erringen, aber nur dann, wenn wir mit einer Stimme sprechen. Wer nicht für den Bischof ist, ist gegen ihn, Pardon wird nicht gegeben, ohne Rücksicht auf Name oder Stand. Falls doch, wird die Mordbrennerei kein Ende nehmen, da sei Gott vor, denn Würzburg wird erst der Anfang sein. Glaube nur ja niemand, er sei imstande, die eigene erbärmliche Haut zu retten, wohin er sich auch flüchtet, eine Freistatt wird es für ihn nicht geben. Drum hört auf meine Worte, ihr Herren – und macht Euch bereit zum Kampf. Erfolgt keine Gegenwehr, wird niemand vom Wüten verschont bleiben, egal ob Greis, Frau oder Kind. Einmal in Gang gekommen, wird eine Feuerwalze durch die Lande rollen, wie sie die Welt noch nie zu Gesicht bekam. Buchstäblich alles, Recht und Ordnung allzumal, wird mit Feuer und Schwert zunichtegemacht werden, ein Landstrich nach dem anderen in Schutt und Asche sinken. Wehe demjenigen, der den besitzenden Ständen angehört, ob Kleriker, Kaufmann oder Krämergeselle, in der Haut der armen Teufel wollte ich nicht stecken. Volkes Stimme sagt, wenn sich der Bettelmann auf den Rücken eines Maultiers schwingt, dann ist er schlimmer als der niederträchtigste Edelmann im Land. Ich denke, dem ist nichts hinzuzufügen.«

»Nur noch eine Frage, junger Freund«, warf der Bischof mit nachdenklicher Miene ein, den Ellbogen auf der Lehne seines Polstersessels gestützt, während das Kinn auf dem ausgestreckten Daumen ruhte. »Woher wollt Ihr so genau wissen, ob sich das Unwetter auch tatsächlich über Würzburg entlädt, ich meine, wer von den Lumpen kann es sich denn schon leisten, Haus, Hof, Weib und Kinder im Stich zu lassen, und das über mehrere Monate hinweg, auf die Gefahr, dass die Ernte verdirbt? Im Juni ist es ja bereits so weit, den wollte ich sehen, der es vorzöge, mitsamt der Familie im Armenhaus zu landen.« Von Thüngen legte eine kurze Kunstpause ein. »Und was, wenn wir den Dingen ihren Lauf ließen? Vielleicht erledigt sich das Problem von selbst, wer weiß das schon so genau!«

»Nichts schlimmer als das.«

»Und was macht Euch so sicher, Herr von Stahleck?«

»Das da!«, erwiderte der Angesprochene barsch, eine Notiz mit erbrochenem Siegel in der Hand. »Nach übereinstimmenden Berichten meiner Agenten soll es am Ostersonntag zu einem Geheimtreffen mehrerer Bauernführer gekommen sein, auf Betreiben des Ritters Florian Geyer von Giebelstadt, der, wie gemeinhin bekannt, aufgrund eines Rechtsstreits mit dem Stift Neumünster exkommuniziert wurde. Wie es aussieht, hat der Hundsfott noch eine Rechnung mit uns offen, sonst hätte er nicht die Seiten gewechselt.«

»Die konspirative Zusammenkunft, von der Ihr sprecht, was kam dabei heraus?«

»Dass man auf Würzburg marschieren würde, sobald es die Verhältnisse erlauben«, erklärte von Stahleck lapidar, übergab die Notiz dem Bischof und entfernte sich. An der Tür angekommen, drehte er sich noch einmal um, deutete eine Verbeugung an und schnarrte: »Die Herren müssen entschuldigen, ich habe zu tun. Ich sehe gerade: Fürstbischöfliche Gnaden haben noch eine Frage?«

»Was meint Ihr, wie lange wird es dauern, bis sie vor den Toren stehen?«

Von Stahleck zuckte die Achseln. »Ein paar Wochen, wenn es hochkommt. Oder nur wenige Tage, genau kann ich es nicht sagen. Kommt drauf an, mit welchem Eifer die Mordbrenner bei der Sache sind. Und ob sie eine Strategie besitzen, wie uns beizukommen wäre.«

»Ein bunt zusammengewürfelter Haufen, ein Großteil davon ohne Kampferfahrung: Wäre doch gelacht, wenn wir damit nicht fertig würden!«

»Obacht, Kastellan: Hass versetzt Berge. Wie ich aus berufenem Munde weiß, haben sich Elemente unter die

Bauern gemischt, die vor nichts zurückschrecken. Macht Euch also auf was gefasst, kein Grund, das Unterfangen auf die leichte Schulter zu nehmen.« Der Secretarius nickte knapp. »Und nun, ihr Herren: Gehabt Euch wohl. Jetzt wisst Ihr ja, woran Ihr seid!«

10

»Ihr erlaubt, wenn ich Euch Gesellschaft leiste?«, drang die Stimme eines näherkommenden Mannes an ihr Ohr, so markant, dass Luzia sie sofort erkannte. Ihren Weg zur Domstraße setzte sie dennoch fort, zwängte sich durch den Pulk, der die Kramläden vor dem Portal umlagerte, und beschleunigte den leichtfüßigen Schritt. Vom Getriebe, das vor der Marienkapelle herrschte, nahm sie eher beiläufig Notiz, und wie um ihre Pein zu verschlimmern, fegte eine schneidende Bö heran. »Mit männlicher Begleitung flaniert es sich doch viel besser, findet Ihr nicht auch?«

»Das könnte Euch so passen!«, erwiderte Luzia barsch, würdigte den Bittsteller keines Blickes und kramte ein paar Kupfermünzen aus ihrer Geldkatze hervor, um sie einem Bettler in den Hut zu werfen. »Und wenn Ihr der fleischgewordene Adonis wärt, nach Konversation ist mir nicht zumute. So, und jetzt wäre ich Euch verbunden, wenn Ihr mich meiner Wege ziehen ließet.«

»Warum so abweisend, ich meine es doch nur gut mit Euch«, ließ sich der Straßenmaler partout nicht abwimmeln, schloss zu Luzia auf und versetzte: »Geteiltes Leid, halbes Leid, ist es nicht so?«

Luzia lächelte gequält, den Blick auf das Nordende der Judengasse gerichtet, wo zwei Männer gerade in einen heftigen Streit gerieten. Der ältere von beiden, mit Barett und pelzverbrämter Schaube bekleidet, unter der sich ein gestreifter Scheckenrock wölbte, brodelte förmlich vor Zorn. Ganz anders dagegen der jüngere, hager, zerzaust und allenfalls halb so alt, allem Anschein nach aus ärmlichen Verhältnissen. Um Antworten nicht verlegen, hielt der Blondschopf eine schäbige Filzkappe in der Hand, nur mit Mühe imstande, nicht herauszulachen. »War das alles, oder habt Ihr noch mehr von dem unvergorenen Mist auf Lager?«

Der Ältere, allem Anschein nach dem Patriziat zugehörig, hechelte stoßweise nach Luft, scharrte wie ein Zugochse mit dem Fuß und dachte offenbar nicht daran, den Rückzug anzutreten. »Jetzt hör mir mal gut zu, du halbe Portion«, setzte er zu einer rüden Attacke an, nur um unmittelbar darauf unterbrochen zu werden. »Hüte deine vorlaute Zunge, sonst …«

»Sonst was, Euer Liebden?«, brach es mit Verve aus dem Tagelöhner hervor, anders als sein Widerpart barfüßig und mit Hose und Oberhemd aus Grobleinen bekleidet. »Ihr denkt doch nicht etwa, ich habe Schiss vor Euch? Und wenn wir gerade dabei sind, ich heiße Melchior, und wie heißt du?«

»Das ist ja wohl die Höhe!«, empörte sich der beleibte Magnat, den Luzia vom Sehen her kannte. Doch so sehr sie ihre Erinnerung durchforstete, sein Name fiel ihr partout nicht ein. Gut möglich, dass es sich um einen Kunden ihres Vaters handelte. Oder, wahrscheinlicher noch, um einen Kollegen aus dem Unteren Rat. Der sich darin gefiel, die Welt aus der Sicht der Privilegierten zu betrachten. »Sag mal, weißt du eigentlich, wer du bist?«

»Ein freier Mann, wenn das der Sinn der Frage war. Na ja, wenn ich dich so anschaue, dann scheffelst du die Batzen, dass es nur so kracht. 1.000 Gulden pro Jahr oder mehr, wenn das kein erklecklicher Reibach ist!«

»Ein jeder ist seines Glückes Schmied, schon mal gehört?«

»Das musste ja kommen, aber egal«, winkte der Tagelöhner gelangweilt ab und ließ den Blick über die Gesichter der Gaffer schweifen, in der Mehrzahl mittellos, wie der Blick in die verhärmten Gesichtszüge bewies. »Weißt du, was das Gute daran ist, wenn man von der Hand in den Mund lebt? Ich will es dir sagen: Man braucht keine Steuern zu zahlen, an denen sich die Geldsäcke schadlos halten. Ein Schicksal, das ich mit einem Viertel der Bevölkerung teile, das nicht weiß, wie es heuer über die Runden kommen soll.«

»Und das gut daran täte, die Ärmel hochzukrempeln«, geiferte das Schwergewicht erbost zurück, unterbrochen von hörbarem Murren, in das sich Schimpfwörter und derbe Zoten mischten. Den Patrizier indes ließen die Zwischenrufe kalt, ein Typ ohne jegliches Gespür, wie der hochfahrende Tonfall bewies: »Und um deine Frage von vorhin zu beantworten: Ich bin Gewürzhändler von Beruf. Einer von den oberen drei Dutzend, falls du verstehst, was ich damit zum Ausdruck bringen möchte.«

Die Stichelei verfehlte ihre Wirkung. »Von daher der rote Riechkolben – verstehe!«, gab der Tagelöhner augenzwinkernd zurück, wohl wissend, dass er die Lacher auf seiner Seite hatte. »Dann sitzt du doch bestimmt auch im Stadtrat – und leckst dem Pfaffenpack auf der Festung die Afterballen ab.«

»Falls du es noch nicht mitbekommen hast, der Rat liegt mit dem Bischof über Kreuz, aber das nur nebenbei«, gab der Patrizier mit Beifall heischendem Blick zurück, zupfte seinen Hemdkragen zurecht und griente. »Aber was soll's, Politik ist eben nicht jedermanns Sache, die Ignoranz sei dir verziehen. Besser, die Gemeinen kümmern sich nicht drum, wo kämen wir da auch hin, wenn jeder Hohlkopf seinen Senf dazugeben würde. Im Stadtrat sind wenigstens alle des Lesens mächtig, das Schreiben natürlich nicht zu vergessen.« Der Fettwanst lachte selbstgefällig auf. »Freier Mann, wenn ich das schon höre. Ganz ehrlich: Wer einem Bauernfänger wie diesem Luther oder dem Wanderprediger namens Müntzer auf den Leim geht, dem ist wahrhaftig nicht zu helfen. Des Menschen Wille ist nun mal sein Himmelreich, wem es nichts ausmacht, von dem Rattenfänger aus dem Osten übers Ohr gehauen zu werden, der reihe sich in die Schar der Betrogenen ein. Frage, junger Mann: Was ist dir eigentlich lieber, wenn im Grafeneckart die Maulhelden den Ton angeben, oder wenn getan wird, was der Stadt und seinen Bürgern nützt, auf die Gefahr, dass die Faulenzer aus der Vorstadt auf der Strecke bleiben?«

Die Hände zu Fäusten geballt, lief der Tagelöhner glutrot an. »Falls du es noch nicht mitbekommen hast«, ahmte er die Fistelstimme seines Erzfeindes nach, fletschte die Zähne und reckte ihm drohend den Zeigefinger entgegen. »Wir sind das Volk – und nicht du und deinesgleichen!

Wart's nur ab, Fettsteiß, der Tag wird kommen, an dem dir die Hungerleider das Fell gerben, und dann werden wir sehen, wer in der Stadt den Ton angibt. ›Als Adam wob und Eva spann, wo war denn da der reiche Mann‹, kannst du mir das verraten? Wirst schon sehen, wozu dein Imponiergehabe führt, nicht mehr lange, und das Volk kriegt dich am Wickel!«

»Zu dumm, dass ausgerechnet du es nicht mehr erleben wirst«, erwiderte der Fettwanst gepresst, zückte den Dolch, den er am Gürtel trug, und machte einen Satz nach vorn.

»Los, weg hier!«, raunte der Straßenmaler Luzia zu und packte sie am Handgelenk, um sie mit sich fortzuziehen.

Zu spät.

Noch ehe er begriff, was geschah, hatte sich Luzia dem Griff entwunden.

Die Überraschung war auf ihrer Seite. Ein Moment des Zögerns, und die Gaffer wichen bereitwillig vor ihr zurück. Die Arme weit von sich gestreckt, um sie voneinander zu trennen, trat Luzia den Streithähnen in den Weg. »Seid Ihr von Sinnen, haltet ein!«

»Ein Weibsbild, das mich Mores lehren will, jetzt schlägt's aber gleich 13«, goss der Magnat denn auch prompt seine Häme über ihr aus, steckte den Dolch ein und konnte dem Drang, ihren Körper wie eine Ware zu taxieren, nicht widerstehen. »Sachen gibt's, die hältst du nicht für möglich. Die Welt steht Kopf, anders kann ich mir das nicht erklären.«

»Weswegen Ihr gerade eben zum Dolch gegriffen habt?«

»Und wenn schon, ich wüsste nicht, was Euch das angeht, schönes Kind. Am besten, Ihr verkriecht Euch wieder hinters Spinnrad, dort seid Ihr besser aufgehoben.« Die Hände an die schwammigen Hüfte gepresst, glotzte der Pfeffersack verächtlich in die Runde. »Ein junger Kerl, der sich unter einem Weiberrock verkriecht, so weit ist es also schon gekommen. Wenn das so weitergeht, sind wir bald nicht mehr Herr im Haus, hört auf meine Worte!«

»Noch ein Wort, und ich poliere dir die ...«

»Gebt endlich Ruhe, das kann man ja nicht mitanhören!«, fiel Luzia dem Tagelöhner ins Wort, reckte ihm die Handfläche entgegen, um ihn in Schach zu halten, und wandte sich dem fettstrotzenden Mittfünfziger zu. »Und nun zu Euch, wer auch immer Ihr seid. Entweder Ihr räumt das Feld, oder ich rufe die Stadtwache, es liegt ganz bei Euch, jetzt seid Ihr am Zug. Überlegt Euch genau, was Ihr tut, der Tag könnte Euer letzter in Freiheit sein. Jeder ist seines Glückes Schmied, ist es nicht so?«

Die Antwort ließ nicht lange auf sich warten. »Tritt beiseite, Schandweib, oder du bekommst es mit mir zu tun. Los, mach schon, ehe ich mich vergesse!«

»Wenn ich Euch einen guten Rat geben darf, hoher Herr«, erwiderte Luzia kühl, fest entschlossen, keinen Fußbreit Boden freizugeben, »den Dolch zu zücken und einen Mitbürger damit zu bedrohen, das reicht aus, um Euch vors Brückengericht zu bringen. Und im Anschluss daran in den Kerker, wo Ihr genug Zeit habt, um über Eure Torheit nachzudenken.«

»Aus dem Weg, oder du wirst es bereuen!«

»Wagt es ja nicht, mich anzurühren, oder ...«

»Oder was? Du denkst doch nicht etwa, ich werde vor dir den Schwanz einziehen?«

»Ein Held, wie er im Buche steht, noch mehr von Eurer Sorte, und wir können wieder ruhig schlafen«, hielt Luzia unbeirrt dagegen, bei Weitem nicht so selbstsicher, wie es den Anschein hatte. »Tut Euch keinen Zwang an, ich bin bereit.«

»Schweig stille, Metze«, presste der Koloss mit zitterndem Mundwinkel hervor, trat nach vorn und holte zu einer Ohrfeige aus. »Was jetzt kommt, hast du dir selbst zuzu...«

»Wagt es nicht, sie anzurühren, oder Ihr werdet es bereuen!«

Bass erstaunt, ließ der Fleischberg von Luzia ab.

Nicht minder verdutzt, wandten sich die Anwesenden dem Reisigen zu, in Begleitung einer waffenstarrenden Phalanx, bei deren Anblick die Menschentraube auseinanderwich.

»Ab mit ihm aufs Revier, den knüpfe ich mir später vor!«, wies der Hauptmann der Stadtwache die Gehilfen an, gab dem Tagelöhner einen Wink, sich zu entfernen, und nahm seinen Helm ab, um Luzia zu begrüßen. »Gerade noch mal gut gegangen, oder was meint meine ehemalige Spielgefährtin dazu?«

*

»Und wo hast du all die Jahre über gesteckt?«, wollte Luzia von dem hoch aufgeschossenen Recken wissen, ein flüchtiges Lächeln im Gesicht, wenngleich noch ein wenig unter Schock. »Zwischendurch hättest du dich ruhig mal melden können, wir haben uns ziemliche Sorgen gemacht. Einfach so von der Bildfläche zu verschwinden, ohne Lebewohl oder eine Nachricht an deine Eltern, das war wirklich nicht die feine Art. Deiner Mutter hat es fast das Herz gebrochen, wäre ich an ihrer Stelle gewesen, ich weiß nicht, wie ich das überstanden hätte.«

»Wo ich gesteckt habe, willst du wissen? Mal hier, mal da«, wich Lutz Plattner, Nachbarsjunge aus der Franziskanergasse und mit 16 von zu Hause ausgebüxt, der Frage seiner Jugendfreundin aus, wandte den Blick ab und fuhr sich durch die kastanienbraune Mähne. »Hinaus in die große weite Welt, das ist eben schon immer mein Traum gewesen.«

»Und, hat er sich erfüllt?«

»Nur zum Teil, wenn ich ehrlich bin«, räumte der Hauptmann mit zerknirschter Miene ein, zuckte die Achseln und nestelte verlegen an seinem Schwertgurt herum. »Gar nicht so leicht, sich da draußen zu behaupten, schon gar nicht in jungen Jahren. Versucht habe ich alles Mögliche, leider jedoch ohne Fortune. Am Schluss blieb mir nichts übrig, als mich anwerben zu lassen, mit Rüstungen kannte ich mich ja aus. Insofern war meine Lehrzeit nicht umsonst gewesen.«

»Und seit wann bist du wieder im Land?«

»Erst seit diesem Monat. Höchste Zeit, die Zelte bei den Landsknechten abzubrechen. Was soll ich sagen, der Absprung fiel mir nicht leicht, das Leben dort hatte auch etwas für sich.«

»Besser spät als nie, würde ich sagen.« Wieder halbwegs erholt, reckte Luzia das zarte Haupt, prüfte den Sitz ihrer Schnürkappe und sah den Heimkehrer vorwurfsvoll an. »Nachdem du fort warst, hat dein Vater mit dem Trinken angefangen. Ein Jahr später ist er dann gestorben. An Kummer. War es das wert?«

Lutz Plattner seufzte schuldbewusst auf. »Schon gut, Luzia«, wiegelte er mit Leichenbittermiene ab, die raue Stimme nur mehr ein Flüstern, das vom Straßenlärm nahezu verschluckt wurde. »Als ich davon erfuhr, habe ich mir große Vorwürfe gemacht, das nimmst du mir hoffentlich ab. So was nagt an dir, und zwar für immer. Aber ein Lebtag in der Werkstatt zu stehen und als Rüstungsschmied zu arbeiten und mich mit den Sonderwünschen von irgendwelchen Gecken rumzuplagen, bis ich alt und grau werde, das war nicht meine Vorstellung vom Leben.«

»Dann noch lieber Krieg führen, verstehe.«

»Spaß hat es mir jedenfalls keinen gemacht, egal wo oder unter wessen Kommando«, setzte sich Lutz Plattner vehement zur Wehr, fuhr über die Narbe auf der linken Wange, die ihm das Aussehen eines italienischen Condottiere verlieh, und zupfte den Koller aus Hirschleder zurecht. Bis auf die abknickende Nase, deretwegen er schon als Kind gehänselt wurde, war vom Hänfling von einst nicht viel übrig geblieben, ein Drohblick der grünlich schimmernden Luchsaugen, und die Widersacher räumten das Feld. »Von irgendwas musste ich schließlich leben, das Geld liegt nun mal nicht auf der Straße.«

»Was du nicht sagst.«

»Alle Achtung – aus dir ist ja eine richtige Dame geworden«, unternahm der 26-Jährige den Versuch, das für ihn unerquickliche Thema zu wechseln. »Gut siehst du aus, ein echter Hingucker.«

»So, meinst du.«

Ein bekräftigendes Nicken, gefolgt von einem festen Blick. »Nach Frauen wie dir sucht man hier vergebens, schau dich doch um, die reinste Einöde.«

»Da merkt man doch gleich, dass du viel herumgekommen bist, ein Hoch auf die Galanterie«, retournierte Luzia spitz, nicht in der Stimmung für Tändeleien, seien sie auch noch so harmlos. »Jetzt tu doch nicht so unschuldig, Lutz – du bist durchschaut. Schon als wir klein waren, warst du der Hahn im Korb. Und bist es anscheinend immer noch.«

»Schön wär's.« Der Hauptmann schnitt eine launige Grimasse. »Und was macht dein Vater, alles in Ordnung mit ihm?«

»Er hat heute Geburtstag. Der 65.«

»Sag bloß, da habt ihr ja Grund zum Feiern!«

»Vater vielleicht, aber ganz bestimmt nicht ich«, rutschte es Luzia heraus, ein Missgeschick, für das sie sich hätte ohrfeigen können. Dass ihre Eltern vorhatten, sie zu verheiraten, allein das war schon schlimm genug. Vom Gespräch in der Sakristei, bei dem ihr Mentor wie verwandelt gewirkt und einen schlimmen Verdacht hervorgerufen hatte, nicht zu reden. Nicht auszudenken, wenn er sich bewahrheiten würde, lieber nicht dran denken, ihre Lage war prekär genug. »Du weißt doch selbst, wie es um uns Frauen bestellt ist. Man denke nur an vorhin, dann erübrigen sich sämtliche Fragen. Oder bist du etwa anderer Meinung?«

Lutz Plattner schüttelte den Kopf. »Davon abgesehen, Luzi – du hast doch nichts dagegen, wenn ich dich so nenne, wie in alten Zeiten?«

»Nur keine Hemmungen, auf Etikette lege ich keinen Wert«, erwiderte Luzia burschikos, zurrte ihren Umhang zurecht und warf einen Blick in die Runde. Vom Straßenmaler keine Spur, fast schien es, als habe er sich in Luft aufgelöst. »Auf bald, Lutz – und nochmals danke für deine Hilfe.«

»Gern geschehen. Wo willst du eigentlich hin?«

»Zu meiner Freundin Melusine.« Gekräuselte Grübchen, die in ein Schmunzeln mündeten. »Kein Grund zur Besorgnis, Lutz. Ich bin zwar nicht mehr die Jüngste, aber bis zum Sander Tor schaffe ich es bestimmt.«

»Begleitung gefällig, junge Dame?«

»Nicht nötig«, lehnte Luzia dankend ab. »Wie du weißt, kenne ich mich hier aus.«

»Darum geht es nicht.«

»Ach nein?«

Der Hauptmann stieß ein ungehaltenes Murren aus. »Was dabei herauskommt, wenn eine Frau ganz allein durch die Gegend spaziert, das hast du ja selbst gesehen.«

»Keine Sorge, an die anzüglichen Blicke habe ich mich gewöhnt. Die Männer können halt nicht anders, damit müssen wir Frauen leben.«

»Sehr witzig.« Den Helm unter die Achsel geklemmt, reckte Lutz den muskulösen Rumpf, fast sechs Fuß groß, ein nicht unerheblicher Vorteil, wenn es Ärger gab. »Mit dem Kopf durch die Wand, genau wie früher. Ob du es wahrhaben willst oder nicht, Luzi: Die Zeiten haben sich geändert, und wie du vorhin gemerkt hast, nicht unbedingt zum Besseren. Früher konnte man sich noch frei bewegen, egal in welchem Viertel, ohne Angst um Leib und Leben. Heute ist das nicht mehr so. Wenn du an den Falschen gerätst, dann geht es dir an den Kragen, und zwar schneller, als du glaubst. Davon abgesehen sehen es die Leute nicht gern, wenn ...«

»Himmel hilf, jetzt fängst du auch noch damit an!«, fuhr Luzia ihrem Beschützer in die Parade, schüttelte unwillig den Kopf und ergänzte: »Bitte entschuldige, Lutz, es war nicht so gemeint. Du meinst es ja nur gut. Das weiß ich doch. Dürfte ich dich trotzdem um einen Gefallen bitten – unter Freunden, wenn man so will?«

»Na klar. Sprich dich aus.«

»Bitte mach mir in Zukunft keine Vorschriften mehr, ich weiß selbst, was mir gut tut und was nicht.« Im Begriff, ihren Weg fortzusetzen, wandte sich Luzia nochmals um. »Die Zeiten haben sich geändert, das sagst du ja selbst!«

11

Auf der Domstraße, die Luzia in Höhe der Judengasse überquerte, herrschte dichtes Gedränge. Beginnend mit dem Fischmarkt, von wo aus ihr der Duft von Gebratenem entgegenwehte, reihte sich ein Verkaufsstand an den andern, zur Freude all jener, die nicht aufs Geld schauen mussten. Die keines und nur das Wenige besaßen, was sie am Leibe trugen, umlagerten die Stufen vor dem Dom, bettelten um Almosen und milde Gaben, misstrauisch beäugt von den Marktpolizei, die nichts unversucht ließ, ihre Allmacht hervorzukehren. Wo und wann und an welchen Tagen in der Woche gebettelt werden durfte, war bis ins Detail geregelt, wer sich nicht fügte, dem rückte der Bettelvogt zu Leibe. Keine Lizenz, so lautete die eherne Regel, keine Erlaubnis, die Passanten um milde Gaben zu bitten. Schon gar nicht, wenn man nicht von hier stammte. Regel Nummer zwei, nicht minder streng gehandhabt: vom Erlös sieben Teile an den Magistrat, zwei an den Bettelvogt und nur einer, so es an ihm nichts auszusetzen gab, an das schwächste Glied der Kette.

Und überhaupt, der schnöde Mammon. Die Parolen der Ablassverkäufer im Ohr, die vor dem Domportal lautstark um Kundschaft warben, erbebte Luzia vor Wut. Um sich freizukaufen, mussten selbst Mittellose viel Geld berappen, mithin das Zehnfache, was ein Handlanger am Tag verdiente. Die Betuchten natürlich erheblich mehr, waren dem Erwerbssinn – will heißen, der Gier – doch nach oben kaum noch Grenzen gesetzt. 25 Rheinische Goldgulden, um den Höllenstrafen samt und sonders zu entgehen, nur ein Trinkgeld, wenn man aus dem Vollen schöpfen konnte. Wen wunderte es da, wenn die Kirche zusehends in Misskredit geriet, vom Gebaren mancher Amtsträger, deren Lebenswandel den Geboten Hohn sprach, nicht zu reden. Kein Wunder auch, dass die Leute in Scharen zu den Lutherischen überliefen, kaum einer, der noch fest im Glauben war. Überall nur Geschäftemacherei, und was für die Ablassverkäufer galt, das traf auch für die lautstarken Devotionalienhändler zu. Ein Almosen hier, ein Obolus da, und schon klingelten vor dem Domportal die Kassen. Ein Griff in den Schnürbeutel, und man war dabei. Broschen mit dem Konterfei der drei Frankenapostel, das Stück für zehn Pfennige, Altarkerzen in jeder Größe, mitunter schon für die Hälfe zu haben, so sie nicht aus Bienenwachs waren, dazu Gebetsketten in verschiedener Qualität, damit die Armen nur ja nicht zu kurz kamen. Des Weiteren Räucherstäbchen, Kruzifixe, Heiligenbilder und Talismane aller Art, mit einem Wort: alles, was das Herz der Kiliansjünger begehrte. Oder der Einfaltspinsel, je nachdem.

Im Begriff, den Weg zum Mainufer einzuschlagen, wich Luzia einem übel riechenden Kothaufen aus, benutzte die Laufplanke, um dem Morast zu entgehen, und warf sich ins dichte Gewühl. Je hektischer das Geschiebe vor den Ständen, desto lauter die Parolen der Marktschreier, die ihre Waren in den höchsten Tönen lobten. Vor allem Arzneien standen hoch im Kurs, nebst anderen Wundsalben, Aphrodisiaka dubioser Herkunft und einer wahren Flut von Elixieren, auf Wunsch mit einer Prise Schlafmohn versetzt. Alles wie gehabt, pecunia non olet!, erging sich Luzia in Ironie, wich einer Horde von Hausschweinen aus, die mit dem Rüssel im Abfall einer Garküche wühlten, und setzte den Weg zum Rathaus fort. Schon von Weitem waren die Klänge einer Sackpfeife zu hören, untermalt vom Gejauchze einer Fidel, was die Zuhörer allseits zum Mitklatschen animierte. Nicht genug damit, mischten sich Schwärme von fliegenden Händlern unters Volk, die meisten mit aufklappbaren Bauchläden, wo es von Tand und Billigwaren nur so wimmelte. Und dann erst die Gerüche, die einem von überallher in die Nase wehten, sei es nach gesüßtem Weißbrot, zu Ehren des Stadtheiligen »Kilianslaib« genannt, nach gebratenem Fisch oder Rostbratwürsten fränkischer Art. »Kommet zuhauf, um gesehen zu werden, um eitlen Tand zu erstehen, den ihr nicht braucht, und um euch den Wanst bis zum Anschlag vollzustopfen und dem Vergnügen zu frönen, sooft und solange es euch beliebt«, soweit das Motto der Müßiggänger, die den Platz vor dem Rathaus bevölkerten. Für Unterhaltung war dort reichlich gesorgt, angefangen bei den Gauklern, die allerlei Kapriolen zum Besten gaben, bis hin zu Feuerschluckern, Akrobaten, Jongleuren, Possenreißern auf Stelzen und einem Dompteur im Harlekinkostüm, der einen angeketteten Bären zum Tanzen animierte.

»Na dann feiert mal schön, das Lachen wird euch bald vergehen«, murmelte Luzia bedrückt, kehrte dem Kirmesrummel den Rücken und bog nach links, um in die Sander Vorstadt zu gelangen. Einen Grund zum Fürchten gab es freilich nicht, hatten sich im Viertel, das sie durchquerte, doch mehrheitlich Handwerker niedergelassen, allen voran die zahlreichen Fassmacher, von denen das Gros in der Büttnergasse lebte. Bedienstete des Bischofs und Händler gesellten sich hinzu, darunter auch ein Kollege ihres Vaters, der es geschafft hatte, in den Unteren Rat aufzusteigen.

Am Inneren Graben angelangt, von wo aus man in die Sander Vorstadt gelangte, passierte Luzia den Torbogen, der die Grenze der innerstädtischen Viertel markierte, und hielt auf den äußeren Mauerring zu. Im Wohnbezirk Sand, auch im Vorbeigehen deutlich zu erkennen, waren die Minderbegüterten in der Überzahl, in der Hauptsache Bäcker, Häcker, Weber und Tagelöhner, deren Lehmhütten einen trostlosen Eindruck machten. Nur in der Sanderstraße, noch ohne Pflaster, dafür aber mit Pfützen und Schlammresten übersät, fand man ein paar größere Hofstellen vor, mit Scheunen, Gärten und Stallungen ausstaffiert, die den Eindruck von bescheidenem Wohlstand vermittelten.

Kurz darauf, zu Beginn der achten Stunde, hatte Luzia ihr Ziel erreicht. Das Haus lag gleich hinter der Stadtmauer, nur einen Steinwurf vom Sander Tor entfernt. Daran angrenzend erhob sich der Hexenturm, um den sich allerlei Schauermärchen rankten. Für die Wohnstatt ihrer Freundin galt das Gleiche, umso mehr, da es sich um das Haus des Scharfrichters handelte. Der Mann war zwar schon lange tot, aber was die Gerüchte betraf, die sich darum rankten, strahlte der Ort eine sinistre Aura aus. Die Tatsache, dass sein Besitzer dereinst tot aufgefunden wurde, noch dazu ohne erkennbare Blessuren, hatte die Fantasie der Nachbarn zum Überkochen gebracht. Fortan hatten die wüstesten Geschichten kursiert, allesamt mit dem gleichen Tenor: Um seine Frau vor dem Tod im Wochenbett zu bewahren, so die Fama, habe der Henker seine Seele dem Teufel verkauft. Das Gewissen indes, Abmachung hin oder her, habe dem Scharfrichter jedoch keine Ruhe gelassen, den Einflüsterungen des Höllenfürsten zum Trotz. Der Grund, weshalb er den Entschluss fasste, dem Leibhaftigen abzuschwören, ein mutiger, wenngleich fataler Schritt. Und so kam es denn, wie es hatte kommen müssen: Rasend vor Wut, so wusste die Überlieferung zu berichten, habe der Todesengel dem Scharfrichter den Garaus gemacht, ohne dabei die geringste Spur zu hinterlassen, eine Mär so recht nach jedermanns Geschmack.

Grund genug also, die Episode in den Bereich der Fabel zu verweisen. Nicht so die klatschsüchtigen Nachbarn, nur allzu gern bereit, mit dem Finger auf andere zu zeigen. Nicht genug damit, dass sie Luzias Freundin wie eine Paria behandelten, setzte alsbald eine Rufmordkampagne ein. Der Vorwurf, gleichermaßen vertraut wie brisant: die Junggesellin von nebenan stehe mit dem Satan im Bunde. Kaum verwunderlich, dass sich der Fall in der Stadt herumgesprochen und die Inquisitoren des Bischofs auf den Plan gerufen hatte, die den Beschluss fassten, die Heilerin in Haft zu nehmen. Doch was sie auch taten, um ein Geständnis zu erwirken, Melusine ließ sich nicht einschüchtern. Auch dann nicht, als sie peinlich befragt wurde. Freispruch aus Mangel an Beweisen, für die Heilerin fraglos ein Triumph, in Wahrheit jedoch ein Pyrrhussieg. Einmal geächtet, immer geächtet: An der Erkenntnis führte kein Weg vorbei.

»Ach du bist es, komm rein.« In ihre Gedanken vertieft, hatte Luzia das Auftauchen der Heilerin nicht bemerkt, die Klingelschnur in der Hand, um auf sich aufmerksam zu machen. »Jetzt steh nicht rum wie bestellt und nicht abgeholt, was sollen denn die Nachbarn von uns denken«, raunte Melusine der Besucherin zu, trat beiseite, um Luzia passieren zu lassen, und ließ die Gartentür in Schloss fallen. »Und wie du wieder aussiehst, ich muss schon sagen! Läufst rum wie ein Hübschlerin, mit dir wird es ein böses Ende nehmen, *o tempora, o mores!*«

»Und du, was ist mit dir?«, frotzelte Luzia zurück, schüttelte den Kopf und setzte eine empörte Miene auf. »Ich will ja nichts sagen, aber wenn man dich so sieht, könnte man glatt Angst bekommen.«

»Umso besser. Dann habe ich wenigstens meine Ruhe.« Gerade einmal 25 Jahre alt, sah die Heilerin wie eine Greisin aus, die Haut fahl und grau, der Blick überschattet und abgestumpft. Auf einen Stock gestützt, um die lädierten Gelenke zu schonen, fügte sie verbittert hinzu: »Das hat man nun davon, wenn man den Pfaffen Paoli bietet, noch ein, zwei Jahre, und ich sehe wie meine eigene Großmutter aus.«

»Immer hübsch die Kirche im Dorf lassen, so schlimm ist es nun auch wieder nicht«, gab Luzia beschwichtigend zurück, warf einen Blick über die Schulter und vollendete: »Die werden dir schon nichts tun, mach dir mal da keine unnützen Sorgen.«

»Und was führt dich hierher, wenn man fragen darf?«

»Die üblichen Querelen«, entgegnete Luzia, den Mundwinkel zu einem schiefen Grinsen verzogen. »Eines kann ich dir sagen, wenn das so weitergeht, dann …«

»Lass mich raten: Zu Hause machen sie dir die Hölle heiß«, ging die Heilerin in medias res, zupfte das bauschige Hausgewand zurecht, das sich über den mit Foltermalen übersäten Körper spannte, und packte die eisgrauen Haarsträhnen, um sie hinter dem Kopf zusammenzubinden. »Wieder mal, wenn ich es richtig sehe.«

»Leider wahr.« Auf dem Weg zur Haustür warf Luzia einen Blick in die Runde. Bei der Anlage des Gartens war nichts dem Zufall überlassen geblieben, angefangen bei den Hecken aus Buchsbaum, die das Areal den Blicken der Vorübergehenden entzogen. Der Schöpfbrunnen in der Mitte, auf dessen Rand sich eine Skulptur des

Asklepios erhob, war mit Sternzeichen und mysteriösen Symbolen verziert, deren Bedeutung nur der Hausherrin geläufig war. Davon abgesehen sah der Hortulus wie ein Klostergarten aus, mit sorgsam geharkten Kieswegen, die in alle Himmelsrichtungen wiesen. Seltsam genug auch die Anordnung der Beete, allesamt nach einem exakten Prinzip angelegt, als handle es sich um das Werk einer Ordensfrau. Kräuter- und Ziergarten in einem, waren sie mit Akribie bepflanzt worden, sowohl für Schwertlilien, Rosen, Weinrauten, Veilchen, Ysop und Akeleien, als auch für Salbei, Basilikum und Rosmarin bestimmt. Großen Raum nahmen dabei die Heilkräuter ein, darunter Johanniskraut, Kamille, Lavendel, Salbei und Thymian, geradezu unentbehrlich, was die Profession der Hausherrin betraf. »Kurzum: Wenn meine Stiefmutter so weitermacht, dann kann ich für nichts mehr garantieren.«

»Und dein Vater, was sagt der dazu?«, legte Melusine den Finger in die Wunde, rieb sich die Nase und kramte den am Gürtel befestigten Schlüsselring hervor. »Hereinspaziert, wenn's kein Pfaffe ist!« In der Diele angekommen, deutete Melusine auf die Stubentür. »Mach's dir bequem, ich bin gleich wieder da.«

»Wenn du gerade Besuch hast, ich kann auch ein andermal wieder…«

»Jetzt stell dich nicht so an, Luzi«, fiel Melusine der Besucherin ins Worte, wies mit der Kinnspitze auf den Ohrenbackensessel, von dem aus man einen Blick in den Garten werfen konnte, und machte eine begütigende Geste. »Ich muss nur mal kurz mit einer Patientin sprechen, bin gleich wieder da. Tigran wird dir solange Gesellschaft leisten, ihr beide kennt euch ja bereits. Wo der Kerl wieder steckt, versteh mal einer die Männer!«

Die Stirn in Falten, humpelte die Heilerin von dannen.

Luzia setzte sich. Die Stube, sowohl Herbarium als auch Bibliothek, verströmte eine anheimelnde Aura, von der sich der Besucher nicht lösen konnte. Ein Blick auf die herabbaumelnden Kräuterbüschel, ergänzt von Zwiebel-büscheln, Rankpflanzen und Talismanen, und man fühlte sich in eine andere Welt versetzt, umweht von betören-den Düften, fernab aller Sorgen und Nöte. Büchernär-rin, die sie nun einmal war, ließ sie den Blick über die Regalwand aus Korkeiche schweifen, randvoll mit Perga-mentrollen und in Schweinsleder gebundenen Folianten, Letztere scheinbar wahllos aneinandergereiht. Viel Raum nahmen die medizinischen Traktate ein, allen voran sol-che, die aus der Feder Hildegards von Bingen stammten, desgleichen aus derjenigen von Avicenna, Paracelsus und Galen. Fast ebenso lesenswert, wiewohl hochbrisant, die Kompendien, die sich mit Schwarzer Magie beschäftigten, Seite an Seite mit schöngeistiger Literatur, darunter auch eine Übersetzung des Rosenromans sowie die Werke Wal-thers von der Vogelweide, fast 300 Jahre zuvor verstorben.

»Stets zu Diensten, Herrin – ein kleiner Imbiss gefällig?«

Die ihr wohlbekannte Stimme im Ohr, schreckte Luzia aus ihren Gedanken auf. »Später vielleicht, Tigran. Im Moment fehlt es mir an nichts.«

»Wie Ihr wünscht, Herrin«, gab der Hüne aus dem fer-nen Armenien zurück, mit Schnabelschuhen, Pluderhosen samt dunkler Schärpe und einer mit Goldfäden durchwirk-ten Weste bekleidet, unter der sich ein gestreiftes Seiden-hemd verbarg. »Falls Ihr einen Wunsch habt, lasst es mich wissen.«

»Tust du mir einen Gefallen, Tigran?«

»Jeden, Herrin. Das wisst Ihr doch.«

»Wenn dem so ist, sag bitte nicht andauernd ›Herrin‹ zu mir, du weißt doch, wie sehr mir das widerstrebt, oder?«

Melusines Beschützer nickte. Auf welchen Pfaden er vor Jahresfrist hierher gelangte, hatte Luzia bislang nicht in Erfahrung bringen können. Das Wenige, was sie über ihn wusste, beschränkte sich darauf, dass es sich bei Tigran um ein Mitglied der Janitscharen handelte, die, wie allgemein bekannt, die Leibwache des Sultans der Osmanen bildeten. Warum er während der Türkenkriege desertiert und ins Lager der Ungläubigen übergelaufen war, wusste niemand, und was seine genaue Herkunft betraf, schien selbst Melusine immer noch im Dunkeln zu tappen. Die Rolle des Beschützers war ihm jedenfalls auf den Leib geschneidert, maß er doch nahezu sechs Fuß – für einen Angreifer ein hohes Risiko, umso mehr, wenn er keine Waffen bei sich trug. »Euer Wunsch ist mir Befehl, Jungfer – ich fühle mich geehrt.«

»Und vergiss nicht, was dir aufgetragen wurde«, fügte Luzia im Scherz hinzu, drohte dem Koloss mit dem Zeigefinger und machte es sich auf dem Sessel bequem. »Aber lass dich von mir nicht aufhalten, Tigran – bis Melusine wieder da ist, ruhe ich mich ein bisschen aus.«

»Wie Ihr wünscht, Jungfer«, gab der vollbärtige Titan zurück, dem Anschein nach in mittleren Jahren, wie die Grautöne an den Schläfen vermuten ließen. »Gott der Herr möge über Euch wachen.«

»Und über dich«, gab Luzia nachdenklich zurück, den Blick in den weitläufigen Garten gerichtet, wo ein Windstoß über den Kamm des Buchsbaums fegte. Passend zur Stimmung, in der sie sich befand, öffnete der Himmel jäh die Schleusen, nicht lange, und der Zauber, der sie umgab, war dahin. Na, wenn das kein schlechtes Omen ist!, dachte

Luzia bei sich, den Regenschleier vor Augen, der den Garten ihren Blicken entzog. »Auch das noch, heute kommt doch wirklich alles zusammen.«

Eines stand indessen fest, vom Wetter da draußen einmal abgesehen. Eine Heirat per Arrangement kam nicht infrage. Ein stadtbekannter Tunichtgut als Bräutigam, und das alles nur, weil sie ihrer Stiefmutter ein Dorn im Auge war: Nie und nimmer würde sie sich darauf einlassen. Um sie aus dem Haus zu treiben, musste es die Dame geschickter angehen, doch egal, wie, an ihr würde sich die Xanthippe die Zähne ausbeißen.

Das hatte sie sich geschworen.

Und dann war da auch noch Bruder Damian. Ein Ungemach kam eben selten allein, höchste Zeit, dem Mentor von einst auf den Zahn zu fühlen. Höchste Zeit auch, die Identität seiner Gesprächspartnerin zu lüften. Nicht auszudenken, wenn sich ihr Verdacht bewahrheiten würde, so abwegig der Gedanke auch anmutete. Am besten, sie schob ihn beiseite, ihre Lage war auch so schon prekär genug. Wäre Melusine nicht gewesen, der sie ihr Herz ausschütten konnte, Luzia hätte nicht mehr weitergewusst.

»Auf gar keinen Fall, schlag dir die Grillen aus dem Kopf!« Die Stimme aus dem Nebenraum, unverkennbar diejenige ihrer Freundin, riss Luzia aus den Gedanken. »Nur über meine Leiche, mit mir ist das nicht zu machen. Ärger mit den Pfaffen hatte ich schon genug, besten Dank auch, meine Bedarf ist gedeckt.«

Die Stimme einer Frau im Ohr, die mit tränenersticktem Tonfall um Hilfe bat, horchte Luzia stirnrunzelnd auf. Am Boden zerstört, schluchzte die Unbekannte hemmungslos vor sich hin, der Stimme nach zu urteilen noch ein halbes Kind, außerstande, ein Wort über die Lippen zu bringen.

Nicht so Melusine, die ihre Meinung klar zum Ausdruck brachte: »Wenn das rauskäme, würde es mich den Kopf kosten, das ist dir hoffentlich klar«, fuhr sie in harschem Tonfall fort, durchmaß den Raum und scheute nicht davor zurück, einen Fluch auszustoßen. »Wie kann man nur so töricht sein, also wirklich, bei euch jungen Dingern ist Hopfen und Malz verloren. Da braucht nur ein Kerl aufzutauchen, der euch schöne Augen macht und das Blaue vom Himmel herunter verspricht, und schon geht den Nymphchen der Verstand flöten. Aber was soll's, du bist ja nicht die Erste, für die es ein böses Erwachen gibt, was rege ich mich überhaupt auf. Außerdem wusstest du, was auf dich zukommt, von wegen Heirat, das vergiss mal lieber gleich. Mit einem gefallenen Mädchen, und sei es auch noch so jung, können die Mannsbilder nichts anfangen. Die stehen auf Frischfleisch, so hartherzig sich das auch anhören mag.« Melusine stieß eine halblaute Verwünschung aus. »Was hast dir eigentlich dabei gedacht, dürfte ich das erfahren?«

Herzzerreißendes Wehklagen, gefolgt von leisem Wimmern.

»Guck mich bloß nicht so an, ich weiß genau, was du gerade denkst. Melusine wird es schon richten, die kennt sich mit so was aus. Falls du es noch nicht weißt, Prinzesschen: Die da oben auf der Festung haben es auf mich abgesehen, was meinst du, warum ich am Stock gehe, am Alter kann es ja nicht liegen. Du wirst es nicht glauben, auch ich hänge an meinem bisschen Leben, so beschwerlich es derzeit ist. Von allen nur scheel angeglotzt und durch den Dreck gezogen zu werden, wenn sich die Gelegenheit dazu bietet, das muss man erst mal aushalten, aber das nur nebenbei.«

Da bahnte sich eine Tragödie an.

Mit welchem Ende, würde sich zeigen.

»Dein Märchenprinz, was sagt der eigentlich dazu?«, fuhr Melusine geraume Zeit später fort, deutlich milder gestimmt, einen Hauch von Mitgefühl im Ton. »Wie ich den Grobian kenne, steht dir eine Abreibung ins Haus, die sich gewaschen hat, wenn nicht, käme es einem Wunder gleich.«

Darauf die Patientin, diesmal klar zu verstehen: »Das bringt die Profession so mit sich, den anderen geht es genauso.«

»Wäre ich an deiner Stelle, ich würde mir das nicht gefallen lassen«, hielt die Heilerin der jungen Frau entgegen, stieß einen Seufzer aus, um ihrem Unmut Luft zu machen, und schlug einen konzilianten Tonfall an. »Im Grunde geht es mich ja nichts an, aber wenn ich ehrlich bin, ist es mir ein Rätsel, wie man …«

»Dürfte ich Euch um etwas bitten?«, fiel die Patientin Melusine ins Wort, wohl wissend, in welche Richtung sich das Gespräch bewegte.

»Ich würde sagen, wir belassen es dabei.« Klug genug, das Thema nicht weiter zu vertiefen, nahm die Heilerin die Antwort vorweg und vermied es, zusätzlich Öl ins Feuer zu gießen. »Gib mir Zeit, darüber nachzudenken, überstürzte Entscheidungen sind nicht mein Ding. Wenn ich schon meinen Kopf riskiere, um dir zu helfen, dann …«

»Braucht Ihr Zeit, Euch mit dem Gedanken vertraut zu machen – verstehe.«

»Du sagst es, Püppchen.«

»Und wie viel?«

»Einmal drüber schlafen, das dürfte genügen.« Im Begriff, das unerquickliche Gespräch zu beenden, humpelte Melusine zur Tür, drückte die Klinke hinunter und sagte: »Und zu niemandem ein Wort, das versteht sich ja wohl von selbst!«

»Ihr seid sehr gütig, vielen Dank.«

»Bedank dich, wenn alles vorüber ist«, erwiderte die Heilerin brüsk. Und fügte ich gedämpftem Tonfall hinzu. »Der Strolch, der dir das angetan hat – wie ist sein Name?«

Gedämpftes Flüstern.

Gefolgt von einem lang gezogenen Knarren, dem Ächzen einer Greisin zum Verwechseln ähnlich.

Darauf die Worte der Heilerin: »Morgen um die gleiche Zeit. Und jetzt mach, dass du fortkommst, Flattergeist, bevor ich es mir anders überlege!«

*

»Naiv wie ein kleines Kind, und ausgerechnet ich soll es ausbaden«, murmelte Melusine im Selbstgespräch vor sich hin, schloss die Stubentür und steuerte auf das Regal aus Eschenholz zu, auf dem sie die Tiegel mit den Heilkräutern verwahrte. »Die jungen Hühner werden einfach nicht schlauer, das soll mal einer verstehen!«

»Ärger?«

Ein Behältnis in der Hand, in dem sie ein selbst kreiertes Anästhetikum verwahrte, fuhr Melusine ruckartig herum, allem Anschein nach tief in Gedanken, die Augen vor Überraschung weit aufgerissen. »Schockschwerenot – dich hätte ich beinahe vergessen!«

»Alles in Ordnung mit dir?«, tat Luzia so, als habe sie von dem Gespräch nichts mitbekommen, wohl wissend, in welcher Zwickmühle sich die Heilerin befand. »Wenn du zu tun hast, ich kann auch ein andermal wiederkommen, morgen ist schließlich auch noch ein Tag.«

»Bleib sitzen, das wäre ja noch schöner«, wies Melusine das Ansinnen von sich, stellte das Gefäß wieder zurück und setzte sich zu ihr. »Aber was rege ich mich überhaupt auf. Selbst schuld, wenn ich mich vor ihren Karren spannen lasse.« Ein gezwungenes Lächeln im Gesicht, nahm die Heilerin ihren Besuch ins Visier und fragte: »Ich nehme an, du hast mitbekommen, worum es geht?«

»Mehr oder weniger.«

»Kein Wort zu irgendjemandem, das musst du mir versprechen.«

Luzia deutete ein Nicken an. »Und was wirst du jetzt tun?«

»Frag mich was Leichteres, ich weiß es nicht.« Die Hände auf dem Knauf ihres Gehstocks, stierte Melusine dumpf ins Leere. »Bist du so gut und tust mir einen Gefallen?«

Luzia nickte stumm.

»Vergiss, was du gerade gehört hast, es ist besser so. Auf Frauen wie mich sind sie auf der Festung nicht gut zu sprechen. Je weniger Mitwisser, desto besser. Du kannst dir ja denken, was los ist, wenn jemand davon Wind bekommt. Nicht auszudenken, wenn du da mit reingezogen wirst.«

»Ich hoffe, du weißt, was du tust.«

Melusine zuckte die Achseln. »Drücken wir es mal so aus: Ich bin nicht scharf drauf, aus Rad geflochten zu werden. Und was die Verhörmethoden der Inquisition betrifft, ist es mit meiner Neugier nicht weit her. Ich habe noch genug vom letzten Mal, die Erfahrung hat mir gereicht. Glaub mir, Luzia: Um das Volk unters Joch zu beugen, schrecken die vor nichts zurück, und wenn es gegen uns

Frauen geht, dann kennt die noble Sippschaft nichts.« Die gefalteten Hände zwischen die Knie geklemmt, ließ die Heilerin ihrem Unmut freien Lauf. »Wenn ich könnte, ich würde sie alle zum Teufel jagen, dann wären die Lügenbolde unter sich. Mulier taceat in ecclesia, das hätten die Kuttenträger wohl gern. Aber nicht mit mir!«, redete sich die Heilerin in Rage, das fahle Antlitz, in dem sich gleich mehrere Blutergüsse befanden, zu einer Fratze ohnmächtiger Wut verzerrt. »Das Weib sei dem Manne untertan, schlau eingefädelt, das muss ihnen der Neid lassen. Aber wenn sie denken, sie könnten uns einen Bären nach dem anderen aufbinden, dann haben sich die Kreuzköpfe geschnitten. Wir Frauen lassen uns nicht für dumm verkaufen, egal was sie noch in petto haben, um uns zu kujonieren. Ich meine, zu behaupten, unsere Ahnin habe die Sünde in die Welt getragen, da Adam nicht imstande gewesen sei, ihren Reizen zu widerstehen – das allein wäre schon ein Grund, ihnen das Fell zu gerben!«

»Nicht so laut, dich hört man noch in 100 Schritt Entfernung.«

»Und wenn schon«, dachte die Heilerin nicht daran, sich zu mäßigen, schwang ihren Stock und ließ ihn auf die mit Binsen bestreuten Dielen krachen. »Wie satt ich es habe, mich von den Dompfaffen für dumm verkaufen zu lassen, kann ich dir gar nicht sagen. Und wenn sie noch so heiligmäßig tun, bei mir sind die unten durch, und zwar so was von.« Nach Luft ringend, dämpfte Melusine den Ton. »Du kennst doch Thomas von Aquin, oder?«

»Natürlich. Wieso fragst du?«

»Zitat aus dem Fundus des großen Kirchenlehrers: ›Die Frau ist ein zufälliges und unvollkommenes Wesen, sie gleicht einem verfehlten Manne. Der Mann ist des Weibes Haupt, Christus aber ist des Mannes Haupt. Es steht fest, dass das Weib dazu bestimmt ist, in die Botmäßigkeit des Mannes zu treten, und dass es keine Macht über sich selber hat.‹ Zitat Ende.« Die Heilerin grinste schief. »Genügt das, oder möchtest du noch mehr davon hören?«

»Mach nur so weiter, dann kommst du in Teufels Küche.«

»Heißt das, du …«

»Ich mache mir Sorgen um dich, das ist alles«, wehrte Luzia den Redeschwall ab, blickte sich um, als befinde sich jemand im Raum, und streckte den Kopf nach vorn. »Wer das Herz auf der Zunge trägt, der lebt gefährlich, gerade du müsstest das doch wissen. Deine Nachbarn warten nur darauf, dich in Misskredit zu bringen, das weißt du so gut wie ich. Der geringste Lapsus, und du verschwindest hinter Gittern – für immer.«

»Schon möglich.« Aschfahl im Gesicht, griff Melusine eilends unter ihren Überwurf, förderte eine Phiole zutage und entkorkte sie. Ein kurzer Blick zu Luzia, und der Inhalt rann ihr durch die Kehle. »Bitte komm mir jetzt nicht mit Vorhaltungen, eine Unze Mohnsaft hat noch niemandem geschadet.«

»Es sei denn, man gewöhnt sich daran.«

»Nota bene, liebe Freundin: Ich lebe, um zu heilen, aber ich heile nicht, um zu leben.«

Luzias Miene wurde ernst. »Und wie lange geht das schon so?«

»Schau mich doch an, dann hast du die Antwort.«

Brandmal auf der Stirn, blutunterlaufene Augen, das rechte Lid stark angeschwollen, die Nase gebrochen, das Gesicht voller Blutergüsse, die partout nicht verheilen wollten, von den ausgeschlagenen Zähnen nicht zu reden: Die Spuren der Malträtierung waren nicht zu übersehen.

»Ich sehe, wir verstehen uns.«

»Wäre es nicht besser, du ...«, unternahm Luzia den Versuch, ihre Freundin zur Mäßigung zu bewegen, wurde jedoch abrupt unterbrochen.

»Spar dir die Puste, auf gute Ratschläge kann ich verzichten.«

»Auf die Gefahr, vor die Tür gesetzt zu werden: Indem du dich betäubst, erweist du dir keinen guten Dienst.«

»Und wenn schon, lange zu leben habe ich ohnehin nicht mehr«, erwiderte Melusine brüsk, steckte die Phiole wieder ein und sammelte sich. »Einmal Renegatin, immer Renegatin, so lautet die eherne Regel. Und wenn ich mich auf den Kopf stelle, aus der Ecke komme ich nicht mehr raus. Und aus den Geheimakten auch nicht, dafür wurde gesorgt.«

»Mehr fällt dir dazu nicht ein?«, fuhr Luzia aus der Haut, sah die Hausherrin beschwörend an und drängte: »Auch wenn du so tust, als könne man dir nichts anhaben, die werden dich dazu bringen, dass du um Gnade bettelst. Mach dir da mal keine Illusionen.«

»Wer Gewalt sät, wird Gewalt ernten. Nicht mehr lange, und den Menschenschindern auf der Festung wird die Rechnung präsentiert.«

»Und was dann? Rache um der Rache willen, das kann es doch nun wirklich nicht sein!«

»Wie man gemeinhin sagt: Wo gehobelt wird, fallen Späne. Oder glaubst du, von Thüngen wäre bereit, das Feld räumen? Träum weiter, Luzia. Daraus wird nichts werden.«

»Wie dem auch sei, Hass ist kein guter Ratgeber. Mehr habe ich dazu nicht zu sagen.«

»Was mich betrifft, ich bin da anderer Meinung. Aber lassen wir die Politik beiseite. Unnütz, sich ihretwegen in die Haare zu kriegen.« Wie um den Worten Taten folgen zu lassen, ließ Melusine die Hand auf Luzias Schulter ruhen, sah in den Regen hinaus und wartete ab, bis sie das Wort ergriff. Da dies nicht geschah, fasste sie sich ein Herz und sagte: »Apropos Unstimmigkeiten: Lass dich bloß nicht unterkriegen, deine Stiefmutter kocht auch nur mit Wasser. Komm schon, die steckst du doch locker in die Tasche.«

»Ich fürchte, diesmal ist es umgekehrt.«

»Heißt das, die haben dich vor die Tür ge...«

»Wie es aussieht, wird das nicht nötig sein«, ließ Luzia ihre Freundin nicht ausreden, der Blick resigniert und kummervoll, überschattet von Melancholie. »Mit allem hätte ich gerechnet, nur damit nicht.«

»Ich schon.«

Luzia blickte fragend auf.

»Frage: Was tun, um sich der ungebärdigen Stieftochter zu entledigen? Antwort: Indem man sie unter die Haube bringt, ihr Gesponse wird schon imstande sein, sie Mores zu lehren. Und wenn nicht, auch egal. Hauptsache, es kehrt wieder Ruhe ein.«

»Sieht ganz danach aus.«

»Und dein Vater, was sagt der dazu?«

»Du weißt doch, wie er ist. Seine Profession geht ihm über alles. Und danach kommt lange nichts.«

»Du tust ihm Unrecht.«

Luzia zog fragend die Braue hoch.

»Jetzt schau mich nicht so an«, gab ihr Gegenüber in Ermangelung einer Antwort zurück, fing ihren Blick auf und versenkte sich darin, gerade so, als wolle sie Luzia unter Hypnose setzen. »Du weißt genau, dass das nicht stimmt. Mag sein, die Profession kommt für ihn an erster Stelle. Aber danach kommst du, das weiß doch jeder.«

»Und selbst wenn, was würde das ändern?«

»Jetzt hör mir mal gut zu, meine Liebe«, setzte sich Melusine über den Einwand hinweg, reckte die fragile Gestalt und sagte: »So einfach, wie du dir die Sache vorstellst, ist sie nicht, und wie ich dich kenne, weißt du das auch. Dass deine Stiefmutter und du wie Hund und Katz zueinander seid, nun gut, das ist ja wahrhaftig nichts Neues. Aber darauf kommt es auch nicht an.«

»Ach nein?«

»Sondern darauf, was du vom Leben erwartest.«

»Große Worte.«

Offenbar nicht willens, etwas zu entgegnen, erhob sich Melusine vor ihrem Stuhl, humpelte zu der mit Bandeisen beschlagenen Truhe, die sich im rückwärtigen Teil der Stube befand, und zog einen Handspiegel mit Bronzegriff hervor, um ihn der Ratsuchenden vors Gesicht zu halten: »Was siehst du?«

»Was soll die Frage, das weißt du doch.«

»Na schön, dann helfe ich dir eben auf die Sprünge. Rein äußerlich betrachtet handelt es sich bei meiner Patientin – falls es gestattet ist, den Terminus zu gebrauchen – um eine begehrenswerte junge Dame, die, so ihr der Sinn danach stünde, an jedem Finger einen heiratswilligen Galan haben könnte. Ein bisschen schmal um die Hüften, dafür aber mit großem Liebreiz gesegnet. Welliges rotblondes Haar, grünlich schimmernde Augen, ebenmäßige Züge, olivfarbener Teint, fein geschwungene Nase, die drolligen Grübchen nicht zu vergessen: Männerherz, was begehrst du mehr!«

»Schönen Dank auch für die Laudatio. Wenn ich Zeit habe, lache ich darüber.«

Melusine ging über die Replik hinweg. »Blickt man jedoch hinter die Fassade, kommt eine Frau zum Vorschein, die genau weiß, was sie will, intelligent, gebildet und jedem Mannsbild, das in der Stadt sein Unwesen treibt, zumindest ebenbürtig, wenn nicht gar um Längen voraus.«

»Das hast du aber schön gesagt.«

»Ergo: Für die junge Frau ist es an der Zeit, eine Entscheidung zu treffen«, kam die Heilerin lächelnd auf den Punkt, legte den Spiegel beiseite und verengte ihren Blick. »Entweder sie tut, was von ihr verlangt wird und ist den Altvorderen zu Willen, oder …«

»Sie tut, wonach ihr der Sinn steht?«

»Genau.«

»Was aber, wenn die Zünfte keine Frauen in ihren Reihen dulden, schon mal drüber nachgedacht?«

Melusine seufzte tief. »So weit waren wir schon öfter, kann das sein?«

»Du hast es erfasst.«

Den Blick auf einen unsichtbaren Gegenstand gerichtet, der sich irgendwo draußen im Garten befand, ließ die Heilerin stirnrunzelnd die Gedanken schweifen. »Bevor ich es vergesse, der Kavalier auf dem Silbertablett, wie lautet sein Name?«

»Bartholomäus Häfner.«

Wie von einem Schwarm Hornissen gepiesackt, sprang Melusine schreckensbleich auf. »Das darf doch nicht wahr sein«, murmelte sie mit fahrigem Blick, umklammerte den Knauf ihres Stocks und hechelte: »Alles, nur das nicht – Leibhaftiger, hilf!«

12

»Dann bleibt es also dabei, Meister Til?«

»Aber gewiss doch, ein Mann, ein Wort«, fuhr der Hausherr aus den Gedanken auf, den Blick voller Wehmut, die dem Ehrengast zur Linken nicht entging. Zurück in der Gegenwart, fügte er, um Jovialität bemüht, hinzu: »Und nun lasst es Euch schmecken, mein lieber Häfner, so jung kommen wir nicht mehr zusammen.«

»Wohl wahr«, pflichtete ihm der übergewichtige, rotgesichtige und zudem knollennasige Weinhändler bei, dem Anlass entsprechend mit pelzverbrämter Schaube, weinrotem Scheckenrock und Strümpfen à la française bekleidet, um seine Krampfadern zu kaschieren. »Zum Wohlsein, mein lieber Riemenschneider, möge Euch allzeit Gesundheit und Glück beschieden sein.« Den Becher in der Hand, fügte der Genussmensch hinzu: »Was meint Ihr, spräche was dagegen, wenn wir uns duzen? Wir kennen uns doch schon so lange, da braucht es keine Förmlichkeit.«

»Das stimmt.« Bedächtig, wie es seine Art war, nahm Riemenschneider den Silberbecher mit dem eingravierten Familienwappen zur Hand, hob ihn an und prostete dem Ratskollegen zu. Nur um hintergründig lächelnd hinzuzufügen: »Wein aus eigenem Anbau, ich hoffe, er wird dir munden.«

»Das hoffe ich auch – um deinetwillen!«, witzelte der reichste Mann der Stadt, im Besitz von über 100 Lagen, die einen Großteil der jährlichen Ernte ausmachten. Entsprechend groß war der Einfluss, über den er verfügte, nicht zuletzt auch beim Bischof, der, wie hinter vorgehaltener Hand kolportiert wurde, wie manch anderer bei Häfner in der Kreide stand. »Gar nicht mal so übel, Meister Tilman, bald machst du mir Konkurrenz.«

»Das wohl kaum, Theophilus«, wiegelte Riemenschneider lächelnd ab, ließ den Blick über die illustre Gästeschar schweifen und vollendete in nachdenklichem Ton: »Ich bin soweit ganz zufrieden, und was das Geschäftemachen betrifft, dazu fehlt es mir an Talent.«

»Als ob das so einfach wäre, Herr Kollege«, fügte das Leckermaul postwendend an, griff nach einem Krammetsvogel, um ihn in Bratensoße zu tunken, und führte ihn mit Kennerblick zum Mund. »Was du auch tust, der Fiskal des Bischofs guckt dir über die Schulter, manchmal denke ich, der hat es auf mich abgesehen.«

»Das wohl kaum, sonst säße sein Herr auf dem Trockenen.«

»Du hast leicht reden, Riemenschneider«, schwadronierte Häfner gequält, lockerte den Gürtel, um besser Luft zu bekommen, und vollendete in gedämpftem Ton: »Du bist doch vom Fach, oder? Na also. Dann weißt du ja, wie der Hase läuft. Will heißen, mein Reichtum ist nur geborgt, wo du auch hinguckst, die Pfaffen haben überall den Daumen drauf, und zwar nicht nur die Chorherren von Sankt Burkhard, das Neumünsterstift oder unser aller Herr und Meister, Konrad aus dem Hause derer von Thüngen, sondern auch die Klöster, so viel zum Thema Armutsideal. Wie viel die an Pacht einstecken, willst du gar nicht wissen, und was die Erträge betrifft, damit fängt der Ärger erst richtig an.«

»Inwiefern?«

»Na, du machst mir vielleicht Spaß«, ging Häfner zum Lamento furioso über, rückte eine Handbreit nach rechts und flüsterte: »Jetzt tu doch nicht so, als seist du von vorgestern, du weißt doch selbst, wer hier den Ton angibt. Leute wie ich können keinen Furz lassen, ohne dass der Domprobst davon erfährt, und wenn die Lese beginnt, machen mir seine Aufpasser die Hölle heiß. Bedeutet, jede zehnte Butte gelesener Trauben muss noch im Weinberg an die Emissäre des Bischofs abgeliefert werden, wehe, du legst dich mit ihnen an, dann kannst du dir eine andere Profession suchen. Klar, du kannst bescheißen, wenn dir das Prozedere gegen den Strich geht – oder es zumindest versuchen. Jemandem wie dir muss ich ja nicht sagen, wie das geht.«

Riemenschneider sagte nichts dazu.

»Wie heißt es doch gleich: Konkurrenz belebt das Geschäft. Einmal angenommen, du schenkst den Wein so billig wie möglich aus – die Maß zwischen zwei und maximal sechs Pfennigen, würde ich sagen –, dann spricht sich das in Windeseile rum. Und du hast die Bude voll und verdienst ein Heidengeld.«

»Und die Spitzel des Bischofs am Hals, wenn du Pech hast. Und einen Strick drumherum.«

»Eben. Genau da liegt der Hund begraben.« Den Handrücken an die Lippen gepresst, um ein Rülpsen zu unterdrücken, legte Häfner eine kurze Pause ein. »Drum haltet euch ans elfte Gebot, ihr Schlitzohren dieser Welt – und vermeidet es, euch in flagranti ertappen zu lassen. Auf der Festung verstehen sie da keinen Spaß, die sind auf jeden Pfennig angewiesen.«

»Wie wir alle«, kommentierte der Hausherr trocken, nippte an seinem Glas und tat so, als sei das Thema für ihn erledigt. Zumindest heute wollte er nicht über Politik reden, dem Unwetter, das sich zusammenbraute, zum Trotz. »Steht doch geschrieben: ›Im Schweiße deines Angesichts sollst du dein Brot essen, bis du zum Erdboden zurückkehrst, denn ihm bist du entnommen.‹«

»Wenn hier einer ins Schwitzen gerät, dann ist es ja wohl der Bischof«, dachte Häfner nicht daran, sich vom Thema abbringen zu lassen, dämpfte den Ton und flüsterte hinter vorgehaltener Hand: »Wie man hört, steht ihm das Wasser bis zum Hals, kein Wunder, wenn man sich so geriert wie er.«

»Hilf mir auf die Sprünge, was hört man denn so?«

»Als ob du das nicht wüsstest, wer hört denn hier die Flöhe husten, der Herr Altbürgermeister oder ich?«, hatte Häfner die Hinhaltetaktik durchschaut, vergewisserte sich, dass er nicht belauscht wurde, und wisperte diskret: »Ich nehme an, du bist auf dem neuesten Stand?«

Der Hausherr deutete ein Nicken an, jedoch nicht ohne einen Blick in die Runde zu werfen.

»Dann weißt du ja, was sich in Weinsberg abgespielt hat, oder gehe ich da fehl?«

Ein abermaliges Nicken, gefolgt von zustimmendem Brummen.

»Und was ist deine Meinung?«

»Dass es falsch wäre, in Hysterie zu verfallen«, erwiderte der Hausherr mit Bedacht, fuhr mit dem Zeigefinger übers Kinn und sprach: »Erst mal abwarten, würde ich sagen. Es wird nichts so heiß gegessen, wie es gekocht wird.«

»Falls du es noch nicht gemerkt hast, Riemenschneider: Sich aus allem herauszuhalten wird nicht möglich sein.« Die Pranke um den halb vollen Trinkbecher geklammert, rutschte Häfner unschlüssig hin und her, spähte bald hierhin, bald dorthin, den Tiefblick zu schmalen Schlitzen verengt. »Einmal angenommen, die Marodeure marschieren auf Würzburg zu – nach allem, was man so hört, scheint dies auch der Fall zu sein –, dann wird der Bischof wissen wollen, woran er mit uns ist.«

»Vorausgesetzt, es käme dazu.«

Um Contenance bemüht, schnappte der Weinhändler nach Luft. »Wie kann man nur so blauäugig sein, typisch Künstler«, knurrte er und leerte den Becher mit einem Zug, kurz davor, ihn mit Verve auf den Tisch zu knallen. »Über kurz oder lang werden wir gezwungen sein, Farbe zu bekennen, ob aus Überzeugung oder nicht, spielt keine Rolle. Gott ist mit den stärkeren Bataillonen, wer das nicht kapiert, wird bald dumm aus der Wäsche gucken. Will sagen, entweder wir halten zum Bischof und bereiten uns auf eine Belagerung vor, von der wir nicht wissen, ob sie uns in den Ruin treiben und obendrein noch um Leib und Leben bringen wird, oder …«

»Wir setzen alles auf eine Karte und schlagen uns auf die Seite der Bauern«, spann der Hausherr den Gedankengang fort, im Tonfall moderat, wie aus sicherer Distanz. »Und riskieren, des Verrats bezichtigt zu werden, mit Konsequenzen, über die man lieber nicht nachdenken möchte.«

»Wäre von Thüngen an unserer Stelle, er würde das Gleiche tun, mach dir da bloß keine Illusionen!«, war Häfner nicht gewillt, das Thema auf sich beruhen zu lassen, sah seinem Nachbarn ins Gesicht und drängte: »Jetzt oder nie, so lautet die Parole. Entweder wir packen die Gelegenheit beim Schopf, um der Kamarilla auf dem Marienberg eins auszuwischen, oder wir laufen Gefahr, zwischen die Fronten zu geraten. Wer nicht wagt, der nicht gewinnt, das war schon immer so.«

»Wenn du mich fragst, die Zeit ist noch nicht reif dafür.«

»Sag mal, verstehst du nicht, was die Stunde geschlagen hat – oder willst du es nicht verstehen? Schon mal drüber nachgedacht, was für uns herausspringt, wenn sie den Bischof zum Teufel jagen?«

»Fragt sich, wer hier wen zum Teufel jagt. Nimm einmal an, der Aufstand würde weiter um sich greifen. Und die Rebellen kämen auf die Idee, die Festung zu belagern: Was, denkst du, käme dabei heraus?«

Häfner gab ein ungehaltenes Schnauben von sich. »Gegenfrage: Einmal angenommen, der Bischof bliebe am Ruder, wie stellst du dir dann die Zukunft vor? Du glaubst doch nicht ernsthaft, wir Bürger bekämen dann noch einen Fuß auf den Boden, oder?«

»Jetzt mach aber mal halblang, Kollege«, raunte der Hausherr dem Weinhändler ins Ohr, beileibe nicht so entspannt, wie es den Anschein hatte. »So schlecht, wie du tust, geht es uns auch wieder nicht. Warum sich nicht mit dem zufriedengeben, was man hat? Steter Tropfen höhlt den Stein, allemal besser, als zum Schwert zu greifen.«

»Ob du es wahrhaben willst oder nicht, die Zeit ist reif, um sich auf die Hinterfüße zu stellen. Wenn nicht jetzt, wann dann? Die Gelegenheit war noch nie so günstig, ein Tor, der sie nicht beim Schopf ergreifen würde! Oder willst du, dass wir zu Lakaien werden und uns krumm und bucklig schuften, nur damit sich der Herr von Thüngen einen schönen Lenz machen kann? Ein Lebtag unter der Knute, das kannst du doch nicht wollen, oder?«

Drauf und dran, etwas zu erwidern, blieb der Hausherr wider Erwarten stumm.

»Da sage mal einer, die Mannsbilder würden nicht tratschen«, mischte sich seine Frau wie selbstverständlich ein, eine Karaffe in der Hand, um Theophilus nachzuschenken. Zur Feier des Tages ganz in Weiß, um die dunkle Festhaube zu konterkarieren, machte sie aus ihrer Befremdung keinen Hehl, seufzte weithin hörbar auf und säuselte: »Es geht doch nicht etwa um Politik, oder?«

»Leider doch, edle Dame«, kehrte Häfner prompt den Charmeur hervor, eine Rolle, die ihm auf den Leib geschneidert schien, wäre er nicht so korpulent gewesen. »Momentan kommt man einfach nicht dran vorbei, wiewohl lästig, die öffentlichen Belange gehen vor.«

»Und die Gaumenfreuden, wie steht es damit?«, erwiderte die Modenärrin kokett, deren Haube mit Zierschleifen am Kinn befestigt war, die, unnötig zu erwähnen, aus Frankreich stammte. Die Stiefeletten mit Absätzen, beinahe schon skandalös, setzten der Koketterie die Krone auf. »Lasst Euch bloß den Appetit nicht verderben, morgen früh ist wieder Schmalhans angesagt.«

»Ich und fasten, das fehlte noch«, ächzte der Weinhändler und schnalzte mit Zunge, einen wahrer Genießer vor dem Herrn, der keinen Hehl aus seinem Hang zur Völlerei machte. »Ein Tag ohne Leckereien, und ich würde aus dem letzten Loch pfeifen. Wer nichts auf den Rippen hat, der hat auch nicht gelebt, das ist meine feste Überzeugung. Ihr wisst ja, Essen und Trinken hält Leib und Seele zusammen, von mir aus wäre dem nichts hinzuzufügen.« Den Blick auf die reich gedeckte Tafel gerichtet, brach Häfner in wahre Begeisterungsstürme aus, den Kopf gerötet vom Weingenuss, der dafür sorgte, dass er immer redseliger wurde. »Meiner Treu, hier geht es ja zu wie beim Krönungsmahl. Und Krapfen und Süßgebäck gibt es auch, Schlemmerherz, was begehrst du mehr!«

Anders als sonst, wo die Kost eher spartanisch ausfiel,

lief einem beim Anblick der Speisen das Wasser im Mund zusammen. Fast schon ein wenig neidisch, spießte Häfner gleich zwei Pasteten auf, die eine mit Huhn und die andere mit Frikassee und Pfifferlingen gefüllt. Auch am Schweinebraten, mit Kräutersoße als Gaumenkitzel und Salbeiblättern darauf, konnte er sich kaum sattsehen, neben der Dominikanertorte, eine Mixtur aus Aalstückchen, zerteiltem Käse und Krebshälsen, unter Zuhilfenahme von Milch, Safran, Ingwer und Gewürznelken zubereitet, der Blickfang schlechthin. Frisches Brot, Bohnensuppe mit Speck, diverse Wildsorten und gefüllte Kalbsbrust rundeten die Auswahl an Leckereien ab, ein Grund mehr für den Gast, eine Laudatio anzustimmen. »Sich in Abstinenz zu üben käme einer Beleidigung gleich, ein Hoch auf Eure Kochkunst, edle Dame, das macht Euch so schnell keiner nach.«

»Um ganz ehrlich zu sein, ich lasse kochen«, räumte Margaretha freimütig ein, darauf bedacht, sich selbst ins gewünschte Licht zu rücken. Und wechselte abrupt das Thema: »Wo steckt eigentlich Euer Sohn? Ich hätte ihn gern näher kennengelernt.«

»Dazu wird noch reichlich Gelegenheit sein«, wich Häfner der Frage aus, drehte den Spieß kurzerhand um und erwiderte kühl: »Und Eure Tochter, was ist mit der?«

»Sie müsste längst hier sein, aber was nicht ist, kann ja noch werden«, passte sich die Gastgeberin dem Duktus an, nahm neben Häfner Platz und bekannte: »Ihr wisst ja, wie die ledigen Damen sind, von wegen Respekt, das war einmal. Bilden sich ein, wir seien dazu da, sie bei Laune zu halten, als müsse sich alles nur um Madame drehen. Höchste Zeit, dass das Fräulein unter die Haube kommt, dann hören die Flausen auf.«

»Flausen?«

»Eine Weibsperson, die Bildschnitzerin werden möchte, wo gibt's denn so was!«, ließ Margaretha ihrem Unmut freien Lauf, nur um den Ton unmittelbar darauf zu dämpfen, aus Angst, die Umsitzenden auf sich aufmerksam zu machen. »Dabei weiß sie genau, dass das nicht geht, oder was sagt der Herr des Hauses dazu?«

»Den Wunsch an sich kann ich gut verstehen«, erwiderte der Meister mit Bedacht, straffte sich und tat so, als habe er dem nichts hinzuzufügen.

»Aber?«

»Warten wir ab, wie sie sich entscheidet«, schob Meister Tilman ohne aufzublicken hinterher, ließ den Finger über den Rand seines Trinkbechers gleiten und vermied es, weiter Öl ins Feuer zu gießen. »Die Welt wird sich auch so weiter drehen, warum also das Kind mit dem Bad ausschütten. Luzia wird bald 24, sie wird schon wissen, sie tut.«

»Das ist ja gerade das Problem«, war Margaretha einmal mehr nicht zu bremsen, eine Zornesfalte auf der Stirn, die nichts Gutes verhieß. »Andere heiraten, wenn sie mannbar sind, und was macht unser Prinzesschen? Anstatt zu tun, was einer Frau gut zu Gesicht stünde, lungert sie in der Werkstatt herum und tut so, als ginge sie die Hausarbeit nichts an. Dankbarkeit gegenüber den Eltern sieht anders aus, was Wunder auch, wenn man nach Strich und Faden verwöhnt worden ist.«

»Auf die Gefahr, mich zu wiederholen: Luzia weiß, was sich ziemt.«

»Und wenn nicht, bekäme sie es mit mir zu tun«, stieß die Megäre zwischen zusammengepressten Lippen hervor, vergeblich bemüht, ihren Jähzorn zu unterdrücken. Und fügte, an den Weinhändler gewandt, hinzu: »Kein Grund zur Sorge, Meister Häfner, so dumm, um mir in die

Parade zu fahren, wird die störrische Diva nicht sein. Euer Sohn wird es schon richten, meinen Segen hat er jedenfalls dazu. Und wenn ich sie an den Haaren zum Altar schleifen müsste, ich werde sie lehren, was es heißt, sich in Gehorsam zu üben, ein falsches Wort, und ich setze sie persönlich vor die Tür!«

»Was das betrifft, habe ich noch ein Wörtchen mitzureden«, stutzte Riemenschneider den Zankteufel zurecht, zutiefst verärgert, wie der unwirsche Seitenblick bewies. »Noch habe ich hier das Sagen, also halte dich gefälligst zurück.«

»Na schön, du hast es nichts anderes gewollt«, dachte Margaretha nicht daran, sich einschüchtern zu lassen, schnellte in die Höhe und ließ den Blick über die Mienen der Gäste schweifen, darunter auch Jörg, der designierte Nachfolger, gleich mehrere Kollegen aus dem Rat sowie der Schultheiß, der sie anstierte, als habe er noch nie eine Frau gesehen. »Auf ein Wort, verehrte Anwesende, dürfte ich kurz um Ruhe bitten?«

»Gibt es was zu feiern, von dem ich nichts weiß?«, feixte Jörg, das Glas in der Hand, um einen Trinkspruch auszubringen. »Endlich mal was los hier, wurde aber auch Zeit!«

»Kommt drauf an, aus wessen Blickwinkel man es betrachtet«, erwiderte die Gastgeberin kühl, griff nach ihrem Glas und setzte ein Lächeln auf, das einer bösen Fee aus der Sagenwelt zur Ehre gereicht hätte. »Wie dem auch sei: Es gibt gute Nachrichten. Ist es mir doch eine Freude, die Verlobung meiner Stieftochter mit Bartholomäus Häfner zu verkünden, dessen Vater uns die Ehre seines Besuches zuteilwerden ließ. Das Fest findet am morgigen Mittwoch statt, ihr seid alle herzlich eingeladen. Das künftige Brautpaar, es lebe hoch, möge ihm allzeit Glück und eine stattliche Nachkommenschaft beschieden sein!«

13

»Nun sag schon, woher du den Schwerenöter kennst«, trieb Luzia ihre Freundin in die Enge, im Begriff, sich auf den Nachhauseweg zu machen. »Was soll die Geheimniskrämerei, mir kannst du es doch sagen!«

»Dann eben noch mal von vorn«, erwiderte Melusine gedehnt, öffnete die Tür und pausierte, bevor sie weitersprach. »Den jungen Häfner kenne ich zwar nicht persönlich, aber wenn ich zu wählen hätte, ich würde den Wüstling nicht geschenkt nehmen.«

»So weit waren wir schon vor einer Stunde.«

Die Heilerin senkte den Blick. »Stimmt.«

»Mehr hast du mir nicht zu sagen?«

»Gib mir Zeit, über alles nachzudenken. Sobald ich wieder Land sehe, lasse ich von mir hören.« Ein hastiger Atemzug, darauf die Worte: »Du kannst es zwar nicht wissen, aber für mich steht dabei mehr auf dem Spiel, als du denkst. Von dir wollen wir gar nicht reden.«

»Und was ist daran so schlimm, wenn du …«

»Zum Mitschreiben, du hörst von mir«, blockte Melusine ab, nicht gewillt, Luzia in ihre Pläne einzuweihen. Merklich beunruhigt fügte sie hinzu: »Was zu tun ist, will wohl bedacht sein, sonst komme ich vom Regen in die Traufe. Und lande wieder dort, wo ich hergekommen bin. In letzter Zeit habe ich allerhand durchgemacht, von den Schikanen meiner Nachbarn ganz abgesehen. Den Wärtern auf der Festung zu Willen zu sein, ohne dass dir jemand beisteht – die Frau wollte ich sehen, die das verkraftet. Ohne Scherz, eine Audienz beim Leibhaftigen wäre mir lieber gewesen.«

Luzia nickte zustimmend vor sich hin.

Ein Säckchen aus selbstgewobenem Leinen in der Hand, machte Melusine einen Schritt nach vorn. »Hier, das ist für dich. Frisch aus dem Garten der Gottesleugnerin, bei Vollmond gepflückt, wie unter Giftmischerinnen üblich. Man beachte besonders den Hanfsamen, er wird dir noch gute Dienste leisten.«

»Und wozu soll er gut sein?«

»Das erkläre ich dir später, wenn die Blätter sprießen.«

»Wie du meinst«, willigte Luzia ein, einen skeptischen Zug um den Mund, der in ein Lächeln mündete. »Danke für die großzügige Hilfe, was wäre ich ohne sie.«

»Gern geschehen, junge Dame.«

Das Präsent in der Hand, um es unterm Umhang zu verwahren, fügte Luzia hinzu: »Was ich noch sagen wollte: Egal wie du dich entscheidest – auf mich kannst du immer zählen.«

»Immer?«

Die Beschenkte schnaubte gequält. »Auch dann, wenn es hart auf hart kommt. Das wolltest du doch von mir hören, oder?«

»Kann schon sein.« Im Begriff, der Besucherin zum Abschied die Hand zu reichen, hielt Melusine abwartend inne. »Lass mich einen Blick auf deine Hand werfen«, forderte sie Luzia auf. Als diese nicht reagierte, fügte sie ungehalten hinzu: »Jetzt zier dich nicht so, Schwarm aller heiratswilligen Adamsjünger, die Pest war schlimmer.«

Luzia gehorchte.

Die Linke um das Handgelenk der Freundin geschlungen, ließ die Renegatin den Finger über die Lebenslinie gleiten. »Ich weiß, was du jetzt denkst, Kindchen«, prustete sie amüsiert, einen Ausdruck im Gesicht, der demjenigen einer Pythia im Rauschzustand glich. »Alles Hokuspokus, den möchte ich sehen, der dir das abkauft. Stimmt's, oder hab ich recht?«

»Nonsens oder nicht – was ist es, das du mir mitzuteilen gedenkst?«

Kreidebleich im Gesicht, gab die Heilerin ihr Vorhaben auf. »Vergiss es, war nur so eine Idee.«

»Mit anderen Worten, mir stehen turbulente Zeiten ins Haus«, nahm Luzia ihrem Gegenüber die Worte aus dem Mund, atmete tief durch und rüstete zum Aufbruch. »Als ob ich das nicht längst schon wüsste. Ich muss nur an heute Morgen denken, dann wird mir ganz anders.«

»Kommt drauf an, was man unter ›turbulent‹ versteht«, verkündete Melusine knapp, ließ der Besucherin den Vortritt und folgte ihr auf dem Fuße. Wieder im Freien, prallte sie entsetzt zurück. Das Unwetter hatte eine Schneise der Verwüstung hinterlassen, ein Blick auf das heillose Chaos, und der Heilerin krampfte sich das Herz zusammen. Der Schöpfbrunnen kurz vor dem Überlaufen, abgeknickte Äste, auf den Kieswegen verstreute Zweige, so weit der Blick des Betrachters reichte, die Beete samt und sonders unter Wasser, bedeckt mit taubeneigroßen Hagelkörnern, die wie Relikte einer biblischen Plage anmuteten: Keine Spur mehr vom irdischen Elysium, der Paradiesgarten gehörte der Vergangenheit an. »Um ganz ehrlich zu sein, wenn ich mir überlege, was uns beiden bevorsteht, dann bekomme ich es mit der Angst. Apropos: Was hältst du davon, wenn Tigran dich begleitet? Ich will ja nichts sagen, aber es wird bald Nacht.«

»Ich bin von hier, schon vergessen?«

»Dann nimm wenigstens ein Windlicht mit, man weiß ja nie. Eine zierliche junge Frau, gar lieblich anzuschauen, noch dazu ohne Geleit – wer weiß, wozu das führt. Vergiss nicht, Gefahren lauern überall.«

»Jetzt mach aber mal halblang, was du immer gleich hast!«, raunzte Luzia zurück, hob lässig die Hand und tauchte ins hereinbrechende Dämmerlicht ein. »Dann mal bis demnächst, wie abgemacht.«

»Und pass auf dich auf, hörst du?«

Der westliche Horizont, wie gemalt und zum Greifen nah, war ins mattblau schimmernde Licht der Abenddämmerung getaucht, umrahmt von hauchzarten Dunststreifen, die dem Panorama ein weltentrücktes Kolorit verliehen. Von der Mauerkrone im Osten flatterte ein Rabenschwarm auf, umrundete den Hexenturm und ließ sich auf dem Portalbogen des Friedhofs nieder.

Luzia achtete nicht darauf. Ohne die Unheilsboten zu registrieren, raffte sie ihren Mantel, wich einer Katze aus, die auf Beute lauerte, und schlug den Weg zum Konvent der Franziskaner ein, vorbei an heruntergekommenen Lehmhütten, aus deren Rauchabzügen bleigraue Rauchfäden drangen. Nicht genug damit, stieg aus dem Rinnstein ein infernalischer Brodem empor, eine Mixtur aus Tierkot,

Dung und Verwesungsgeruch, der von den Kadavern auf den durchweichten Abfallhaufen stammte.

Keine anheimelnde Gegend, fürwahr. Und ein Grund mehr, den Weg zum Stadtkern fortzusetzen.

Ein Knacken unmittelbar hinter ihr, gedämpft zwar, aber nicht zu überhören.

Von Unbehagen gepackt, wirbelte Luzia herum.

Kein Mensch weit und breit, die mit Schmutzlachen übersäte Gasse wie leer gefegt. Ein Lichtschein, der durch die Ritzen einer Haustür sickerte. Flankiert von geschlossenen Fensterläden, von wo kein Laut ins Freie drang. Dazu Kehricht in rauen Mengen, von Maden bevölkert, die sich daran gütlich taten.

Der Vorhof der Hölle ließ grüßen.

Darum nichts wie weiter, nur noch ein Katzensprung bis nach Hause.

Blieb die Frage, was sie dort erwartete.

Ihr Vater war zwar nicht sonderlich erpicht darauf, doch wie sie ihn kannte, würde er alles auftischen, was Küche und Keller zu bieten hatten. Um sich auszumalen, wer sich unter den Tafelnden befand, musste man keine übersinnlichen Kräfte besitzen. Weggefährten aus dem Stadtrat, Prominente oder solche, die sich dafür hielten, Angehörige des Patriziats, die Gelegenheit beim Schopf packend, um der Gefallsucht zu frönen, die vielköpfige Familie samt einer Hausherrin an der Spitze, der sie am liebsten Schierlingssaft verabreicht hätte, kurz: alles wie gehabt.

Überraschungen der besonderen Art nicht ausgeschlossen.

Aber es half alles nichts. Ihrem Vater und den Geschwistern zuliebe war sie bereit, gute Miene zum bösen Spiel zu machen. In einem Punkt, das stand unverrückbar fest, würde sie jedoch nicht mit sich reden lassen. Ungeachtet der Konsequenzen, die sich daraus ergaben, eine Heirat kam für sie nicht infrage.

Nie und nimmer.

Schon gar nicht, wenn der Zukünftige Häfner hieß.

Ihr Leben mit einem stadtbekannten Lebemann zu verbringen, danach stand ihr nun wirklich nicht der Sinn. Sich vor vollendete Tatsachen stellen zu lassen und eine Ehe einzugehen, die zu einem Desaster wurde, so weit kam es noch.

»Na, wen haben wir denn da, so spät noch unterwegs, *herzeliebez frouwelîn*?«

Aus den Gedanken gerissen, blieb Luzia ruckartig stehen.

Die Gestalt an der Ecke, männlichen Geschlechts und den Fuß auf die Deichsel eines Handkarrens gestützt, rührte sich nicht vom Fleck. Nur in Umrissen zu erkennen, war sie gegen die nahe Wand gelehnt, von der Stimme her zu urteilen in ihrem Alter, der Tonfall von Spott und Häme durchtränkt.

»Lust auf ein bisschen Abwechslung?« Ein Windlicht in der Hand, in dem ein Kerzenstummel vor sich hin blakte, stieß sich die Gestalt von der Hauswand ab, zertrat einen Mistkäfer, der das Pech hatte, ihr über den Weg zu laufen, und schlenderte auf Luzia zu. »Ich merke schon, wir beide kämen gut miteinander aus, ein bisschen Gaudium kann ja wohl nicht schaden, oder? Glaubt mir, danach fühlt man sich wie neugeboren, eine Erfahrung, die ich nicht missen möchte.«

Vom Lichtstrahl geblendet, blieb Luzia unschlüssig stehen. Nahm ihren ganzen Mut zusammen und raunte: »Wenn Ihr jetzt bitte beiseitetreten würdet, ich bin in Eile.«

»Immer gemach, Jungfer, so viel Zeit muss sein«, näselte der Fremde pikiert, die Tonlage ungewöhnlich hoch, wie bei einem Knaben vor dem Stimmbruch. »Wie heißt es doch gleich, je später der Abend, desto erquicklicher der Zeitvertreib, nach Hause zu Muttern könnt Ihr noch früh genug. Ich garantiere Euch, den Tag werdet Ihr so schnell nicht vergessen, nur Mut, ich meine es gut mit Euch. Wie schon Ovid zu sagen pflegte: Wer sich scheut, vom Becher der Liebeswonnen zu kosten, der weiß nicht, was es bedeutet, das Leben zu genießen.«

Also daher wehte der Wind.

Die Männer waren doch alle gleich.

Bis auf wenige Ausnahmen.

»Vinum, mulier et cantus, nur darauf kommt es heutzutage an«, raunte ihr der Unbekannte zu, die Kapuze tief im Gesicht, von wo aus ihr der Geruch von Würzwein entgegenschlug. Nahezu einen Kopf größer, schien er nicht eben kräftig zu sein, auf der Suche nach leichter Beute, wie das Überlegenheitsgehabe bewies. »Also, was ist – eine Offerte wie die meinige kommt so schnell nicht wieder, carpe noctem, Gott Bacchus wird über uns wachen – und Venus natürlich auch!«

»Eure Vertrautheit mit den Olympiern in allen Ehren«, erwiderte Luzia bestimmt, bemüht, ihrer Stimme Festigkeit zu verleihen. »Aber was mich betrifft, ziehe ich die heimischen vier Wände vor. Also wenn Ihr jetzt bitte den Weg freigeben würdet, nach Getändel steht mir nicht der Sinn.«

Die Antwort folgte auf dem Fuße. »Jetzt hör sich mal einer das hochtrabende Gezicke an, warum so spröde, sind wir beide Euch etwa nicht fein genug?«

Luzia erstarrte.

Ein Blick über die Schulter, und ihre Knie wurden weich wie Butter.

Allein gegen zwei Männer, der eine brünftig wie ein Zwölfender und mit einer Kratzwunde auf der Wange, der andere schmierig und verlottert, mit Schweinsbacken und einem Barett auf dem Kopf.

Da hatte sie sich ja was Schönes eingebrockt.

Hätte sie doch bloß auf Melusine gehört. Dann wäre ihr das Dilemma erspart geblieben.

Wie dem auch sei, sie saß in der Falle.

»Verzeiht, ich vergaß«, machte sich der Fremde einen Spaß daraus, Zerstreutheit vorzuschützen, wies mit dem Kinn nach rechts und ergänzte: »Höchste Zeit, Euch meinen Freund vorzustellen, aller guten Dinge sind schließlich drei.«

»Oder vier, je nachdem!«

Gerade eben noch auf der Siegerstraße, zuckte der Wüstling mit der Knabenstimme zusammen, stieß Luzia von sich und machte einen Schritt nach vorn. »Lass ihn los, oder du erlebst dein blaues Wunder«, krächzte er mit sich überschlagendem Ton, riss das Windlicht hoch und leuchtete dem Störenfried ins Gesicht. »Ich zähle jetzt bis drei«, drohte er mit Blick auf den in Schockstarre befindlichen Komplizen, umklammert von einem Paradiesvogel mit schulterlangem Haar, der ihm einen Dolch an die Kehle hielt. »Wenn du dich bis dahin nicht verpisst hast, dann breche ich dir sämtliche …«

»Ich denke nicht dran«, fuhr Wenzel seinem Widersacher über den Mund, verstärkte den Griff, sodass der Zweite im Bunde laut aufjaulte, und lachte dem Kontrahenten ins Gesicht. »Entweder ihr beiden macht euch jetzt vom Acker, oder ich schlitze der Witzfigur den Hals auf. Ich scherze nicht, also überlegt euch genau, was ihr tut!«

14

»Hartnäckig seid Ihr ja, das muss Euch der Neid lassen«, gestand Luzia nach dem Abgang der düpierten Schurken ein, trat näher und sah ihrem Retter ins Gesicht. »Wärt Ihr nicht gewesen, dann ...« Ihr mögliches Schicksal vor Augen, brach sie unvermittelt ab. »Nicht auszudenken, was dann passiert wäre. Was ich damit sagen möchte, ist, ich bin Euch zu großem Dank verpflichtet. Noch mal Glück gehabt, würde ich sagen, das hätte auch anders ausgehen können.«

»Das war ja wohl selbstverständlich, oder?«, wiegelte der Straßenmaler ab und hob das Windlicht auf, das dem Drangsalierer während der Flucht aus der Hand geglitten war. »Funktioniert ja noch, wer hätte das gedacht!«

»Ihr seid mir also gefolgt.«

»Falls das eine Frage gewesen sein soll, die Antwort lautet Ja«, gab Wenzel lächelnd zurück, heilfroh, dass Luzia sein Erröten nicht bemerkte. Was das betraf, kam die Dunkelheit wie gerufen, wenngleich es an der Zeit war, das Weite zu suchen. »Wie es aussieht, hat sich meine Beharrlichkeit ausgezahlt, ich hoffe, Ihr seid mir deswegen nicht gram.«

»Wie könnte ich«, räumte Luzia anerkennend ein, sah sich um, ob jemand in der Nähe war, und fragte: »Um auf die beiden Maulhelden zurückzukommen, seid Ihr ihnen schon mal begegnet?«

»Nicht, dass ich wüsste.«

»Ergo: Die Halunken werden weiter ihr Unwesen treiben, es sei denn, sie geraten an den Falschen. Oder sie laufen uns zufällig über den Weg.«

»Sieht ganz danach aus«, bekräftigte Wenzel zerstreut und hatte es plötzlich eilig, den Weg fortzusetzen. »Ich schlage vor, wir machen uns auf die Socken, die Gegend sieht nicht gerade vertrauenerweckend aus.«

Luzia willigte schweigend ein, die Gliedmaßen schwer wie Blei. Der Tag hatte deutliche Spuren hinterlassen, fürs Erste in Sicherheit, breitete sich eine große Leere in ihr aus. Der Streit mit Margaretha nagte immer noch an ihr, und sie fragte sich, wie der Empfang in der Franziskanergasse ausfallen würde. »Dies ganz gewiss nicht, selbst schuld, wenn man so blauäugig ist wie ich.«

Am inneren Mauerring angelangt, wo die Torwache gerade das Fallgitter herunterließ, atmete Luzia erleichtert auf, einen Blick im Gesicht, den Wenzel nicht recht zu deuten wusste. »So, das wäre geschafft«, stieß sie nach dem Durchqueren der Notpforte hervor, heilfroh, den Fängen der Malefizbuben entronnen zu sein. »Ich weiß gar nicht, wie ich Euch danken kann, Wenzel Lautenschläger.«

»Der Vorname tut es auch«, feixte der Straßenmaler zurück, im Begriff, den Weg zum Kloster fortzusetzen.

In der Ferne läutete eine Glocke die erste Nachtstunde ein, also galt es, sich zu sputen. Von der Stadtwache aufgegriffen und nach dem Woher und Wohin befragt zu werden, das war das Letzte, was er jetzt gebrauchen konnte. Mit Landsmännern wie ihm wurde nicht viel Aufhebens gemacht, der geringste Lapsus, und man konnte sich eine andere Bleibe suchen. »Auf Förmlichkeiten lege ich keinen Wert, das überlasse ich den Blaublütern.« Die Lippen fest aufeinandergepresst, scharrte Wenzel verlegen mit dem Fuß. »Verzeiht die Frage, aber …«

»Ego vos absolvo – wo drückt der Schuh?«

»Es ist zwar nicht meine Art, mit der Tür ins Haus zu fallen«, machte der Paradiesvogel einen neuen Anlauf, kratzte sich hinterm Ohr und wusste nicht, wohin mit seinen Blicken, die zwischen den Spitzen seiner Schnürschuhe hin- und herpendelten. »Wie ist eigentlich Euer Name?«

»Luzia.«

»Und wie weiter?«

»Magdalena.« Luzia lächelte verschmitzt. »Der Vorname tut es auch, da bin ich ganz Eurer Meinung.«

»Frank und frei gesprochen, mit mir wollt Ihr nichts zu tun haben.«

Wie vor den Kopf geschlagen, prallte die junge Frau zurück. »Wie kommt Ihr denn auf die Idee?«

»Einfach so«, gab Wenzel achselzuckend zurück, den Blick auf die blakende Funzel gerichtet, als sei sie es, mit der er Konversation betrieb. »Ich meine, welchen Grund sollte es denn geben, seinen Namen nicht zu nennen, außer vielleicht, man möchte nicht weiter behelligt werden?«

»Das ist nicht der Grund.«

»Da bin ich aber froh«, grollte Wenzel und mied Luzias Blick. »Ihr Maiden aus den besseren Kreisen seid doch alle gleich, da sieht man es mal wieder. Um euch aus der Patsche zu helfen, ist Unsereiner gut genug, aber damit hat es sich dann auch schon. Denn wer gibt sich schon gern mit Rumtreibern ab, noch dazu, wenn sie aus dem letzten Loch pfeifen. Vaganten, Spielleute, Akrobaten, fahrendes Volk, alles Leute, um die man einen Bogen macht. Gut genug, um für Kurzweil zu sorgen, aber wenn, dann bitte für Gottes Lohn, freiwillig ein Stück vom Kuchen abgeben, wer denkt denn an so was! Die da oben und wir da unten, wo du auch hinkommst, es ist immer die gleiche Leier. Höchste Zeit, tabula rasa zu machen, so kann es einfach nicht weitergehen.« Die Augen nur mehr ein Schlitz, schleuderte Wenzel das erloschene Windlicht an die Wand, unterdrückte einen Fluch und redete sich wie ein Bußprediger in Rage. »Nichts gegen Euch, Jungfer, aber findet Ihr nicht auch, dass das Staatsschiff am Sinken ist? Wohin man auch schaut, überall das gleiche Bild: Die Reichen können aus dem Vollen schöpfen, und Leute wie ich, denen im Leben nichts geschenkt wurde, müssen sehen, wie sie über die Runden kommen. Geduldet, aber nicht geliebt, Arbeit verrichtend, für die sich andere zu fein sind, sich von den Brotkrumen nährend, die von der Festtafel fallen.«

»Jetzt übertreibt Ihr aber. So schlimm, wie Ihr tut, ist es auch wieder nicht.«

»Sprach die Prinzessin zum Bettler und drückte ihm eine Kupfermünze in die Hand«, fügte der Straßenmaler verbittert hinzu und lockerte seinen Hemdkragen, um sich Luft zu verschaffen. »Seht Ihr, genau das ist der Punkt. Mit milden Gaben ist es nicht mehr getan. Die Reichen fressen sich einen fetten Wanst an, und dem Volk bleibt nichts übrig, als zu darben – von wegen, die Zeiten sind vorbei! Ich will den Teufel ja nicht an die Wand malen, aber wer sich einbildet, sein Schäfchen im Trockenen zu haben, für den wird es ein böses Erwachen geben. Der Krug geht solange zum Brunnen, bis er bricht, wenn es sein muss, sogar in 1.000 Stücke. Zu verlieren haben wir ohnehin nichts mehr. Friede auf Erden und den Armen ein Wohlgefallen – oder Aufruhr allerorten, die Fürsten haben es in der Hand.«

Kommt mir irgendwie bekannt vor, dachte Luzia bei sich, hütete sich jedoch davor, weiter Öl ins Feuer zu gießen.

Am besten, sie behielt ihre Meinung für sich. Der Heißsporn hatte ihr schließlich aus der Patsche geholfen.

Wenzel war jedoch nicht zu bremsen, gegenüber dem Vormittag kaum wiederzuerkennen, als sei er in die Haut eines Demagogen geschlüpft. »Ihr geht doch mit offenen Augen durch die Welt, oder sehe ich das falsch? Dann wisst Ihr ja, wie es um Eure Mitbürger bestellt ist, von denen ein Großteil am Hungertuch nagt. Wenn acht von zehn Mitbürgern von der Hand in den Mund leben und nicht wissen, wo sie ihr täglich Brot herbekommen sollen, wo bleibt denn da die Gerechtigkeit?«

»Ein hehres Wort. Fragt sich nur, was passiert, wenn es ans Teilen geht.«

»Ihr macht Euch über mich lustig, kann das sein?«

Die Lippen dünn wie ein Strich, setzte Luzia zu einer Erwiderung an. »Um Missverständnissen vorzubeugen, junger Herr: Ich weiß, was hierzulande vor sich geht. Dass vieles im Argen liegt, ist weiß Gott nicht zu übersehen, denn wo sonst kämen all die Bettler her, die ihre Tage damit verbringen, scheel angeguckt zu werden.«

»Na also, dann wären wir uns ja einig.«

»Nicht ganz, fürchte ich.«

»Wäre ja auch zu schön gewesen.«

Die junge Frau verzog das Gesicht. »Euer Standpunkt in allen Ehren, aber …«

»Nur keine falsche Rücksichtnahme, jemanden wie mich wirft so schnell nichts um.«

»Es ist nun mal so, dass ich Gewalt verabscheue«, fuhr Luzia unbeirrt fort, vor dem Portal der Franziskanerkirche angelangt, wo sie innehielt, um Wenzels Blick zu suchen. »Und dass ich es nicht gutheißen kann, wenn Gleiches mit Gleichem vergolten wird.«

Der Blick des Malers verhärtete sich. »Wenn alles Reden nichts nützt, was dann? Ihr glaubt doch nicht ernsthaft, der Bischof würde freiwillig das Feld räumen, frei nach dem Motto: ›Gebt, und so wird euch gegeben.‹ Bitte fühlt Euch dadurch nicht angesprochen, aber wer glaubt, die Blutsauger würden Vernunft annehmen, der lügt sich in die eigene Tasche.« Wenzel atmete schwer. »Wenn es einem Wolf gelingt, in eine Schafherde einzubrechen, dann gibt es für die Bestie kein Halten mehr. Das wisst Ihr so gut wie ich. Erst wenn das letzte Schaf in Stücke gerissen wurde, erst dann wird der Schlächter seiner Wege ziehen – und der Gewohnheit auch in Zukunft treu bleiben.«

»Verstehe ich Euch richtig, Ihr tretet dafür ein, die Privilegierten …«

»Samt und sonders zur Ader zu lassen, durch die Bank, ohne Rücksicht auf Namen oder Geburt«, nahm der Maler dem Gegenüber die Worte aus dem Mund und rückte sein Stirnband aus Hirschleder zurecht, um die schwarz gelockten Strähnen im Zaum zu halten, gefolgt von der düsteren Prophezeiung: »Und zwar nicht zu knapp. Wenn alles Reden nicht hilft, was gäbe es Besseres, als Taten sprechen zu lassen, wozu die Wange hinhalten, wenn es auch anders geht.«

»Indem man zum Schwert greift und sich nimmt, was einem nicht gehört?«

Ein Achselzucken, beredtes Schweigen. »Indem man tut, was getan werden muss. Das trifft es schon eher.«

»Wenn Ihr meint.« Zum Umfallen müde, streckte Luzia ihrem Retter die Hand entgegen. »Aber lasst Euch von mir nicht aufhalten, ich finde den Weg auch allein. Kein Grund zur Sorge, von hier aus ist es nur ein Katzensprung.«

»Wie Ihr meint«, willigte Wenzel widerstrebend ein, griff zu und zog die zerzauste Braue hoch. »Versteh mal einer die …«

Der Schmerz in ihrem Kopf war so stechend, dass Luzia das Satzende nicht mitbekam.

Auf einmal war da wieder dieses Summen, begleitet von Geräuschen, die sie nicht zu deuten wusste. Die Wisperstimme selbst blieb stumm, doch damit war die Gefahr noch nicht gebannt. Kaum war sie sich ihrer Lage bewusst geworden, da brandete auch schon heftiger Schlachtenlärm auf, wie ein Sturmwind, der alles, was sich ihm in den Weg stellte, mit sich fortzureißen drohte. Laute Schreie hallten durch die mondhelle Nacht, begleitet vom Schnauben der Rösser, auf deren Rücken eisenbewehrte Kriegsknechte thronten, Streitkolben, Äxte und Schwerter in der Hand, um den spärlich bewaffneten Gegnern den Garaus zu machen. Das Schlachtfeld war getränkt von Blut, und wer Gegenwehr leistete, wurde niedergemacht. Es war ein ungleicher Kampf, der vor ihrem inneren Auge tobte, die einen hoch zu Ross, sporenklirrend und die Totschläger in der gepanzerten Faust, die andern fast durchweg barfuß, mit klaffenden Wunden, aus denen sich Ströme von

Blut ergossen, in Leinen und zerfetzte Wollkittel gehüllt, das Emblem des Bundschuhs auf der Brust. Die Luft stank nach Blut und Pulverdampf, durchtränkt mit dem Geruch nach Innereien, so stechend, dass einem der Atem versagte. Sturzwogen gleich, rollten ohrenbetäubende Geschützsalven heran, erstickten die Schreie der Sterbenden, die weithin hörbar über die rauchende Wallstatt hallten.

Zwischen Albtraum und Wirklichkeit hin- und hergerissen, verharrte Luzia auf der Stelle, den Arm ausgestreckt, um Lebewohl zu sagen. Ihr Gegenüber indes, den Mund weit aufgerissen und das Gesicht zur schmerzerfüllten Grimasse verzerrt, stand einfach nur da, starrte sie wie eine Erscheinung aus dem Jenseits an.

Mit ausgestrecktem Arm, jedoch ohne Hand.

Den Blick voller Hass und der Gier nach Rache.

Um Jahre gealtert, gegenüber dem Vormittag fast nicht wiederzuerkennen.

»Versteh mal einer die Frauen. Heute so, morgen so, da soll mal jemand klug daraus ...« Jäh verstummt, packte Wenzel Luzia am Arm. »Was ist denn, Jungfer – befindet Ihr Euch nicht wohl?«

Vergebens gehofft.

Die Visionen hatten sie eingeholt.

Mit den Kräften am Ende, rang die Bildschnitzerstochter nach Luft. Einmal mehr war es unerwartet über sie gekommen, zu allem Unglück im Beisein eines Zeugen, mit einer Wucht, wie sie es noch nie erlebt hatte. Einfach alles an ihrem Körper tat ihr weh, der Kopf, die Gliedmaßen, die Ohren, vom Zittern ihrer Hände nicht zu reden.

»Geht schon wieder, alles halb so wild«, hörte sich Luzia wie aus weiter Ferne sagen, die Stimme hohl und gepresst, ein Abbild ihrer gequälten Seele. »Kein Grund, sich den

Kopf darüber zu zerbrechen, nur eine Unpässlichkeit – das vergeht schon wieder.«

»Habt Ihr das öfter?«, gab sich Wenzel mit der Antwort nicht zufrieden und warf ihr einen Blick zu, der an Bruder Damian erinnerte. »Wenn ja, ich kenne da einen Medicus, an den könntet ihr Euch …«

»Ich denke, das wird nicht nötig sein«, würgte Luzia den Redeschwall des Malers ab, bemüht, den Vorfall zu verharmlosen. »Mir geht es wieder gut, macht Euch da mal keine Gedanken.«

»Wenn Ihr das sagt, wird es ja wohl stimmen.« Die Skepsis in Wenzels Stimme war nicht zu überhören. »Wie dem auch sei, ich werde Euch jetzt nach Hause bringen, in dem Zustand kommt Ihr keinen Steinwurf weit.«

»Das werdet Ihr nicht, untersteht Euch, Wenzel Lautenschläger«, stellte Luzia unmissverständlich klar, den Zeigefinger drohend in die Höhe gereckt. »Und versucht gar nicht erst, mir zu folgen, sonst sind wir geschiedene Leute.«

»Und wann sehen wir uns wieder?«

»Ich gäbe etwas dafür, wenn ich es wüsste«, war die Davoneilende bemüht, den Hitzkopf nicht vor den Kopf zu stoßen, drehte sich auf dem Absatz um und gestand: »Was aus mir wird, liegt nicht in meiner Hand.« Nur um mit Nachdruck hinzuzufügen: »*Noch nicht.* Aber was nicht ist, kann ja noch werden. Solange ich atme, hoffe ich.«

»Cicero.«

»Ich muss gestehen, Ihr überrascht mich immer wieder«, konterte Luzia amüsiert, nur noch in Umrissen zu erkennen, als sie weiterzog. »Auf bald, und passt auf Euch auf!«

15

»Läuft ja wie geschmiert, was will man mehr«, flüsterte von Stahleck zufrieden vor sich hin, die Ellbogen auf die Lehne seines Polstersessels gestützt, an dessen Fußende sich ein Paravent aus Schnitzwerk erhob. »Der Aufwiegler, mit dem die Verdächtige unterwegs war, wie lautet sein Name?«

»Wenzel«, ließ sich der Zuträger hinter dem Wandschirm aus Sandelholz vernehmen, nur einer von zahlreichen Ohrenbläsern, die im Sold des bischöflichen Geheimsekretärs standen. »Wenzel Lautenschläger.«

»Und wie bist du den beiden auf die Spur gekommen?«

»Also, das war so«, holte der Zuträger zu einer langatmigen Erklärung aus, spürbar bemüht, sich selbst in ein vorteilhaftes Licht zu rücken. »Wie von Euch befohlen habe ich unweit von Riemenschneiders Wohnstatt Position bezogen und mir notiert, welche Personen dort ein und aus gingen. Möchtet Ihr die Liste sehen?«

»Nicht nötig, dafür ist nachher noch Zeit.«

»Im Übrigen hat er heute Geburtstag, wusstet Ihr das?«

»Was soll das werden, ein Symposium in Familienkunde?«, erwiderte der Domprobst gereizt, nicht in der Stimmung, sich mit Details zu befassen. »Weiter im Text, es geht bereits auf Mitternacht zu.«

»Falls Euch nach Schlaf gelüstet, von mir aus können wir auch morgen früh weiter...«

»Kommt überhaupt nicht infrage«, erwiderte von Stahleck mit schneidender Stimme, die Stabmaske wie stets in Reichweite, um sich vor unerwünschten Blicken zu schützen. »Die Angelegenheit ist dringend, zur Ruhe begeben können wir uns noch früh genug. Apropos Ruhe: Du redest, wenn du gefragt wirst, verstanden?«

»Vollkommen, Exzellenz«, wimmerte der Informant, im Geiste bereits mit einer Schlinge um den Hals, so sehr saß ihm die Angst im Nacken. »Euer Wunsch ist mir Befehl.«

»Guter Mann.« Der Domprobst lächelte blasiert. »Um auf meine Frage von vorhin zu rekurrieren, wie bist du dem Duo auf die Spur gekommen?«

»Per Zufall, um ganz ehrlich zu sein«, ließ der Beschatter wahrheitsgetreu verlauten, bemüht, dem Unmut seines Herrn die Spitze zu nehmen. »Um mir die Beine zu vertreten, beschloss ich, mich dort umzusehen, auf gut Glück zunächst, doch am Ende mit durchschlagendem Erfolg.«

»Wenn nur alle so wären wie du, dann hätte ich keine schlaflosen Nächte mehr. Und der Bischof auch nicht.« Der Secretarius schnitt eine Grimasse. »Und was geschah dann?«

»Ich drehe mich gerade um, da höre ich auf einmal Schritte, aus der Sander Vorstadt kommend, genau hinter meinem Rücken. Der Stimmlage nach zu urteilen ein Mann Ende 20, in Begleitung einer jungen Frau, bei der es sich um die Tochter des Bildschnitzers handelte.«

»Irrtum ausgeschlossen?«

»Zur Gänze!«, bekräftigte der Schnüffler vehement, noch in jungen Jahren, wie den Unterlagen aus dem Archiv zu entnehmen war. »Die Zielobjekte nannten sich beim Vornamen, wie lange sie sich schon kennen, bedarf der Klärung.«

»Der Begleiter der jungen Frau, was wissen wir über ihn?«

»So gut wie nichts, fürchte ich.«

»Höchste Zeit, dass sich das ändert«, trieb von Stahleck den Mittelsmann zur Eile an, verlagerte das Gewicht nach vorn und drängte: »Ich muss wissen, mit wem wir es zu tun haben, nichts schädlicher, als die Dinge schleifen zu lassen.«

Der junge Mann gab keine Antwort.

»Riemenschneiders Tochter betreffend, was konntet Ihr über sie in Erfahrung bringen?«

Raschelndes Papier, zwanghaftes Räuspern, befreites Aufatmen, das in einen Seufzer mündete. »Wie aus verlässlicher Quelle verlautet, ist mit der jungen Dame nicht gut Kirschen …«

»Die Quelle, von der du sprichst, um wen handelt es sich dabei?«, ließ der Domprobst den Informanten nicht ausreden, nippte an seinem Trinkbecher, um den Gaumen zu befeuchten, und stieß ein unwirsches Hüsteln aus. »Bei so etwas ist unbedingte Vorsicht geboten, jemandem wie dir muss ich das nicht sagen.«

»Um die Köchin«, setzte der Zuträger den Domprobst ins Bild, im Stillen darauf hoffend, ein Lob einzuheimsen.

Eine Hoffnung, die jäh zunichtegemacht wurde.

Von Stahleck erwiderte kühl: »Eine verlässliche Person, wie ich hoffe?«

»Zweifellos.«

»Und was spricht die Schnüffelnase so?«

»Wie es aussieht, hängt bei Riemenschneiders der Haussegen schief.«

»Wie darf ich das verstehen?«

»Der Grund dafür ist: Besagte Tochter, dem Vernehmen nach an Kindes statt angenommen, wurde auf Betreiben ihrer Stiefmutter dazu auserkoren, in den Stand der Ehe zu treten.«

Von Stahleck erstarrte.

Ein Nebenbuhler.

Damit hatte er nicht gerechnet.

»Und mit wem?«

Ein tiefer Atemzug, Vorbote schlechter Kunde.

Man kannte das ja.

»Mit Bartholomäus Häfner, dessen Vater Euch sicherlich bekannt sein dürfte.«

Ins Mark getroffen, ballte der Geheimsekretär die Faust. Und fügte, um Nonchalance bemüht, hinzu: »Eine vorteilhafte Partie, das muss man dem Kuppelweib lassen.«

»Die mit der Braut auf Kriegsfuß steht, wie meine Quelle zu berichten wusste. Scheint so, als hätten sich die Handsalben gelohnt.«

»In Höhe von?«

»Zehn Gulden – für den Anfang.«

»Denen weitere 20 folgen werden«, beschied von Stahleck den Informanten, zwang sich zur Ruhe und fügte mit Herrscherduktus hinzu: »Hauptsache, ich bleibe auf dem Laufenden. Wir dürfen uns jetzt keine Blöße geben, also Augen auf und Ohren gespitzt. Die Kirche steht mit dem Rücken zur Wand, je mehr du über die Sippschaft in Erfahrung bringst, desto eher wird es uns gelingen, ihr das Handwerk zu legen. Und darum ans Werk, solange noch Zeit ist, der Kasus duldet keinen Aufschub.«

»Zu Befehl, Herr.«

»Und was diesen Wenzel betrifft, ich möchte über alles auf dem Laufenden sein. Will heißen, um etwas gegen ihn in der Hand zu haben, sind wir auf Fakten angewiesen. Die Mühe, seine Vergangenheit zu durchforsten, wird dir somit nicht erspart bleiben. Name, Herkunft, Profession, Bekanntenkreis, politische Ansichten – alles wie gehabt.«

»Wird erledigt.«

»Aber geschwind, tempus fugit«, fügte von Stahleck mit Nachdruck hinzu, wies den Zuträger an, sich zu entfernen und trat ans Fenster seines Domizils, von wo aus sich der Blick auf den Domfriedhof eröffnete. Die Gräber übten eine magische Wirkung auf ihn aus, und wie er so dastand, die Stabmaske vor dem schrundigen Gesicht, loderte unbändiger Hass in ihm empor. Irgendwann in nicht allzu ferner Zeit würden seine Widersacher dafür büßen, dass sie es gewagt hatten, ihm zu trotzen. »Denn siehe«, murmelte er wie in Trance vor sich hin, von Rachefantasien übermannt, die ihn in einen Zustand wachsender Euphorie versetzten, »da wird sein ein Heulen und Zähneklappern, wenn ihr sehen werdet Abraham und Isaak und Jakob und alle Propheten im Reich Gottes, euch aber hinausgestoßen.« Und weiter: »Denn ob sie gleich fasten, so will ich doch ihr Flehen nicht hören. Und ob sie Brandopfer und Speisopfer bringen, so werden sie keine Gnade finden, sondern ich will sie austilgen mit Schwert, Hunger und Pestilenz.«

Requiescant in pace.

Die Abtrünnigen hatten es nicht anders verdient.

Dazu bestimmt, vom Angesicht der Erde getilgt zu werden.

»Häfner und Riemenschneider Seite an Seite, wahrhaftig keine guten Nachrichten«, murmelte der Domprobst mit verbissenem Blick, zog die Vorhänge zu und begab sich zu seinem Betschemel, um den Tag zu beschließen.

»Und wenn noch so viele Ratten aus den Löchern krie-chen, um die Heilige Mutter Kirche mit Unrat zu besu-deln, sie werden wieder dort landen, wo sie hergekommen sind. So wahr mein Name von Stahleck ist.«

Sprach's und ließ sich nieder, um sein Nachtgebet zu verrichten.

16

»Ach, hier steckst du!«, entfuhr es Meister Til, als er die Werkstatt betrat. »Ich dachte schon, du hättest dich ...«

»Aus dem Staub gemacht?«, vollendete Luzia harsch, den Blick auf die unvollendete Figurengruppe gerichtet, die auf der mit Holzschnipseln übersäten Werkbank stand. Selbst jetzt, mehr als eine Stunde nach dem Vorfall, saß ihr der Schreck noch in sämtlichen Knochen. Von Män-nern taxiert oder mit Zweideutigkeiten bedacht zu werden, daran hatte sie sich längst gewöhnt. Dass ihr jedoch auf-gelauert wurde, weil man sie als Freiwild betrachtete, das stellte alles Bisherige in den Schatten. Wäre Wenzel nicht gewesen, der sie vor dem Schlimmsten bewahrte, der Spuk hätte ein böses Ende genommen.

Und überhaupt, der Dienstag nach Ostern hatte es in sich gehabt. Zuerst das imaginäre Verhör, das darin gipfelte, dass die Tortur zur Anwendung kam. Pure Einbildung zwar, jedoch schlimmer als der schaurigste Albtraum. Im Anschluss dann das Gezänk auf dem Judenplatz, bei dem die Streithähne kurz davor waren, handgreiflich zu werden. Allein Lutz war es zu verdanken gewesen, dass kein Blut floss, ein Wink des Schicksals, wie ihr erst jetzt bewusst wurde.

Das Schlimmste sollte jedoch noch kommen. Völlig unerwartet, wie der Blitz aus heiterem Himmel. Hatte sie jedoch einen Blick in die Zukunft geworfen, der jeden Albtraum, gleich welcher Art, in den Schatten stellte.

Überall Tote, so weit das Auge reichte. Erdrosselt, erdolcht, geviertelt, zu Tode getrampelt, in Stücke gehackt, mit dem Streitkolben traktiert, bis der Schädel zerplatzte, von den Kanonen zerfetzt, die von den Handlangern der Fürsten in Position gebracht worden waren. Vom Pulverdampf umweht, der sich wie ein Bahrtuch auf die blutgetränkte Wallstatt senkte.

Und dazwischen Wenzel, dem die rechte Hand fehlte.

Die Angst war wieder da, hatte wie ein Dieb von ihrer Seele Besitz ergriffen. Und wenn sie tatsächlich den Verstand verlor, was dann? Die Vorboten des Wahnsinns waren bereits im Anmarsch, nicht mehr lange, und auch sie würde in einer fensterlosen Zelle landen.

In Ketten gelegt, um ein Dasein zu fristen, das eines Menschen unwürdig war. Tagaus, tagein, ohne Hoffnung, je wieder das Licht der Sonne zu erblicken.

Mach dich bereit, Luzia. Das Narrenhaus ruft.

»Was du gleich wieder denkst«, brach der Meister das bedrückende Schweigen, stellte seine Kerze ab und entledigte sich seiner Schaube, die er achtlos auf den Schragentisch an der Längswand warf. Das Gesicht von klaffenden Furchen durchzogen, fügte er hinzu: »Damit hier kein falscher Eindruck entsteht: Ich nahm an, du hättest dich zur Ruhe begeben.«

»Ich fürchte, dazu fehlt es mir an Gelassenheit.«

»Da geht es dir genauso wie mir«, gab der Hausherr postwendend zurück, nahm sein Barett ab und ließ sich nieder. »Setz dich zu mir, mein Kind, ich habe mit dir zu reden«, lud er Luzia ein, beim Betrachten des Artefakts wie neu geboren, ein Phänomen, das Luzia schon häufig beobachtet hatte. »Große Ereignisse werfen ihre Schatten voraus, wie das Sprichwort sagt. Wenn wir gerade dabei sind, Kollege Häfner hat nach dir gefragt.«

»Wie taktvoll von ihm.«

Riemenschneider konterte: »Du hättest dich ruhig mal oben blicken lassen können – mir zuliebe. Verständlich, wenn du dich dagegen sträubst, gute Miene zu machen, aber wenn du ihn vor den Kopf stößt, bleibt es auch an mir hängen. Denkst du vielleicht, mir stand der Sinn danach, eine Vernunftehe einzugehen? Nimm dies als Antwort: Wäre ich davor zurückgeschreckt, ich hätte meine Profession an den Nagel hängen können. Die Welt ist nun mal so, wie sie ist, und das bedeutet: Wenn es ein Fremdling wie ich zu etwas bringen wollte, dann durfte er sich nicht zu fein sein, eine Witwe mit drei unmündigen Söhnen zu freien. Auch dann nicht, wenn sie wesentlich älter war. Nur so war ich imstande, zwei Fliegen mit der gleichen Klappe zu schlagen, nämlich indem ich Meister und Inhaber einer renommierten Werkstatt und zum andern Bürger dieser Stadt wurde, mit allen dazugehörigen Rechten. Bevor du mich fragst, mein Kind: Anna und ich kamen gut miteinander zurecht, und weißt du auch, warum? Weil jeder den anderen respektiert hat, und nur darauf kommt es an.«

»Respekt ist nicht alles, Vater.«

Das für ihn typische Verlegenheitslächeln im Gesicht, neigte der Meister das schüttere Haupt. »Wohl gesprochen, mein Kind. Das ist er ganz gewiss nicht. Mit Liebe allein, so unverzichtbar sie auch sein mag, ist es aber nicht getan. Hier sitzt einer neben dir, der es wissen muss, vier Ehen hinterlassen ihre Spuren. Was ich damit sagen möchte, ist: Liebe vergeht, und zwar schneller, als ihre Apologeten behaupten. Umso wichtiger, dass man einander mit Respekt begegnet, denn nur so ist es möglich, in Harmonie zu leben.«

»Und was, wenn der Zustand nicht von Dauer ist?«

»Dann ist guter Rat teuer«, erwiderte Riemenschneider bedrückt, einen wissenden Ausdruck im Gesicht. »Doch genug davon, Disputation beendet. Du bist noch jung, mein Kind, ich bin mir sicher, irgendwann wirst du mich verstehen.«

»Ihr erlaubt, wenn ich Euch eine Frage stelle?«

Der Blick des Meisters sprach Bände, drang ihr wie ein Pfeil bis ins Herz, erriet ihre geheimsten Gedanken. »Was deine Stiefmutter betrifft, hielte ich es für angebracht, das Thema nicht weiter zu vertiefen. Kindern steht es nicht zu, das Verhalten ihrer Eltern zu hinterfragen – oder gar zu kritisieren. Wer seine Eltern tadelt, versündigt sich an Gott. Selbst dann, wenn es triftige Gründe dafür gibt.«

Darauf Luzia, mit Rücksicht auf den Jubilar: »Ich wollte Euch nicht kränken, Vater. Das wisst Ihr genau.«

Der Meister deutete ein Nicken an. »Um aufs Thema von vorhin zurückzukommen«, wich er einer Antwort aus, entfernte eine Staubfaser von seinem Wams und vollendete: »Ich weiß genau, wie schwer es dir fällt, über deinen Schatten zu springen. Denn wer lässt sich schon gern vor vollendete Tatsachen stellen, insofern kann ich dir das nachfühlen.«

Luzia blickte fragend auf.

»Doch damit ist das Problem nicht gelöst«, spann Riemenschneider den Gedanken fort, hantierte umständlich an seinem Schnitzmesser herum und tat sich schwer, die richtigen Worte zu finden. »Will heißen, wir müssen zu einer Entscheidung kommen, sie vor uns herzuschieben wäre von Übel.«

Luzia nickte stumm.

»Eines sollte ich vielleicht dazusagen: Margaretha hält es für angebracht, die Verlobung auf den morgigen Mittwoch zu legen.«

»Die im Kreis der Festgäste bekannt gegeben wurde, trotz Abwesenheit der Braut?«

»So ist es.«

Luzia lachte verbittert auf. »So viel zum Thema Respekt. Apropos Entscheidung, wie steht Ihr eigentlich dazu?«

»Die Frage ist falsch gestellt.«

»Und wie sollte sie Eurer Meinung nach lauten?«

Der Körper des Meisters straffte sich. »Du missverstehst mich, mein Kind. Was ich davon halte, wenn du in den Stand der Ehe trittst, ist nicht von Belang. Bei einer Heirat geht es immer auch um das Wohl der Familie, will heißen: Um ihre Existenz nicht zu gefährden, haben die Interessen des Einzelnen hintanzustehen, so will es die Tradition. Es mag zwar herzlos anmuten, aber worauf es bei Familien wie der unsrigen wirklich ankommt, das ist …«

»Die Notwendigkeit, einem Netzwerk anzugehören?«

»In meinen Ohren klingt das zwar ein wenig hart, aber im Grunde trifft es den Nagel auf den Kopf.« Der Meister setzte ein mildes Lächeln auf, und je länger Luzia ihn musterte, desto älter kam er ihr vor. »Geld riecht nicht, mein Kind.«

»Aber es hat den Vorteil, seinem Besitzer Reputation zu verschaffen«, fügte Luzia provozierend hinzu. Und scheute sich nicht, eins draufzusetzen: »Und Macht über andere.«

»Als ob ich jemals darauf aus gewesen wäre!«

»Du ganz bestimmt nicht.«

»Sondern wer?«

»Eine letzte Frage, mit der Bitte, sie mir nicht zu verübeln.«

»Lass hören.«

»Was aber, wenn Häfner vorhat, dich vor seinen Karren zu spannen? Es heißt, das Tischtuch zwischen ihm und dem Bischof sei zerrissen. Freunde in der Not sind mit Geld nicht zu bezahlen, das wissen wir beide.«

»So, sind sie das.« Den Blick auf die unvollendete Pietà gerichtet, blieb der Meister die Antwort schuldig. Die Muttergottes auf dem Gnadenstuhl, den sein Leben aushauchenden Heiland in den Armen, dessen Blick auf dem imaginären Betrachter ruhte: Einmal mehr war er im Begriff, sich selbst zu übertreffen. »Und, was meinst du dazu?«

»Mit Verlaub, kommt die Frage nicht ein wenig früh?«, erwiderte Luzia forsch, darauf bedacht, das Thema Politik auf sich beruhen zu lassen.

»Dann formuliere ich sie eben anders«, ging der Bildschnitzer bereitwillig darauf ein. »Einmal angenommen, die Pietà wäre fertig, welche Farben würdest du bei der Kolorierung verwenden?«

»Schwer zu sagen.«

»Lass dir Zeit. Auch Rom wurde nicht an einem Tag erbaut.«

»Hm.« Den Zeigefinger auf die Unterlippe gelegt, dachte Luzia angestrengt nach. »Also, wenn ich mir die Gottesmutter so anschaue, dann fiele es mir schwer, die Farbe Blau aufzutragen. Maria im himmelblauen Gewand, noch dazu in einer Sterbeszene, ich weiß nicht so recht.«

»Macht Sinn.«

»Rot würde viel besser dazu passen, eine Anspielung auf die Wundmale, wenn man so will.«

Zustimmendes Nicken, anhaltende Stille.

Zu einem Entschluss gelangt, deutete Luzia auf die Palette, die samt Pinsel auf dem Werktisch aus Rotbuche lag. »Rotes Gewand, grauer Schleier, der Umhang nahezu vollständig in Gold getaucht, ein Verweis auf die Gnadensonne Gottes, gegen die der Tod nichts ausrichten kann. Blau nur an der Innenseite, das bitte ich mir aus. Die Dornenkrone in Schwarz, parallel zum Bart. Die Gesichter schmerzerfüllt, die Muttergottes mit verweinten Augen, der Verzweiflung nah. Das ist die Lösung!«

»Du hast Talent, aber das ist ja nichts Neues.«

»Was meint Ihr, Vater, wann wird die Pietà vollendet sein?«

Daraufhin Riemenschneider: »Gut Ding will Weile haben, warten wir es einfach ab.«

»Und was wird aus mir?«, gab Luzia behutsam zurück, das Knarren der Tür und die katzenartigen Schritte einer Person im Ohr, die ihr nur allzu bekannt vorkamen. »Ihr sagtet doch, wir müssten zu einer Entscheidung gelangen.«

»Dumm nur, dass sie längst gefallen ist«, hallte das Organ von Margaretha durch den Raum, voller Bosheit

und kaltherziger denn je zuvor. »Kurzum: Dein Zukünfti-
ger, der Brautvater und du, ihr werdet euch morgen Abend
hier treffen, in meinem und deines Vaters Beisein, wir wissen ja schließlich, was sich gehört!«

MITTWOCH, 19. APRIL

17

»Die Visionen, über die wir gerade sprachen: Wie oft bist du ihrer teilhaftig geworden?«

»Etwa ein Dutzend Mal«, rückte Luzia mit der Wahrheit heraus, von Bruder Damian durch das vergitterte Orificium getrennt, das sich an der Längsseite des weiß getünchten Parlatoriums befand. Durch den Fensterschlitz neben der Tür drang ein Luftzug in den Raum, vermengt mit dem Odem des Frühlings, dessen Hauch in die entlegensten Winkel drang. »Wobei, es wurde von Mal zu Mal schlimmer, vor allem in den letzten zwei Tagen.«

»Und seit wann wirst du davon heimgesucht?«, hakte Bruder Damian stirnrunzelnd nach, todmüde und mit schweren Lidern, nur mehr ein Schatten früherer Tage. Merklich verdrossen, legte der Pater eine Sprechpause ein, für Luzia ein Grund mehr, in Habachtstellung zu gehen. »Doch bestimmt nicht von jetzt auf gleich, oder?«

»Nein.«

»Sondern?«

»Seit ich 15 bin.«

»Und warum weiß ich dann nichts davon?«, behielt der Praeses den vorwurfsvollen Duktus bei, fing ihren Blick auf und bilanzierte schroff: »Wir kennen uns doch schon so lange, warum dann die Heimlichtuerei?« Nur um die Frage gleich selbst zu beantworten: »Aber so ist es nun mal auf dieser Welt: Wenn du dir einbildest, deiner Sache sicher zu sein, folgt die Enttäuschung auf dem Fuße.«

»Auch wenn es nicht so aussieht, Vater, mit Euch hatte das nichts zu tun!«, beteuerte Luzia vehement, bemüht, dem Starrblick ihres Mentors standzuhalten. »Schon gut, ich hätte Euch ins Vertrauen ziehen sollen. Hinterher ist man eben immer schlauer, ich kann nur hoffen, Ihr werdet mir verzeihen.«

Der Franziskaner atmete hörbar aus. Und schob verunsichert hinterher: »Und wie soll es jetzt weitergehen?«

»Ich weiß es nicht.« Die Schritte der Minderen Brüder im Ohr, die sich auf den Weg in die angrenzende Klosterkirche begaben, zuckte Luzia ratlos mit den Achseln. Dann fasste sie sich ein Herz und fragte: »Ihr haltet mich doch nicht etwa für verrückt, oder?«

»Keineswegs, mein Kind.«

»Und wie kommt es dann, dass ich …« Die Hand vorm Gesicht, hielt Luzia abwartend inne. Und murmelte zerknirscht vor sich hin: »Warum gerade ich, das verstehe, wer will.«

Bruder Damian ließ sich mit der Antwort Zeit. »Hier geht es weniger um das Warum, sondern um das Wie«, konstatierte er in zögerlicher Manier, einen Hauch von aufkeimender Panik im Ton, der die Rat Suchende unvermittelt aufhorchen ließ. »Du erlaubst, wenn ich dir ein paar Fragen stelle? Nur, um mir ein Bild von der Lage zu verschaffen, nicht etwa, um dich zu examinieren.«

Luzia willigte schweigend ein.

»Die Visionen betreffend, von denen du sprachst«, tastete sich der Praeses behutsam voran, rückte näher und fragte in gedämpftem Ton: »Wer kam darin vor?«

»Leute wie du und ich, würde ich sagen.«

»Waren Heilige darunter?«

»Nicht, das ich wüsste.«

»Oder Propheten und Figuren aus der Bibel?«

»Ich sagte es doch bereits!«, begehrte Luzia auf, wie aus dem Nichts von rasenden Kopfschmerzen geplagt, so peinigend, dass sie die Augen schloss. »Es waren ganz gewöhnliche Leute, keine Heiligen oder Engel des Herrn.«

»Und die Dreifaltigkeit, was war mit ihr?«

Luzia stieß ein ungehaltenes Schnauben aus. »Sollte sie sich wider Erwarten die Ehre geben, Ihr werdet der Erste sein, der davon erfährt.«

»Tut mir leid, aber ich kann darüber nicht lachen.«

»Entschuldigung, Vater, war nicht so gemeint.«

»Es sei dir verziehen.« Der Greis atmete seufzend aus. »So, nachdem das geklärt ist, noch ein paar Worte zu Johanna von Orléans, die mit 13 ihre ersten Visionen hatte. Ich nehme an, du bist über ihr Schicksal im Bilde?«

»Durchaus, Vater.«

»Dann weißt du ja auch, dass die Heilige Katharina die Erste war, deren Stimme sie vernahm. Gefolgt von denjenigen des Erzengels Michael und der Heiligen Margareta. Der Grund, weshalb ich das Thema zur Sprache bringe, ist folgender: Per se ist es kein Verbrechen, wenn man Visionen hat, die Frage ist nur, wie damit umgehen.«

»Mit anderen Worten, hätte sie sich nicht angemaßt, die Visionen in ihrem Sinn zu deuten und sich als Sachwalterin der himmlischen Mächte zu bezeichnen, die dazu auserkoren wurde, Frankreich von den Engländern zu befreien, dann wäre ihr der Scheiterhaufen erspart geblieben.«

»Mit hoher Wahrscheinlichkeit.«

»Und was lernen wir daraus?«, stieß Luzia grollend hervor, nicht in der Stimmung, eine theologische Diskussion vom Zaun zu brechen. »Leg dich bloß nicht mit den Kirchenoberen an, auch wenn du dir einbildest, im Recht zu sein.«

»Mäßige dich, Luzia, die Wände könnten Ohren haben.«

Der Appell blieb ohne Wirkung. »Wisst Ihr, was ich glaube, Vater?«, hatte Luzia große Mühe, die Fassung zu bewahren, drauf und dran, es sich mit dem Praeses zu verscherzen. »Damals wie heute können die Männer es nicht ertragen, wenn eine Frau ihnen sagt, was Sache ist. Was war denn so schlimm daran, den Versuch zu wagen, die Engländer aus Frankreich hinauszuwerfen? Ich meine, es war doch schließlich nicht ihr Land, oder? Und wenn wir gerade dabei sind: Wer gibt dem Hochklerus eigentlich das Recht, uns vorzuschreiben, was wir zu denken haben? Und was den Inquisitionsprozess betrifft, der gegen Jeanne geführt wurde, wäre das Spektakel nicht so widerwärtig gewesen, dann bliebe einem nichts übrig, als sich darüber lustig zu machen. Verurteilt wegen ihres Aberglaubens, gefährlicher Irrlehren und Hochverrats gegen die von Gott eingesetzte Majestät, dass ich nicht lache. Wie viele Anklagepunkte gab es doch gleich, 50, 60 oder noch mehr?«

»72. Anwendung des Feenzaubers, Gebrauch der Alraune zu medizinischen Zwecken, Häresie, Anbetung von Dämonen und Mord an den englischen Invasoren mit eingeschlossen.«

»Und das alles nur, weil sie es gewagt hatte, ihren Verstand zu gebrauchen, ich fasse es nicht. Davon abgesehen, im Grunde ist es doch immer noch so, obwohl fast 100 Jahre ins Land gegangen sind. Hätte Luther nicht so gute Verbindungen gehabt, wer weiß, ob nicht auch er auf dem Scheiterhaufen gelandet und seine Asche in den nächstbesten Fluss gekippt worden wäre. Apropos: Es ist zwar schon etwas länger her, seit der Pfeifer auf dem Schottenanger den Flammentod starb, aber eben nicht lange genug, um die Parallelen zum Jetzt zu ignorieren. Fazit: Um ihre Haut zu retten, ist der Kamarilla auf dem Marienberg jedes Mittel recht, heute wie vor 50 Jahren.«

»Lass das bloß niemanden hören, sonst verbringst du dein Leben hinter Gittern.«

»Na und? Einer muss doch mal damit anfangen, den Ornatträgern die Leviten zu lesen, wenn nicht jetzt, wann denn sonst?«

»Überleg dir genau, was du tust, mehr möchte ich dazu nicht sagen.«

»Keine Sorge, mir wird schon etwas Gescheites einfallen«, schaltete die junge Frau auf stur, verschränkte die Arme vor der Brust und deklarierte barsch: »Ich weiß selbst, was mir guttut – und was die Gefahr birgt, mich auf Abwege zu bringen.«

Der Franziskaner lächelte betrübt. »Ich will dir nur helfen, Luzia. Sieh das doch endlich ein.«

»Das hört sich ja so an, als …«

»Du bist weder krank noch von Sinnen, mein Kind«, nahm Damian die Pointe vorweg, unternahm einen Rundblick, als fürchte er, belauscht zu werden, und reckte Luzia den Kopf entgegen. »Klar ist: Heilige, die Erscheinungen hatten, die gibt es wie Sand am Meer, man denke nur an Hildegard von Bingen, deren Visionen religiös begründet waren. In einer Niederschrift heißt es dazu: ›Also sprach ich und schrieb diese Dinge nieder, nicht etwa meiner Fantasie oder einer Person gehorchend, sondern Gott allein, ganz so, wie es die Eingebung vorschrieb. Und siehe, ich vernahm eine Stimme, die da sprach: *Nimm die Feder zur Hand und notiere, was dir offenbart wurde!*‹«

»Und was hat das mit mir zu tun?«

»Eine Menge«, wich der Guardian einer Antwort aus, spähte über die Schulter und fragte rundheraus: »Die Erscheinungen der letzten beiden Tage, worum drehte es sich dabei?«

»Muss das sein?«

Der Guardian blieb hart. »Ich mute dir eine Menge zu, dessen bin ich mir bewusst. Und ich kann mir vorstellen, was in jemandem vorgeht, der nicht weiß, ob er sich bei klarem Verstand befindet. Was dich betrifft, besteht jedoch kein Grund zur Sorge, insofern kann ich dich beruhigen.«

»Ich weiß nicht so recht.«

Der Pater hörte über den Einwand hinweg. »Begreif doch endlich: Du musst über deinen Schatten springen, ob du willst oder nicht. Du wirst sehen, je größer die Bereitschaft, dich mir anzuvertrauen, desto geringer die Bürde, die auf deinen Schultern ruht.«

»Nichts lieber als das«, fiel es Luzia schwer, einen Anfang zu machen. Nicht lange jedoch, und die Worte sprudelten nur so aus ihr hervor, zur Erleichterung von Bruder Damian, der den Bericht mit angehaltenem Atem verfolgte. »So, das wär's, jetzt wisst Ihr Bescheid.«

»Und, wie fühlst du dich?«

»Erheblich besser«, gestand Luzia ein, noch atemlos von der Anstrengung, die der Blick in ihr Seelenleben nach sich zog. »Und der Experte vom Ordo Fratrum Minorum, was meint der dazu?«

»Dass du eine Frau bist, die über eine seltene Gabe verfügt.«

»Die worin besteht?«

Ein abermaliger Blick über die Schulter, als stünde er im Begriff, eine Verschwörung anzuzetteln.

Darauf Damian in gedämpftem Ton: »Eines musst du mir versprechen, mein Kind, und zwar hoch und heilig.«

»Und das wäre?«

»Worüber wir gerade gesprochen haben, kein Mensch darf je davon erfahren.«

»Mir wird kein Wort über die Lippen kommen, seid unbesorgt«, stellte Luzia klar.

Der Praeses atmete geräuschvoll aus, einen Blick im Gesicht, der ihr unbehaglich war.

»Warum schaut Ihr mich so an, wäre da noch was, das ich wissen sollte?«

Bruder Damian schüttelte den Kopf.

»Die Gabe, von der Ihr spracht, was ist das Besondere daran?«

»Du kennst doch das Orakel von Delphi, oder?«, setzte der Guardian zu einer Erwiderung an, den Blick auf die Wand hinter Luzia gerichtet, an der ein Bildnis des Heiligen Franziskus hing. Und fuhr, als hielte er Zwiesprache mit ihm, in gedämpftem Duktus fort: »Wie allgemein bekannt, durfte es nur einmal im Jahr befragt werden, und auch nur dann, wenn die Priester des Apollon ihr Plazet gaben. Über einer Erdspalte kauernd, aus der ihr benebelnde Düfte entgegenschlugen, gab die Pythia ihre kruden Weissagungen preis, nicht selten zweideutig und nur mit Mühe zu enträtseln. Gut möglich also, dass man mit dem Spruch der Pythia nicht viel anfangen konnte – und genauso schlau blieb wie vorher. Du verstehst, was ich damit zum Ausdruck bringen möchte?«

»Ich denke schon.«

Wieder an Luzia gewandt, fuhr der Praeses fort: »Deine Gabe besteht darin, in die Zukunft blicken zu können, anders als die Pythia jedoch ohne Rauschmittel, um die Fantasie anzuregen. Das Prekäre dabei: Wer wie du das zweite Gesicht besitzt, der hüte sich davor, Nutzen daraus zu ziehen. Tut er es dennoch, läuft er Gefahr, in die Fänge von Leuten zu geraten, die ihn vor ihren Karren spannen wollen. Das bedeutet, um nicht zwischen die Fronten zu geraten oder am Ende gar der Hexerei bezichtigt zu werden, tust du gut daran, dein Geheimnis für dich zu behalten, unter allen Umständen, koste es, was es wolle. Sickert etwas davon durch oder ziehst du jemanden ins Vertrauen, der dessen nicht würdig ist, dann begibst du dich in tödliche Gefahr. Erführe die Obrigkeit davon, ich bin mir sicher, sie würde Mittel und Wege finden, dich für ihre Zwecke einzuspannen, darin sind wir uns ja wohl einig.«

Luzia nickte stumm.

»Du wandelst auf schmalem Grat, bist du dir dessen bewusst?«

Ein abermaliges Nicken, jedoch längst nicht so rigoros.

»Keine Angst, meine Tochter, das wird schon wieder«, munterte Damian seinen Schützling auf. »Es gibt Fälle von Betroffenen, über die berichtet wird, dass die Visionen nicht von Dauer waren – und quasi über Nacht verschwanden.«

»Ich fürchte, das ist nicht der Punkt, Vater.«

»Sondern?«

»Einmal angenommen, ich kann wirklich in die Zukunft blicken, dann bedeutet das doch, dass Vater, so er die Tortur überstünde, seine Profession für immer an den Nagel ...«

Die Szene im Folterkeller vor Augen, brach Luzia unvermittelt ab. Die Stille im Parlatorium war mit Händen zu greifen, tief in Gedanken, sprach keiner der Anwesenden ein Wort. Am Ende fasste sich Luzia ein Herz, die Stimme brüchig und das Gesicht so weiß wie Kalk. »Eine verstümmelte Hand, es wäre das Aus für ihn.«

»So weit muss es ja nicht kommen.«

Luzia blickte fragend auf. »Sagtet Ihr nicht, ich könne in die Zukunft blicken?«

Der Praeses bejahte stumm. »Was mich betrifft, besteht daran kein Zweifel. Aber das muss ja nicht heißen, dass es auch so kommt.«

»Mit anderen Worten, würde mein Vater der Politik Adieu sagen und sich von Stund an nur noch seiner Profession widmen, dann ...«

»Gäbe es keinen Grund, ihn dingfest zu machen, du sagst es. Ein zweischneidiges Schwert, wenn man so will.«

»Inwiefern?«

»Du fragst vielleicht Sachen, Luzia. Etwas Besseres könnte dem Bischof doch nicht passieren, als wenn dein Vater seinen Ratssitz räumen würde. Ein Prominenter weniger, von dem man nicht weiß, auf wessen Seite er steht, wenn es zum Äußersten käme, was will man mehr! Für die Ornatträger wäre es die halbe Miete, glaub mir, auf der Festung würden sie ein Jubilate anstimmen, wie es in Würzburg noch keiner zu Ohren bekam.«

»Mit anderen Worten, noch besteht Hoffnung.«

»Ich denke schon. Immer vorausgesetzt, mein Freund hielte sich aus allem heraus.«

»Fragt sich nur, ob er dazu bereit wäre. Von Wenzel erst gar nicht zu reden. Über ihn mache ich mir die meisten Sorgen, aufbrausend, wie er nun mal ist.«

»Du hast ihn ins Herz geschlossen, das merkt man dir an.«

»Und selbst wenn, was wäre daran so schlimm?«

»Überhaupt nichts, mein Kind«, zog sich der Vorsteher mit einem Lächeln aus der Affäre, horchte nach draußen, wo der Klang der Orgel durch den Kreuzgang hallte, und rappelte sich mühsam auf. »Die Terz ruft, höchste Zeit, mich zu den Mitbrüdern zu gesellen«, fügte er erklärend hinzu, auf dem Weg zur Tür, um seiner Pflicht als Guardian nachzukommen. »Denk in Ruhe über alles nach – und komm wieder vorbei, wenn dir danach ist. Du weißt ja, für dich bin ich immer zu sprechen.«

»Nur noch eine Frage, dann bin ich weg.«

Die Klinke in der Hand, wandte sich Damian seufzend um. »Aber nur eine, mein Kind. Die Zeit drängt.«

Einen Kloß im Hals, der partout nicht weichen wollte, nahm Luzia ihren ganzen Mut zusammen. »Die Frau, mit der Ihr in der Sakristei in Streit gerietet, um wen hat es sich dabei gehandelt?«

Stumm vor Entsetzen, brachte der Greis kein Wort hervor, den geweiteten Blick auf einen Punkt gerichtet, der sich jenseits der kahlen Wände zu befinden schien. »Du hast uns doch nicht etwa belauscht?«

»Doch.«

Auf seinen Stock gestützt, rang der Vorsteher nach Luft, ließ den Blick wie suchend durch den Raum schweifen, als könne er die Antwort von der Wand ablesen.

»Es war deine Mutter«, hallte es nach nicht enden wollendem Schweigen durch den Raum, begleitet vom Tedeum der Konventualen, das weithin hörbar durch die Gänge des Klosters drang. »Und jetzt geh«, forderte der Guardian die wie vom Donner gerührte Bittstellerin auf, »wir beide haben uns nichts mehr zu sagen!«

18

»Ich weiß nicht, wer deine leibliche Mutter ist, wie oft
denn noch!«, machte der Meister aus seinem Unmut keinen Hehl, riss die Tür des Depots auf, um die am Vortag
angelieferten Lindenbretter zu inspizieren, und machte
eine finale Geste. »Deine Wissbegier in Ehren, aber irgendwann muss doch mal Schluss sein. Lassen wir die Vergangenheit ruhen, geschehen ist geschehen. Wer weiß, wo
deine Mutter steckt, so sie denn noch unter den Lebenden
weilt. Wenn du meinen Rat hören willst, Luzia: Es wird
Zeit, das Thema ad acta zu legen, je eher du das begreifst,
desto besser für uns alle.« Den Daumen hinter den Gürtel gehakt, hielt der Meister kopfschüttelnd inne. »Tagaus,
tagein das gleiche Stroh dreschen, solange bis der Flegel
in Stücke geht, auf die Dauer zehrt das an den Nerven.«

»Wer nur nach vorn blickt, bekommt einen steifen Hals.
An dem Spruch ist was dran, findet Ihr nicht auch?«

Der Meister hörte über die Replik hinweg. »Besser, du
ziehst einen Schlussstrich, falls nicht, schadest du dir nur
selbst. Schau in die Zukunft, da hast du mehr davon.«

»Findet Ihr?«

»Falls das eine Anspielung auf heute Abend sein soll,
bitte tu mir den Gefallen und halte dich zurück. Wer weiß,
vielleicht ist der Junior ja auch ganz nett, lassen wir uns
doch einfach überraschen.«

»Eines weiß ich genau, mein Bedarf an Überraschungen ist gedeckt.«

»Der Meinige auch, zumindest für dieses Jahr.«

»Mit anderen Worten, es gibt schlimme Kunde.«

»Und zwar nicht zu knapp«, bekräftigte der Meister dezidiert, ließ den Finger über das zuoberst gelagerte Brett gleiten und fuhr fort: »Wenn das so weitergeht, wächst uns die Sache über den Kopf. Glaubt man den Berichten, die über die Zustände in der Vorstadt kursieren, dann ist es besser, man legt sich eine Waffe zu.«

Wohl wahr!, dachte Luzia bei sich, vermied es jedoch, ihr Erlebnis vom Vortag zu schildern.

»Nehmen wir zum Beispiel das Hauger Viertel«, fuhr ihr Vater nach einem Rundblick durch den Schuppen fort, »Berichten zufolge kam es dort gleich mehrfach zu Handgreiflichkeiten, verübt durch eine Rotte von Unruhestiftern, die sich nicht scheuten, die Geistlichen ihrer Barschaft zu berauben. Mit einem Spielmann namens Bermeter an der Spitze, im Übrigen kein unbeschriebenes Blatt. Nicht genug damit, wurde der Domvikar am Stephanstor mit Schmähungen überhäuft, nur einer von mehreren Fällen, wo der Klerus zur Zielscheibe des Volkszorns avancierte.«

»Wundert Euch das?«

»Ich muss doch sehr bitten, Luzia, das ist doch nicht der Punkt. Egal aus welchem Grund, ob berechtigt oder nicht, der Rat darf die Attacken nicht dulden. Oder willst du, dass die Stadt in Anarchie versinkt? Was mich betrifft, ist die Antwort klar. Entweder der Hader hat ein Ende, oder wir riskieren, dass die Ordnung abhandenkommt. Geistliche, die am helllichten Tag überfallen werden, unter dem Vorwand, das Geld gehöre den Bedürftigen, wenn das einreißt, dann ist das Chaos perfekt. Es wird Zeit, wieder für Ruhe und Ordnung zu sorgen, oder wie stehst du dazu?«

»Um ganz ehrlich zu sein«, ergriff Luzia die Gelegenheit beim Schopf, ihren Vater zum Rückzug ins Privatleben zu bewegen, »wäre ich an Eurer Stelle gewesen, ich hätte nicht gezögert, meinen Hut zu nehmen.«

»Mit welcher Begründung?«

»Dass Ihr es leid seid, euch mit Problemen herumzuschlagen, die Ihr nicht zu verantworten habt. Ihr habt schon so viel für diese Stadt getan, dass es aller Ehren wert wäre, kürzer zu treten. Sollen doch die Jüngeren in die Bresche springen, wenn ihnen danach ist, die eigene Existenz auf Spiel zu setzen, um für andere die Kohlen aus dem Feuer zu holen, das Unterfangen ist die Mühe nicht wert.«

Aschfahl im Gesicht, schnappte der Meister nach Luft. »Sag mal, was ist denn auf einmal in dich gefahren, ich erkenne dich gar nicht wieder! Erst ermunterst du mich, Front gegen den Bischof zu machen und ihm eine Lektion nach Art des Hauses zu erteilen, und jetzt dies, das verstehe, wer will!«

»Mit Verlaub: Ihr habt mich darum gebeten, meine Meinung kundzutun.«

Einmal in Fahrt, war Meister Tilman nicht mehr zu bremsen. »Von wegen Rücktritt, kommt überhaupt nicht infrage!«, wetterte er vergrämt vor sich hin. »Ich bin zwar nicht mehr der Jüngste, aber um mich aufs Altenteil zurückzuziehen und nur noch Hirsebrei zu löffeln, weil mir die Zähne ausgefallen sind, dazu bin ich noch nicht debil genug.« Eine Schnur mit Markierungen in der Hand, um die Bretter abzumessen, fügte er mit fatalistischem Unterton hinzu: »Ein Problem nach dem anderen, vom Gezänk in der Familie ganz zu schweigen. Und ausgerechnet jetzt kommt meine liebreizende Tochter daher und überhäuft mich mit Fragen, auf die es keine Antwort gibt. Nicht zum Aushalten, Heilige Muttergottes, hilf!«

Die Bitte um Beistand fand kein Gehör. »Kann es denn sein, dass meine Mutter …«, kam Luzia erneut auf ihr Anliegen zu sprechen, raffte ihr Gewand, um eine Schmutzlache zu überqueren, und folgte dem Meister auf dem Fuße. Aus der Werkstatt, nur einen Steinwurf vom Vorratslager entfernt, hallte das Geräusch einer Handsäge über den Hof, begleitet von kraftvollem Gehämmer, das wie Paukenklang zwischen den Wänden des Gevierts widerhallte. Für Luzia, die dem Vater liebend gern nachgeeifert hätte, einmal mehr Musik in ihren Ohren. »Kann es sein, dass meine Mutter gezwungen wurde, mich wegzugeben?«

Vor einem Bretterstapel platziert, um den Zustand der angelieferten Ware zu inspizieren, fuhr der Meister auf dem Absatz herum. »Ich weiß ja nicht, wer dir den Floh ins Ohr gesetzt hat«, gab er zähneknirschend zurück, nur um sich unmittelbar danach wieder abzuwenden. »Und ich will es auch gar nicht wissen. Aber wie ich bereits sagte: Außer dem Datum deiner Geburt – der 6. Julius Anno Domini 1501, ein Dienstag – ist mir über deine Herkunft so gut wie nichts bekannt.«

»So gut wie nichts?«

»Überhaupt nichts, wenn dir das lieber ist«, wies der Meister seinen Augapfel zurecht, um ein paar Grade versöhnlicher gestimmt, da sich das Holz eines Birnbaums als brauchbar erwies. Ein letzter Blick auf die Bestände vom Vorjahr, und seine Laune stieg wieder an. »Du kennst ja die Geschichte: Der Spitalmeister, dem die Aufsicht über die Findelstube oblag, trat mit der Bitte an mich heran, dich in Pflege zu nehmen. Wozu ich mich denn auch bereit erklärte, da ich ihm einen Gefallen schuldig war. Auf meine

Frage, was er über deine Herkunft wisse, gab er indes höflich, aber bestimmt zurück: ›Nicht mehr als Ihr, alter Freund.‹ Und damit hatte es sich.« Den Türriegel in der Hand, um den Schuppen zuzusperren, fügte der Meister hinzu: »Wie kommst du eigentlich darauf, ich würde dir etwas verschweigen, dürfte ich das erfahren?«

»Einfach so«, hielt Luzia es für das Beste, sich mit einer Notlüge zu behelfen, verließ den Schuppen und blinzelte unsicher in die Sonne. Ihren Vater in alles einzuweihen, dazu fehlte ihr der Mut. Umso mehr, weil er mit Damian befreundet war.

Der genau wusste, was Sache war.

Unnütz, sich etwas vorzumachen.

»Heda, Schwesterherz – auf ein Wort!«, riss sie die Stimme ihres Bruders aus den Gedanken, der den Hof überquerte, um sich zu ihr zu gesellen. »Hier, der Schrieb ist für dich. Mit freundlicher Empfehlung eines Orientalen, der sich zu fein war, mir seinen Namen zu nennen.«

Tigran in geheimer Mission.

Die Sache wurde immer mysteriöser.

»Nun gib schon her, Jörg!«, fuhr Luzia das Ebenbild ihres Vaters an, das sich daran ergötzte, ihr mit einem versiegelten Umschlag vor der Nase herumzuwedeln. »Schluss mit der Vorstellung, oder du lernst mich kennen!«

»Warum so widerborstig, Luzifuzi?«, trieb der blonde Schlacks die Neckerei auf die Spitze, für Späße zu ihren Lasten stets zu haben. »Mit dem falschen Fuß aufgestanden, Hochwohlgeboren?«

»Ich zähle jetzt bis drei, wenn du ihn mir bis dahin nicht …«

»Schon gut, Traum aller brünftigen Mannsbilder«, lenkte der Spaßvogel wohlweislich ein, klug genug, die

Posse zum Abschluss zu bringen. »Hier, sittsame Maid, werde glücklich damit!«

Auf dem Weg zum Torbogen, wo ihr Vater in ein Gespräch mit Lieferanten verwickelt war, ließ Luzia den Brief unter ihrem Gewand verschwinden, voller Tatendrang, in den sich eine gehörige Portion Skepsis mischte.

Stillschweigen bewahren, kein Wort zu irgendjemandem. Den Brief bei erstbester Gelegenheit vernichten.

Das hörte sich ziemlich merkwürdig an.

Das Kohlebecken, in dem die Abfälle aus der Werkstatt landeten, kam ihr da gerade recht.

*

Die Weinschänke in der Pleicher Vorstadt, wo Luzia das verabredete Klopfzeichen gab, sah von außen alles andere als einladend aus. Inmitten eines Gewirrs enger Gassen gelegen, wo Leute wie sie nicht gern gesehen waren, ließ ihr Ruf denn auch erheblich zu wünschen übrig. Im Hinblick auf die Kundschaft, die den Wilden Mann frequentierte, nur allzu verständlich. Ob Münzfälscher, Rosstäuscher oder Taschendieb, an Spitzbuben herrschte dort kein Mangel. Nicht genug damit, gesellten sich die Größen der Halbwelt hinzu, zumeist Schmuggler, Beutelschneider oder Einbrecher, die sich nicht scheuten, auch bei Tag auf Raubzug zu gehen. Eine wahrhaft illustre Schar, die sich allabendlich im Gastraum die Ehre gab, komplettiert durch allerlei Scharlatane, die nichts unversucht ließen, ihre Rezepturen gewinnbringend zu verhökern. Dass auf dem schmiedeeisernen Nasenschild eine Dirne prangte, die dem Betrachter die Afterballen entgegenreckte, passte da gut ins Bild. Kein Nachbar, der die Chuzpe besaß, daran

Anstoß zu nehmen, anders als der Pfarrer von Sankt Gertraud, der damit drohte, den Wirt mit dem Bannfluch zu belegen.

In solcherlei und ähnliche Gedanken vertieft, warf Luzia einen Blick in die Runde. An der Fassade, aus Eichenbalken, Flechtwerk und Lehmziegeln erbaut, blätterte der mit Löchern übersäte Verputz von der Wand, und was den unweit der Tür lagernden Abfall betraf, wurde einem schon von Weitem schlecht. Von den Giftschwaden, die aus dem Rinnstein drangen, nicht zu reden. Die Anwohner indes, zumeist Gerber, Metzger und Fleischhauer, vor deren Augen die Hübschlerinnen mit ihren Reizen prahlten, schien dies nicht zu kümmern. Kein Wunder also, dass all jene, die sich für etwas Besseres hielten, einen Bogen um das Viertel machten.

Die von Sankt Gertraud herüberklingenden Glockenschläge im Ohr, die den Beginn der sechsten Stunde markierten, unterdrückte Luzia das Stechen in ihrer Kehle, umklammerte den Klopfring und schmetterte ihn gegen die Tür. Nach einer Begegnung wie am Vorabend stand ihr nicht der Sinn, und was wäre, wenn sie ins Visier eines Dirnenbändigers geriet, das wagte sie sich nicht vorzustellen.

»Ein Getöse wie beim Jüngsten Gericht, und das in aller Herrgottsfrühe. Beim Gemächte Satans, ich komm ja schon!«

Na endlich. Wurde aber auch Zeit.

»Stets zu Diensten, schöne Jungfer – bitte einzutreten.« Der fettleibige Wirt, dessen Bauch einem Mehlsack Konkurrenz machte, setzte ein listiges Grinsen auf, nicht gerade vertrauenerweckend, rechnete man das Aussehen hinzu. Mit einer Schürze bekleidet, auf der sich auch nicht ein Quadratzoll ohne Schmutzreste befand, wedelte er wie ein Hanswurst mit den Armen, darauf bedacht, einen willfährigen Eindruck zu vermitteln. Kahl rasierter Rundschädel, rosig wie die Haut des Mastschweins, von dem sie auf dem Herweg beschnuppert worden war, dazu ein paar unstet umherhuschende Knopfaugen, gepaart mit einem Blick, der an einen Schacherer erinnerte: So stellte man sich die fleischgewordene Hinterlist vor, bereit, sich dem Meistbietenden als Komplize anzudienen. »Warum so zögerlich, Euer Liebden, ich führe nichts Böses im Schilde.«

»Das will ich hoffen«, hieb Luzia in die gleiche Kerbe, fest entschlossen, sich von dem Schmeichler mitnichten um den Finger wickeln zu lassen. »Um deinetwillen. Und jetzt sei bitte so gut und tritt beiseite, ich habe meine Zeit nicht gestohlen.«

»Stets zu Diensten, Holdselige«, versetzte der Wirt mit anzüglichem Ton und labte sich daran, den Blick an ihren Rundungen entlangwandern zu lassen. Und fügte mit laszivem Tonfall hinzu: »Mit Verlaub, eine Schönheit wie Euch, die bekommt man hier nur selten zu sehen.«

»Wobei ich nicht die einzige Frau in der Gegend bin, oder sehe ich das falsch?«

Im Begriff, ihr den Vortritt zu lassen, stieß der Fleischberg ein verzücktes Quieken aus. »Was soll ich sagen, es gibt eben solche und solche«, erwiderte er geziert, machte eine einladende Geste und schwadronierte: »Da merkt man doch gleich, wo Ihr herkommt, so sittsam gewandet, wie Ihr seid. Kein Vergleich mit den hergelaufenen ...«

»Dirnen, die sich hier ein Stelldichein geben?«

Das Dauerlächeln des Schwergewichts erstarb, nur um binnen Momenten wieder aufzublitzen. »Hier ist der Gast noch König, ob von Stand oder nicht, spielt keine Rolle.«

»Dann ist es ja gut, auch wenn sich Gleiches zumeist zu Gleichem gesellt«, konnte Luzia es sich nicht verkneifen, dem Gespräch eine sarkastische Note zu verleihen, und wartete ab, bis die Tür ins Schloss gefallen war. »Wenn du jetzt so gut wärst, mich zu meiner Gefährtin zu führen, falls du es noch nicht gemerkt hast, ich bin in Eile.«

»Stets zu Diensten«, liebedienerte der Wirt, schloss die Tür und deutete ans Ende des Korridors, von wo aus eine Wendeltreppe ins Untergeschoss führte. »Die zwei Damen warten bereits auf Euch, von daher tut Eile not.«

»Damen?«, echote Luzia verwirrt, während sie die Gaststube passierte, in deren Innerem gedämpftes Gemurmel erklang. »Ich dachte, wir wären unter uns?«

»Wie dem auch sei, Eure Gefährtin wird ihre Gründe haben«, ließ sich der Fleischklops nicht in die Karten schauen, machte am Treppenabsatz Halt und lauerte: »Wenn Ihr etwas braucht, lasst es mich wissen. Es wäre mir ein Vergnügen, den Damen zu Diensten zu sein.«

»Ich denke, das wird nicht nötig sein«, wies Luzia das Ansinnen zurück und stieg die Wendeltreppe hinab, die in den Vorratskeller führte. Dort angekommen, nahm sie eine Fackel aus Werg zur Hand, die in einem verrosteten Zylinder steckte, vollführte eine Drehung, um sich zu orientieren, und folgte dem Verlauf eines Gangs, an dessen Ende sich eine eisenbeschlagene Tür befand.

Ein kurzes Durchatmen.

Dann drückte sie die Klinke herunter.

»Na, wen haben wir denn da!«, stieß Melusine mit vorgetäuschter Heiterkeit hervor, nahm ihr die Fackel aus der Hand, um sie in die dafür vorgesehene Röhre zu befördern, und lud ihre Freundin ein, sich neben sie zu setzen. Auf die Stirnseite des Tisches in der Raummitte deutend, an der eine verschleierte Gestalt verharrte, fügte sie erklärend hinzu: »Ich hielt es für das Beste, sie hinzuzuziehen, ich hoffe, du bist damit einverstanden.«

»Kommt drauf an, um wen es sich handelt.«

»Du weißt ja, wie das ist: Um von Männern wie deinem Zukünftigen nicht untergebuttert zu werden, ist Einfallsreichtum gefragt«, gab die Heilerin postwendend zurück, schloss die Tür und nahm mit einem Ächzen Platz. »Anders kommt man ihnen nicht bei, ich spreche da aus Erfahrung.«

»Und der Wirt, was ist mit dem? Vertrauenerweckend sieht er ja nicht gerade aus.«

»Ist er auch nicht.«

Luzia stutzte. »Und warum hast du mich dann hierher gelotst?«

»Nur gemach. Dazu kommen wir gleich.« Den Blick auf das von Fässern flankierte Tischende gerichtet, hob Melusine einladend die Hand. »Darf ich vorstellen, unsere Kronzeugin in der Causa Häfner.«

»Du sprichst in Rätseln.«

»Nur Geduld, gut Ding will Weile haben«, versetzte die weise Frau, die Stimme randvoll mit Spott, als sei die Scharade nur ein Spiel.

Und genoss es, ihre Freundin auf die Folter zu spannen. »Dein gestriger Besuch, was ist dir davon in Erinnerung geblieben?«

»Jetzt komm schon zur Sache«, erwiderte die Angesprochene gereizt. »Mit Rätselraten ist uns nicht ge…« Die Augen weit aufgerissen, verschluckte Luzia die letzte Silbe, klatschte sich auf die Stirn und sagte: »Die Patientin aus dem Nebenzimmer, jetzt fällt es mir wieder ein! Und wieso dann der Mummenschanz?«

»Deswegen«, erwiderte Melusine, bedeutete der Unbekannten, den Schleier zu lüften, und sah Luzia auffordernd an. »Ein Schuft, wie er im Buche steht, oder was meinst du dazu?«

Bis ins Mark erschüttert, presste Luzia die Hand auf den Mund.

Das Gesicht der schlicht gekleideten Frau, bis zur Unkenntlichkeit entstellt und mit Schwellungen, Schürfwunden und Blutergüssen übersät, sah wie die Fratze aus einem Albtraum aus. Die Augen aufgequollen, die Nase gebrochen, die Lippen aufgesprungen, wohin man auch blickte, am Kopf, wo die feuerrote Haarpracht entspross, schien es auch nicht eine intakte Stelle zu geben.

»Mein Name ist Luzia – und wie heißt du?«

»Imelda«, erwiderte die junge Frau, verwundert, spontan geduzt worden zu sein. Ihrer Stimme nach zu urteilen war sie noch sehr jung – gerade einmal 18, wenn überhaupt. »Aber nicht in Wirklichkeit. Den Namen habe ich vom Frauenwirt, falls Ihr versteht, was ich damit meine.«

»Ich schlage vor, wir bleiben beim Du. Schließlich sind wir unter uns.«

»Wie es Euch … ähm … Wie es dem gnädigen Fräulein beliebt.«

»Das gnädige Soundso kannst du dir sparen, darauf lege ich keinen Wert«, munterte Luzia die Hübschlerin auf, weder imstande noch willens, ihre Bestürzung zu kaschieren. »Und nun zu dir, warum hat man dir das angetan?«

»Er … Der Mann, mit dem ich seit geraumer Zeit das Lager … er warf mir vor, ich hätte ihn hinters Licht geführt. Was aber nicht stimmt.« Den zerknüllten Schleier in der Hand, stieß die Dirne einen herzerweichenden Seufzer aus, sammelte ihre Kräfte und bekannte: »Solche Dinge passieren nun mal, allen Vorkehrungen zum Trotz. Die Männer machen es sich ziemlich einfach, für die sind wir doch nur der letzte Dreck. Steck das Geld ein, sei mir zu Diensten und tu, wie dir geheißen, denn dafür wirst du schließlich bezahlt. So lautet die Devise, wenn sie zum Frauenwirt gehen.«

»Um Missverständnissen vorzubeugen«, mischte sich Melusine ein, mit der Absicht, für ihre Patientin Partei zu ergreifen, »ihr Freier hatte sich ausbedungen, Imelda ganz für sich zu haben, gegen Zahlung einer erklecklichen Summe, wie vom Frauenwirt gefordert. An der Vaterschaft, wenn ich es mal so ausdrücken darf, kann von daher nicht der Hauch eines Zweifels bestehen.«

»Der Freier, von dem hier die Rede ist, um wen handelt es sich dabei?«

»Na, du stellst vielleicht Fragen, Kindchen!«, stöhnte die Heilerin auf, wechselte einen Blick mit ihrer Patientin und versetzte: »Wie Häfner junior darauf reagiert hat, liegt ja wohl auf der Hand.«

»Will heißen, der Schuft geriet in Raserei.«

»Du hast das Zeug zum Detektiv, Luzia. Das habe ich schon immer gesagt.«

»Zu viel der Ehre«, fuhr die solcherart Gelobte fort, schnitt eine Grimasse und ließ den Vorabend Revue passieren. »Zusammengefasst bedeutet dies: Um sich nicht zum Hanswurst zu machen und um seinen Vater, von dem er seine Handsalben bezieht, nicht gegen sich aufzubringen, hat der Held unserer Geschichte darauf gedrängt, das Problem – man verzeihe die Wortwahl –, ein für alle Mal aus der Welt zu schaffen. Denn wozu gibt es schließlich weise Frauen, für irgendwas müssen die Kräuterweiber ja gut sein.«

»Wohl gesprochen, meine Liebe.«

»Dumm nur, dass sich meine Freundin quergestellt hat.«

»Was hätte ich denn tun sollen, dem Widerling für Geld aus der Patsche helfen? Dass er Imelda so zurichten würde, das konnte ich doch nicht … Herrje noch mal, hätte ich geahnt, was auf sie zukommt, dann …«

»Du hattest Angst, dass etwas davon durchsickert, kann das sein?«, sprach Luzia die Befürchtung ihrer Freundin aus, tätschelte ihren Arm und sprach: »Wäre dies der Fall gewesen, du hättest nicht mehr lange zu leben gehabt. In dem Punkt verstehen die Richter keinen Spaß, in wessen Sold sie stehen, spielt keine Rolle. Um deine Haut zu retten, blieb dir keine Wahl, die Kollegin möchte ich sehen, die anders gehandelt hätte.«

»Ein schwacher Trost«, erwiderte Melusine geknickt, knetete die Finger und stierte ins Leere. »Was passieren würde, war vorauszusehen, so schwer es mir fällt, dies zuzugeben. Ein Grund mehr, Imelda beizustehen, ich habe ja schließlich etwas gutzumachen.«

»Was also tun, lautet die Frage.«

Mit neuer Energie erfüllt, reckte Melusine den fragilen Rumpf. »Sagen wir mal so«, munterte sie ihre Patientin auf, der die Verunsicherung deutlich anzumerken war. »Fürs Erste bist du hier in Sicherheit, in dem Punkt kann ich dich beruhigen. Der Wirt ist mir noch einen Gefallen schuldig, wir sitzen also beide im selben Boot.«

»Du kennst ihn?«, warf Luzia fragend ein, nicht sicher, ob ihre Freundin das Richtige tat. »Also, was mich betrifft, ich hätte da so meine Bedenken. Ich weiß nicht, vielleicht tue ich dem Mann ja unrecht, aber vertrauenerweckend sieht er nicht gerade aus.«

»Er steht in meiner Schuld. Das verbindet.«

»Wie ist das zu verstehen?«

»Eine lange Geschichte, zu allem Unglück mit schlechtem Ausgang«, murmelte die Heilerin sinnend vor sich hin, selbst jetzt noch, in der Rückschau, von Angstschauern heimgesucht. »Um es kurz zu machen: Es ist schon ein paar Jahre her, da stand er auf einmal vor mir. Was will der denn hier?, dachte ich zuerst, der Kerl hat sich wohl in der Adresse geirrt. Hatte er nicht. Die Visite geschah mit Absicht.« Das Kinn auf dem gekrümmten Zeigefinger, ließ Melusine die Szene Revue passieren. »Er komme wegen seiner Frau, ließ er mich wissen. Sie liege krank danieder, habe furchtbare Schmerzen, werde von Tag zu Tag schwächer. Einen Medicus könne er sich nicht leisten, deshalb habe er den Bader um Rat gefragt. Aber auch der sei nicht imstande gewesen, ihr Linderung zu verschaffen. Von daher bestehe kaum noch Hoffnung, der Tod schleiche bereits ums Haus.«

»Und warum dann der Besuch bei dir?«

»Damit seine Frau nicht länger leiden müsse, so sein Anliegen, flehe er mich an, ihr einen sanften Tod zu bescheren. Was ich denn auch tat, indem ich ihr einen Becher mit Schierlingssaft kredenzte. Den sie bereitwillig trank, ohne einen Moment zu überlegen.« Den Blicken ausgeliefert, von denen sie regelrecht durchbohrt wurde, hob die Heilerin begütigend die Hand. »Damit eines klar ist, ich habe es nicht für Geld getan. Sondern weil sie mir leidtat, aus purem Mitgefühl. Und ohne einen Gedanken an die Konsequenzen zu verschwenden. Was ich tat, hätte ich für jede andere Frau getan – und würde es wieder tun, wenn die Notwendigkeit besteht.«

»Wenn das herauskommt, dann ...«

»Wird es aber nicht, Luzia. Dafür wurde gesorgt.« Die Heilerin lachte bitter auf. »Glück im Unglück, dass der

Leichenbeschauer Gottvater einen guten Mann sein ließ – und einem Bonus gegenüber nicht abgeneigt war. Pecunia non olet, der Spruch hat immer noch Gültigkeit.«

»Fragt sich nur, ob dem Wirt zu trauen ist.«

»Gleichviel, Häfner wird einen Teufel tun, hier aufzukreuzen, darauf gehe ich jede Wette ein.«

Luzia blickte skeptisch auf.

»Bevor du mich fragst, werte Freundin: Der Wirt und er sind alte Bekannte – und im Zorn voneinander geschieden, um es dezent zu formulieren.«

»Und weshalb?«

»Vor ein paar Wochen wurde seine Ziehtochter so übel zugerichtet, dass sie um ein Haar das Zeitliche gesegnet hätte. Nicht bereit, den Vorfall auf sich beruhen zu lassen, fasste der Schankwirt den Beschluss, die Sache in die eigene Hand zu nehmen und dem Schläger eine Lektion zu verpassen, die sich gewaschen hatte. Ohne die Stadtwache davon in Kenntnis zu setzen, für seine Helfer und ihn eine Selbstverständlichkeit. Unschwer herauszufinden, um wen es sich dabei handelte.«

»Mit anderen Worten, Häfner wurde windelweich geprügelt.«

»Unter anderem.«

»Und wie ging es weiter?«

»Dass eine Entschädigung fällig war, das verstand sich quasi von selbst. Für das Schankmädchen, an dessen Leib es kaum noch heile Stellen gab, zwar nur ein schwacher Trost, aber besser als nichts. Hätte Häfner die 100 Gulden nicht gezahlt, das Angstloch wäre ihm sicher gewesen. Wie sich herausstellte, war es nämlich nicht das erste Mal, dass er sich die Zeit damit vertrieb, jungen Frauen – also nicht nur den Weibsleuten aus dem Viertel – aufzulauern und sie dazu zu zwingen, ihm zu Willen zu sein. In der Regel im Beisein eines Komplizen, feige, wie er nun mal ist.«

Die Begegnung vom Vorabend vor Augen, lief es Luzia eiskalt über den Rücken.

Kein Zweifel, um wen es sich bei dem Frauenschänder handelte.

Die Beweislage war erdrückend. Schier unmöglich, sie zu entkräften.

Insofern lag die Frage an Imelda auf der Hand: »Da du ihn offenbar gut kennst, wie würdest du Häfner beschreiben?«

»Als einen Mann, der über Leichen geht«, erwiderte die Hübschlerin bestimmt, der Tonfall von aufkeimender Furcht durchsetzt. »Der es versteht, einem Honig ums Maul zu schmieren. Und der einem Angst macht, wenn ihm danach ist.«

»Und weiter?«

»Große Sprüche klopfen, mit Fremdwörtern um sich werfen und einen auf dicke Hose machen, um den Weibsleuten zu imponieren, darauf versteht sich die Kanaille wohl. Dabei sieht er gar nicht mal so übel aus, von der Narbe im Gesicht einmal abgesehen.« Imelda hielt zögernd inne. »Wieso fragst du, er ist dir doch nicht etwa schon begegnet?«

»Doch, ist er«, bekräftigte Luzia, im Begriff, in aller Eile zum Aufbruch zu rüsten. »Und wie es aussieht, werden sich unsere Wege wieder kreuzen!«

19

»Wer soll mir denn ans Leder wollen, bei mir gibt es doch nichts zu holen!«, rief Wenzel achselzuckend aus, klappte seine Staffelei auseinander und stellte sie vor dem Portal der Marienkapelle auf. Den Stammplatz hatte er sich hart erkämpfen müssen, kein Tag ohne Revierkämpfe, und das schon am frühen Morgen. Allgemein waren Bettler nicht gern gesehen, nur dann geduldet, wenn sie eine Lizenz besaßen. Fest entschlossen, ihren Platz zu verteidigen, gaben sie keinen Quadratzoll Boden preis, in Konkurrenz zu den zahlreichen Vaganten, die nach Öffnung der Tore zum Judenplatz strömten. Je größer deren Anzahl, desto geringer die Aussicht auf ein Almosen, kein Wunder, dass sich der Unmut in Handgreiflichkeiten entlud. An der Gier nach Spektakeln, solche der makabren Art mit eingeschlossen, änderte dies jedoch nichts. Hahnenkämpfe waren zwar verboten, in der Gunst des Publikums standen sie jedoch ganz oben. Deutlich harmloser, wenngleich nicht minder populär, muteten die übrigen Darbietungen an, allen voran diejenigen der Seiltänzer, Akrobaten, Feuerschlucker, Possenreißer und Tierbändiger, deren Anzahl mitunter in die Dutzende ging. Für Wenzel ein Grund mehr, sich in Szene zu setzen, Geschäft war nun einmal Geschäft, den Vorahnungen des Gegenübers zum Trotz. »Die sollen sich an die Reichen halten, bei denen lohnt es sich schon eher.«

»Ihr werdet es nicht glauben, aber es geht nicht immer nur ums Geld«, stieß Luzia verärgert hervor, die Blicke eines fettleibigen Prälaten im Rücken, mit denen er sie förmlich verschlang. Und dämpfte, einem angeborenen Instinkt gehorchend, die von Besorgnis erfüllte Stimme. Ob vor dem Portal oder im Inneren der Kapelle, wo ein Choral zu Ehren der Muttergottes erklang, vor Lauschern war man nirgendwo sicher. »Auch wenn es bisweilen den Anschein hat.«

»Also, was mich betrifft, ich kann immer welches brauchen«, saß dem Maler wie so oft der Schalk im Nacken, sehr zum Ärger der aufgewühlten Begleiterin, deren Mahnworte auf taube Ohren stießen. Die Skulpturen von Adam und Eva im Blick, die das spitzbogenförmige Portal flankierten, fügte Wenzel süffisant hinzu: »Wäre ich so reich wie dieser Riemenschneider, ich hätte mein Schäfchen im Trockenen. Aber was soll's, was nicht ist, das kann ja noch werden, die Hoffnung stirbt bekanntlich zuletzt.«

»Ihr seid doch nicht etwa neidisch?«, zahlte Luzia mit gleicher Münze heim, am wunden Punkt getroffen, wie die Rötung ihrer Wangen bezeugte. »So eine Skulptur entsteht doch nicht von allein, da steckt eine Menge Arbeit dahinter, auch wenn es nicht jeder gleich merkt!«

»Potzblitz, ich bin Euch doch nicht etwa auf die Schleppe getreten?«, setzte sich Wenzel gegen den Vorwurf zur Wehr, im Begriff, die Malutensilien zu sortieren. »Falls ja, es geschah nicht mit Absicht. Und dass Werke wie die da oben nicht durch Zauberhand entstehen, dessen bin ich mir allemal bewusst. Dumm nur, dass ich von der Hand in den Mund leben muss, den Koryphäen geht es da schon besser.« Ein wehmütiges Lächeln im Gesicht, ließ Wenzel den Blick über seine Gewandung gleiten. Wattiertes und mit Flicken übersätes Wams, Beinlinge aus Leder, analog zum Schnürhemd älteren Datums, von anständigem

Schuhwerk nicht zu reden. In dem Aufzug machte man nicht viel her. »Aber was soll's, solange man sich Schnürschuhe leisten kann, besteht noch Hoffnung, darum Kopf hoch, Wenzel von und zu Lautenschläger, dem das Los beschieden ist, wie weiland Paulus um die halbe Welt zu tingeln, dir steht eine rosige Zukunft bevor.«

»Und mir erst!«, platzte Luzia heraus, nur um unmittelbar im Anschluss in Schockstarre zu verfallen. So unbedacht, um nicht zu sagen töricht, konnte doch nur eine sein, und das war sie. »Was meint Ihr, wie viel Geld hat Euer Kollege für die Skulpturen bekommen?«, fügte sie eilends hinzu, darauf bedacht, den Lapsus vergessen zu machen. Und frotzelte mit gekünsteltem Lächeln: »Ich bitte um Ruhe, der Experte hat das Wort!«

»Eine Menge.«

»Mehr fällt Euch dazu nicht ein?«

Wenzel ächzte gequält. »Ich bin nicht so gut im Raten, müsst Ihr wissen«, fügte er, um Konzilianz bemüht, mit wohlkalkuliertem Zaudern hinzu, das wettergegerbte Antlitz auf das Skulpturenpaar gerichtet, an dem sich das Licht der Mittagssonne brach. »1.000 Gulden, käme das in etwa hin?«

»Zu viel der Ehre, Wenzel Lautenschläger. Ein bisschen weniger darf's schon sein.«

»Die Hälfte?«

»120 Gulden, inklusive Aufgeld – und das Doppelte für die Apostelfiguren an der Fassade. *Pro Stück.*«

»Bleibt die Frage, woher Ihr so genau Bescheid wisst«, hakte Wenzel mit hochgezogenen Brauen nach. »Ihr gehört doch nicht etwa zur Familie?«

»Ich weiß es eben, das genügt«, gab Luzia kurz angebunden zurück, drohte dem Maler mit dem Zeigefinger und fauchte: »Wie ich bereits sagte: Wagt es nicht, mir hinterher zu spionieren, sonst sind wir geschiedene Leute.«

»Wie käme ich dazu«, bot Wenzel schmunzelnd Paroli, »denn wenn hier jemand sein Interesse an notleidenden Künstlern bekundet, dass seid das ja wohl Ihr.«

»Bildet Euch bloß nichts darauf ein, ich meine es nur gut mit Euch, das ist alles.«

»Und ich mit Euch – aber so weit waren wir ja schon«, retournierte der Maler verschmitzt, ein jungenhaftes Lächeln im stoppeligen Gesicht. »Ihr wolltet mich wiedersehen, gebt es zu. Wie anders wäre es zu erklären, dass eine sittsame Maid den Drang verspürt, sich einfach mir nichts, dir nichts unters Volk zu mischen, und das ohne Anstandswauwau, wie konntet Ihr nur. Apropos: Was ist denn mit Eurer Amme, befindet sich das Prachtweib nicht wohl?«

»Noch ein Wort, und …«

»Ich gerate in Acht und Bann, schon kapiert«, lenkte der Straßenmaler ein, bemüht, die Lästerzunge im Zaum zu halten. »Schluss mit den Kapriolen, die Arbeit ruft!«

»Mit anderen Worten, Ihr schlagt meine Warnung in den Wind.«

»Jetzt hört mir mal gut zu, Hochverehrteste«, erwiderte Wenzel kühl, nahm seine Palette zur Hand, um sie mit Farbe zu bestreichen, und tat so, als ginge ihn die Sache nichts an. »Was die Widrigkeiten betrifft, mit denen ein Verfemter zu kämpfen hat, kann ich aus dem Vollen schöpfen. Ich weiß zwar nicht, wie es bei Euch aussieht, aber wenn ich an mich denke, lässt die Karriere auf sich warten. Vor allem, was die Malerei angeht. Wie ich bereits sagte, bei mir ist absolut nichts zu holen, ich bin so arm wie …«

»Die sprichwörtliche Kirchenmaus?«

»Macht Euch nur weiter über mich lustig, ich bin mir sicher, irgendwann werdet Ihr es bereuen«, gab Wenzel achselzuckend zurück, tiefer gekränkt, als es nach außen den Anschein hatte. »Nebenbei bemerkt: Wer weiß, wer seine Eltern sind, kann sich glücklich schätzen, es nicht zu wissen ist von Übel.«

»Wem sagt Ihr das.«

Im Begriff, die zu Schauzwecken bestimmten Porträts aufzustellen, blickte Wenzel unvermittelt auf. »Heißt das, Ihr ...«

»Das heißt überhaupt nichts, vergesst es.«

»Davon abgesehen, wie kommt Ihr eigentlich auf die Idee, mir könnte etwas zustoßen?«

»Auf die Gefahr, unhöflich zu erscheinen: Wart Ihr nicht gerade dabei, mir Euer Leben zu schildern?«

»Schon möglich.«

»Dann lasst Euch nicht unterbrechen, ich bin ganz Ohr.«

»Es wird mir eine Ehre sein«, kam Wenzel der Forderung eher widerwillig nach. »Machen wir es dennoch kurz: Wie ich aus berufenem Munde weiß, wurde die Idee, mich im Jahre des Herrn 1499 in die Obhut der Dominikanerinnen zu Nürnberg zu geben, aus der Not geboren, sprich: Meine Mutter wurde unvermutet schwanger, zur Überraschung – wenngleich nicht zur Freude – des Gespielen aus edlem Geblüt.«

»Dann kennt Ihr also ihren Namen?«

Wenzel nickte. »Um der Schande zu entgehen, so die Priorin mir gegenüber im Vertrauen, als ich das Mannesalter erreichte, sei sie direkt nach der Geburt aus dem Leben geschieden, gerade einmal 17 Jahre alt. Um tagaus, tagein mit einem Schleier oder beim Kirchgang mit einem

Strohzopf herumzulaufen, damit jeder gleich wusste, dass es sich um eine Gefallene handelte, dafür war sich meine Mutter zu schade. Dann noch lieber vom Kirchturm springen, so schrecklich das Prozedere auch anmuten mag.«

»Heilige Muttergottes, das darf doch nicht wahr sein.«

»Ohne Eure Gefühle verletzen zu wollen, aber was die Dame aus der oberen Etage betrifft, ich war zeitlebens nicht gut auf sie zu sprechen. Anders ausgedrückt, wer wie ich das Pech hatte, im falschen Bett geboren worden zu sein, dem kann der Firlefanz gestohlen bleiben. Stimmt schon, die frommen Schwestern und die Priorin haben ihr Möglichstes getan, um mein Leben in geordnete Bahnen zu lenken, letztendlich jedoch ohne Erfolg.«

»Und was war der Grund?«

»Gründe dafür gab es genug. Apropos, ich vergaß zu erwähnen: Im Kloster habe ich Lesen und Schreiben gelernt, auf Betreiben der Priorin, die mich wie ihr eigen Fleisch und Blut behandelte. Insofern hatte ich ziemliches Glück, aber nur solange, wie ich mich unter ihrer Obhut befand.«

»Die Priorin, sie hat doch bestimmt einen Namen?«

»Egberta. Wieso fragt Ihr?«

»Aus Neugier. Ihr wisst doch, wie die Frauen sind.«

»Selbsterkenntnis ist der erste Schritt zur Besserung, heißt es nicht so?«

»Nach Euch, Wenzel«, nahm Luzia postwendend Revanche, ging dem Maler beim Aufstellen der Bilder zur Hand und sagte: »Ihr wart gerade dabei, mich ins Vertrauen zu ziehen. Fahrt ruhig fort, Geheimnisse sind bei mir gut aufgehoben.«

»So es denn welche gäbe«, nahm Wenzel den Ball mit gespieltem Gleichmut auf, nicht der Typ, der dazu neigte, sein Innenleben zu schildern. »Wenn wir gerade vom

Glück im Unglück sprachen: Wäre ein gewisser Albrecht Dürer nicht gewesen, der mir beibrachte, was es mit der Malkunst auf sich hat, ich hätte mir eine andere Profession suchen müssen.«

»Doch nicht *der* Albrecht Dürer?«

»Just derselbe, leibhaftig und in voller Größe.« Ein Porträt in der Hand, das den Einfluss des Nürnberger Meisters verriet, platzte der Maler fast vor Stolz. »Dass ich gut zeichnen konnte, das fiel schon den frommen Schwestern auf. Von daher lag es nahe, mich als Lehrknecht zu verdingen. Bei dem Andrang, der im Hause Dürer am Tiergärtnertor herrschte, ein geradezu waghalsiges Unterfangen. Und ab ging's zum Probezeichnen, zusammen mit einem Dutzend Aspiranten.«

»Und dann?«

»Zu meiner Überraschung wurde ich tatsächlich genommen. Damals konnte ich mein Glück kaum fassen.« Wenzel stockte. »Da denkst du, du hättest eine große Zukunft vor dir, und dann zieht es deinen Lehrmeister in die Ferne. Will heißen, in die Niederlande.«

»Aber das ist doch kein Grund, die Profession ...«

»Natürlich ist das kein Grund, sie an den Nagel zu hängen, da gebe ich Euch recht.«

»Aber?«

»Unter den Gesellen gab es Streit.«

»Lasst mich raten: Es ging um eine Frau.«

»Falsch. Es ging um Politik. Ausnahmsweise.«

»Ihr braucht nicht weiterzureden. Ich kann mir denken, was jetzt gleich kommt.«

»Nämlich?«

»Ich will Euch ja nicht zu nahe treten, aber mit den Ideen, die Ihr vertretet, macht man sich eine Menge Feinde.«

»Das könnt Ihr aber laut sagen, Jungfer.«

»Und wie endet die Geschichte?«

»Finale furioso: Ich geriet mit dem Kontoristen eines Fernhändlers über Kreuz, der während der Abwesenheit des Meisters den Schreibkram erledigte.« Einen Marktpolizisten im Visier, der die Auslagen der Kramläden an der Fassade inspizierte, schnitt Wenzel eine angewiderte Grimasse. »Dachte wohl, wir müssten den Pfeffersäcken die Füße küssen. Sei Untertan der Obrigkeit, von wegen. Nicht mit mir, da müssen sie sich schon einen anderen Einfaltspinsel suchen.«

»Kurz und gut, Ihr bekamt den Laufpass.«

Wenzel nickte stramm. »Klar, wer sich so was leistet, der bekommt so schnell keinen Fuß mehr in die Tür. Bei einem anderen Meister unterzukommen, das konnte ich mir abschminken. Wenn du mit den Großkopferten über Kreuz gerätst, dann spricht sich das in Windeseile rum, kaum zu glauben, wie schnell das geht. In der Hinsicht geht es in Nürnberg wie in einem Kuhdorf zu, mag es auch doppelt so groß wie Würzburg sein, getratscht wird dort mindestens genauso viel.« Die Lippen nur mehr ein Strich, blinzelte der Maler mit den dunklen Augen. »Um es kurz zu machen, Jungfer: Von da an ging es stetig bergab, wenn ich an das Nomadenleben denke, das nach meinem Rauswurf begann, kommt mir die Waisenstube der Dominikanerinnen wie ein Prunkschloss vor.«

»Immer noch besser, als unter der Fron zu ächzen, findet Ihr nicht auch?«

»Das sagt sich so leicht, junge Dame. Den wollte ich sehen, der sich darum reißt, in meine Haut zu schlüpfen.«

»Also, wenn ich mir die Werke so anschaue«, munterte Luzia den Straßenmaler auf, die Porträts im Blick, die dazu dienten, Kunden anzulocken, »dann muss ich gestehen, dass ...«

»Sie nicht viel taugen«, fiel Wenzel der jungen Frau ins Wort, ein vorwitziges Lächeln im Gesicht. »Sprecht es ruhig aus, Anfeindungen sind nichts Neues für mich. Nur zu, edle Dame, auf eine Watschen mehr oder weniger kommt es nicht mehr an.«

»Dann gestehe ich frank und frei, Ihr seid ein Meister Eures Fachs«, parierte Luzia die Attacke und nahm sich Zeit, die Bilder im Detail zu betrachten. In der Hauptsache handelte es sich dabei um Porträts, indes nicht nur von Menschen, sondern auch von Tieren, darunter ein Hase, der sich in Habachtstellung befand. Hin und wieder enthielt der Fundus auch Landschaftsszenen, mit Akribie und Liebe fürs Detail auf die Leinwand gebannt, gerade so, als habe man die Szenerie vor Augen.

Unter den Porträts, wo die Zeichnungen breiten Raum einnahmen, fiel ihr eines besonders in Auge, handelte es sich doch um das Konterfei einer Nonne, die den Betrachter aus dem Augenwinkel musterte. Bereits alt und gebrechlich, ging eine ehrfurchtgebietende Aura von ihr aus, umso erstaunlicher, da sie nicht mehr lange zu leben hatte. »Die Priorin, oder gehe ich da fehl?«

Wenzel bejahte stumm.

»Wären sie und meine Brüder nicht gewesen, ich wäre vollends unter die Räder gekommen. Dass es mir gelang, mich über Wasser zu halten, das habe ich nur ihnen zu verdanken.«

»Moment mal: Heißt das, Ihr habt ein Gelübde abgelegt?«

»Kommt drauf an, was man darunter versteht«, warf Wenzel nachdenklich ein, hinter der Staffelei postiert, um nach Motiven Ausschau zu halten. »Ins Kloster hätten mich keine zehn Pferde reingekriegt, das gleich vorab, damit Ihr keinen falschen Eindruck von mir bekommt.«

»Ich fürchte, ich kann Euch nicht ganz folgen.«

Der Maler ließ sich mit der Antwort Zeit. »Im Grunde ist es doch so: Wenn jemand wie meine Wenigkeit die Lande bereist, noch dazu auf Schusters Rappen, dann merkt man, wo der Hund begraben ist. Hier in der Stadt bekommt man das vielleicht nicht mit, aber wenn ich was kapiert habe, dann dies: Mit den Wurfbudenfiguren, die über uns bestimmen, ist kein Staat zu machen. Das beginnt mit den Dorfpfarrern, die den Leuten die Hucke volllügen, dass es nur so kracht, und hört mit den Mitraträgern auf. Die Herren von Stand nicht zu vergessen, Blutsauger allesamt, degeneriert bis ins letzte Glied. Kaufmannszüge überfallen, um die Beute gewinnbringend zu verhökern, ohne Rücksicht auf Leib und Leben, die Fronbauern zur Ader lassen, bis sie im Blut waten, Dörfer niederbrennen, um dem Junker von nebenan eins auszuwischen, Fehden vom Zaun brechen, die eine Schneise der Verwüstung hinterlassen, auf dem hohen Ross sitzen, obwohl man aus dem letzten Loch pfeift: Mehr bringen die Kanaillen nicht zustande. Die Fürsten sind aber auch nicht besser, ein Tor, der dies nicht erkennt. Ob Edelmann, Pfaffe von Satans Gnaden oder Pfeffersack, die Halsabschneider gleichen einander aufs Haar. Glauben ernsthaft, sie säßen fest im Sattel, obwohl es allerorten zu rumoren beginnt. Drum auf, ihr Mitstreiter aus den Reihen des Bundschuhs, die Stunde der Befreiung ist nicht mehr fern.«

»Bei allem Verständnis für die Geknechteten, man kann nicht alle über den gleichen Kamm scheren. Ich denke da an die vielen Almosengeber, darunter auch solche von

Geblüt. Gäbe es keine Stiftungen, ich weiß nicht, was aus den Armen werden würde.«

»Stiftungen, wenn ich das Wort schon höre! Das machen die doch nur, um ihr Gewissen zu erleichtern, und Ihr nehmt die Profiteure noch in Schutz!«

»Ihr missversteht mich, Wenzel.«

»So, tue ich das.«

»Nur weil jemand von Adel ist, muss er noch lange kein Menschenschinder sein. In dem Punkt sind wir uns hoffentlich einig.«

»So halbwegs.«

»Und worin liegt dann Euer Problem?«

»Seien wir doch mal ehrlich: Die da oben haben keine Ahnung, wo die Leute der Schuh drückt. Anstatt sich hinter den Mauern ihrer Klöster, Burgen oder Patriziervillen zu verschanzen und nach alter Väter Sitte in den Tag hineinzuleben, ohne einen Gedanken daran zu verschwenden, wem sie ihr Wohlleben zu verdanken haben, sollten sie lieber ...«

»Wie weiland Sankt Martin ihr Schwert zücken, um den Mantel mit den Darbenden zu teilen?«

»Sozusagen.« Der Maler blickte sich gravitätisch um. »Also wenn ich mir so anschaue, auf welche Leute man hier trifft, dann fühle ich mich rundum wohl. Die Pfaffen kann man an den Fingern einer Hand abzählen, genau wie die Herren von Stand. Von daher könnte es mir kaum besser gehen. Und dann wären da noch die Leute wie du und ich, all die Wengerter, Handwerker und Tagelöhner, die sich krumm und bucklig schuften. Und das für nichts und wieder nichts. Im Stadtrat haben nämlich die Patrizier das Sagen, doch Obacht, geschlossene Gesellschaft! Der Geldadel zieht es vor, unter sich zu bleiben, es sei denn, im Stadtsäckel herrscht Ebbe. Aber keine Sorge, die Sippschaft braucht nicht zu darben. Man kungelt miteinander, dass sich die Balken biegen. Mit Leuten wie mir wollen die nichts zu tun haben, und wer denkt, sie sind auf unserer Seite, der lügt sich in die eigene Tasche.« Von Groll gepackt, kam Wenzel jetzt richtig in Fahrt. »Einmal Geld zum Fressen haben, wer wünscht sich das nicht. Auf der faulen Haut liegen und den da oben einen guten Mann sein lassen, klar, das hätte was für sich. Das Dumme dabei, so was geht nicht ewig gut. Tatsache ist, wenn ich über meine Verhältnisse lebe, dann holt mich das irgendwann ein. Auch wenn ich glaube, dagegen gefeit zu sein.«

»Wohl gesprochen, Wenzel. Aus dir wird noch mal ein ganz Großer. Fehlt nur noch der letzte Schliff, dann macht dir keiner mehr was vor.«

»Ach, du bist es, Hans, was führt dich denn hierher?«, stieß der Adressat überrascht hervor, wechselte einen Blick mit Luzia, die verdutzt zurückwich, und klatschte sich mit dem Neuankömmling ab. »Schon zur Mittagszeit wach, du bist doch nicht etwa krank?«

»Ich doch nicht, wie kommst du denn darauf!«, witzelte das Wolfsgesicht zurück, ungewöhnlich groß, sehnig und in ein geflicktes Wams gehüllt, ein Sammelsurium aus losen Fetzen, das vor Schmutzflecken nur so starrte. Obendrein barfuß und mit Beinlingen bekleidet, die von einer Kordel zusammengehalten wurden, passte er sich den Bettlern quasi nahtlos an. Die Ratte auf seiner Schulter, die träge blinzelnd auf der Stelle kauerte, trieb den Hang zur Provokation auf die Spitze. »Wer seine Haut zu Markte trägt, um den kleinen Leuten beizustehen, der sollte mit den Kräften haushalten, gerade du müsstet das eigentlich wissen.«

»Die Nachtruhe ist mir heilig, das weißt du doch.«

»Guter Mann.« Der Bürgerschreck prustete vergnügt. »Wie sieht es aus, Pinselschwinger, Lust auf ein kleines Abenteuer? Die Pfaffen zur Kasse zu bitten, das läuft einem doch runter wie Öl!«

»Um ganz ehrlich zu sein, ich würde viel lieber Bilder malen.«

Der Rebell, dessen zwanghaftes Blinzeln kein Ende nahm, horchte entgeistert auf. »Sag mal, was sind denn das auf einmal für Töne? Einen über den Durst getrunken, wie?«

»Ist schon etwas länger her.«

Um Mäßigung bemüht, bleckte der Schlacks die Zähne. »Wetterwendisch wie ein Weibsbild, und so was schimpft sich Bruder. Heute Paulus, morgen Saulus, da sieht man es mal wieder. Aber was soll's, die Welt ist nun mal so, wie sie ist, auf einen Schisser mehr oder weniger kommt es da nicht an.« Ein bösartiges Knurren, gefolgt von unbehaglicher Stille. »Einstweilen nur so viel: Entweder du bist für uns oder du bist gegen uns, eine andere Möglichkeit gibt es nicht.«

»Du bist doch nicht gekommen, um mir das zu sagen, oder?«

»Was es zu besprechen gibt, regeln wir unter vier Augen«, wich der Großtöner mit vielsagendem Gestus aus, darauf bedacht, vom Grund seines Hierseins abzulenken. »Wen hast du dir denn da angelacht, muss man die Dame kennen?«

»Muss man nicht«, hatte Luzia die passende Replik parat, nicht willens, die dargebotene Klaue zu schütteln. »Schon gar nicht, wenn man sich so aufführt wie Ihr.«

»Hört, hört!«, rief der Duzfreund des Malers aus, riss

seinen Federhut vom Kopf, unter dem eine Wulst von Fettsträhnen steckte, und sprach mit honigsüßer Stimme: »Gestatten, die Dame: Hans Bermeter, Spengler, Spielmann und Agitator.«

Bermeter.

Den Namen hatte sie schon mal gehört.

»Und Ihr seid?«

»Aus Würzburg.«

»Welch sprühender Wortwitz, ich bin begeistert!«

»Freut mich zu hören«, hatte Luzia die passende Antwort parat, bestrebt, der Posse ein Ende zu bereiten. »Und nun entschuldigt mich, ich habe zu tun.«

»Alle Wetter, das ist ja ein starkes Stück«, zischte Bermeter halblaut vor sich hin, nur noch eine Armlänge von Luzia entfernt, einen Ausdruck tiefster Verachtung im Gesicht. »Da triffst du dich mit einem alten Freund, denkst an nichts Böses und bildest dir ein, du wärst mit der Welt im Reinen. Und dann kommt da auf einmal dieses Püppchen daher und besitzt die Frechheit, an dir rumzumäkeln. Ohne sich vorzustellen, man fasst es nicht.«

»Tretet beiseite«, stieß Luzia zornbebend hervor. »Sich einer Frau gegenüber so aufzuführen, Ihr solltet Euch was schämen!«

»Frau, dass ich nicht lache.«

Bermeter.

Jetzt wusste sie es wieder.

Der Straßenräuber aus dem Hauger Viertel, Schreckgespenster der Kleriker aus dem Stift.

Da hatte sie sich ja was Schönes eingebrockt.

Aufs Schlimmste gefasst, nahm Luzia ihren ganzen Mut zusammen. »Ihr kommt Euch wohl ziemlich stark vor, wie?«

»Und jetzt wird die Kleine auch noch frech, hat man so was schon mal erlebt«, spie Bermeter die Worte nur so aus, die Augen sprühend vor Hass, der wie Lava in ihm zu brodeln begann.

Dann schlang sich die Wolfstatze um ihr Handgelenk.

»Jetzt ist es aber genug, Hans!«, mischte sich Wenzel lautstark ein. »Lass sie in Ruhe, oder ...«

»Oder was? Halt dich da raus, Farbkleckser, oder du bekommst es mit mir zu tun!«

»Oder mit mir, kommt ganz drauf an.«

Luzia atmete erleichtert auf.

Einmal mehr kam ihr Jugendfreund wie gerufen.

Und zögerte nicht, für Ordnung zu sorgen.

»Hans Bermeter, nehme ich an?« Gefolgt von seinen Leuten, die ihn mit gezücktem Schwert umringten, trat der Hauptmann der Stadtwache auf den Aufwiegler zu, zog ein Schriftstück hervor und baute sich drohend vor ihm auf. »Gib Antwort, Bursche, aber fix!«

»Wer will das wissen?«

»Na schön, du hast es nicht anders gewollt.« Lutz Plattner, mit Harnisch, Schwertgurt und Lederkoller bekleidet, auf dem das Wappenschild der Stadt prangte, machte nicht viel Federlesens, faltete das Blatt auseinander und hielt es Bermeter vor die Nase. »Ich nehme an, der Herr kann lesen?«

»Aber nur mit Augengläsern.«

»Macht nichts, dem Manne kann geholfen werden.« Um Beherrschung ringend, was ihm sichtlich schwerfiel, machte Plattner einen Schritt nach vorn, reckte den breitschultrigen Rumpf und fragte: »Ich nehme an, du weißt, was das ist?«

»Wie ich Euch einschätze, werdet Ihr es mir gleich sagen.«

»Richtig getippt, Vogelscheuche.« Kurz vor dem Platzen, steckte Plattner das Schriftstück wieder ein. »Laut Haftbefehl vom heutigen Mittwoch wird dir und deinen Komplizen zur Last gelegt, die öffentliche Ruhe erheblich gestört zu haben.«

»Mit der ist es ohnehin bald vorbei, macht Euch da mal keine Gedanken.«

»Jetzt hör mir mal gut zu, Großkotz«, raunte Plattner seinem Gegenüber zu, packte ihn resolut am Kragen und grollte: »Wenn du denkst, du kannst mich zum Hanswurst machen, dann schadest du dir damit nur selbst. Noch mehr davon, oder war das deutlich genug?«

Bermeter schwieg sich aus.

»So, nachdem geklärt ist, wer hier das Sagen hat, noch ein paar Worte über dein Sündenregister. Den Mitbeschuldigten und dir wird zur Last gelegt, die Geistlichen in deinem Viertel ihrer Habe beraubt, sie verprügelt und unter Androhung des Todes gezwungen zu haben, mit einer Schweinsmaske auf dem Kopf durch die Straßen zu laufen. Des Weiteren stehst du im Verdacht, Briefe gefälscht und publik gemacht zu haben, die, so die dreisteste deiner Lügen, aus der Feder der aufständischen Bauern stammten. Dort heißt es unter anderem: ›Haltet aus, Hilfe naht!‹ Im Klartext, du hast dich des Hochverrats schuldig gemacht. Wenn wir gerade von Fälschungen reden, was das Hilfeersuchen des Stadtrats an die Bauern betrifft, um ihn im Kampf gegen den Bischof zu unterstützen, ist auch dies erstunken und erlogen. Der Vollständigkeit halber sei erwähnt, dass der Rat die Ausrufer angewiesen hat, die Machenschaften im Detail zu schildern. Zusammengefasst bedeutet dies, dir wird nichts übrig bleiben, als dich vor Gericht zu verantworten. Anstiftung zum Aufruhr in Tateinheit mit Hochverrat und Dokumentenfälschung, sieht nicht gut für dich aus, wenn du mich fragst. Und für deine Komplizen auch nicht. Mitgegangen, mitgefangen, mitgehangen.«

»Und wenn schon, die Geschichte wird uns freisprechen.«

»Großes Mundwerk, aber nichts dahinter, und dann noch die Welt verbessern wollen, so haben wir's gern.« Angewidert bis ins Mark, stieß Plattner seinen Kontrahenten von sich, sodass die Ratte laut quiekend von der Schulter purzelte. »Warten wir ab, wie sich die Richter entscheiden. Sie haben das letzte Wort.«

»Fahr zur Hölle, Pfaffenknecht!«

»Nach dir, Vogelscheuche«, zwang sich Plattner mühsam zur Ruhe, befahl den Stadtknechten, den Delinquenten in Gewahrsam zu nehmen, und knöpfte sich den vermeintlichen Komplizen vor. »Und nun zu dir, Gevatter, mit wem habe ich die Ehre?«

»Mein Name ist Wenzel Lautenschläger.«

»Gebürtig aus?«

»Nürnberg.«

»Alter?«

»26.«

»Als Straßenmaler tätig, hab ich recht?«

Zustimmendes Nicken.

»Unterkunft?«

»Der Bootsschuppen am Mainkai, gleich hinter dem Holztor.«

»Bedeutet, dein Gewerbe wirft nicht genug ab.«

»Korrekt.«

Der Ordnungshüter runzelte die Stirn. »Ein bisschen ausführlicher, wenn's beliebt, oder es setzt was.« Und ergänzte: »Wenn man so rumkrebst wie du, läge es da nicht nahe, sich ein Zubrot zu verdienen?«

»Durchaus.«

»Indem man sich einer Bande anschließt und Raubzüge unternimmt?«, hakte der Recke unerbittlich nach, von Gaffern umringt, die zu dem Maler hielten. Nicht lange, und die ersten Zwischenrufe brachen sich Bahn, für Lutz jedoch kein Grund, den Rückzug anzutreten. »Ich meine, für Mittellose käme das doch wie gerufen. Einem Geistlichen unter Drohungen ins Geldsäckel zu greifen, um die Reisekasse zu füllen, nichts leichter, als das. Auf die Idee sind schon ganz andere gekommen, mach dir da mal keine Gedanken.«

»Geschieht ihm doch recht, dem Pfaffenpack!«

Den Zwischenruf ignorierend, fuhr Plattner fort: »Wie dem auch sei, Kriminelle werden in der Stadt nicht geduldet, unabhängig von Stand und Person.«

Erneuter Protest, ungleich heftiger als zuvor. »Dann fangt mal bei denen da oben an, da habt Ihr wenigstens was zu tun!« Der Rufer, der Gewandung nach zu urteilen ein Handwerksgeselle, nahm dabei kein Blatt vor den Mund. »Die Großkopferten schwimmen doch im Geld, also was soll der Geiz! Wer da noch mit den Pfaffen Mitleid hat, der hat doch nicht mehr alle Latten am Zaun. Außer ein paar Betschwestern glaubt denen doch keiner mehr, ist ja auch kein Wunder, wenn man so rumhurt wie die! Geben ist seliger denn nehmen, da lachen ja die Hühner. Und wenn wir gerade beim Bescheißen sind: Die Kuttenbrunzer zahlen keine Steuern, schon vergessen?«

Zutiefst beunruhigt, trippelte Luzia auf der Stelle. Je hitziger die Debatten im Publikum, desto größer die Gefahr, dass es zu Handgreiflichkeiten kam. Ein falsches Wort, und schon würden die Fäuste fliegen, in dem Punkt war auf die Sensationshascher Verlass.

»Den Galgenvogel von vorhin, hast du ihn schon mal gesehen?«, nahm Lutz den roten Faden wieder auf und ließ die Hand wie zufällig auf dem Schwertknauf ruhen. »Raus mit der Sprache, oder ich sehe mich gezwungen, andere Saiten auf…«

»Er hat nichts damit zu tun, Lutz«, fiel Luzia ihrem Jugendfreund ins Wort, trat ihm in den Weg, um Schlimmeres zu verhüten, und redete begütigend auf ihn ein. »Er ist ein Freund der Familie, musst du wissen. Vater hält große Stücke auf ihn.«

»So, tut er das.«

»Du denkst doch nicht etwa, ich lüge dir etwas vor?«

»Das will ich nicht hoffen, um unserer Freundschaft willen«, gab Plattner voller Argwohn zurück, wohl wissend, dass er nicht von ungefähr kam. »Du erlaubst, wenn ich dir einen gut gemeinten Rat erteile?«

»Jetzt redest du wie mein Vater, aber nun gut, wenn's denn sein muss.«

»Ich fürchte schon«, schlug der Hauptmann einen konzilianten Tonfall an, nahm Luzia beiseite und raunte: »Damit wir uns nicht falsch verstehen, Luzia, mit wem du Umgang pflegst, dafür bist du mir keine Rechenschaft schuldig. Aber wenn es sich um Leute wie diesen … Wie heißt dein Bekannter doch gleich?«

»Wenzel.«

»Wie gesagt: Wenn es sich um Leute seines Schlages handelt, ist Vorsicht dringend geboten. Ohrenbläser gibt es nämlich genug, das brauche ich dir nicht zu sagen. Von den Spürnasen, die im Sold des Bischofs stehen, nicht zu reden. Wenn du denen ins Gehege kommst, dann gute Nacht.

Bisher haben die noch jeden zum Sprechen gebracht, ich hoffe, das war deutlich genug.«

Das war es.

Schönen Dank auch für das Memorandum.

Ein Dröhnen im Kopf, das nichts Gutes verhieß, zwang sich Luzia zu einem Nicken. Und da war sie wieder, die Stimme des fleischgewordenen Satans, die sich wie ein Brandmal in die Schlupfwinkel ihrer Gedanken bohrte. *Ergo: Verbohrtheit zahlt sich nicht aus. Überlegt Euch also gut, ob Ihr Euch das antun wollt. Apropos: Im Extremfall nehmen wir uns die Freiheit, die Füße zu beschweren, mit Gesteinsbrocken oder Gewichten, je nach Situation. Mit welchem Effekt, bedarf keiner Erläuterung. Grad fünf schließlich, auch das sei der Vollständigkeit halber erwähnt, sieht den abermaligen Gebrauch von Daumenschrauben vor, ein Blick auf die Utensilien an der Wand, und Ihr wisst Bescheid. So es denn dazu kommt.*

Ein Blitz vor ihren Augen, und die Stimme in ihrem Kopf war verschwunden.

Gerade so, als habe sie nie existiert.

Wieder halbwegs klar, atmete Luzia hektisch durch. »Gut zu wissen, besten Dank für die aufmunternden Worte.«

»Ich mache mir nur Sorgen, das ist alles.«

Luzia lächelte matt. »Das brauchst du nicht, Lutz. Ich bin zwar nur eine Frau, aber dennoch imstande, auf mich aufzupassen. Trotzdem danke, du bist ein echter Freund.«

»Es ist nur so, Luzi: Wenn es um die Aufrechterhaltung der Ordnung geht, dann ...«

»Bist du gezwungen, dich an die Vorschriften zu halten. Das verstehe ich sehr gut.«

»Na schön, dann will ich mal nicht so sein.« Ein gezwungenes Lächeln im Gesicht, tippte sich der Hauptmann an die

Schläfe, musterte die Schaulustigen, als sei er nach jemandem auf der Suche, und traf Anstalten, sich auf den Rückweg zur Wache zu machen. Fast gleichzeitig begannen sich die Reihen zu lichten, begleitet von den Schlägen der Stundenglocke, deren Echo weithin hörbar über den Vorplatz hallte. »Dann mal bis bald, Luzi – und pass auf dich auf.«

Und du auf dich, alter Freund!, echote Luzia im Stillen, sah Lutz hinterher, bis er ihren Blicken entschwand, und wandte sich ab, um nach Wenzel zu suchen. Hinter der Staffelei postiert, von wo aus er einen Blick auf die Fassade warf, nahm der Maler jedoch kaum Notiz von ihr. Und versetzte in bissigem Ton: »Ich will ja nichts sagen, aber wenn ich mir das Tympanon so anschaue, dann reizt mich die Szene zum Lachen. Die Krönung Mariens im Himmel, mit freundlicher Unterstützung der dortigen Heerscharen und ihres eingeborenen Sprösslings aus Nazareth, dem das Schicksal beschieden war, am Kreuz zu sterben. Tja, so ist das nun mal: Wenn du auch nur bisschen aus der Reihe tanzt, dann hast du die Schergen der Obrigkeit am Hals, ob du im Recht bist oder nicht, spielt keine Rolle.« Aus den Gedanken gerissen, fuhr Wenzel überrascht in die Höhe. »Ihr schaut ja so grimmig, stimmt etwas nicht?«

»Ich habe mit Euch zu reden, Wenzel. Unter vier Augen.«

»Das trifft sich gut. Ich nämlich auch.« Nur mäßig überrascht, stellte der Maler keine weiteren Fragen, entfernte sich vom Geschehen und gab Luzia einen Wink, ihm zu folgen. »Ihr macht mich neugierig, Jungfer, was liegt an?«

»Ihr seid mir noch einen Gefallen schuldig, das ist Euch hoffentlich klar«, verlor Luzia keine Zeit, trat bis auf Armlänge an den Paradiesvogel heran und flüsterte: »Ich bin gerade dabei, ein Komplott zu schmieden, und nun ratet mal, wer darin die Hauptrolle spielt!«

20

Daraus ergibt sich der Verdacht, dass die Zielperson mit Subjekten in Verbindung steht, die der Heiligen Mutter Kirche feindlich gesonnen sind. Besonders zu erwähnen wären hierbei die vordem aktenkundig gewordene Melusine Kirchgeßner, wohnhaft im Sander Viertel und laut Angaben einer Nachbarin Heilerin von Beruf. Bereits mehrfach mit dem Gesetz in Konflikt geraten, da sie obrigkeitsfeindliche Äußerungen von sich gab und Kontakte zur Halbwelt in der Pleich unterhielt, stellt die Renegatin ein erhebliches Risiko dar. Umso mehr, da sie bereits hochnotpeinlich befragt und den Vorschriften gemäß examiniert worden ist. Letzteres jedoch ohne greifbares Ergebnis, weshalb sie laut Beschluss des Tribunals vom 3. Februar dieses Jahres auf freien Fuß gesetzt und unter Androhung der Liquidierung darauf hingewiesen wurde, es sei ihr verwehrt, die Stadt ohne Genehmigung zu verlassen.

Der Dritte im Bunde, ein aus Nürnberg gebürtiger Vagabund, weilt hingegen erst seit Kurzem hier und steht wie die vermeintliche Heilerin im Ruf, die Autorität der Diener Gottes in Zweifel zu ziehen. Der Renegat, nach vorliegenden Informationen auf den Namen Wenzel getauft und allhier als Straßenmaler tätig, wurde bereits mehrfach in Begleitung der Zielperson gesehen, unter anderem unweit der Marienkapelle, wo er seine Schmierereien feilzubieten pflegt. Den Angaben eines Vertrauensmanns zufolge soll es dabei zu einem Treffen mit dem als kriminell eingestuften Hans Bermeter gekommen sein, dem zur Last gelegt wird, sich des Straßenraubs schuldig gemacht zu haben. Auch sei jener nicht davor zurückgeschreckt, die Geistlichen aus dem Hauger Viertel tätlich angegriffen und zur Herausgabe ihrer Barschaft genötigt zu haben. Beide, sowohl Bermeter als der oben genannte Maler, stehen im Ruf, die gottgewollte Ordnung in Zweifel zu ziehen und darauf hinzuarbeiten, den hochwürdigsten Bischof aus dem Amt zu jagen. Bei entsprechender Beweislage dürfte es ein Leichtes sein, sie des Hochverrats sowie der Ketzerei und der Planung einer Rebellion zu überführen. Ein triftiger Grund, sie am Leben zu lassen, besteht somit nicht, und was ihre Liquidierung betrifft, ist Eile dringend geboten.

Gegeben zu Würzburg, Die XIX mensis Aprilis Anno Domini 1525

21

»Jungfer Riemenschneider, auf ein Wort!« Das Organ war unverwechselbar, sein Besitzer bekannt wie ein bunter Hund. Aus dem Viertel, in dem Luzia lebte, nicht mehr wegzudenken, ein Original vom Scheitel bis zur Sohle. Kaum einer, der es in puncto Wortwitz mit ihm aufnehmen konnte, stets auf dem Laufenden, stellte der Kärrner eine wandelnde Klatschbörse dar. »Haltet ein, mir geht gleich die Puste aus.«

»Nicht hier, Fidibus«, wies Luzia den wuseligen Gnom zurecht, übte sich in Geduld, bis er wieder bei Puste war, und tauchte in eine schummrige Toreinfahrt ein. Das Gezänk zweier Fischweiber, die sich mit Schimpfwörtern überhäuften, kam ihr dabei wie gerufen, so lautstark, dass es zu einem Menschenauflauf kam. »So, jetzt bin ich soweit, lass hören.«

»Ihr werdet es nicht glauben«, sprudelte es aus dem Unikum hervor, eine Mischung aus Troll und Poltergeist, der wild gestikulierend mit den Armen fuchtelte. »Die Kanaille hat dermaßen viel Dreck am Stecken, da bleibt einem glatt die Spucke weg!«

»Freut mich zu hören.«

»Ich nehme an, die Freude kommt nicht von ungefähr.«

»Das kannst du aber laut sagen.«

»Falls es Euch ein Trost ist, Ihr seid damit nicht allein«, warf der Gnom mit sarkastischem Timbre ein, schnäuzte sich lautstark in die Armbeuge und rubbelte an der markanten Knollennase herum. Eine Prozedere, das geraume Zeit in Anspruch nahm, mit einem Grunzlaut als krönendem Abschluss. »Ich habe mich mal ein bisschen umgehört. Bei den Kollegen im Cresser Viertel. Die hören sogar die Flöhe husten, von daher war ich an der richtigen Adresse.«

»Und?«

Der Gnom schnitt eine schiefe Grimasse. »Drücken wir es mal so aus: Dem jungen Häfner sind Skrupel völlig fremd.«

»Ich weiß.«

»Kurz und gut: Er hat einen von meinen Kollegen auf dem Gewissen.« Die Handkante an der Kehle, ahmte Fidibus die Form eines Galgenstricks nach. »Exitus per Hanfschnur, jede Hilfe kam zu spät. Mit anderen Worten, er wurde erdrosselt.«

»Was sagst du da?« Luzia traute ihren Ohren nicht. Da hatte sie gedacht, sie könne nichts mehr erschüttern, und nun dies. Der Mann war eben immer für Überraschungen gut. Die Tatsache war nicht von der Hand zu weisen. »Kannst du das auch beweisen?«

»Ich denke schon. Meine Quelle ist absolut seriös. Und was die Hanfschnur betrifft, sie befand sich noch an Ort und Stelle. Eindeutiger geht es ja wohl nicht.«

»Und wie heißt der gute Mann?«

»Der gute Mann ist eine Frau«, erfolgte die Korrektur auf dem Fuße. Einen Ausdruck ehrlicher Sorge im Gesicht, fügte der Müllkärrner hinzu: »Seit nunmehr drei Wochen verwitwet. Mit drei Kindern am Bändel, die Kohldampf schieben müssen. Ohne Aussicht, die Miete bezahlen zu können. Mit einem Wort, ein Fall für das städtische Armenhaus. Vorausgesetzt, sie kommt dort unter.«

»Die Frau, von der hier die Rede ist, wie lautet ihr Name?«

Der Gnom blieb die Antwort schuldig. »Sie möchte anonym bleiben. Aus Angst vor einer Racheaktion. In solchen Dingen ist Vorsicht angesagt, wenn er mit dem Rücken zur Wand steht, ist dem Hundsfott alles zuzutrauen. Sogar ein weiterer Mord. Was tut man nicht alles, um seine Spuren zu verwischen, selbst auf die Gefahr hin, in die Falle zu tappen.«

»Im Klartext, Häfner wurde nicht belangt.«

»Sagt bloß, Ihr habt was anderes erwartet. Wenn einer von uns ins Gras beißt, da kräht doch hienieden kein Hahn danach. Ein Kurzbesuch vom Leichenbeschauer, und das wäre es dann schon gewesen. Den kümmert es doch einen Dreck, was aus uns wird, solange nichts dabei rausspringt, macht der Fettsteiß doch keinen Finger krumm.«

»Ein Rat unter Freunden, ein Tritt in die Afterballen wirkt oft Wunder.«

»Und das aus dem Mund einer Dame, ich bin entsetzt!« Fidibus grinste über beide Backen. »Kurzum: Wenn es jemand verdient hätte, auf dem Schafott zu landen, dann wäre der junge Häfner erste Wahl. Ich weiß zwar nicht, wie Ihr darüber denkt, aber was mich betrifft, steht mein Urteil fest. Wer wahllos Menschen tötet, um sich daran zu ergötzen, der ist dazu bestimmt, in der Hölle zu schmoren. Mitleid wäre da völlig fehl am Platz, je schneller man sich seiner entledigt, desto besser für uns alle. Wenn wir gerade dabei sind: Es gibt Hinweise auf einen Komplizen, das zum Thema Feigheit.« Kurz davor, ein ordinäres Schimpfwort zu gebrauchen, schluckte der Kärrner den Groll hinunter. »Einen Menschen meucheln, weil einem langweilig ist, einfach so, aus Jux und Tollerei: Da komme ich nicht mehr mit.«

»Ich auch nicht, Fidibus.«

»Der Mann ist ein Schwein. Wehe dem, der das Pech hat, ihm in die Quere zu kommen.«

»Wohl wahr.« Die Arme vor der Brust verschränkt, hing Luzia stirnrunzelnd den Gedanken nach. Auf der Domstraße zog eine jubilierende Pilgerkolonne vorbei, unterwegs zum Schrein der Frankenapostel, die Gesichter mit fiebriger Erwartung erfüllt. »Wie konnte das bloß passieren, ich meine, es muss doch jemand in der Nähe gewesen sein.«

»Gute Frage.«

»Das Ganze ist erst drei Wochen her, habe ich dich da richtig verstanden?«

Fidibus nickte knapp. »Auf den Tag genau. Zeitpunkt der Tat: eineinhalb Stunden nach Sonnenuntergang.«

»Und woher weiß man, dass es Häfner war?«

»Ein Nachbar wurde von ihm angerempelt, nur einen Steinwurf vom Tatort entfernt. Der einzige Zeuge weit und breit. Außer seiner Frau, wohlgemerkt. Die am Fenster stand und alles mitansehen musste.«

»Der Nachbar, er hat doch bestimmt einen Namen?«

»Hat er.« Von wachsender Unruhe erfüllt, trat der Gnom mit seinen Säbelbeinen auf der Stelle. »Wie ich bereits sagte, Jungfer: Den Leuten im Viertel sitzt die Angst im Nacken. Besser, man hält sich mit Fragen zurück. Sonst machen sie dicht, Mord an einem Nachbarn hin oder her.«

»Und was, wenn er nicht gesühnt wird? Ich meine, wenn der Täter ungeschoren davonkommt, das kann einem doch nicht egal sein.«

»Nö.«

»Und wieso dann die Geheimnistuerei?«

»Angenommen, du machst einen auf Ritter ohne Furcht und Tadel, schwingst dich auf deine Schindmähre und verklickerst den Gesetzeshütern, was Sache ist: Wie, denkt Ihr, würde das Epos enden?«

Luzia deutete ein Achselzucken an.

»Euer Leben hinge am seidenen Faden, was habt Ihr denn gedacht, und dasjenige Eurer Familie mit dazu.« Fidibus seufzte tief. »Fakt ist, ein Mann wie Häfner schreckt vor nichts zurück, aber das ist nur die eine Seite der Medaille.«

»Weil?«

»Die Leute trauen keinem über den Weg, dem Magistrat schon gleich gar nicht.«

»Das sollten sie aber.«

»Mit Verlaub, Jungfer, das meint Ihr doch hoffentlich nicht ernst. Nichts gegen Euch oder Euren Vater, der Mann hat das Herz am rechten Fleck. Aber Ihr glaubt doch nicht im Ernst, die Geldsäcke würden auch nur einen Finger für uns rühren? Falls ja, schlagt Euch die Grillen aus dem Kopf. Mit uns Hungerleidern haben die nichts am Hut, Anwesende selbstredend ausgenommen. Tatsache ist nun mal, eine Krähe hackt der anderen kein Auge aus, will heißen: Einmal angenommen, Kamerad Häfner stünde unter Mordverdacht, ich verwette meinen Riechkolben, der Senior würde die Sache zurechtbiegen. Unter tätiger Mithilfe des Klüngels, eine Hand wäscht bekanntlich die andere.«

»So, meinst du.«

»Es ist doch wohl so, Jungfer: Wenn einer der Krösusse ins Gras beißt, dann kriegen sich die da oben nicht mehr ein. Trifft es einen von uns, dann juckt das doch keine Sau. Ein Hungerleider, der eins über den Schädel gezogen kriegt, wie oft denn noch!«

»Du übertreibst, Fidibus.«

»Bei uns wird mit zweierlei Maß gemessen, das ist nun mal leider so. Zuerst kommen die Reichen, und danach kommt lange nichts. Und wenn es bis zum Jüngsten Gericht dauert, die würden ganz Würzburg auf den Kopf stellen, um den Mord an einem der Ihren aufzuklären, da beißt die Maus keinen Faden ab. Hauptsache, der Beschuldigte baumelt am Galgen. Und wenn er es nicht war – auch gut! Dann würde man sich damit begnügen, ein Exempel zu statuieren, und sei es nur, um Eindruck zu schinden.«

Der Gnom stieß ein verächtliches Schnauben aus. »Aber wehe, es trifft einen von uns, dann sieht der Kasus ganz anders aus. Dann lässt man die Fünf auch mal gerade sein, denn man kann sich ja schließlich nicht um alles kümmern.«

Luzia sagte lieber nichts dazu.

»Nichts gegen den alten Häfner, der Mann scheint ja ganz in Ordnung zu sein. Aber Ihr wisst ja, wenn es um die eigene Brut geht – und sei sie auch noch so verkommen –, dann gehen die Altvorderen über Leichen. Ein paar Handsalben hier, ein paar Dotationen dort, und der Karren ruckelt aus dem Dreck. Das ist nun mal der Lauf der Welt, und wie es aussieht, wird sich das so schnell nicht ändern.«

»Wie heißt es doch gleich, solange ich atme, hoffe ich.«

Fidibus hob lauernd den Kopf. »Darf ich Euch etwas fragen, Jungfer?«

»Aber natürlich, schieß los.«

»Warum das Interesse an dem jungen Häfner, der Hundsfott ist doch keinen Schuss Pulver wert. Ab mit ihm in den Main, gefesselt und geknebelt. Er hätte es nicht anders verdient.«

»Siehst du, Fidibus«, spielte Luzia den Ball zurück, beugte sich zu ihm hinunter und schlug einen konspirativen Tonfall an, die Stimme merklich gedämpft, mit der Spur einer Lachfalte im Gesicht: »Genau darüber wollte ich mit dir reden, und zwar jetzt gleich!«

22

Wieder zurück auf der Domstraße, atmete Luzia erleichtert auf. Von wegen unter die Haube bringen, wenn sich Margaretha da mal nicht irrte. Nur noch ein winziger Schritt, und die Giftnatter hatte ausgespielt. Desgleichen der Bräutigam in spe, nichts ahnend, dass er dabei war, in die Falle zu tappen.

Pech gehabt, ihr beiden.

Wer zuletzt lachte, der lachte bekanntlich am besten.

Fraglich jedoch, wie ihr Vater auf die Enthüllungen reagieren würde. Nichts schlimmer für ihn, als zwischen die Fronten zu geraten. Und nichts wichtiger, als bei Häfner gut dazustehen, frei nach der Devise: Wer hier wen heiratet, das bestimmen immer noch wir. Ein Wunsch, der so schnell nicht in Erfüllung gehen würde. Allen Versuchen, sie unter Druck zu setzen, zum Trotz.

Zeit für einen kleinen Imbiss, das Schlimmste stand ihr ja noch bevor. Ein Glück, dass es die Garküche am Fischmarkt gab, von der Stelle, wo sie Fidibus über ihr Vorhaben ins Bild gesetzt hatte, nur einen Steinwurf weit entfernt. Die Schlange vor dem Tresen war zwar ziemlich lang, die Aussicht auf Gaumenfreuden jedoch so verlockend, dass Luzia beschloss, fünf gerade sein zu lassen. Der Duft, der den Wartenden in die Nase stieg, sprach denn auch für sich, kein Wunder, dass einem das Wasser im Mund zusammenlief.

»Der Nächste – was beliebt?« Ein Griff in ihre Geld-katze, um ein Fünfpfennigmünze hervorzukramen, und den Gaumenfreuden stand nichts mehr im Wege.

Einen Holzteller mit dem Gericht ihrer Wahl in der Hand, schnalzte Luzia genüsslich mit der Zunge. Gebra-tener Zander, frisch vom Rost. Eine Labsal, wie man sie sich köstlicher nicht wünschen konnte. Schierer Luxus zwar, da es Leckerbissen wie diesen nur an Feiertagen gab. Aber so verlockend, dass man unmöglich nein sagen konnte.

Am Ende ihrer Imbisspause angelangt, warf Luzia einen Blick nach oben. Dem Stand der Sonne nach zu urteilen, die ihre Bahn am nahezu wolkenlosen Himmel zog, ging es auf die zehnte Stunde zu. Nur noch kurze Zeit, und ihr Leben würde eine neue Wendung erfahren.

Wieder bei Kräften, machte sich Luzia auf den Nach-hauseweg.

Doch sie kam nicht weit.

Die Frau in mittleren Jahren, eher zufällig in ihr Blick-feld geraten, sie kam ihr irgendwie bekannt vor. In einen Umhang aus schwarzer Seide gehüllt, unter dem sich ein beigefarbenes Reisekleid verbarg, ragte sie schon von Wei-tem aus der Menge hervor, den von Kummer überschatte-ten Blick nach innen gerichtet, ohne Blick für das geschäf-tige Treiben. Dem Aussehen nach zu urteilen Anfang 40, wies ihr Gesicht indes kaum Falten auf, weder geschminkt noch gepudert oder mit Lidschatten versehen, wie geschaf-fen, um von einem Maler auf Leinwand gebannt zu werden. Mithin das Auffälligste, von den wie in Marmor gehaue-nen Zügen abgesehen, war die Kolorierung ihrer Augen, ein Mischung aus Aschgrau und sattem Grün, mit Wim-pern so dunkel wie Ebenholz.

Von ihrer Gestalt wie magisch angezogen, sah Luzia der Unbekannten hinterher. Davon überzeugt, ihr schon einmal begegnet zu sein.

Nur um einmal mehr in quälender Schockstarre zu verharren.

»Hinterdrein, was zögerst du noch?«, meldete sich die Flüsterstimme mit Verve zu Wort, scharfzüngig und fordernd, sodass sie wie festgewurzelt stehen blieb. »Und wage es nicht, dich mir zu widersetzen, sonst du erlebst die Hölle auf Erden.«

Die Beine schwer wie Blei, machte Luzia Anstalten, sich vom Fleck bewegen. Ihr war, als klebten ihre Füße auf dem Pflaster fest, und während sie so dastand, begann sich die Welt wie im Tanz zu drehen, nicht lange, und sie wurde von einem heftigen Schwindel übermannt.

Umschwirrt von wirren Gedanken, die sich wie beutehungrige Aasvögel in ihre Gehirnschale verbissen, nahm Luzia ihre ganze Kraft zusammen. Nichts wie weg hier!, fuhr es ihr mit Macht durch den Sinn, nicht genug damit, gesellte sich eine beängstigende Vorahnung hinzu.

Was, wenn die Leute ringsum etwas mitbekamen?

Wenn herauskam, was nicht herauskommen durfte, wenn ihre Willenskraft nicht ausreichte, um ihnen Paroli zu bieten?

Und was, wenn sie in die Fänge der Inquisition geriet?

Was dann, Luzia Riemenschneider?

Verzweifelt bemüht, klar zu denken, schüttelte Luzia die Versagensängste ab. Aus der Ferne noch gut zu erkennen, überquerte die Unbekannte den Domplatz, würdigte die Bettler, Ablassverkäufer und Devotionalienhändler keines Blickes und erklomm die Stufen, die zum Vestibül führten. Dort angekommen, blieb sie kurz stehen, um das Reliquiar mit den Gebeinen der drei Ortsheiligen zu betrachten, einen von Bitterkeit und Spott durchdrungenen Zug um den Mund.

Ein Blick über die Schulter, und die Frau entschwand ihren Blicken, eingereiht in den Strom der Pilger, der sich durch das schmiedeeiserne Portal zwängte.

Die Stimme im Ohr, die jeden Widerstand im Keim erstickte, tat es Luzia der Unbekannten gleich, betrat den Mittelgang und blickte sich suchend um. Das Langschiff war in trübes Zwielicht getaucht, flankiert von Rundsäulen, auf denen die wurmstichige Balkendecke ruhte. Auf der Suche nach der Frau mit dem Umhang, deren Aura sie sich nicht zu entziehen vermochte, richtete sie den Blick auf den Chor, wo der Mesner im Begriff war, die Kandelaber zu entzünden. Kaum war dies geschehen, flutete das Licht in alle Richtungen, schwappte über die Stufen, die zur Altarmensa führten, und ergoss sich in den dämmrigen Mittelgang, just dorthin, wo die Fremde in Position gegangen war.

Nicht imstande, einen Schritt vor den anderen zu setzen, blieb Luzia wie festgewurzelt stehen.

Umgeben von verwitterten Epitaphien, rührte sich die Frau nicht vom Fleck, anders als die vorwärtsdrängenden Pilger, die nicht müde wurden, ihre Lobpreisungen anzustimmen. Wie zu einer Salzsäule erstarrt, richtete sie den Blick nach vorn, die Kapuze über dem Kopf, um unerkannt zu bleiben.

»Spute dich, die Gelegenheit kommt so schnell nicht wieder!«, raunte die Stimme Luzia zu, der Tonfall durchtränkt von Häme, der ihren Schädel wie ein Giftstachel durchdrang. »Sieh den Tatsachen ins Auge, besser spät als nie.«

Die Beine so weich wie Butter, stahl sich Luzia an der Unbekannten vorbei, beugte das Knie, um dem Kruzifix auf der Altarmensa die Reverenz zu erweisen, und ließ sich in die vordere Reihe sinken.

Den Tatsachen ins Augen schauen, leichter gesagt, als getan.

Stand doch geschrieben: *Da ließ der Herr Schwefel und Feuer regnen vom Himmel herab auf Sodom und Gomorra und vernichtete die Städte und die ganze Gegend und alle Einwohner der Städte und was auf dem Lande gewachsen war.*

Und Lots Frau sah hinter sich und ward zur Salzsäule.

Die Hände an die Schläfen gepresst, bäumte sich Luzia gegen die Einflüsterungen auf. Doch so sehr sie sich auch dagegen sträubte, die Stimme in ihrem Kopf behielt die Oberhand, bald lautstark und messerscharf, bald einschmeichelnd wie der Lockruf der Sünde, dem zu widerstehen ein Ding der Unmöglichkeit war. Nicht lange, und es wurde ein vielstimmiger Chor daraus, ohrenbetäubend wie die Trompeten von Jericho.

»Was zögerst du noch, sieh den Tatsachen ins Auge. Besser spät als nie!«

Worte, die sich wie der Stich einer glühenden Nadel anfühlten. Dazu ersonnen, sie um den Verstand zu bringen. Ausgespien aus dem Rachen eines Dämons, der nicht müde wurde, ihr Gift in die Ohren zu träufeln.

Besser spät als nie.

Die Zeit zum Handeln war gekommen.

Sie musste es tun.

Zitternd wie Espenlaub fasste sich Luzia ein Herz, riss den Kopf herum und sah nach hinten.

Wurde starr vor Schreck.

Deutlich älter, schlank und hellhäutig, tat die Unbekannte so, als bemerke sie die Blicke nicht, das Kinn kaum merklich in die Höhe gereckt. Die Kapuze über der hohen Stirn, verharrte sie schweigend auf dem Fleck, die Züge wie in Stein gemeißelt, nahezu eins mit den Epitaphien an der Wand.

Und dann geschah es.

Begleitet vom Klang der Orgel, deren Schallwellen wie eine Sturzflut durch das Längsschiff brandeten, machte die Frau einen Schritt nach vorn, saugte die Luft in sich auf, als drohe sie zu ertrinken, und sah ihr direkt ins Gesicht.

Im Begriff, den Blick zu erwidern, durchzuckte es Luzia wie der Blitz. Gerade eben noch in mittleren Jahren, in Schwarz gehüllt und das Haupthaar unter einer Haube verborgen, hatte sich die Frau in eine Maid verwandelt, gerade einmal 16 Jahre alt, mit Stiefeletten, Haarnetz und Schnürkappe auf dem Kopf, ein jugendfrisches Lächeln im Gesicht.

»Na, habe ich dir zu viel versprochen?«

Die Hände wie im Starrkrampf ineinander verschlungen, saß Luzia einfach nur da, die Augen auf die ihr bis aufs Haar gleichende Maid gerichtet, während ihr Herz wie rasend zu pochen begann. Nicht lange, und ihr Atem drohte den Dienst zu versagen, wäre die Bank nicht gewesen, an der sie verzweifelt Halt suchte, sie wäre kopfüber auf die Fliesen gestürzt.

Und dann erst diese Stimme, flehentlich wie diejenige eines Kindes: »Kennst du mich nicht mehr?«

Zutiefst verwirrt, rang Luzia nach Luft, das Gesicht gerötet und mit Schweißperlen übersät.

Wer war es, der da zu ihr sprach – die junge Frau oder der Dämon mit der Flüsterstimme?

»Ich bin es, deine ...«, drang es von allen Seiten in ihr Ohr, dröhnend wie Donnerhall, der selbst Tote wachgerüttelt hätte. Und siehe, es erhob sich ein lautes Wehklagen, peinigend wie die Speerspitzen einer Phalanx, begleitet von unheilverkündendem Grollen, das den Raum bis in die Grundfesten erschütterte. Kaum noch Herrin ihrer Sinne, blickte sich Luzia suchend um, auf der Suche nach einem Schlupfwinkel, den es nicht gab.

Chaos und Zerstörung, so weit das gerötete Auge reichte. Ein dumpfer Schlag, und das Westportal flog krachend auf, prallte gegen die Wand und zerbarst in 1.000 Stücke. Kandelaber aus Gusseisen wirbelten durch die Luft, todbringender als ein Geschosshagel, der auf eine Armee niederprasselt. Angetrieben durch eine orkanartige Bö, wurde alles, was nicht niet- und nagelfest war, aus der Verankerung gerissen, darunter auch die Epitaphien, nur mehr ein wertloser Haufen Geröll. Das Grollen indes schwoll weiter an, steigerte sich zu ohrenbetäubendem Krachen, unterbrochen von lautem Schlachtenlärm, der bis in die hintersten Winkel drang. Geschosse explodierten, Hilferufe ertönten, Rösser wieherten, Schüsse krachten, Blutgeruch durchzog die von Pulverdampf erfüllte Luft. Menschen auf der Flucht, wohin man auch sah, Männer, Frauen, Greise, Kinder, die Augen schreckgeweitet, davoneilend in wilder Hast. Und siehe, der da auf hohem Ross thronte, die bluttriefende Sichel in der Hand, um zu ernten, was der Leibhaftige gesät, sein Name lautete Tod, und die Dämonen der Finsternis folgten ihm auf dem Fuß, Krummschwerter in der knochigen Faust, um ihrem Herrn und Meister zu Diensten zu sein. Ein jäher Blitz, der ins splitternde Gebälk des Langhauses fuhr, und die Außenmauer geriet ins Wanken, zerfurcht von klaffenden

Rissen, Vorboten des nahenden Weltuntergangs. Allerorten flackerten übel riechende Brandnester auf, ein Nährboden für pestilenzartige Schwaden, die nach Schwefel, Tierdung und Verwesung rochen. Und so geschah es, dass die Welt in 1.000 Stücke zerbarst, aufgesogen vom Mahlstrom der Vernichtung, in dessen Schlund sie auf Nimmerwiedersehen verschwand. Und siehe, die Erde hatte zu existieren aufgehört – und mit ihr die Kreaturen, die sie bevölkert hatten, darunter auch eine Spezies, die sich Mensch schimpfte.

»Na, was sagst du jetzt?« Das Letzte, was Luzia zu Ohren bekam, bevor sie in den Tiefen der Ohnmacht versank, war die ihr zutiefst verhasste Stimme, kaum noch menschlich zu nennen, durchdrungen von klammheimlicher Freude. »Mach den Mund auf, ich habe dich was gefragt!«

Kurz darauf war es vorüber.

Die Unbekannte in Schwarz wie vom Erdboden verschluckt, als habe sie nur in ihrer Einbildung existiert.

*

»Rede mit mir, was ist geschehen?«

Bertradis, wie sie leibte und lebte. Gleichermaßen besorgt wie bestimmend, loyal bis zur Selbstaufgabe. Immer für sie da, wenn es brenzlig wurde.

Retterin in höchster Not.

Aber auch schnell bei der Hand mit Ermahnungen, ohne Rücksicht auf Rang oder Person. »Heilige Muttergottes, dich kann man doch keinen Moment allein lassen. Störrisch wie eine Eselin, womit habe ich das bloß verdient!«

Zum Antworten nicht imstande, setzte sich Luzia auf. Keine Stelle an ihrem Kopf, die nicht schmerzte, ein Nest voller Hornissen war nichts dagegen. »Wo bin ich?«

»Ich schlage vor, du stehst jetzt erst mal auf, alles Weitere wird sich ergeben«, verkündete ihre Amme resolut, schob den Arm unter ihre Achsel und half ihr hoch. »Setz dich hin, in dem Zustand kommst keine drei Klafter weit.«

Luzia gehorchte.

»Und jetzt erzähl, was war hier los?«, verlor Bertradis keine Zeit, dem rätselhaften Gebaren auf den Grund zu gehen, nahm umständlich Platz und tätschelte ihr Knie. Es tat gut, ihre Amme bei sich zu wissen, eine der Wenigen, der sie blind vertraute. »Ein Dickschädel wie du, der vor Energie nur so strotzt, der bricht doch nicht einfach so zusammen!«

Mitnichten.

Gut erkannt.

»Jetzt hab dich nicht so, mir kannst du es doch sagen.«

»Eine kleine Unpässlichkeit, nichts weiter«, kam Luzia nicht umhin, zu einer Notlüge zu greifen, weder imstande noch willens, ins Detail zu gehen. Je größer die Anzahl der Mitwisser, desto ernsthafter die Gefahr, in die sie sich begab.

Die, unnötig zu erwähnen, auch so schon bedrohlich angewachsen war.

»Kein Grund zur Sorge, es geht mir gut.«

»Wer's glaubt«, dachte Bertradis nicht daran, sich hinters Licht führen zu lassen, bedeutete den Hinzugeeilten, dass keine Gefahr mehr drohte, und rückte mit Kennerblick an die Schutzbefohlene heran. »Mir kannst du nichts vormachen, versuch es also gar nicht erst. Ich sehe

doch, dass mir dir was nicht stimmt, von wegen Unpässlichkeit, das nimmt dir doch keiner ab.« Im Begriff, den
Kinnriemen ihrer Haube zurecht zu zupfen, hielt Bertradis mitten in der Bewegung inne, sah Luzia prüfend an
und drohte: »Komm mir bloß nicht auf die Idee, deinem
Vater Steine in den Weg zu legen, der Mann hat schon
genug am Hals.«

»Ach ja, und was ist mit mir?«

Bertradis seufzte schicksalsergeben auf. »Auch mein
vorzeitig dahingeschiedener Ehemann, du weißt schon,
der mit dem dicken Spreißel im Gehirn – möge Gottvater
sich den Nichtsnutz zur Brust nehmen, wenn er wieder
mal querschießt! – auch er wurde mir einfach aufs Auge
gedrückt, oder denkst du, ich wäre auch nur im Traum auf
die Idee gekommen, mit dem Strohkopf von einem Flick-
schuster das Lager zu teilen?«

»Kurze Zwischenbemerkung: Ich kenne die
Geschichte.«

Einmal in Fahrt, war Bertradis jedoch nicht zu bremsen.
»Es heißt ja, man solle die Toten ruhen lassen, aber wenn
ich dazu imstande gewesen wäre, ich hätte meinem Vater
den Hals umge…« Die Amme wurde feuerrot. »Was ich
damit sagen wollte, ist: Denkst du vielleicht, ich wurde
nach meiner Meinung gefragt? Die zwei Saufbolde von
Vätern waren in der gleichen Zunft, das verbindet. Und
was meine Mutter betrifft, die hatte ohnehin nicht viel zu
melden.«

»Was die Kalamität nicht besser macht.«

»Natürlich nicht, aber so ist nun mal der Lauf der Welt,
Prinzesschen. Damit wir uns nicht falsch verstehen: Für
dich tut es mir natürlich leid, nach allem, was man über
die sprechende Schamkapsel hört. Sich dagegen aufzuleh-

nen führt aber zu nichts, besser, du findest dich damit ab. Und noch etwas: Kommt Zeit, kommt Rat. Vergiss nicht, Männer wie diesen Bartel kriegt man leichter unter den Stiefel, als man denkt, vor allem, wenn er keine Grütze im Hirnkasten hat. Was laut Gerüchten ja der Fall zu sein scheint. Und darum Kopf hoch, junge Dame, mit dem Taugenichts wirst du schon fertig, da habe ich keine Bedenken. Du kennst ja den Spruch: Wer zuletzt lacht, lacht am besten.«

»Mehr fällt dir dazu nicht ein?«

»Doch.« Bertradis blickte stur geradeaus. »Ich merke schon: Mit deinem Gedächtnis scheint es nicht zum Besten zu stehen. Sonst wüsstest du, was die Stunde geschlagen hat.«

»Du wirst lachen, das weiß ich auch so.«

»Anscheinend nicht.«

Luzia blickte fragend auf. »Du kannst dir die Bußpredigt sparen. Mein Entschluss steht fest.«

»Schon mal was von Dankbarkeit gehört, junge Dame?«

»Bitte nicht schon wieder, das haben wir doch schon so oft durchgekaut!«

»Und wenn schon, den Vorwurf kann man dir nicht ersparen.« Ihre Gebetskette in der Hand, ließ Bertradis den Blick auf dem Hochaltar ruhen. »Was dein Vater für dich getan hat, war aller Ehren wert. Nur zur Erinnerung, hätte es den Meister nicht gegeben, der Platz unter der Mainbrücke wäre dir sicher gewesen. So du es denn geschafft hättest, das Erwachsenenalter zu erreichen. Aus dem Vollen schöpfen konnte er nämlich noch nicht, und da muss man es ihm hoch anrechnen, dass er bereit war, dich aufzunehmen. Schon mal darüber nachgedacht, was es bedeutet, wenn man bis zum Umfallen schuften muss, um mehr als ein Dutzend hungrige Mäuler zu stopfen? Damals ging es uns noch nicht so gut wie heute, da mussten wir jeden Pfennig zweimal umdrehen. Du verstehst, was ich damit sagen möchte?« Die Amme blickte ruckartig nach links. »Sag mal, hörst du mir überhaupt zu?«

»Gewiss.«

»Und was wirst du jetzt tun?«

»Mich meiner Haut erwehren, was hast du denn gedacht!«, erwiderte Luzia brüsk, stemmte sich in die Höhe und bedeutete dem Faktotum, sich ihr anzuschließen. Am Ende des Mittelgangs angelangt, verhielt sie den schleppenden Schritt. »Und du bist dir sicher, dass meine Mutter verschollen ist?«

»Das ist doch schon so lange her, wieso lässt du die Vergangenheit nicht ruhen?«

»Weil sie dabei ist, mich einzuholen«, war Luzia um die Antwort nicht verlegen, wandte sich ab und eilte von dannen. »Und jetzt zu dir, Bartholomäus Häfner, die Stunde der Wahrheit naht!«

23

»Einfach zum Verrücktwerden, nicht mal hier hat man seine Ruhe!« Unterwegs im Gramschatzer Wald, wo sich sein bevorzugtes Jagdrevier befand, verkniff sich von Thüngen eine Verwünschung, bedeutete dem Gefolge, sich außer Hörweite zu begeben, und harrte der Dinge, die da kamen. Die Wildhüter taten wie befohlen, flankiert von einer nach Blut lechzenden Meute, die darauf brannte, von der Leine gelassen zu werden. Den Maulkorb vorm Gesicht, steigerten sich die Bluthunde in einen wahren Rausch hinein, für die Treiber ein Grund mehr, zur Peitsche zu greifen. »Rund um die Uhr nur Hiobsbotschaften, man könnte meinen, der Weltuntergang stünde bevor!«

»Armageddon oder nicht, die Zeit läuft uns davon«, erwiderte sein Begleiter kühl, zügelte seinen Rappen und zog ein versiegeltes Reskript aus dem Wams. »Ein Bericht zur Lage, aus der Feder eines Kundschafters. Streng geheim, mit der Bitte um weitere Anweisungen.«

»Na, gebt schon her, auf eine Schreckensmeldung mehr oder weniger kommt es jetzt auch nicht mehr an«, machte der Bischof aus seinem Unmut keinen Hehl, nahm die Depesche in Empfang und stieg aus dem Sattel, ins Licht der hereinbrechenden Dämmerung getaucht, die seinen Reitmantel mit lodernden Rottönen übergoss. »Sieht so aus, als hätte sich alles gegen mich verschworen, oder was meint meine rechte Hand dazu?«

Raban von Stahleck, der Gewohnheit folgend ganz in

Schwarz und mit einer Stoffmaske vorm Gesicht, atmete ungebärdig aus. »Und selbst wenn, einen Ausweg gibt es immer.«

»Und der wäre?«

»Wie ich bereits sagte, Bischöfliche Gnaden: Um nicht ins Hintertreffen zu geraten, kommen wir nicht umhin, uns Respekt zu verschaffen. Bei wem, muss ich Euch nicht sagen.«

»Was, wie wir beide wissen, auch ins Gegenteil umschlagen kann«, gab von Thüngen mit nachdenklicher Miene zurück, den Reitstiefel auf den Stumpf einer Rotbuche gestützt. Auf der Kuppe, von wo aus sich der Blick auf eine Lichtung eröffnete, kehrte gespannte Ruhe ein, nicht mehr lange, und die Hunde würden die Witterung verlieren. »Ihr wisst ja, junger Freund: Wer im Glashaus sitzt, soll nicht mit Steinen werfen.«

»Und was, wenn die Steine von außen kommen?«

»Wir werden uns schon zu wehren wissen, macht Euch da mal keine Gedanken. Wäre doch gelacht, wenn meine Reisigen das Pack nicht zu Paaren treiben würden. Hellebarde voran, drauf und dran, kann ich da nur sagen. Dafür werden sie schließlich bezahlt, und das nicht zu knapp!«

»Und wenn die Übermacht zu groß ist, was dann?«

Von Thüngen rümpfte missmutig die Nase. »Dann wird uns schon was einfallen, wozu hat man schließlich Verbündete. Ich will ja nichts sagen, aber wenn die Reichsfürsten nicht begreifen, was die Stunde geschlagen hat, dann ist den hohen Herren nicht zu helfen. Nichts schlimmer, als sich beim Pöbel lieb Kind zu machen, ich bin mir sicher, auf die Dauer geht das nicht gut. Selbst wenn alle Stricke reißen, wie ich den Pfalzgrafen und den Metropoliten zu Mainz kenne, kann man im Notfall auf sie bauen.« Die Gelassenheit in Person, erbrach der Bischof das Siegel, faltete den Brief auseinander und sagte: »Ein bisschen mehr Zuversicht, wenn ich bitten darf. Um den Kopf in den Sand zu stecken ist es noch zu früh.«

»Meine Rede, Fürstbischöfliche Gnaden.«

»Na also, dann wären wir uns ja einig. Die Kanalratten werden sich noch wundern, wartet nur ab. So schnell, wie wir sie in ihre Löcher zurücktreiben, können die gar nicht gucken.« Im Begriff, mit der Lektüre zu beginnen, blickte von Thüngen unvermutet auf, einen Habicht im Visier, der hoch droben am Himmel seine Kreise zog. Einen Schrei ausstoßend, der die Meute am Boden jäh erstarren ließ, fuhr der Raubvogel die messerscharfen Krallen aus, legte die Flügel an und stieß wie ein Pfeil auf sein Opfer herab, dessen Schicksal schon vorab besiegelt war. »Wenn die Zeit gekommen ist, werden wir uns die Insurgenten zur Brust nehmen, ohne Rücksicht auf Rang und …« In das Reskript vertieft, brach von Thüngen unvermittelt ab. »Eine Konspiration, die immer weitere Kreise zieht, unter Mitwirkung hochstehender Persönlichkeiten – habe ich da gerade richtig gelesen?«

Von Stahleck deutete ein Nicken an.

»Und Riemenschneider, was ist mit dem?«

Darauf der Finsterling: »Vollauf damit beschäftigt, seine Ziehtochter unter die Haube zu bringen. Überaus attraktiv, wenn die Bemerkung gestattet ist.«

Und das war noch harmlos ausgedrückt.

Egal wo er sich befand, die Nymphe ging ihm nicht mehr aus dem Sinn. Und wenn er sich noch so oft kasteite, zu Kreuze kroch oder die Exerzitien bis zur Erschöpfung vorantrieb, ihr Bild blieb in den Gedanken haften.

Auch jetzt, wo er versuchte, sich nichts anmerken zu lassen.

»Und das aus Eurem Munde, hört, hört!« Der Bischof lachte anzüglich auf, beileibe kein Kostverächter, wie hinter vorgehaltener Hand kolportiert wurde. »Und wer ist der Glückliche?«

»Der Sohn von Theophilus Häfner«, tat von Stahleck mit teilnahmsloser Miene kund, in Wahrheit jedoch zutiefst alarmiert, wie das Vibrato seiner Kopfstimme verriet. »Ein Tunichtgut, wie er im Buche steht, treibt sich mit Dirnen und lichtscheuem Gesindel herum.«

»Na, das kann ja heiter werden!«

Der Secretarius horchte verwundert auf. »Wie darf ich das verstehen?«

»Um Missverständnissen vorzubeugen: Was der Schürzenjäger mit der Kleinen anstellt, wenn er mit ihr unter die Bettdecke schlüpft, ist mir …« Von Thüngen brach stirnrunzelnd ab. »Apropos: Wie heißt die Göre?«

»Die Göre ist schon 23, könnte also längst verheiratet sein. Und hört auf den Namen Luzia.«

»Einerlei: Ob die beiden miteinander zurechtkommen, tangiert mich nicht. Was mir indes Kopfzerbrechen bereitet, ist, was das Weinfass und der Bildschnitzer im Schilde führen.«

»Bischöfliche Gnaden denken doch nicht etwa an ein …«

»Aber natürlich denke ich an ein Komplott, an was denn sonst!«, fuhr der Endfünfziger jäh aus der Haut, stampfte auf und grollte: »Der reichste Mann der Stadt tut sich mit dem mit Abstand populärsten Mitbürger zusammen, dessen Wort nicht nur im Stadtrat Gewicht hat – was will uns die Nachricht sagen?«

»Dass sie nichts Gutes im Schilde führen?«

»Recte.«

»Wie damit umgehen, das ist die Frage.«

»Na, wie wohl! Indem wir sie nicht mehr aus den Augen lassen.« Von Thüngen atmete schwer. »Wenn wir gerade über Schurkereien reden: Wann findet die nächste Ratssitzung statt?«

»Am kommenden Dienstag. Wieso fragt Ihr?«

»Weil ich nicht geneigt bin, noch mehr Öl ins Feuer zu gießen. Bedeutet: Irritationen sind tunlichst zu vermeiden. Sollen sie sich ruhig in Sicherheit wiegen, das dicke Ende kommt früh genug.«

»Bei allem schuldigen Respekt, Bischöfliche Gnaden: Je mehr Tage vergehen, an denen wir in Untätigkeit verharren, desto brisanter wird ...«

»Die Lage, ich weiß. Keine Sorge, junger Freund: Wenn der Moment zum Losschlagen gekommen ist, wird den Ränkeschmieden im Rat ein Licht aufgehen – und was für eines. Spätestens dann, wenn wir sie zu Paaren treiben. In Würzburg haben immer noch wir das Sagen, ob es den Erbsenzählern in den Kram passt oder nicht.« Von Thüngen atmete hektisch aus. »Doch gemach, junger Freund, bis es so weit ist, gibt es noch viel zu tun. Und darum ans Werk, sechs Tage vergehen schnell.«

»Und das wäre?«, gab von Stahleck in schroffem Tonfall zurück, darauf fixiert, den unruhig tänzelnden Rappen im Zaum zu halten. »Der Fisch stinkt vom Kopf, in dem Punkt sind wir uns ja wohl einig.«

»Durchaus.«

»Aber?«

»Kleinvieh macht auch Mist, den Spruch gilt es zu beherzigen.«

»Mit Verlaub, Euer Gnaden sprechen in Rätseln.«

»So, tue ich das.« Von Thüngen ächzte gequält. »Prosaisch ausgedrückt: Dieser Wenzel, über den mir berichtet wurde – was wissen wir über ihn?«

»Nicht viel mehr, als dass er aus Nürnberg stammt, 26 Lenze zählt, die Profession eines Straßenmalers ausübt und verdächtigt wird, zu den Komplizen eines gewissen Hans Bermeter zu gehören, der, wie es der Zufall will, just heute von der Stadtwache in Arrest genommen wurde. Die Vorwürfe im Einzelnen: Straßenraub, Anstiftung zum Hochverrat und Widerstand gegen die Ordnungskräfte.«

»Wenzel und wie weiter?«

»Lautenschläger.«

»Sagt mir nichts.«

»Nun ja, was nicht ist, kann noch werden. Derzeit schießen die Aufrührer ja wie Pilze aus dem Boden. Es sei denn, es wird kurzer Prozess mit ihnen gemacht.«

»Na schön, wie Ihr meint.« Mit der Lektüre am Ende, gab von Thüngen das Reskript zurück, stieg aufs Pferd und ließ den Blick über die idyllische Waldlichtung schweifen. Aus dem Gehölz krochen die Schatten der Nacht hervor, im Zweikampf mit dem gleißenden Abendrot, das seine Züge mit karmesinrotem Kolorit übergoss. »Somit ergeht folgender Beschluss: Besagter Straßenmaler ist umgehend in Haft zu nehmen und – falls nötig – hochnotpeinlich zu befragen. Desgleichen die bereits straffällig gewordene Heilerin, die mit der Ziehtochter des zu Oberservierenden in Kontakt steht.«

»Und die junge Riemenschneider, was ist mit ihr?«

»Sie bleibt außen vor – bis auf Weiteres. Aus den oben genannten Gründen. Es sei denn, ihr Vater läuft zum Gegner über, ein Schritt, der ihm bitter aufstoßen wird.«

»Zu Befehl, Fürstbischöfliche Gna…«, brach von Stahleck die Entgegnung ab, riss die Armbrust aus dem Köcher und legte den Bolzen ein, einen Zwölfender im Visier, der nichts ahnend über die grasbestandene Lichtung trottete. Dicht hinter ihm trat eine junge Hirschkuh auf den Plan, ein von Argwohn überschattetes Blinzeln im Gesicht, während die Vorderläufe vor Furcht zu beben begannen.

Und dann war es auch schon passiert.

Ein unterdrücktes Röhren, und ihr Gefährte sackte leblos zusammen, eine klaffende Wunde mitten auf der Stirn.

»Zu Befehl, Fürstbischöfliche Gnaden – und weiterhin Waidmannsheil!«, schnarrte von Stahleck übertrieben laut, ließ die Armbrust zurück in den Köcher gleiten und gab seinem Rappen die Sporen, ohne Blick für die junge Hirschkuh, der es gelang, sich in Sicherheit zu bringen.

*

So wahr ich mich vor Dir in den Morast werfe, oh Du mein Herr und allmächtiger Gott: Ich werde nicht ruhen, bis die Aufrührer reihum ausgetilgt wurden, weder bei Tag noch in finsterer Nacht, wenn sich der Leibhaftige anschickt, sein Werk zu vollenden. Nur darauf, oh Herr, ist mein Trachten gerichtet, im Vertrauen auf Deinen Beistand, den ich mehr denn je benötige. Denn siehe, die Legionen des Antichrist sind nicht mehr fern, wehe dem, der in seinen Bann gerät. Und wehe denjenigen, die es wagen, Deinen Namen zu schmähen. Sie alle werden blindlings ins Verderben rennen, ob Bauer, Bürger oder Edelmann, der Aufruhr gegen den Bischof wird im Keim erstickt.

So wahr ich den Namen meiner Vorväter trage.

Und nun zu dir, liebreizende Nymphe, die du die Gesellschaft eines aufrührerischen Hurensohnes suchst, dem es gefiel, sich als Straßenmaler zu verdingen: Ist dein Vater, der sich Ratsherr schimpft, erst enttarnt, wirst auch du nicht umhin kommen, zu Kreuze zu kriechen, nicht vor irgendwem, wohlgemerkt, sondern vor mir. Schon jetzt stelle ich mir vor, wie du um Gnade winselst, ein wahrhaft herzzerreißendes Bild des Jammers, geeignet, mein Blut in Wallung zu bringen. Ein Gesicht wie von Künstlerhand geschaffen, die Stirn zwar ein wenig hoch und die Brauen eine Idee zu stumpf, davon abgesehen jedoch ohne Makel. Und dann erst die rotblonden Strähnen, nur mit Mühe unter der blütenweißen Schnürkappe verborgen, im Nacken zu einem kunstvollen Knoten zusammengefügt. Die olivfarbene Haut nicht zu vergessen, leuchtend wie ein edler Smaragd. Ein Hoch auch auf die mädchenhafte Figur, die nicht nur mich mit wallender Glut erfüllt, aus den Geheimkammern meiner Fantasie nicht mehr wegzudenken. Wahrlich, je mehr ich in deinen Bann gerate, desto stärker die Überreiztheit meiner Sinne, gedenke ich deiner in der Nacht, werde ich jäh um den Schlaf gebracht.

So vernimm denn meinen Schwur: Auch wenn es mich meine Reputation, meinen Posten oder mein Hab und Gut kosten würde, ich werde weder rasten noch ruhen, bis du die Meine geworden bist. Mögen sie mich meiner Ämter berauben, des Bruchs der Gelübde bezichtigen, exkommunizieren oder gar exekutieren, mein Eifer, mich dir gewogen zu machen, wird nie erlahmen.

Du wirst mir gehören, nur mir allein.

Bis dass der Tod uns scheidet.

Amen.

24

»Ein Gespräch unter vier Augen, du hast vielleicht Nerven!«, begehrte der Meister auf, öffnete die Tür der Werkstatt und ließ Luzia passieren. »Ich muss schon sagen, das ist wirklich allerhand. Deine Mutter und ich machen die Honneurs, die Gäste befinden sich in Festtagslaune, stehen Schlange, um ihre Glückwünsche auszusprechen – und was tut meine Tochter? Sie kommt eine halbe Stunde zu spät, mustert ihren Bräutigam, als würde sie ihm am liebsten an die Gurgel gehen, lässt ihren Schwiegervater links liegen und bittet mich zum Rapport. *Allein.*« Der Hausherr schüttelte missbilligend den Kopf. »Sag mal, ist dir eigentlich klar, was du angerichtet hast? Ich meine, niemand zwingt dich, den Leuten um den Hals zu fallen, aber wenn du dich benimmst wie die Axt im Wald, dann darfst du dich nicht wundern, wenn du ins Gerede kommst.« Ein Drohblick, gefolgt von einem hektischen Atemzug. »Also reiß dich gefälligst am Riemen, junge Dame, du brichst dir dabei keinen Zacken aus der Krone.«

»Ehre, wem Ehre gebührt«, stellte Luzia lakonisch fest, das Haar in der Mitte gescheitelt, was bis dato noch nie der Fall gewesen war. Der von einer Spange zusammengehaltene Zopf machte die Wandlung perfekt, sodass sie auf Anhieb kaum wiederzuerkennen war. »Ach übrigens, den Spruch habe ich von Euch.«

»Und überhaupt, wie siehst du eigentlich aus!«, ließ der Bildschnitzer die Spitze unkommentiert, musterte sie von

Kopf bis Fuß und grollte: »Falls du es noch nicht bemerkt hast, wir sind hier nicht auf einer Beerdigung. Den Gästen in dem Aufzug unter die Augen zu treten, da gehört schon was dazu!«

»Finde ich auch.«

»Hüte deine Zunge, oder du lernst mich kennen.« Zur Feier des Tages mit Schaube, Seidenhemd und Barett aus besticktem Brokat bekleidet, nahm der Meister mit dem Rücken zur Werkbank Platz. »Und wieso der Mummenschanz, dürfte ich das erfahren?«

»Zum einen, weil ich mich hintergangen fühle, und zum andern, weil ich das Schwein nicht heiraten werde«, hatte Luzia die passende Antwort parat, gab der Tür einen kräftigen Schubs und folgte ihrem Vater auf dem Fuß. Nur um verbittert hinzuzufügen: »Hättet ihr beiden euch die Mühe gemacht, ihm auf den Zahn zu fühlen, dann wäre das alles nicht passiert. Aber es konnte ja nicht schnell genug gehen. Mit Margaretha an vorderster Front. Mich an den Meistbietenden zu verscherbeln, hinter meinem Rücken, ohne groß darüber nachzudenken: Entwürdigender geht es wirklich nicht.«

»Wie redest du überhaupt mit mir, bist du von Sinnen?«

»Keineswegs«, erwiderte Luzia kühl, durchmaß die Werkstatt und wandte sich ruckartig um. »Damit wir uns richtig verstehen, was die Heirat mit dem Früchtchen betrifft, dessen Name mir partout nicht über die Lippen will, ich werde einen Teufel tun.«

»Jetzt ist es aber genug, Luzia, schweig still!«, stauchte Meister Til die Braut zusammen, das Gesicht feuerrot, als stünde der Schlagfluss kurz bevor. »Und lass deine Mutter aus dem Spiel, sie herabzuwürdigen steht dir nicht zu.«

»Erstens: Sie ist nicht meine Mutter. Und zum Zweiten: Wäre Euer Gesponse nicht gewesen, dann hätte es zwischen uns keinen Streit gegeben. Das wisst Ihr so gut wie ich.« Die selbstgeschnitzte Figurine in der Hand, die einen Ehrenplatz in der Nische neben der Werkbank besaß, wurde Luzia einmal mehr von Wehmut erfasst. »Und was meine Passion für die Bildschnitzerei betrifft, die Zeit wird kommen, wo man uns Frauen keine Steine mehr in den Weg legen wird. Wann es soweit ist, kann ich natürlich nicht sagen, aber eines weiß ich genau: Egal was geschieht, wir lassen uns nicht unterkriegen. Von niemandem. Weder jetzt noch in Zukunft.«

»Hartnäckig bist du ja, das muss dir der Neid lassen.«

»Und dankbar, wenn ich dran denke, was mir erspart geblieben ist«, nahm Luzia den Gesprächsfaden wieder auf, stellte die Figurine zurück und reckte sich. »Wie gesagt, meinen Recherchen zufolge handelt es sich bei dem Beinahe-Verlobten um einen Mann, der es verdient hätte, am Pranger zu landen. Wenn nicht gar auf dem Schafott. Schaut mich nicht so an, Vater, ich weiß, wovon ich rede.«

»Dann sprich dich aus. Ich bin ganz Ohr.«

»Nichts lieber als das.« Die Blicke der Streitenden trafen sich. »Ich habe mir erlaubt, Erkundigungen einzuziehen. Wie heißt es doch gleich: Drum prüfe, wer sich ewig bindet – oder gebunden wird, so es das Schicksal will –, ob sich nicht doch was Bess'res findet. Kurzum, mit einem Mörder, Vergewaltiger und notorischen Raufbold in den Stand der Ehe zu treten, danach steht mir nicht der Sinn.«

»Wovon redest du, ich …«, setzte der Meister zu einer Erwiderung an, binnen Momenten um Jahre gealtert, einen von Schwermut überschatteten Ausdruck im Gesicht. »Zank und Hader, wo man hin- und rausschaut – und jetzt auch noch das. Als ob ich nicht schon genug um die Ohren hätte. Gütiger Himmel, was sind das bloß für Zeiten, es gibt Tage, an denen verstehe ich die Welt nicht mehr.«

»Mit Verlaub, ich schließe mich an.«

Der Meister lächelte matt. »Na, da bin ich ja beruhigt. Um auf die von dir erhobenen Vorwürfe zurückzukommen, ich nehme an, du kannst sie auch beweisen?«

Luzia nickte stumm.

»Die Anklage hat das Wort. Ich warte.«

»Wenn Ihr erlaubt, Vater: Ich würde es vorziehen, die Betroffenen selbst zu Wort kommen zu lassen.«

»Und wie soll das gehen?«

»Indem ich sie hereinbitte, um vor Euch auszusagen«, tat Luzia mit entschlossener Miene kund, sah ihren Vater auffordernd an und forschte: »Es sei denn, Ihr legt keinen Wert darauf.«

Die Handfläche auf den Knien, über die sich ein Obergewand aus Brokat spannte, ging Meister Tilman mit sich zu Rate. »Na schön«, tat er sich mit der Entscheidung schwer, kein Mann schneller Entschlüsse, weder als Ratsherr noch als Familienoberhaupt. »Ans Werk, um des lieben Friedens willen. Ich hoffe, es ist nicht für die Katz, falls doch, bin ich mit dem Latein am Ende.«

»Danke, Vater. Ihr seid ein Schatz«, platzte Luzia heraus, auf dem Weg zur Hoftür, um die Zeugen herbeizurufen. Ein kurzer Wink, und die Gefährten traten nacheinander ein, an der Spitze der zerzauste Straßenmaler, dem die Ehrfurcht vor dem Bildschnitzer ins Gesicht geschrieben war. »Darf ich vorstellen, Wenzel Lautenschläger, Straßenmaler von Beruf«, nahm Luzia entschlossen die Zügel in die Hand, bedeutete den Wartenden, nach vorn zu treten, und stellte sie der Reihe nach vor. »Melusine, eine gute Freundin von mir, Heilerin und weise Frau. Und das hier ist Imelda, ein Blick in ihr Gesicht, und man weiß, mit wem sie es zu tun bekam. Gefolgt vom Wirt der Wirtschaft Zum Wilden Mann, derzeit wohnhaft in der Pleich. Tja, und das hier, klein von Wuchs, aber mit großem Herzen, das ist mein Kronzeuge Fidibus, den Ihr, wie ich annehme, vom Sehen kennt.«

»Da nimmst du richtig an, mein Kind«, gab der Meister mit skeptischem Augenaufschlag zurück, über den Besuch, der zur Unzeit kam, nicht sonderlich erbaut.

Dann erteilte er seiner Tochter das Wort.

»Am besten, ich beginne von vorn«, ließ sich Luzia nicht lange bitten, gesellte sich zu Imelda und sagte: »Ich bin mir bewusst, dass die Mitbürger, die hier versammelt sind, nicht zu Eurem bevorzugten Umgang gehören, vertrete aber dennoch die Meinung, dass sie ein Recht haben, gehört zu werden. Zumal es sich bei Euch um ein Ratsmitglied handelt. Zumindest vor dem Gesetz sind alle gleich, ist es nicht so?«

»Ich fürchte, ich kann dir da nicht widersprechen, mein Kind«, antwortete der Meister in versöhnlichem Ton, nicht sicher, was auf ihn zukommen würde. »Fragt sich nur, ob es nicht besser wäre, es dabei bewenden zu lassen. Aber das steht hier ja nicht zur Debatte. Darum weiter im Text, die Blessuren im Gesicht der jungen Dame, was hat es damit auf sich?«

»Das soll Euch Imelda lieber selbst erzählen«, ließ Luzia mit Blick auf die Hübschlerin verlauten, die vor Aufregung wie Espenlaub zu zittern begann. Dann sah sie ihren Vater an und sagte: »Bevor Ihr mich fragt: Die Geschichte hat sich genauso abgespielt, vom Präludium bis zum Ende!«

*

»Ein Schluck Wein täte mir jetzt gut, da wird einem ja ganz anders, wenn man so was hört.« Noch bleicher als sonst, schraubte sich der Meister in die Höhe, sah die Anwesenden reihum an und rang nach Worten. »Die Wahrheit, und nichts als die Wahrheit? Überlegt euch genau, was ihr jetzt sagt, wie viel davon abhängt, wisst ihr selbst.«

»Seid versichert, Vater: Es hat sich alles wie geschildert zugetragen«, ergriff Luzia das Wort, wie die Gefährten sichtlich mitgenommen, die Lippen nur mehr ein Strich. »Darauf gebe ich Euch mein Wort. Die Frage ist, wie soll es jetzt weitergehen. Der Satan darf nicht ungeschoren davonkommen, in dem Punkt sind wir uns ja wohl einig.«

Meister Tilman bejahte stumm.

»Und sein Komplize auch nicht. Mitgegangen, mitgefangen, mitgehangen.«

»Wohl wahr, Herr Kollege.« Die Handflächen auf die Werkbank an der Längswand gestützt, nickte der Meister zustimmend mit dem Kopf, wandte den Blick von Wenzel ab und sagte: »Am besten, wir bringen den Kasus vor Gericht. Einen Freispruch wird es nicht geben, da bin ich mir sicher.«

»Und was ist mit dem alten Häfner? Was, wenn er seine Beziehungen spielen lässt, um uns ins Handwerk zu pfuschen, habt Ihr Euch das schon mal überlegt?«

»Gleichviel, Luzia: Einen Mann wie ihn möchte man nicht zum Feind haben. Wie ich Theophilus kenne, würde er nicht tatenlos zuschauen, wenn sein Sohn im Verlies unter dem Rathaus landet. Und wenn er dann erst vor Gericht steht, in der Haut des Mannes wollte ich nicht stecken. Seien wir ehrlich: Um unser eigen Fleisch und Blut vor dem Galgen zu bewahren würden auch wir sämtliche

Hebel in Bewegung setzen, mag der Betreffende auch ein abgefeimter Schurke sein.«

»Auf den Punkt gebracht, Ihr plädiert für einen Kuhhandel.«

»So hart würde ich das nicht formulieren, Luzia. Einmal angenommen, der Junior endet auf dem Schafott, welchen Nutzen hätten wir davon? Gar keinen.« Der Hausherr hielt sinnierend inne. »Der Gerechtigkeit wäre Genüge getan – so weit, so gut.«

»Auch wieder wahr.« Tief in Gedanken, wanderte Luzia hin und her, ließ den Blick scheinbar ziellos durch den Raum schweifen. Im Hof war das Geräusch von Schritten zu hören, unterbrochen von gedämpftem Murmeln, dessen Urheber wild durcheinanderredeten. »Davon abgesehen, wenn der Senior mit uns ins Geschäft kommen will, dann wird er tief in Tasche greifen müssen.«

»Bedaure, aber ich kann dir momentan nicht folgen.«

»Es ist alles ein Geben und Nehmen, Vater. Und das bedeutet: Um den Schaden, den sein Filius angerichtet hat, wiedergutzumachen, wird der gute Mann eine Entschädigung zahlen, und zwar eine, die sich gewaschen hat.«

»Das ist Erpressung, Luzia, bist du dir dessen bewusst?«

»Und selbst wenn, Vater, es gibt keinen anderen Weg. 1.000 Gulden an Imelda, damit sie mit ihrem Kind ein neues Leben beginnen kann, wo und wann auch immer es ihr beliebt. Die gleiche Summe an die Frau des Müllkärrners, die mitansehen musste, wie ihr Mann zu Tode geprügelt wurde, und das alles nur, weil dem Unhold langweilig war. Und, weil es so schön war, weitere 1.000 Gulden an das Straßenmädchen aus der Pleich, die, wie zuvor berichtet, dem Tod nur um Haaresbreite entronnen ist. Und die sich seither nicht mehr auf die Straße traut, von den Wunden und lädierten Gliedmaßen nicht zu reden. Macht in summa 3.000 Gulden, ein Trinkgeld, wenn man bedenkt, wie reich der Senior ist.«

»Und du bist dir sicher, er wird darauf eingehen?«

Luzia nickte bestimmt. »Absolut. Und wenn nicht, dann nehmen die Dinge ihren Lauf. Er hat es in der Hand, warten wir's ab.«

»Bin gespannt, was deine Mutter dazu sagt«, gab der Meister mit hochgezogenen Brauen zurück, den Mundwinkel zu einem schiefen Lächeln verzogen. »Wie ich sie kenne, wird sich ihre Freude in Grenzen halten, Fehlgriff hin oder her.«

»Fehlgriff, was soll das heißen?«

»Wenn man vom Teufel spricht, dann lauert er bereits auf der Schwelle. Nur für Eingeweihte zu erkennen, das ist er seiner Reputation schuldig.«

»Alle Achtung, mein scharfzüngiger Gemahl, so viel Biss hätte ich dir nicht zugetraut«, parierte Margaretha den Hieb, mit Geschmeide, Armreifen und Flitterkram bewehrt, als handle es sich um eine Kurtisane. Häfner und sein Filius folgten ihr auf dem Fuße. »Du bist mir eine Erklärung schuldig, vor allem was das Verhalten von der da betrifft!«

»*Die da* kann für sich selbst reden, Schluss mit der Komödie«, setzte sich Luzia zur Wehr, den Blick auf den herausgeputzten Schönling gerichtet, dem die Verblüffung in glatt rasierte Gesicht geschrieben war. Von mittlerem Wuchs, fahlblond, gertenschlank und à la mode française gewandt, haftete ihm die Aura eines Renaissance-Gecken an, der sich die Zeit mit Jeu de Paume und Glücksspiel vertrieb. Einzig die Gesichtspartie, derjenigen eines Habichts ähnlich, ließ darauf schließen, wer sich hinter der Fassade verbarg. Umso mehr, da er einen Dolch am Gürtel trug. Dass die Hülle mit Motiven aus der Ars amatoria von Ovid verziert und mit Blattgold überzogen war, rundete das Bild, das man gewann, auf signifikante Weise ab.

»Aber erteilen wir doch der Hauptperson das Wort, das heißt, so ihr danach ist.«

Die Antwort ließ nicht lange auf sich warten. »Du elendes Miststück von einer Hure«, spie Häfner die Tirade förmlich aus, den hasserfüllten Raubvogelblick auf Imelda gerichtet, die ihre Hände schützend in die Höhe riss. »Na warte, dir werde ich Mores lehren!«

Den im Handumdrehen gezückten Dolch in der Hand, stürmte der Raufbold auf die 17-Jährige zu, während ihm der Speichel aus dem wild zuckenden Mundwinkel rann.

»Zur Hölle mit dir, Metze – du hast es nicht anders ...«, schob er mit wutentbrannter Fratze hinterher, entschlossen, sein Vorhaben in die Tat umzusetzen.

Die Hure musste sterben.

Egal um welchen Preis.

Doch es kam anders.

»Das hättest du wohl gern, du feiger Wicht«, fiel Wenzel dem Angreifer in den Arm, schlug ihm den Dolch aus der Hand und packte ihn beidhändig am Kragen.

Dann schleuderte er ihn mit Wucht gegen die Wand.

So heftig, dass er keine Gegenwehr mehr leistete, nur mehr ein Häuflein Elend, scheu wie ein geprügelter Hund. »So, und jetzt hältst du gefälligst die Klappe, wenn die Erwachsenen miteinander reden, oder es setzt was, ist das klar?«

In sich zusammengesunken, stöhnte Häfner wimmernd auf.

»Keine Antwort ist auch eine Antwort«, nahm Luzia das Heft wieder in die Hand, warf Wenzel einen anerkennenden Blick zu und richtete das Wort an den Weinhändler, der mit schreckensbleicher Miene an der Tür verharrte. »Wie Ihr seht, sind Eure Pläne dabei, sich in Luft aufzulösen, und was mich betrifft, ich weine Eurem Sprössling keine Träne nach. Fertig sind wir mit ihm aber noch lange nicht, und das aus gutem Grund. Ich weiß nicht, ob Ihr darüber Bescheid wisst, aber was der Jammerlappen da drüben auf dem Kerbholz hat, das reicht locker aus, um ihn an den Galgen zu bringen. Jetzt schaut nicht so belämmert drein, Meister Häfner, ich reime mir das alles nicht zusammen.« Luzia machte eine einladende Geste. »Tretet näher, von uns habt Ihr nichts zu befürchten.«

Aus der Schockstarre erwacht, schnappte der Weinhändler nach Luft. »Das ... das wird Euch allen noch mal leidtun«, stammelte er japsend drauflos, den irrlichternden Blick auf die Versammelten gerichtet, kaum fähig, das Erlebte zu begreifen. »Ich ... ich ... merk dir eines: Ich habe Verbindungen, von denen andere nur träumen können, also freu dich nicht zu früh, Schandweib, der Kerkermeister wartet schon auf dich.«

»Was das betrifft, *werter Herr*, hat Euer Sohn die besseren Karten«, konterte Luzia souverän, trat dem Weinhändler gegenüber und ergänzte: »Wisst Ihr, irgendwie kann ich Euch ja verstehen. Der Sohn und Erbe auf Abwegen, und man bekommt nicht das Geringste davon mit, von vagen Andeutungen einmal abgesehen: Um Euer Los seid Ihr wirklich nicht zu beneiden, hätte er nicht so viel Unheil angerichtet, man könnte am Ende glatt noch Mitleid mit Euch haben.«

»Du redest wirr, wohl zu tief ins Glas geschaut?«

»Ich wünschte, dem wäre so«, versetzte Luzia kühl, den Blick in denjenigen des Weinhändlers versenkt, der sie mit schweißtiefenden Schläfen taxierte. Dann deutete sie auf ihre Gefährten und erklärte: »Machen wir es also kurz. Wir, die wir hier versammelt sind – also Imelda, Wenzel der Straßenmaler, meine Freundin Melusine, der Wirt Zum Wilden Mann sowie der Müllkärrner Fidibus und meine Wenigkeit – wir haben uns darauf verständigt, Euch ein Angebot zu unterbreiten. Wenn Ihr schlau seid, nehmt Ihr es an. Wenn nicht, werden wir den Schandfleck der Stadtwache übergeben. Ihr wisst ja, bei Mord verstehen die Richter keinen Spaß, und wenn man dann noch auf wehrlose Frauen einprügelt, dann gehen die Chancen gegen null. Was, wie ich annehme, absolut nicht im Sinne des Erfinders – will heißen: Eures bis ins Mark verdorbenen Lendensprosses – ist.« Außer Atem vom vielen Reden, legte Luzia eine Pause ein. »Hopp oder top, was sagt Ihr dazu?«

»Keine Ahnung, wovon du sprichst.«

»Ihr werdet es nicht glauben, aber die Reaktion hatte ich erwartet.«

»Sag endlich, was Sache ist, dein Gefasel tötet mir den Nerv. Was soll das werden, ein Mummenschanz für Kinder?«

»Stets zu Diensten, der Herr«, sprang der Müllkärrner bereitwillig in die Bresche, schilderte den Mord an seinem Kollegen und schloss mit den Worten: »Damit Ihr nicht auf falsche Gedanken kommt, es gibt Zeugen. Die bereit wären, vor dem Brückengericht auszusagen, ohne Rücksicht auf große Namen.«

Luzia ergänzte: »Apropos: Was die nächtlichen Eskapaden Eures Prachtsohnes betrifft, meinem Freund Wenzel und mir wäre es ein Vergnügen, einen Bericht aus eigenem Erleben vorzutragen.«

»Halt's Maul, Metze, oder du bekommst es mit …«,

»Wenn hier einer Prügel verdient hat, dann bist es ja wohl du, Memme!«, fiel Wenzel dem geifernden Schlagetot ins Wort, stieß ihn zu Boden, bevor er imstande war, zum Angriff überzugehen, und baute sich drohend vor ihm auf. »Halt endlich die Klappe, oder du kannst mit deinen Beißerchen Murmeln spielen!«

Darauf Luzia, den Blick auf den leichenblassen Weinhändler gerichtet: »Ihr kennt ja den Spruch, ein getretener Hund beißt. Um beim Thema zu bleiben, was Imelda, die von Eurem Sohn schwanger ist, widerfuhr, das könnt Ihr mit eigenen Augen sehen. Falls gewünscht, wäre sie bereit, in die Details zu gehen.«

»Ihr kommt euch wohl sehr schlau vor, was?«, herrschte der Weinhändler die Umstehenden an, die Hände wie im Starrkrampf zu Fäusten geballt. Dann reckte er das Doppelkinn und knurrte: »Ich habe Verbindungen, von denen …«

»Andere nur träumen können, Ihr wiederholt Euch, Meister Häfner. Aber wenn Ihr unbedingt Wert darauf legt, der Herr Wirt und Melusine brennen darauf, Euch mit Anekdoten aus dem Leben eines Taugenichts zu versorgen.«

»Wie viel?«

Geschäftsmann durch und durch, hatte Häfner den Ernst der Lage begriffen.

»Nicht gar so geschwind, der Herr«, warf Luzia mit abwehrender Gebärde ein, tauschte einen Blick mit den Gefährten und verkündete: »Wir stellen hier die Bedingungen – und nicht Ihr.«

»Die da lauten?«

»An einem Schuldbekenntnis Eures Sohnes führt kein Weg vorbei. In schriftlicher Form. Mit den Unterschriften der hier Anwesenden. Sicher ist nun mal sicher, Ihr versteht.«

»Und weiter?«

»Dies vorausgesetzt werden er und sein Komplize die Stadt binnen einer Woche verlassen. Auf Nimmerwiedersehen. Würde die Übereinkunft gebrochen, sähen wir uns gezwungen, an die Öffentlichkeit zu gehen.«

»War's das, oder hast du noch mehr auf Lager?«

Luzia lächelte dünn. »Ihr wisst doch, das Beste kommt immer zum Schluss.«

»Wie viel, verdammt noch mal!«, polterte Häfner erregt, den wutentbrannten Blick auf den Meister gerichtet, der ihn mit nachdenklichem Augenaufschlag musterte. »Jetzt rück schon endlich raus damit, der Worte sind genug gewechselt!«

»3.000 Gulden, zahlbar binnen einer Woche«, konterte Luzia süffisant, den Blick auf ihre konsternierte Stiefmutter gerichtet, die vor Scham am liebsten im Boden versunken wäre. »Nicht viel mehr als ein Trinkgeld, oder was meint Ihr dazu?«

25

»Das haben wir gut gemacht, findet Ihr nicht auch?«, brach Wenzel das lang anhaltende Schweigen, trat an die Feuerstelle, um einen Holzscheit nachzulegen, und nahm neben Luzia Platz. Am Mainkai, flankiert von Treidelschiffen, Prähmen und einem Transportfloß voller Holzstapel, war außer ihnen beiden kein Mensch zu sehen. Zur Linken ragten die Pfeiler der Mainbrücke empor, umgarnt von den mäandernden Fluten, an denen sich das Licht des Mondes brach. Hoch droben, im Zentrum der hereinbrechenden Finsternis, zeichneten sich die Konturen der Festung ab, ein schier uneinnehmbares Bollwerk, das wie eine Dornenkrone auf dem Bergsporn saß. Vom Schottenkloster, auf einer Anhöhe am gegenüberliegenden Ufer gelegen, hallte das Geläute zur Nacht herüber, hätte es die zänkischen Möwen nicht gegeben, die sich um eine verrottete Fischgräte zankten, die abendliche Idylle wäre perfekt gewesen. »So kann man sich irren, Theophilus Häfner. Irgendwie tut mir der alte Herr ja leid, wer wünscht sich denn schon so einen Malefizbuben zum Sohn. Aber egal, daran wird die Reblaus noch zu kauen haben. Tja, unverhofft kommt nun mal oft, da hilft alles nichts.«

»Fragt sich, ob der Schaden wiedergutzumachen ist«, gab Luzia mit Nachdruck zu bedenken, die Handflächen über die prasselnde Glut gereckt. An Bord eines Lastkahns, der unweit des Verladekrans vor Anker lag, war das Gejohle von zechenden Flussschiffern zu hören, begleitet vom Klang einer Fidel, die Trinklieder und zotige Weisen intonierte. »Ein Toter, zwei übel zugerichtete Frauen, ein Kind, das eine ungewisse Zukunft vor sich hat – eine wahrhaft ernüchternde Bilanz.«

»Das auf jeden Fall, da gebe ich dir recht.«

»Dir?«

»Bitte untertänigst um Verzeihung«, saß Wenzel erneut der Schalk im Nacken, ein Zug, der partout nicht totzukriegen war. »Soll nicht wieder vorkommen, mein Wort als Ehrenmann!«

Luzias Schmunzeln sprach für sich. »Ehrenmann, das glaubt aber auch nur Ihr. Ich wollte nicht wissen, was Ihr alles auf dem Kerbholz habt.«

»Und was ist so schlimm daran, wenn man sich duzt?«

»Überhaupt nichts, wie kommst du darauf«, kam dem Maler die Antwort wie gerufen, war der Lapsus doch beileibe kein Zufall gewesen. »Wäre ich auf Etikette bedacht, dann säße ich jetzt nicht hier. Wenn wir gerade dabei sind: Danke für alles, ich weiß deine Hilfe zu schätzen.«

»Keine Ursache, gern geschehen.«

»Und was nun?«

»Was soll denn sein?«, gab Wenzel mit entwaffnendem Lächeln zurück, nahm seinen Umhang ab, um ihn Luzia um die Schultern zu legen, und reckte die geballte Faust in die Luft. »Sieg auf der ganzen Linie, was will man mehr!«

»Findest du?«

Wenzel stutzte. »Warum so pessimistisch, hat doch bestens geklappt.«

»Na ja, nicht so ganz. Ich meine, wenn ich an Vater denke, in seiner Haut wollte ich jetzt nicht stecken. Mit Männern wie Häfner ist nicht gut Kirschen essen, wehe dem, der ihm in die Quere kommt. Der Mann hat es faustdick hinter den Ohren, und wenn es ums Geld geht, kennt er nichts. Das haben wir ja vorhin gesehen.« Luzia atmete verächtlich aus. »Säße der Bischof wieder obenauf, er würde über Nacht die Seiten wechseln, für 30 Silberlinge macht der Kerl doch alles. Einen Mann wie ihn in den eigenen Reihen zu haben, von Thüngen könnte nichts Besseres passieren.« Ein Stirnrunzeln, und schon ging es weiter im Text. »Und dann wäre da noch meine innig geliebte Stiefmutter, die darauf brennt, es mir gründlich heimzuzahlen. Mein armer Vater, was der Mann sich noch alles anhören muss, möchte ich nicht wissen. Und dann komme auch noch ich daher und liege ihm mit meinem Wunschtraum in den Ohren. Was kann er denn dafür, wenn ich Bildschnitzerin werden will, den Floh habe ich mir ja selbst ins Ohr gesetzt.«

»Bildschnitzerin, ist das dein Ernst?«

Luzia atmete ungeduldig aus, zurrte den Umhang zurecht und sagte: »Jetzt hörst du dich schon beinahe wie Vater an, ihr Männer seid doch alle gleich.«

»Jetzt mach aber mal halblang, du klingst ja schon wie deine Amme«, nahm Wenzel umgehend Revanche, vermied es jedoch, übers Ziel hinauszuschießen. »Du willst also Bildschnitzerin werden, so weit, so gut. Und was hat das mit deinem alten Herrn zu tun?«

»Na, du stellst vielleicht Fragen! Einmal angenommen, ich würde um Aufnahme in die Zunft bitten, was, glaubst du, bekäme ich von den Platzhirschen zu hören?«

»Dass laut Statut die Frauen außen vor bleiben müssen. Aber nur, wenn sie ihren höflichen Tag haben.«

»Und wenn nicht?«

»Würden sie dich für verrückt erklären. Und dich in hohem Bogen rauswerfen. Beileibe keine Überraschung, wenn man so will. Die Graubärte wollen unter sich bleiben, so ist nun mal der Lauf der Welt. Die schmoren im eigenen Saft, wollen dir vorschreiben, wo es langgeht, tun so, als hätten sie die Weisheit mit Löffeln gefressen. Nur schwer einzusehen, aber nicht zu ändern.«

»Und das aus dem Mund eines Rebellen, hört, hört. Sieht so aus, als hätte ich mich in dir geirrt.«

»Sprach die Priorin und zog ihr Habit wieder an.«

»Tut mir leid, aber ich kann darüber nicht lachen«, fuhr Luzia dem Maler in die Parade, weniger denn je zu Scherzen aufgelegt, von Zweideutigkeiten ganz zu schweigen. »Sag mir lieber, was ich tun soll, damit wäre mir mehr geholfen.«

»Wenn du mich so fragst, das Beste wäre, du guckst dir einen Lehrmeister aus.« Wenzel lächelte vielsagend in die Runde. »Obwohl, die Mühe könntest du dir sparen. Schließlich sitzt du an der Quelle.«

Luzia fiel aus allen Wolken. »Bei dir als Lehrmagd anheuern, das ist doch wohl nicht dein Ernst! Du hast vielleicht Ideen, Wenzel Lautenschläger, da haut es einen ja glatt vom Schemel. Am besten, du behältst deine Einfälle für dich, oder du landest hinter Gittern, bevor du ein Vaterunser sagen kannst. Respektive im Narrenhaus, die Wahl liegt bei dir.«

»Frage an die Aspirantin: Sehe ich aus, als würde ich Scherze machen?«

»Keine Ahnung, bei dir weiß man ja nie.«

»Merke: Man kann von jedem was lernen, sogar von mir«, gab Wenzel mit treuherzigem Lächeln zu bedenken, legte einen Holzscheit nach und führte aus: »Du willst also Bildschnitzerin werden, so weit waren wir schon. Der Apfel fällt eben nicht weit vom Stamm. Lasst dir jedoch gesagt sein, um zu Ruhm und Ehre zu gelangen, braucht man einen langen Atem.«

»Es geht mir nicht um Ruhm und Ehre, Wenzel. So gut müsstest du mich eigentlich kennen. Die Wahrheit ist, ich möchte eine Profession ausüben, die mir Freude macht. Einen Mann zu ehelichen und eine Familie zu gründen, dafür ist auch später noch Zeit. Und dass ich Talent habe, das hat mir mein Vater bestätigt.«

»Talent allein macht noch keinen Meister. Niemand weiß das besser als ich, der Papst aller minderbegabten Künstler.«

»Du stellt dein Licht unter den Scheffel. Und das weißt du auch.«

Der Paradiesvogel lachte bitter auf. »Danke für die Blumen, da wird einem ja ganz warm ums Herz. Apropos Talent: In den Gesichtern der Menschen zu lesen, im Guten wie im Schlechten, das ist die große Kunst. Wenn du die beherrschst, dann bist du auf dem richtigen Weg. Und hättest es in der Hand, eine ganz Große zu werden. Vorausgesetzt, du verfügst über den richtigen Riecher. Die Leute zu durchschauen, nur darauf kommt es im Grunde an, alles andere ergibt sich von selbst.«

»Kommt mir irgendwie bekannt vor, was du da sagst.«

»Freut mich, mit deinem Vater einer Meinung zu sein«, warf Wenzel lächelnd ein. Und fuhr fort: »Das Konterfei eines Menschen auf Papier oder Pergament zu bannen oder es naturgetreu in Stein zu hauen, darin würde er mir vermutlich zustimmen, das ist nur eine Seite der Medaille. Die Kehrseite besteht darin, die Charaktere voneinander zu unterscheiden, ihre Gedanken zu ergründen, mithilfe der Physiognomie auf das Einzelwesen zu schließen, in die Abgründe ihrer Seele einzutauchen, so man auf eine Blöße stößt, ihre Wünsche und Sehnsüchte zu erahnen und nicht zuletzt auch herauszufinden, ob sie dazu tendieren, ihr wahres Ich hinter einer Maske zu verbergen. Bis dahin ist es ein steiniger Weg, schau mich an, dann weißt du Bescheid. Mir gehört nur das, was ich anhabe, die Staffelei nicht mitgerechnet.« Am Ende des Vortrags angelangt, klatschte der Maler mit der Hand auf die Oberschenkel. »Ich will dir ja keine Angst machen, aber wenn du meine Meinung hören willst: Die Malerei und das Schnitzhandwerk sind wie Zwillingsschwestern. Für sich allein kann keine von beiden existieren.«

»Und wie stellst du dir das Ganze vor? Ich meine, überleg doch mal, was hier los wäre, wenn ich mich mit dir zusammentäte. Die Leute würden an meinem Verstand zweifeln, um das vorauszuahnen gehört nicht viel dazu. Und was mein Vater dazu sagen würde, nun ja, das wage ich mir gar nicht erst vorzustellen. Und dann wäre da noch etwas, Wenzel: Du hast kein Bürgerrecht, will heißen, der Rat wäre befugt, dich aus der Stadt werfen, von heute auf morgen, ohne Angabe von Gründen. Und zwar für immer, damit es sich auch wirklich lohnt.«

»Na und, wen kümmert's? Man gewöhnt sich an alles, sogar an Rauswürfe. Wie viele ich schon hinter mir habe, willst du nicht wissen, alle paar Wochen das gleiche Spiel, zum mittlerweile x-ten Mal. Das Gute daran ist, mich haut so schnell nichts mehr um, alles schon mal dagewesen, gehabt euch wohl, oh ihr Wächter über Sitte und Moral.«

»Du schlägst mir also ernsthaft vor, ich solle mit dir zusammen durch die Lande ziehen, um mich der Malerei zu widmen?«

»Das wird nicht nötig sein.«

Luzia schaute verwundert auf. »Hier können wir nicht bleiben, das ist dir ja wohl klar.«

»Du liebe Güte, wer redet denn von Würzburg!«, rief Wenzel mit nachsichtigem Lächeln aus, einen von Hingabe beseelten Ausdruck im Gesicht, einem Eiferer zum Verwechseln ähnlich. »Um der Mysterien der Profession teilhaftig zu werden, gibt es nur ein Land, das die Mühsal der monatelangen Wegstrecke lohnt.«

»Kommt überhaupt nicht infrage, schlag dir das aus dem Kopf!«

»Falls wir beide das Gleiche im Sinn haben – was, wie deine Reaktion verrät, der Fall zu sein scheint – das Leben in Italien hätte was für sich.«

»Du musst es ja wissen«, konnte sich Luzia die Spitze nicht verkneifen, zwischen Wohl und Wehe hin- und hergerissen, was die Pläne für ihre Zukunft als Künstlerin betraf. »Oder warst du etwa schon mal dort?«

Wenzel schüttelte den Kopf. »Nur in Gedanken.«

»Ach so, na dann!«, seufzte Luzia schicksalergeben auf, zurück auf dem Boden der Tatsachen. »Deine Träumereien in allen Ehren, aber wer sagt dir, dass sie der Realität entsprechen?«

»Wer aufhört zu träumen, kann sich sein eigenes Grab schaufeln. Alte Künstlerweisheit.«

Luzia sah davon ab, einen Einwand zu erheben.

Wenzel indes fuhr fort: »Und was Italien betrifft, dort spielt nun mal die Musik. Verona, Venedig, Florenz, Pisa, Rom und all die Relikte aus längst vergangenen Tagen, für einen Künstler, der etwas von sich hält, ein unabdingbares Muss, die Preziosen aneinandergereiht wie die Perlen an einer Schnur. Und dann erst die Meister meiner Profession, über deren Werke man dort förmlich stolpert, einem wie mir um Äonen voraus. Giotto, Raffael, Leonardo da Vinci, Michelangelo und wie sie alle heißen, nur einmal ihre Gemälde im Original zu sehen, mehr verlange ich nicht vom Leben.«

»Dass du so genügsam bist, nimmt mich Wunder.«

»Du weißt genau, wie es gemeint war, jetzt tu doch nicht so«, spielte der Maler den Ball zurück, nahm seine Nebensitzerin bei der Hand und sagte: »Falls nichts dagegenspricht, ich würde dir gern was zeigen.«

»Und das wäre?«

»Wenn ich es dir sage, ist es keine Überraschung mehr«, behielt Wenzel sein Geheimnis für sich, half Luzia auf und dachte nicht daran, den Griff seiner Hand zu lockern. »Vertrau mir, ich führe nichts Böses im Schilde.«

»Ja, wenn das so ist, dann will ich mal nicht so sein«, gab Luzia nach kurzem Nachdenken zurück, rot vor Verlegenheit, während ihr abwechselnd heiß und kalt wurde. Entschlossen, sich ihre Unsicherheit nicht anmerken zu lassen, fügte sie mit Nachdruck hinzu: »Wenn das Bertradis wüsste, sie würde mir eine saftige Tracht Prügel verpassen. Und mich im Anschluss an den Haaren durch die Domstraße schleifen – und eine Predigt vom Stapel lassen, die sich gewaschen hat!«

»Schade um die schönen Locken«, frotzelte Wenzel zurück, bedeutete Luzia, ihm zu folgen, und hielt sie auch dann noch bei der Hand, als sie das in Ufernähe gelegene Bootshaus erreichten. Vom Holztor, nur einen Steinwurf davon entfernt, drangen die Schritte der eisenbewehrten Stadtwachen herüber, unterbrochen vom Gekicher einer Frau, dessen Echo weithin hörbar über die Mauerkrone hallte. »Die Haarpracht kann sich wahrhaftig sehen lassen – und ihre Besitzerin natürlich auch!«

*

»Nur Geduld, schöne Frau, ich bin gleich soweit«, redete Wenzel seiner Begleiterin gut zu, entzündete ein weiteres Windlicht, um es zu Füßen der Staffelei zu platzieren, und stellte sich an die Stirnseite des Dachbodens, um die taghell erleuchtete Szenerie zu betrachten. Ein Halbkreis aus Duftkerzen, die den Odem von Veilchen, Sandelholz und Rosenblättern versprühten, vermischt mit dem Geruch nach Bienenwachs, der sich wie Balsam auf die Sinne der Anwesenden legte, dazu Räucherschalen und Blütenblätter im Überfluss: Um das Gemälde ins rechte Licht zu rücken, über dem ein Tuch aus Leinen ausgebreitet war, hatte der Maler sämtliche Register gezogen. »Immer schön locker bleiben, es kann sich nur noch um Stunden drehen.«

»Sei bedankt für die aufmunternden Worte, das beruhigt mich ungemein.«

»Gern geschehen, stets zu Diensten.«

Luzia voller Ungeduld: »Nun rück schon raus damit, was hast du vor?«

»Es ist angerichtet, edle Dame«, bereitete Wenzel dem Warten ein Ende, nahm Luzia die Augenbinde ab, die er um ihren Kopf geschlungen hatte, und deutete auf die Staffelei. Warmes Licht durchflutete den Raum, und wie um ihre Verblüffung noch zu steigern, spähte eine Wildtaube durch die Dachluke herein. »Kunst um der Kunst willen, so muss es sein.«

Sprachlos vor Staunen, ließ Luzia den Blick über das Kerzenmeer gleiten, wie betäubt von den Düften, die ihr in die Nase stiegen. »Und wieso dann das Tuch über dem Bild, was hat es damit auf sich?«

»Das wirst du gleich sehen«, trieb Wenzel die Spannung auf die Spitze, trat an die Staffelei und vollführte eine gezierte Verbeugung. »Bist du bereit?«

»Sagen wir mal so, ich bin auf alles gefasst«, kam Luzia nicht umhin, sich in Ironie zu üben, nicht ahnend, was auf sie zukommen würde. »Jetzt nimm schon das Tuch runter, man kann es ja auch übertreiben!«

»Wie Euer Hoheit wünschen.«

Eine rasche Handbewegung, begleitet von einem nachgeahmten Tusch.

Und dann war es endlich soweit.

Das Gemälde, in etwa zwei Quadratellen groß, war in einen behelfsmäßigen Rahmen eingespannt, was die Wirkung, die von ihm ausging, abzumildern schien. Davon abgesehen zog es den Betrachter, bedingt durch die unwirkliche Atmosphäre, geradezu magisch in seinen Bann. Das Motiv an sich, die Muttergottes mit dem Kind auf dem Arm, war indes nicht neu. Den Blick himmelwärts gerichtet, wo sich ein Unwetter zusammenbraute und gleich mehrfach Blitze auf das in nachtschwarzes Dunkel gehüllte Bethlehem niedergingen, hielt Maria den neugeborenen Sohn im Arm. Für die Kirchgänger, unabhängig von Stand oder Herkunft, ein Anblick, der sich von zeitgenössischen Darstellungen durch nichts unterschied.

Das Anstößige, um nicht zu sagen der Teufel, lag indessen im Detail. Wurde bei genauerem Hinsehen doch klar, auf wessen Seite der Künstler stand. Das Jesuskind, rein vordergründig durchaus konventionell dargestellt, war in ein blütenweißes Tuch aus Schafswolle eingehüllt, friedlich schlummernd, ein beseligtes Lächeln im Gesicht. Den Stein des Anstoßes, die Befürchtung war nicht von der Hand zu weisen, bildete das am Tuchzipfel befindliche Symbol, wenn überhaupt, dann erst bei eingehender Betrachtung zu erkennen. Der Bundschuh, Symbol der aufständischen Bauern, war in dezentes Rot getaucht, ein scheinbar unwichtiges Detail, für all jene, die es mit dem Bischof hielten, jedoch pure Blasphemie.

Anders als sonst, wo die Muttergottes eine härene Kopfbedeckung trug, fiel das Haar in langen Strähnen auf die Schulter herab, gebändigt von einer zerfaserten Schnur, die ihre Stirn umrahmte. Das nunmehr dritte, auf Anhieb ins Auge fallende Sakrileg: Die Heilige Jungfrau war zur Gänze in Schwarz gekleidet, keine Spur mehr von einem blauem Umhang oder einem Prunkgewand, von der Marienrose, Sinnbild der Reinheit schlechthin, erst gar nicht zu reden. Der mystische Zauber, unverzichtbares Merkmal vieler Porträts, hatte sich in Nichts aufgelöst, was blieb, war eine Frau aus dem Volk, ermattet vom aufreibendem Tagewerk, ein Kleinkind in der mit Schwielen übersäten Hand.

Eine Frau, bei deren Anblick Luzia zu Tode erschrak.

»Aber ... Aber Wenzel, das ... Das geht doch nicht, wie konntest du nur!«, fiel es ihr schwer, das aufkeimende Entsetzen in die Schranken zu weisen. »Das bin ja ich, wer kommt denn auf so eine Idee!«

»Ich.«

Leichenblass im Gesicht, wurde Luzia von einem eiskalten Schauder erfasst, peinigend wie ein Stich ins Herz, der die Gliedmaßen mit jäher Taubheit überzog. »Aber das geht doch nicht«, wiederholte sie entsetzt, die Hände auf die glühend heißen Wangen gepresst. »Wenn das jemand sieht, dann wirst du deines Lebens nicht mehr froh.«

»Pleite auf der ganzen Linie, wie gehabt«, machte Wenzel aus seiner Enttäuschung keinen Hehl, winkte ab und stierte ins Leere. »Hätte ich mir ja denken können, dass es dir nicht gefällt, vergebliche Liebesmüh, mit Betonung auf dem Wort Liebe.«

»Über Geschmack lässt sich streiten, aber darum geht es nicht.«

»Ach nein?«

»Sondern um die Frage, was sie mit dir anstellen, wenn das jemand sieht«, hakte Luzia unerbittlich nach, den Blick auf das lebensechte Porträt geheftet, das im Licht der von einem Windhauch erfassten Duftkerzen erstrahlte. »Bist du dir überhaupt bewusst, welche Wirkung du damit erzielst? Wenn dein Werk in die falschen Hände gerät, dann wirst du Bekanntschaft mit dem Inquisitor schließen, was das bedeutet, muss ich dir nicht sagen!«

»Und wenn schon«, übte sich Wenzel in Galgenhumor, »ich habe einen breiten Rücken.«

»Ist das alles, was du dazu zu sagen hast?«

»Nein.«

»Dann sprich dich aus, was ist los?«

»Ach nichts«, winkte Wenzel mit lässiger Gebärde ab, beugte das Knie, um die Windlichter auszublasen, und stieß ein enttäuschtes Schnauben aus. »Ich wollte dir eine Freude machen, das ist alles.«

»Ich mache mir Sorgen um dich, merkst du das denn nicht?«, herrschte Luzia ihren Gefährten an, das Geräusch von sich im Eiltempo nähernden Schritten im Ohr, begleitet von rasselndem Schwertgeklirr, das die Idylle jäh zunichtemachte. »Wenn das hier jemand sieht, dann …«

Unterbrochen von lautem Klopfen, brach Luzia ihre Rede ab, eilte zur Treppe und lauschte hinunter.

Unschwer zu erkennen, um wen es sich bei den Störenfrieden handelte.

Und so nahm das Unheil seinen Lauf.

»Aufmachen, das Haus ist umstellt!«, hallte die Stimme eines Reisigen aus der Dunkelheit herauf, rau und ohne eine Spur von Mitgefühl. »Im Namen des Bischofs, öffnet!«

»Und was jetzt?«

»Jetzt ist guter Rat teuer, mein Lieber«, beschied Luzia den wachsbleichen Gefährten, bei dessen Anblick sie einen heftigen Stich verspürte. Immer noch am Boden kniend, sah Wenzel mit gramzerfurchtem Blick zu ihr auf, ein herzerweichendes Bild des Jammers, wie geschaffen für einen handgeschnitzten Passionsaltar. »Da hilft nur eins, nämlich die Spuren zu verwischen, und zwar sofort!«

Ein Windlicht in der Hand, eilte Luzia zur Staffelei.

Akt der Verzweiflung oder nicht, das Gemälde musste vernichtet werden.

Asche zu Asche, so stand es geschrieben.

»Einen Teufel wirst du tun!«, schrie Wenzel, aus der Erstarrung erwacht, wie unter Schmerzen auf, fiel Luzia in der Arm und hinderte sie daran, ihr Vorhaben in die Tat umzusetzen. »Sollen sie mich doch martern, ich werde dafür geradestehen!«

DONNERSTAG, 20. APRIL

26

»Aufwachen, Luzia, man verlangt nach dir!«, drang ihr die von Geburt an vertraute Stimme ins Ohr, ein wenig harsch zwar, doch voller Sorge um ihr Wohlergehen. »Hoher Besuch, du musst dich sputen!«

Und wenn schon!, dachte Luzia bei sich, kaum fähig, einen klaren Gedanken zu fassen. Das Summen im Kopf nahm kein Ende, begleitet von einem dumpfen Pochen, das sich anfühlte, als würde ihre Stirn mit einem Meißel traktiert.

Im Begriff, sich aufzurichten, wurde sie von einem jähen Schwindel übermannt. Von wegen aufstehen, das sagte sich so leicht. Die Gliedmaßen schwer wie Blei, hatte sie Mühe, das Gleichgewicht zu halten, ein unterdrückter Schmerzlaut, und sie sank auf ihr zerwühltes Lager zurück.

Da lag sie nun, am Boden zerstört, auf der Flucht vor den Schrecknissen der Nacht. Gefangen zwischen Tag und Traum, wälzte sie sich ruhelos hin und her, die Stimme der besorgten Amme im Ohr, die versuchte, sie den Fängen des Albtraums zu entreißen.

Ein verzweifeltes Ächzen, zu mehr war sie nicht imstande. Und dann immer wieder die gleichen Bilder, in rascher Folge, schmerzhaft wie ein Stich ins Herz. Wenzel vor der Feuerstelle, einen Buchenholzscheit in der Hand, der Blick hinauf zur Festung, über der sich die totenbleiche Mondsichel erhob, der Maler und sie auf dem Weg zum Bootshaus, den Wellenschlag im Ohr, der sich an der Kaimauer brach, die Wildtaube auf dem Sims, die ein kehliges Gurren von sich gab. Zu guter Letzt schließlich, Höhepunkt der Höllenpein, die Zurschaustellung eines veritablen Meisterwerks, geschaffen von einem Mann, dem es zum Verhängnis werden würde. Noch nie hatte sie ein Artefakt von solcher Schönheit erblickt, weder in der Werkstatt ihres Vaters, Hort der Bildschnitzerkunst schlechthin, noch an irgendeinem anderen Ort. Wahrlich, in der Malerei würde eine neue Epoche beginnen, auf deren Schwelle ein verkanntes Genie verharrte.

Außerstande, sich von der Stelle zu bewegen.

An die Wand gekettet wie ein tollwütiger Hund, Arme und Beine weit gespreizt, Hände und Füße in Eisen gelegt, der nackte Oberkörper mit Wundmalen und Striemen übersät, die Gesichtshaut verklebt mit Schweiß, die Augenlider bläulichrot und aufgequollen, nur noch einen Spalt breit offen, umrahmt von aufgeplatzten Adern, Blessuren und Abschürfungen auf der Haut. »Siehe, ich verkündige euch große Freude, die allem Volk widerfahren wird«, meldete sich die Wisperstimme zu Wort, der Tonfall nachgerade ekstatisch, durchsetzt mit messerscharfem Hohn. »Denn euch ist heute der Heiland geboren, der da heißt Wenzel, Beschützer der Unterdrückten. Ehre sei Gott in der Höhe und Frieden auf Erden und dem Bischof ein Ende mit Schrecken – Amen!«

Gefangen zwischen Vision und Wirklichkeit, stieß Luzia einen unterdrückten Schmerzlaut aus.

In den Fängen der Inquisition, wie Wachs in den Händen ihrer Schergen, nurmehr ein Schatten früherer Tage, der Willkür der Folterer hilflos ausgeliefert. Und das alles aufgrund eines Bildes, das es verdient hätte, in einem Atemzug mit den Werken eines Leonardo genannt zu werden.

»Komm schon, ich helfe dir auf, das kann man ja nicht mitansehen«, drang ihr das Organ von Bertradis wie Posaunenklang ins Ohr, und ehe sie es sich versah, spürte sie den Griff einer schwieligen Hand unter der Achsel, ein kurzer Ruck, gefolgt von einer Drehung nach links, und schon kauerte sie aufrecht sitzend auf dem Bett, die schweißnasse Hand auf der Kante. »Du machst vielleicht Sachen, wenn das dein Vater wüsste.«

Die Stiefeletten neben dem Bett, die Waschschüssel auf dem Sims, ihr schwarzes Kleid und die Schnürkappe in Reichweite, achtlos über den Stuhl geworfen, das Bücherregal neben der Tür, von wo aus man vom Dachgeschoss in die Wohnräume gelangte: ein Anblick, der auf Normalität schließen ließ.

Doch dem war nicht so.

Auf der Bettkante hockend, wurde sie von unguten Vorahnungen erfasst, je deutlicher die Reminiszenzen an den Vorabend, desto banger wurde Luzia ums Herz. Bei seiner Verhaftung hatte Wenzel keinen Widerstand geleistet, hatte das Bootshaus hocherhobenen Hauptes verlassen, hatte weder um Gnade gebettelt noch Anstalten gemacht, den Häschern zu entkommen.

Den Blick beim Abschied, als er sie über die Schulter hinweg anlächelte, als sei nichts gewesen, diesen Blick würde sie nie mehr vergessen.

Frohgemut und gelöst, die Mundwinkel von wellenförmigen Grübchen gesäumt.

Ein Mensch, der mit sich im Reinen war.

So hatte es zumindest den Anschein.

»Sich mit einem Straßenmaler einzulassen, ich fasse es nicht!«, setzte Bertradis ihre Tirade fort, half ihr beim Ankleiden drückte ihr einen Humpen Dünnbier in die Hand. Durch den Spalt zwischen den Fensterläden fiel die Abenddämmerung herein, begleitet vom Geläute des Franziskanerklosters, das die Konventualen dazu aufrief, sich zur Komplet zu begeben. »Trink das, damit du wieder zu Kräften kommst. Du siehst ja aus wie das Leiden Christi, das kommt davon, wenn man nicht hören will.«

»Aber nur, weil du es bist.« Luzia stutzte. Merkwürdig, um nicht zu sagen unerklärlich, dass sie von den Reisigen wie Luft behandelt worden war. Auf die Idee, sie der Komplizenschaft zu bezichtigen, wäre jedes Kind gekommen. Umso mehr, da sie sich am Ort des Geschehens befunden und aus ihren Sympathien für Wenzel keinen Hehl gemacht hatte.

Da war etwas faul.

Die Vermutung drängte sich förmlich auf.

»Nun sag schon, wie hast du mich gefunden?«

»Indem ich eins und eins zusammengezählt habe«, schwadronierte die Alte mit hochgezogenen Brauen, nahm den Humpen wieder an sich und fuhr fort: »Dass du von jetzt auf nachher verschwindest, daran habe ich mich gewöhnt. War ja allerhand los gestern Abend, gelinde ausgedrückt. Vom Gekeife deiner Stiefmutter wollen wir nicht reden, so aufgebracht wie gestern habe ich das Weibsstück noch nie erlebt, und das will ja bekanntlich etwas heißen.«

»Mit anderen Worten, du hast mir nachspioniert.«

»So würde ich das nicht nennen, schließlich war Gefahr im Verzug.« Bertradis schüttelte unwillig den Kopf. »Sagen wir mal so, ich habe mich durchgefragt. Bei Leuten, mit denen der Luftikus verkehrt. Und bin fündig geworden, wenn auch nach längerem Suchen. Mitten in der Nacht, das sollte man vielleicht dazusagen. Gerade rechtzeitig, als du im Begriff warst, aus der Ohnmacht zu erwachen. Allein auf weiter Flur, ohne Aussicht auf Hilfe.« Ein indigniertes Schnauben, fast schon Gewohnheit. »Ein Bootshaus als Liebesnest, das schlägt ja dem Fass den Boden aus. Ich sag's ja, früher war alles besser. Da ging es noch züchtig und gesittet zu. Also, wenn ich da an mich denke, so was hätte ich mich im Leben nicht getraut. Und mein Milchbubi – möge er in Frieden ruhen – sowieso nicht. Der hätte sich vor Angst in die Hose geschis... äh ... gemacht. Wenn wir gerade über Männer reden: Wo steckt eigentlich dein Verehrer? Ich meine, eigentlich ist das Knäblein ja ganz nett, aber wenn du mich fragst, für eine Tochter aus gutem Hause gehört es sich nicht, mit ihm ...«

»Umgang zu pflegen, du wiederholst dich«, nahm Luzia ihrer Amme den Wind aus den Segeln, kaum imstande, einen Fuß vor den anderen zu setzen. Und wechselte abrupt das Thema. »Dann lag ich also 20 Stunden im Bett, die halbe Nacht und den ganzen Tag über?«

Bertradis nickte. »Frag mich lieber, wie viel Mühe es mich gekostet hat, dich nach Hause zu bringen«, dachte sie nicht daran, ihr Licht unter den Scheffel zu stellen, ergriff Luzias Hände und zog sie mit einem Ruck in die Höhe. »Schließlich bin ich nicht mehr die Jüngste, und im Kreuz hab ich's leider auch. Und dann erst die Gicht in den Fingern, damit bin ich ja schon genug gestraft. Ein Glück, dass ich so viel Speck auf den Rippen habe, sonst wäre ich aufgeschmissen gewesen, aber so was von. Wäre dieser Schmutzfink mit seinem Handkarren nicht gewesen, mit dem du eine innige Freundschaft pflegst, dann ...«

»Der Schmutzfink wird von allen Fidibus genannt, ich schlage vor, wir belassen es dabei!«, begehrte Luzia auf und warf ihrer Amme einen Blick zu, der sie jäh verstummen ließ. »Wäre er nicht gewesen, dann hätte ich schlechte Karten gehabt. Oder wäre es dir lieber gewesen, wenn ich einen Mordbuben zum Mann genommen hätte?«

»Am besten, ich sage überhaupt nichts mehr«, trat Bertradis grollend den Rückzug an, öffnete die Tür und ließ ihr den Vortritt. »Wie gesagt: Da unten wartet jemand auf dich, ein wenig Benimm könnte gewiss nicht schaden!«

*

»Der Domprobst schickt mich, Jungfer Riemenschneider«, näselte der Emissär, der nur noch Haut und Knochen war, ein Flackern im Blick, das Luzia frösteln ließ. »Die Bitte lautet, Euch umgehend in sein Domizil zu begeben, ohne Begleitung, zu einem Gespräch unter vier Augen.«

»Und worum dreht es sich?«, bohrte Luzia, von der Aussicht, ein Vieraugengespräch mit einem Kleriker zu führen, mitnichten angetan. »Ich meine, es ist ja schon ziemlich spät, hat das Prozedere nicht bis morgen Zeit?«

Der Knochengerüst verneinte. »Mein Herr lässt Euch ausrichten, es sei dringend«, fügt er im Stil eines Zeremonienmeisters hinzu, die Kinnspitze zwischen Daumen und Zeigefinger, während er sie wie ein Stück Vieh taxierte. »Mag dies auch ungelegen kommen, der Kasus duldet keinen Aufschub.«

»Vielleicht sagt Ihr mir erst mal, worum es geht. Das gehört ja wohl zum guten Ton.«

»Keine Bange, das wird er Euch schon noch sagen«, wiegelte der Domestike ab. »Eins gleich vorweg, über die Unterredung darf nichts nach außen dringen. Unter gar keinen Umständen.«

»Na schön. Dann werde ich ihm den Gefallen tun.« Luzia nickte Bertradis zu. »Und wohin soll die Reise gehen?«

»Zu seinem Stadthof, wenn's beliebt«, ließ der geckenhafte Höfling verlauten, schürzte die blutleeren Lippen und mahnte Luzia zum Aufbruch. Vor der Tür wartete ein Trupp von Reisigen auf sie, gespensterhaft und statuesk, samt und sonders in ein Wams mit Puffärmeln gewandet. Im Dunkeln waren sie kaum zu unterscheiden, ein Wappen auf der Brust, auf dem ein Kolkrabe prangte. »Alles Weitere in Kürze, bitte hier entlang.«

Offenbar in Eile, trat der Wortführer an die Spitze des Zuges, ließ sich ein Windlicht aushändigen und schlug den Weg zum Fischmarkt ein. Kaum hatte sich der Trupp in Bewegung gesetzt, nahm der Regen auch schon an Stärke zu. Nicht lange, und Luzia war bis auf die Haut durchweicht, das Schuhwerk bis zum Knöchel mit einer Schmutzkruste bedeckt.

Auf der Domplatte angelangt, schlug der Lakai den Weg zu den Herrenhöfen ein, nur einen Steinwurf vom Ostchor der Kathedralkirche entfernt. Auch hier, wo der Klang der Orgel durch das regengepeitschte Nachtdunkel hallte, war die nach Norden führende Gassenflucht wie leer gefegt. Außer einem Hund, der wild kläffend und zähnefletschend an der Kette zerrte, kein Laut oder der Klang von Stimmen zu hören.

»Na also, das wäre geschafft.« Die eisenbeschlagene Pforte, vor der die Eskorte zum Stehen kam, war mit einem vergitterten Guckfenster versehen. Als würde sie bereits erwartet, war im Hof das Geklapper von Schlüsseln zu hören, ein kurzes Ruckeln, und der Torflügel sprang knarrend auf. Der Türhüter, leicht gebeugt, zahnlos und eine unstet flackernde Fackel in der Hand, hatte sich zur Gänze in einen Umhang gehüllt, dessen Kapuze bis an die Spitze seiner Geiernase reichte. Wie selbstverständlich kam dem Buckligen kein Wort über die Lippen, von einem Gruß oder einem Nicken ganz zu schweigen. Fast schien es, als sei der Zerberus in Stein gehauen, die Züge von klaffenden Furchen durchzogen, die ihm das Aussehen eines missgestalteten Wiedergängers verliehen. »Bitte sich zu sputen, Jungfer. Der Dompropst wartet nicht gern.«

Eile mit Weile.

Denn wer vor der Zeit beginnt, der endigt früh.

Nass bis auf die Haut, verkniff sich Luzia das bekannte Bonmot, raffte ihren Mantel und trat ein. Einer der größten seiner Art, sah der Stadthof wie eine trutzige Wehranlage aus, mit einer Ringmauer, Schießscharten und einem Ausguck versehen, von dem aus der Blick bis zum Dom reichte. Abgesehen vom Palas, wo der Hausherr logierte, fand man dort Stallungen, eine Schmiede, gleich mehrere Vorratshäuser, eine strohgedecktes Domizil für das Gesinde und sogar einen Ziehbrunnen vor, der bis weit in den felsigen Untergrund reichte.

Die 24 Domherren, verantwortlich für die Wahl des Bischofs und somit das tonangebende Gremium in der Stadt, bildeten einen Staat im Staat, ein Rundblick über das stattliche Anwesen, und man wusste, wer hienieden den Ton angab. Ohne deren Plazet, darüber war sich Luzia im Klaren, wäre ihr Vater niemals Stadtrat geworden. Auf der Karriereleiter, die man erklimmen musste, um etwas zu werden, eine der wichtigsten Sprossen überhaupt.

»Bitte hier entlang, wir sind gleich da.« Am Fuß der Freitreppe angelangt, die zum Herrenhaus führte, warf der Lakai einen Blick in die Runde. Dann bedeutete er der Eskorte, sich in ihr Quartier zu begeben.

Luzia zögerte, ein ungutes Gefühl im Bauch. Die Fensterläden im Palas waren fest verschlossen, die Nischen mit massiven Gitterstäben versehen. Nicht genug damit, ragte über dem Türsturz eine granitene Skulptur in die Luft, bei deren Anblick sie jäh in Schockstarre verfiel. Vom Körperbau her ein Rabe, trug die Kreatur das Gehabe eines Fabelwesens zur Schau, die Krallen wie Fangzähne in den Türbalken gekrallt, während die Greifaugen nach Beute Ausschau hielten. Ihr Gefieder sah wie ein Schuppenpanzer aus, der Kopf wie derjenige einer Harpyie, eine Warnung an alle, ihr nicht zu nah zu kommen. Den Rachen einen Spalt breit offen, kauerte der Herold des Unheils über der Tür, den Unbilden der Witterung trotzend, ein Wesen aus dem Reich der Finsternis.

Alles in allem kein einladender Anblick – und ein Grund mehr für sie, auf der Hut zu sein.

»Tretet ein, Jungfer, der Piepmatz da oben tut Euch nichts.«

»Sehe ich aus, als hätte ich vor irgendetwas Angst?«, konterte Luzia in scharfem Ton, von der Überheblichkeit der Hofschranze in Harnisch gebracht. Wenn es etwas gab, das sie nicht ausstehen konnte, dann dies. Wie ein Domestik behandelt zu werden, noch dazu von einem Vornehmtuer wie dem hier, das würde sie sich nicht länger bieten lassen. »In Euren Augen bin ich zwar nur eine

Frau – und eine aus dem Volk noch dazu – aber das heißt noch lange nicht, dass Ihr das Recht habt, Euch über mich lustig zu machen.«

Der Lakai verzog das Gesicht, verzichtete jedoch darauf, eine Entgegnung vorzubringen. »Das war nicht meine Absicht.«

»Dann ist es ja gut, nach Euch«, forderte Luzia den Emissär zum Weitergehen auf und folgte ihm durch ein Gewirr von Korridoren, bei denen man Gefahr lief, die Orientierung zu verlieren. Nirgendwo ein Anzeichen von Leben, nichts als Leere, wohin man auch blickte. Wäre das Windlicht nicht gewesen, das die Jammergestalt wie eine Monstranz vor sich hertrug, die Dunkelheit ringsum wäre vollkommen gewesen. Einzig ihre Schritte, deren Echo wie ein Warnruf durch die Finsternis hallten, lieferten den Beweis, dass dies kein Albtraum war, so morbide die Szenerie auch anmuten mochte.

Am Fuß einer ausgetretenen Wendeltreppe angelangt, schlug der Domestik den Weg ins Obergeschoss ein, begleitet von einem surrenden Geräusch, bald näherkommend und mit einem Luftzug wie ein Pfeil, bald weiter von dem ungleichen Paar entfernt. Kurz darauf war der Flügelschlag eines Vogels zu hören, gefolgt von einem markerschütternden Krächzen, dessen Schallwellen wie eine Sturzwoge durch das Halbdunkel brandeten.

»Ein ungewohntes Spektakel, hab ich recht?«, erging sich das Klappergerüst in Ironie, im Obergeschoss angelangt, wo es nach links abbog. Auch hier das gleiche Bild: kahle Wände, von denen der Verputz abblätterte, kein Mobiliar, keine Gemälde oder Tapisserien an der Wand. Dafür aber ein Geruch in der Luft, bei dem sich einem der Magen umdrehte, eine Mixtur aus Blutdunst, Schweißgestank und Vogelmist. »Der Herr liebt ihn über alles, ein Gefährte, mit dem er durch dick und dünn gegangen ist. Wehe dem, der ihm ein Leid zufügt, die Person wäre so gut wie tot.«

Luzia erschauderte.

Deutlicher hätte die Warnung nicht ausfallen können.

Und hatte nur einen Gedanken im Kopf, nämlich das Spukhaus baldmöglichst zu verlassen. »Warum ist es hier eigentlich so dunkel, kann sich Euer Herr keine Fackeln leisten?«

»Ach was, wo denkt Ihr hin«, keckerte der Höfling vergnügt, hob den Arm, um Luzia zum Innehalten zu bewegen, und ließ es sich nicht nehmen, sie vom Kopf bis zu den Fußspitzen zu taxieren. »Das wird ihm gefallen, da bin ich mir sicher.«

»Was denn?«

»Eure Gewandung«, erläuterte der hohlwangige Tropf, ein Grienen im Gesicht, das Luzia nur zu bekannt vorkam. Bei Männern, die ihr nachschauten, keine Seltenheit, wiewohl abstoßend wie nur etwas, besonders heute nur schwer zu ertragen. »Schwarz ist seine Lieblingsfarbe, müsst Ihr wissen, je dunkler, desto lieber. Ihr merkt schon, der Domprobst ist sehr speziell, aber wie heißt es so schön: Jedem das Seine.«

»Und was hat das mit mir zu tun?«, machte Luzia aus ihrem Unmut keinen Hehl, den Flügelschlag der unsichtbaren Harpyie im Ohr, die jede ihrer Bewegungen beobachtete.

»Das werdet Ihr gleich sehen, tretet ein.« Der Domestike lachte heiser auf, deutete auf die Flügeltür am Gangende und schwadronierte in gestelztem Ton: »Ihr werdet bereits erwartet, darum säumet nicht, der Herr kann es kaum erwarten.«

Ein lang gezogenes Knarren, und die Tür fiel hinter ihr ins Schloss.

Luzia war allein.

Brauchte Zeit, um sich an das Dämmerlicht im Raum zu gewöhnen.

Das Gemach, in das sie sich vortastete, war ins Licht von fünf mannshohen Kandelabern getaucht. In den vier Ecken befanden sich Räucherschalen, aus denen sich benebelnde Düfte erhoben, jede einzelne mit kryptischen Schriftzeichen versehen, die Luzia noch nie gesehen hatte. Die Fensternischen waren durch Vorhänge aus Brokat abgetrennt, sodass weder Licht noch Geräusche nach innen drangen. Von den Wänden, deren Täfelungen aus Zedernholz gefertigt waren, hingen pechschwarze Stoffbahnen aus Maulbeerseide herab, auch sie mit fremdartigen Symbolen versehen, deren Bedeutung ihr nicht geläufig war. Der Boden aus dunklem Marmor rundete die Tristesse, die einen beim Anblick des Allerheiligsten beschlich, auf beklemmende Weise ab.

»Lasst mich Euch anschauen, tretet näher.«

Eine Stimme im Ohr, die aus dem Nichts zu kommen schien, schrak Luzia heftig zusammen. Für sich genommen klang der Tonfall freundlich, doch wenn man genau hinhörte, änderte sich das Bild. Wer auch immer es war, der sich hinter dem Wandschirm am Saalende verbarg und jeden Schritt, den sie machte, zu beobachten schien, das Phantom machte Luzia Angst.

»Ihr wolltet mich sprechen?«

Zu mehr als dazu war Luzia nicht imstande, bemüht, das Vibrieren ihrer Stimme zu unterdrücken.

»Tretet näher, damit ich Euch besser sehen kann«, beharrte der Mann hinter dem Paravent, sehnsuchtsvoll und ungehalten zugleich, das Timbre von luziferischem

Beiklang durchdrungen. »Ihr habt doch nicht etwa Angst vor mir?«

»Ich denke, dafür besteht kein Grund.«

Ein unterdrücktes Lachen, fast schon ein Gurgeln.

»Dann ist es also wahr.«

»Was denn?«

»Dass Ihr anders seid als die Frauen, die ich bisher kenne.«

»Woher wollt Ihr das wissen?«

»Ich weiß es eben, das genügt doch wohl!«, geriet die Contenance des Hausherrn aus den Fugen, nur um binnen Kurzem in fingierten Gleichmut umzuschlagen. »Als Secretarius des Bischofs sitzt man an der Quelle, da bleibt einem nichts verborgen.«

»Außer den Gedanken. Denn die sind ja wohl frei.«

»Wenn Ihr Euch da mal nicht täuscht, Jungfer«, ließ sich das Phantom vernehmen, begleitet von einem Rascheln, das von der Stellwand aus schwarzem Satin herrührte.

Ein Sehschlitz.

So war das also.

Auf alles gefasst, reckte Luzia die Glieder, trat einen Schritt nach vorn und sagte: »Aber Ihr habt mich doch nicht hergebeten, um mir das zu sagen, oder?«

»Mitnichten.«

»Sondern weil?«

»Mir danach ist, Euch näher kennenzulernen«, blockte von Stahleck die Attacke ab, wischte den Speichel von den Lippen und ließ sich auf das gepolsterte Triclinium sinken, das sich unmittelbar hinter dem Paravent befand. »Mir ist da einiges zu Ohren gekommen, das mich – gelinde ausgedrückt – mit Sorge erfüllt.«

»Ich kann auf mich aufpassen. Macht Euch da mal keine Gedanken.«

»So, meint Ihr.« Auf den Ellbogen gestützt, stieß das Phantom eine heisere Lachsalve aus, die dem Gekrächze der Harpyie täuschend ähnlich war, zupfte die mit Tierkreiszeichen bestickte Tunika zurecht und ergötzte sich daran, den Finger in die offene Wunde zu legen: »Da habe ich aber etwas anderes gehört. Aus gewöhnlich gut informierten Quellen, wenn ich das mal so sagen darf.«

»Ihr spioniert mir also nach.«

»So würde ich das nicht nennen, Jungfer.«

»Wie dann?«

Von Stahleck wehrte lächelnd ab. »Im Grunde ist es so«, vollendete er in gestelztem Ton, eine Karaffe aus getriebenem Silber in der Hand, um den Becher auf dem Beistelltisch mit Malvasier zu füllen, ein Präsent des päpstlichen Legaten, der erst unlängst im Stadthof zu Gast gewesen war. »Ich bin in Sorge, Ihr könntet in schlechte Gesellschaft geraten. Die Sache ist nämlich die: Mir wurde hinterbracht, dass Ihr Euch in Kreisen bewegt, um die eine Frau, die etwas auf sich hält, einen Bogen machen würde. Und sei es nur, um nicht anzuecken. Davon abgesehen, so die Fama, scheint Ihr Euch mit dem Gedanken zu tragen, das Bildschnitzerhandwerk zu erlernen.«

»Und woher wisst Ihr das?«, begehrte Luzia auf. Und fuhr in erbostem Tonfall fort: »Wie kommt Ihr eigentlich dazu, Euch in mein Privatleben einzumischen, habt Ihr nichts Besseres zu tun?«

»Lasst mich gefälligst ausreden, wir sind hier nicht auf dem Judenmarkt.«

Luzia gehorchte.

Mit dem Mann war nicht zu spaßen, das merkte man ihm an.

»So, und nachdem das endlich geklärt ist, ein gut gemeinter Rat. Wenn Ihr so weitermacht, sitzt Ihr bald zwischen allen Stühlen. Und geratet auf die schiefe Bahn, so es das Schicksal will. Bei allem Verständnis, was versprecht Ihr Euch eigentlich davon, wenn Ihr ein Handwerk erlernt? Dass dies nur Männern gestattet ist, weiß doch jeder. Und was Euren Vater betrifft, ihn bringt Ihr in eine missliche Lage, ich hoffe, Ihr seid Euch dessen bewusst. Es gibt da nämlich gewisse Regeln, die, ob mit hehren Motiven oder nicht, weder übertreten noch zur Gänze ignoriert werden dürfen. Ob es Euch in den Kram passt oder nicht. Was dabei herauskommt, wenn jeder macht, was er will, das bekommen wir ja gerade zu spüren. Und darum: Wer es wagt, die Hand wider die Heilige Mutter Kirche zu erheben oder die Spielregeln zu ignorieren, die hier herrschen, der begibt sich auf dünnes Eis. Und läuft Gefahr, darin einzubrechen, ohne Aussicht auf rettende Hände. Langer Rede, kurzer Sinn: Im Grunde müsstet Ihr Euch schon längst hinter Gittern befinden, und das wisst Ihr auch.« Zur Pointe gelangt, hielt von Stahleck lauernd inne. »Bislang habe ich ein Auge zugedrückt, aber wenn Ihr so weitermacht, sehe ich mich gezwungen, härter durchzugreifen. Seid also gewarnt, Jungfer Riemenschneider. Ich bin mit der Geduld am Ende. Entweder Ihr seid für uns oder Ihr seid gegen uns, und was für Euch gilt, das trifft auch auf das Geschmeiß zu, mit dem Ihr Umgang pflegt. Haltet Euch davon fern, eine Frau wie Ihr hat Besseres verdient!«

»Worauf wollt Ihr eigentlich hinaus, Ihr habt mich doch nicht hierherbestellt, um mich ...« Am ganzen Leibe zitternd, brach Luzia mitten in der Rede ab. »Ach, so ist das. Allmählich beginne ich zu verstehen.«

»Freut mich zu hören, *Jungfer*«, kannte die Häme des Phantoms keine Grenzen, mit Betonung auf der Anrede, die es sich auf der Zunge zergehen ließ. »Bevor ich es vergesse, ich habe noch eine kleine Überraschung parat. Tretet zurück, Ihr werdet es nicht bereuen.«

Luzia tat wie geheißen.

Und traute ihren Augen nicht.

Unmittelbar vor ihr, wie von Zauberhand in den pechfarbenen Marmor eingraviert, zeichnete sich ein Pentagramm am Boden ab, begrenzt von den fünf Kandelabern, wo die Votivkerzen wild zu flackern begannen. Nicht genug damit, verströmten sie den Geruch von Schwefel, so beißend, dass Luzia gezwungen war, sich die Hand auf die Nase zu pressen.

Nach Luft ringend, blieb sie wie angewurzelt stehen, den Blick auf das fünfzackige Symbol gerichtet, dessen Kanten sich wie ein Lavastrom in den Marmor fraßen.

Schweig stille, das bildest du dir nur ein!, redete sich Luzia mit dem Mut der Verzweiflung ein, bemüht, die von Taubheit befallenen Gliedmaßen zu kontrollieren. Dies gelang ihr mehr schlecht als recht, und wie sie so dastand, das Gesicht zu einer schreckerfüllten Fratze verzerrt, tat sich auf einmal der Boden vor ihr auf, exakt im Zentrum des Pentagramms, an dessen Rändern grellrote Flammen loderten.

Vaterunser, der du bist im Himmel.

Die Hände wie im Krampf ineinander verschlungen, harrte sie der Dinge, die da kamen.

»Seht genau hin, morituri te salutant!«

Luzia fügte sich.

Der Schacht, in den sie blickte, ähnelte einem Brunnen, solide gemauert, vergittert und mit Dolchklingen gespickt. Schätzungsweise drei bis vier Klafter tief, reichte er bis tief in den Keller hinab, wo sich das Quieken einer Ratte in der Dunkelheit verlor.

Auf allen vieren kauernd, kniff Luzia die Augen zusammen. Dort drunten bewegte sich etwas. So viel stand fest.

»Na, habe ich Euch zu viel versprochen?«

Luzia hörte nicht hin, tastete sich Zoll um Zoll voran, redete sich ein, einer Sinnestäuschung zu erliegen.

Doch dem war nicht so.

Tief drunten kniete ein Mann, dem Anschein nach noch ziemlich jung, ausgemergelt und mit Wundmalen übersät, die Hand wie ein Ertrinkender in die Höhe gereckt.

Bei dessen Anblick ihr Herz wild zu pochen begann.

Neben ihm eine weitere Person, die wie ein Fötus auf den verfaulten Strohhalmen kauerte.

Den Blick nach oben gerichtet, geblendet vom jäh einfallenden Licht, die schulterlangen Strähnen mit Strohresten übersät.

Ein Blick, den sie von Stund an nicht mehr vergessen würde. Der sie überallhin verfolgte, bis in ihre Träume.

»Wenzel, bist du das?«, brach es mit Macht aus Luzia hervor, begleitet vom Flügelschlag der Harpyie, die wie ein Pfeil über sie hinwegschoss.

Doch der Mann gab keine Antwort.

»Aber natürlich ist er das, was habt Ihr denn gedacht!«, bohrte sich die Stimme des Phantoms in ihr Ohr, in die sich das Krächzen der Unheilbringerin mischte. »So wie ihm wird es auch dem Rest meiner Widersacher ergehen, darum überlegt Euch gut, für wen Ihr Partei ergreifen wollt.«

»Habe ich denn eine Wahl?«

»Die habt Ihr, ich bin ja schließlich kein Unmensch!«, erging sich von Stahleck in beißender Häme, erhob sich und nahm seine Stabmaske zur Hand. »Kommen wir also zum Punkt, es ist höchste Zeit. Ich werde Euch ein Angebot unterbreiten, das Ihr nicht ablehnen solltet. Es sei denn, Ihr wärt von Sinnen.«

Von Sinnen.

Wer weiß, vielleicht war sie das ja schon. Und wenn nicht, der Weg dorthin war bereitet. »Was wollt Ihr von mir, nun redet schon!«

Der Mann mit der Stabmaske, der sich in ihr Blickfeld schob, lachte heiser auf. Bei seinem Anblick lief es ihr eiskalt den Rücken hinunter, immer noch auf allen vieren, wurde sie von lähmender Angst gepackt.

»So hört denn, was ich zu sagen haben«, verkündete der Dämon in Schwarz, ein Mischwesen auf der Schulter, das dem Reich der Finsternis entstammte. »Was den Stümper von einem Maler und die Giftmischerin betrifft, die sich Heilerin nennt, wäre ich bereit, Gnade vor Recht ergehen zu lassen. Unter einer Bedingung.«

Luzia hatte verstanden.

»Schlagt Euch das aus dem Kopf!«, erwiderte sie mit fester Stimme, winkte den Gefährten wehmutsvoll zu und hatte Mühe, die mit Macht emporwallenden Tränen zu unterdrücken. »Selbst wenn die beiden meine Geschwister wären, ich lasse mich nicht erpressen. Nehmt das gefälligst zur Kenntnis. Und wenn Euch danach gelüstet, einer Frau beizuwohnen – Gelübde hin oder her – dann begebt Euch inkognito zum Frauenwirt, dort seid Ihr an der richtigen Adresse!«

DIENSTAG, 25. APRIL

27

»Und, wie ist es gelaufen?« Die Nerven zum Zerreißen gespannt, zwängte sich Luzia durch den dichten Pulk, der sich aufgeregt debattierend um den Vater scharte. Die Sitzung war gerade vorüber, und wie das Mienenspiel der Ratsherren verriet, stand die Lage auf Messers Schneide. »Gibt es Neuigkeiten, Vater?«

»Später, mein Kind«, erwiderte Meister Til, sah die Kollegen entschuldigend an und bedeutete ihr, sich zu entfernen. »Wie du siehst, habe ich zu tun. Wir sehen uns später, auf bald.«

»Bei allem Respekt, Vater, die Sache duldet keinen Aufschub«, weigerte sie sich, das Feld zu räumen, zum Verdruss der Wortführer aus dem Rat, denen die Anwesenheit einer Frau ein Dorn im Auge war. »Du musst entschuldigen, aber ich sitze wie auf glühenden Kohlen, sehr lange halte ich das nicht mehr aus!«

»Ich bin gleich wieder da, keine Sorge«, bat der Meister die Honoratioren um Geduld, nahm Luzia beiseite und raunte: »Sag mal, musste das eben sein? Mir im Beisein der Kollegen Widerworte zu geben, das ist ja wohl ein starkes Stück!«

»Verzeihung, Vater, ich wollte nur fragen, ob …«

»Es etwas Neues in Sachen Wenzel gibt, und das im Beisein von Zeugen, damit es auch jeder mitbekommt. Du benimmst dich wie die Axt im Wald, ist dir das eigentlich klar?« Kurz davor, aus der Haut zu fahren, kämpfte der Meister seinen Unmut nieder, nur noch eine Armlänge von Luzia entfernt, um vor ungebetenen Lauschern geschützt zu sein. »Da draußen riecht die Luft nach Pulverdampf, und was macht meine vorwitzige Tochter?«

»Sich Sorgen um die Gefährten.«

»Und ich mache mir Sorgen um uns alle, ist das etwa nichts?«, versetzte der Bildschnitzer ergrimmt und wies mit dem Daumen über die Schulter. »Um die da hinten, um dich, um deine Geschwister, um die Bürger dieser Stadt und um ganz Franken, falls du es genau wissen willst. Aber nun gut, damit du auf dem Laufenden bist: Was die Querelen mit dem Bischof betrifft, steht es Spitz auf Knopf. Will heißen: Die Mehrheit weigert sich strikt, ihn im Kampf gegen die Bauern zu unterstützen. Weder militärisch noch anderweitig. Secundo: Sollte er auf die Idee kommen, innerhalb der Mauern Militär zu stationieren, werden wir Mittel und Wege finden, dies zu verhindern. Soll von Thüngen doch sehen, wie er mit dem Aufruhr fertig wird, wir halten uns da raus, das ist besser so.«

»Das wird ihm bestimmt nicht gefallen.«

»Wie dem auch sei, einen Weg zurück wird es nicht geben. Die Gefahr, in die Querelen mit hineingezogen zu werden und am Ende als Verlierer dazustehen, ist einfach zu groß. Seien wir doch mal ehrlich, Luzia: Was die Forderungen betrifft, die landauf, landab erhoben werden, kann man die Leute sogar verstehen. Unterm Krummstab ist gut leben – von wegen! Das Landvolk pfeift aus dem letzten Loch, das weiß hier doch jedes Kind. Und was die Herren von Stand betrifft, die sind auch nicht viel besser.« Meister Tilman hielt schwer atmend inne. »Um für den Bischof die Kohlen aus dem Feuer zu holen, dazu sind wir gut genug. Aber wenn sich das Gewitter verzogen hat, was dann? Du denkst doch nicht etwa, wir bekämen es gedankt? Mitnichten. Am Ende sind wir es, die die Zeche zahlen, so wie immer. Zahl und schweig, wenn sich der Bischof da mal nicht irrt. Soll er doch zusehen, wie er den Karren aus dem Dreck bekommt, er ist ja schließlich der Kutscher!«

»Hoffentlich geht alles gut. Sonst werde ich mir ewig Vorwürfe machen.«

»Falls das ein Wink mit dem Zaunpfahl war: Mit deinen Gefährten steht es nicht zum Besten. Wie versprochen habe ich versucht, meine Beziehungen spielen zu lassen, einstweilen jedoch ohne Erfolg.«

Luzia wurde leichenblass. »Und das bedeutet?«

»Der mit dem Fall betraute Inquisitor ist der Meinung, dass es sich bei den Beschuldigten um Aufrührer, Hochverräter und – schlimmer noch – um von Grund auf verderbte Ketzer handelt. Daraus folgt, die Zuständigkeit liegt nicht bei uns, sondern beim Bischof. Ergo: Jetzt ist das Inquisitionstribunal am Zug, ohne Wenn und Aber. Und wird, so sich der Verdacht erhärtet, auch das Urteil fällen.«

»Aber gibt es denn keine Möglichkeit, um …«

»Doch, die gibt es. Um sie vor dem Schlimmsten zu bewahren, bestünde die Chance, ein Gnadengesuch zu verfassen. Unterschrieben und beurkundet vom Rat der Stadt.«

»Wofür es keine Mehrheit gibt, verstehe.«

»Jetzt mal im Ernst, Luzia: Hattest du etwas anderes erwartet? Ich möchte dir ja nicht zu nahe treten, aber nach allem, was mir über deine Freunde zu Ohren gekommen ist, neigen sie dazu, mit dem Feuer zu spielen.«

»So wie Ihr und die Kollegen aus dem Rat?«

»Jetzt mach aber mal halblang, das kann man doch nicht vergleichen!«

»Wenn du meinst.« Luzia winkte müde ab. »Drum merke, wenn zwei das Gleiche tun, ist es trotzdem nicht das Gleiche.«

»Herrje noch mal, ist das denn so schwer zu verstehen? Wenn wir uns weigern, dem Bischof nach dem Mund zu reden, dann ist das unser gutes Recht, aber wenn ein Maler ein Werk kreiert, das selbst wohlmeinende Betrachter als blasphemisch einstufen würden, dann schießt er übers Ziel hinaus. Und riskiert dabei Kopf und Kragen. Nichts gegen den jungen Mann, aber was er sich dabei gedacht hat, als er die Muttergottes wie eine Frau aus dem Volk erscheinen ließ, das wird wohl für immer sein Geheimnis bleiben.« Der Meister schüttelte entnervt den Kopf. »Und ihr dann noch die Züge meiner Tochter zu verleihen, das setzt dem Dummejungenstreich die Krone auf!«

»Und Eure handgeschnitzten Madonnen, was ist mit denen? Ich meine, wenn man genau hinschaut, fallen die Parallelen doch sofort ins Auge.«

»Darum geht es nicht, mein Kind. Wie weiland Gottvater, der die Menschen nach seinem Bilde schuf, eifern ihm die Künstler darin nach. Ich selbst bilde da keine Ausnahme. Wenn man sich aber erdreistet, das Wickeltuch mit einem verfemten Symbol zu versehen, dann schießt man übers Ziel hinaus. Die Sache auf sich beruhen zu lassen, das wäre wahrhaftig zu viel verlangt. Ob Bischof, Reichsfürst oder Edler von Geblüt, kein Potentat würde den Affront auf sich sitzen lassen, das weißt du so gut wie ich.«

»Außer mir wusste niemand darüber Bescheid, aber das nur am Rande. Und überhaupt, wer gibt den Greifern das Recht, bei Wenzel einzudringen? Einfach so, ohne triftigen Grund?«

»Niemand. Das stimmt.« Nachdenklich geworden, zog Meister Til die Achseln hoch. »Tatsache ist jedoch, dieser Wenzel ist kein unbeschriebenes Blatt, genau wie deine Freundin Melusine. Einmal Paria, immer Paria, das ist nun mal leider so.«

»Und was nun, Vater?«

Meister Tilman atmete schicksalsergeben durch, ließ die Hand auf der Schulter seiner Tochter ruhen und schloss: »Jetzt liegt alles in Gottes Hand, mein Kind, möge er den beiden wohlgesonnen sein!«

*

»Und wie lautet das Urteil, Inquisitor?«, rief Bischof Konrad beim Überschreiten der Türschwelle aus, gab den Gerichtsschreibern einen Wink, den Saal zu verlassen, und steuerte auf das Podium an der Stirnseite zu. Durch die Fenster zum Hof strömte das Abendrot herein, ein unheilverkündendes Omen, hell auflodernd wie das Innere eines Schmiedeofens. »Es geht doch nichts über einen kurzen Prozess, wozu um den heißen Brei herumreden, wenn es auch einfacher geht.«

»Wohl wahr, Bischöfliche Gnaden«, entgegnete der Dominikaner kühl, damit beschäftigt, die Akten auf dem Richtertisch aufeinanderzustapeln. »Um Eure Frage zu beantworten: Das Urteil lautet auf Tod.«

»So, tut es das.«

Einen in Schweinsleder eingebundenen Kodex in der Hand, horchte der Inquisitor auf. »Euer Gnaden hatten etwas anderes erwartet?«

Von Thüngen deutete ein Kopfschütteln an. »Keineswegs.«

Der Ordensbruder, deutlich älter als der Bischof, hager und mit Altersflecken im hohlwangigen Gesicht, nickte zufrieden mit dem Kopf. »Anstiftung zum Hochverrat, gotteslästerliche Reden, auch und vor allem in der Öffentlichkeit, Infragestellen der gottgewollten Ordnung, Blasphemie in nie dagewesener Art und Weise: Wenn das kein Grund ist, den Mann vom Angesicht des Erdbodens zu tilgen, welcher dann?«

»Blasphemie, so, so.«

Der Inquisitor sah von Thüngen fragend an. »Daran kann ja wohl kein Zweifel bestehen, oder sehe ich das falsch?«

Vor dem Corpus Delicti postiert, das an einem Stuhl neben dem Podium lehnte, lachte der Bischof mit wohlwollendem Gestus auf. »Gar nicht mal so übel, wenn man's recht bedenkt. Dieser ... Wie heißt der Unruhestifter doch gleich?«

»Wenzel Lautenschläger.«

»Also, ich will ja nichts sagen, aber was sein Talent betrifft, braucht sich der Schuft nicht zu verstecken. Der Mann hat was auf dem Kasten, das merkt sogar ein Laie.«

Von Berufs wegen beherrscht, über den Dingen stehend und von sich selbst und seinem Sachverstand überzeugt, stieß der Dominikaner ein leises Zischen aus, vergleichbar mit demjenigen einer Schlange, die sich anschickt, ihr Opfer ins Visier zu nehmen. »Mit Verlaub, Fürstbischöfliche Gnaden, das ist nicht der Punkt.«

»Sondern?«

»Der Bundschuh auf dem Wickeltuch, das kann ja … Alles, was recht ist, Fürstbischöfliche Gnaden, aber das kann ja wohl nicht in Eurem Sinne sein! Das ist pure Blasphemie, ginge es nach mir, der Prozess hätte erst gar nicht stattgefunden. Und wenn wir gerade dabei sind: Die Darstellung der Muttergottes als Bäuerin, allein das reicht für mich aus, um ihn auf den Scheiterhaufen zu bringen. Sie mit dem Zügen seiner Bettgenossin zu versehen, nun ja, das setzt der Perfidie die Krone aus. Wenn das kein Grund ist, ihn auszumerzen, welcher dann?«

»Über Geschmack lässt sich streiten. Das wissen wir beide.«

Aschfahl im Gesicht, nahm der Dominikaner hinter dem Richtertisch Platz. »Euer Gnaden haben doch nicht etwa vor, ihn zu …«

»Ihn zu begnadigen, wer denkt denn an so was!«, wehrte von Thüngen entschieden ab, rückte das Brustkreuz aus getriebenem Silber zurecht, das er über der Tunika trug, und wandte sich dem konsternierten Ankläger zu. »Er wird seine Strafe bekommen, anders geht es ja wohl nicht. Das Problem ist nur, um nicht noch mehr Öl ins Feuer zu gießen, tun wir gut daran, die barmherzigen Samariter zu mimen, mag der Kasus auch noch so eindeutig sein. Ergo: Die Giftmischerin ist umgehend freizulassen, aber nicht auf Dauer. Wenn sich die Aufregung wieder gelegt hat, wird der Befehl ergehen, sie klammheimlich verschwinden zu lassen. Auf Nimmerwiedersehen, falls Ihr versteht, was ich damit zum Ausdruck bringen möchte.«

»Aber gewiss doch, Fürstbischöfliche Gnaden. Der Plan ist ganz nach meinem Geschmack.«

»Damit wir uns richtig verstehen, Bruder: Ich persönlich hätte kein Problem damit, den Herumtreiber auf den nächstbesten Scheiterhaufen zu befördern, aber was mich daran hindert, ist, dass dies …«

»Dazu beitragen würde, ihn zum Märtyrer zu machen?«

Von Thüngen schmunzelte breit, die Augen zu kaum wahrnehmbaren Schlitzen verengt. »Exakt. Bedeutet: Der Renegat wird seine Strafe erhalten, ob gerecht oder nicht, darüber lässt sich streiten.«

»Und in welcher Form?«

»Drücken wir es mal so aus, Bruder: Das Urteil wird ihn schlimmer treffen als der Tod, darauf gebe ich Euch Brief und Siegel!«

DIES IRAE

28

»Wir, Konrad von Thüngen, Fürstbischof von Würzburg
und Herzog von Franken, tun hiermit kund und zu wissen:
Wenzel Lautenschläger, gebürtig zu Nürnberg und Straßenmaler allhier, wurde der Aufwiegelung gegen die gottgewollte Obrigkeit, des Hochverrats und der Blasphemie
für schuldig befunden. Scharfrichter, waltet Eures Amtes!«

Auf dem Rücken eines Schecken thronend, faltete der
Herold die Verlautbarung wieder zusammen, steckte sie
in sein Wams und hatte es auf einmal eilig, das Feld zu
räumen.

Nichts wie weg, bevor es ernst wurde.

Schließlich wusste man ja nie.

Starr vor Entsetzen, wandte Luzia die Augen vom
Richtblock ab. Im Osten graute der Morgen, und wie
Ende April des Öfteren der Fall, war der Main in wal-
lende Dunstschleier gehüllt, kalkfarben wie ein Bahrtuch,
das vom Anhauch der Vergänglichkeit durchwoben war.
Auf dem Schottenanger, unweit des Konvents der Benediktiner gelegen, hatte sich eine zu Hunderten zählende

Menge versammelt, darunter auch zahlreiche Honoratioren, die darauf pochten, einen Ehrenplatz zu bekommen. Die Spannung, die sich auf den Gesichtern des Publikums abzeichnete, war beinahe mit Händen zu greifen, und was den in Ketten gelegten Inkulpaten betraf, hatte er die Sympathien auf seiner Seite. Dies vorausahnend hatte der Scharfrichter eine Eskorte um sich geschart, gebildet aus waffenstarrenden Reisigen, die einen Halbkreis um die uralte Richtstätte bildeten.

Und dann, unterstützt von zwei Gehilfen, die Wenzel gewaltsam in die Knie zwangen, trat der Henker auch schon in Aktion. Der Arm lag gerade an Ort und Stelle, umschlossen von Klammern aus Gusseisen, die das Blut des Delinquenten zum Stocken brachten, da umklammerte der Vollstrecker auch schon sein Schwert, riss es in die Höhe und schnappte nach Luft.

Ein gezielter Hieb, und Wenzels Rechte fiel jäh zu Boden.

Was folgte, war ein markerschütternder Schrei, gefolgt von lastender Stille.

Es war vorüber.

Am Boden zerstört und in Tränen aufgelöst, verharrte Luzia auf der Stelle, selbst dann noch, nachdem Wenzel zu Boden gesunken war, außerstande, das Geschehene zu begreifen.

Den Blick auf die abgetrennte Hand gerichtet, von Übelkeit und aufwallenden Schuldgefühlen übermannt.

Peinigend wie die Klinge eines Stiletts, die sich ihr mitten ins heftig klopfende Herz bohrte.

Doch dann war da auf einmal diese Hand, die sich auf ihrer Schulter niederließ, schwielig und mit zupackendem Griff.

»Komm, Luzi, ich bring dich nach Hause«, raunte ihr Lutz über die Schulter hinweg ins Ohr. »Der Infirmarius der Benediktiner wird sich seiner annehmen, wenn er aus der Ohnmacht erwacht, komm mit mir, du kannst jetzt nichts mehr für ihn tun.«

Luzia willigte schweigend ein.

ENDE VON TEIL I

GLOSSAR

Homo homini lupus est. = Der Mensch ist des Menschen Wolf.

Elevatio = Heben des Armes über die Horizontalebene

Delirium hystericum = Tobsuchtsanfall

Ad eins = zum Ersten

Inkulpat = Beschuldigter

In natura = hier: von Angesicht zu Angesicht

Praeses = Vorsteher

In medias res gehen = ohne Umschweife zur Sache kommen

Carpe diem! = Nutze den Tag!

In persona = persönlich

Conclusio = Schlussfolgerung/daraus folgt

Mens sana in corpore sano. = Ein gesunder Geist (lebt) in einem gesunden Körper.

Vinum bonum deorum donum. = Guter Wein (ist) ein Geschenk der Götter.

Mons Mariae = Marienberg

Periculum in mora. = Gefahr (ist) im Verzug.

Fortes fortuna adiuvat. = Den Tapferen hilft das Glück.

Mihi placet. = Es gefällt mir.

Ad perpetuum memoriam = Zu dauerndem Gedächtnis

Nomen pluralis = Nomen in der Mehrzahl

Pecunia non olet. = Geld riecht nicht.

O tempora, o mores! = Oh, Zeiten, oh Sitten! (Cicero)

Mulier taceat in ecclesia. = Wörtlich: Die Frau möge in der Kirche schweigen.

Nota bene = wohlgemerkt, übrigens

Vinum, mulier et cantus = Wein, Weib und Gesang

Carpe noctem! = Nutze die Nacht/Mach dir die Nacht zunutze!

Ego vos absolvo. = Ich spreche euch (von den Sünden) frei.

Tabula rasa = reiner Tisch

Sic transit gloria mundi. = So vergeht der Ruhm der Welt.

Dum spiro, spero. = Solange ich atme, hoffe ich. (Cicero)

Tempus fugit. = wörtlich: Die Zeit flieht.

Requiescant in pace. = Mögen sie in Frieden ruhen.

Pietà = Darstellung der trauernden Muttergottes, die den Leichnam ihres Sohnes im Schoß hält

Orificium = Öffnung, Luke

Parlatorium = Bereich des Klosters, in dem es den Insassen gestattet ist, Verwandte, Freunde oder Bekannte zu empfangen.

Guardian = Bezeichnung für den Oberen eines Konvents im Franziskaner-, Minoriten- und Kapuzinerorden. Der Stellvertreter des Guardians wird Vikar genannt.

Ordo Fratrum Minorum (OFM) = Orden der Minderen Brüder

Ad acta = zu den Akten

Dies = Tag

Anno Domini 1525 = im Jahre des Herrn 1525

In spe = angehend, kommend, künftig, nächste

Recte = richtig/stimmt genau

À la mode française = im französischen Stil

Jeu de Paume = Vorläufer des Tennis

Ars amatoria = Hauptwerk des Ovid (43 v. Chr. – ca. 17 n. Chr.)

Harpyie = Sturmdämon in Gestalt eines Mädchens mit Vogelflügeln

Triclinium = antikes Speisesofa, in Griechenland und Rom weit verbreitet

Tunika = Kleidungsstück, das von der römischen Antike bis ins Mittelalter von Männern und Frauen unmittelbar auf dem Körper getragen wurde

Fama = Geschichte, die gerüchtweise über jemanden/etwas verbreitet wird

Morituri te salutant = die Todgeweihten grüßen dich

Inkognito = mit fremdem Namen (auftretend, lebend)

Secundo = zweitens

Historische Romane von Uwe Klausner:

Alle Bücher von Uwe Klausner finden Sie unter **www.gmeiner-verlag.de**

GMEINER SPANNUNG

WWW.GMEINER-VERLAG.DE
Wir machen's spannend

Kommissar Tom Sydow ermittelt:

GMEINER SPANNUNG

WWW.GMEINER-VERLAG.DE
Wir machen's spannend